아마도 올해의
가장 명랑한
페미니즘 이야기

HOW TO BE A WOMAN

아마도 올해의
가장 명랑한
페미니즘 이야기

케이틀린 모란 지음 · 고유라 옮김

돌을새김

아마도 올해의
가장 명랑한 페미니즘 이야기

개정 1쇄 2016년 11월 5일

지은이 케이틀린 모란
발행인 권오현

펴낸곳 돈을새김
주소 서울시 종로구 이화동 27-2 부광빌딩 402호
전화 02-745-1854~5 **팩스** 02-745-1856
홈페이지 http://blog.naver.com/doduls
전자우편 doduls@naver.com
등록 1997.12.15. 제300-1997-140호

인쇄 금강인쇄(주)(031-943-0082)

ISBN 978-89-6167-226-9 (03840)

값 15,000원

케이틀린 모란은 우리 모두가 해왔고,
생각해왔고, 말해온 것들에 대해 쓰고 있다.
하지만 너무 고상하지는 않은 방식으로.

모든 사람들은 한동안 이 책에 대해서만 이야기할 것이다.

★★★ 스타일리스트 *Stylist* ★★★

How to

be a

Woman

차례

최악의 생일

울버햄튼, 1988년 4월 5일.

오늘은 내 13번째 생일이다. 나는 달린다. 나는 불량배들에게서 도망쳐 달리고 있다.

"야! 사내새끼!"

"이 사기꾼아!"

"어이~ 사내자식!"

나는 우리 집 근처 놀이터에서 어슬렁거리는 불량배들로부터 도망치고 있다. 이곳은 1980년대 후반 영국에서 흔히 볼 수 있는 놀이터다. 안전바닥이나 인체공학적 디자인은 물론이고, 벤치에는 걸터앉을 널빤지조차 없다. 모든 것들이 콘크리트로 만들어져 있고, 깨진 맥주병과 잡풀로 무성하다.

도망치고 있는 나는 완벽하게 혼자다. 숨이 차서 금방이라도 헛구역질이 날 것만 같다. 이와 비슷한 상황이 등장하는 자연 다큐멘터리를 본 적이 있다. 거기서 무슨 일이 일어났는지도 기억하고 있다. 내 역할은 분명, '무리에서 떨어져나온 연약한 영양'이다. 불량배들은 '사자들'이다. 영양에게는 결코 좋은 결말이 주어지지 않으리라는 것을 나는 알고 있다. 곧 내 역할은 새로운 것으로 바뀔 것이다. 바로 사자들의 '점심식사'로.

"거지발싸개!"

나는 고무장화를 신었고, 영국의 보건의료제도가 제공하는 검정 뿔테 안경을 쓰고, 영화 〈위드네일과 나Withnail and I〉에나 등장할 법한 아빠의 군용 코트를 입고 있다. 나는, 단언컨대, 여성스러운 모습과는 거리가 멀다. 왕세자비 다이애나는 여성스럽다. 가수 카일리 미노그는 여성스럽다. 나는… 여성…스럽지 않다. 그러므로 나는 불량배들이 혼란스러워하는 것을 이해한다. 그들이 반문화의 도상학 혹은 급진적인 젠더벤더gender bender*의 영감 충만한 모습을 그다지 이해하고 있는 것처럼 보이지는 않는다. 그들은 〈가요 톱텐Top of the Pops〉에 출연한 보이 조지나 애니 레녹스의 성별에 대해서도 분명 혼란을 느낄 것이다.

그들이 나를 뒤쫓느라 바쁘지만 않다면, 나는 아마도 그들에

---

* 남자인지 여자인지 구분이 안 되게 행동하거나 그런 옷차림을 하는 사람.

게 뭔가 효과적인 말들을 해줄지도 모르겠다. '내가 《고독의 우물The Well of Loneliness》이라는 소설을 읽었는데, 이 책을 쓴 사람은 남자 옷을 입고 다닌 것으로 유명한 레즈비언 작가 래드클리프 홀이야. 너희들은 다른 방식으로 옷을 입는 사람들에게 마음을 열어야 한다구.' 아마 그룹 '프리텐더스'의 보컬 크리시 하인드에 대해서도 이야기할지 모르겠다. 그녀도 남자 옷을 입는다. 거기다 패션 프로그램인 〈클로스 쇼〉에 등장하는 캐린 프랭클린은 바지를 입고 있어도 사랑스러워 보이기까지 한다!

"야, 거지발싸개!"

불량배들이 잠시 멈춰 섰다. 그들은 뭔가를 상의하고 있는 것처럼 보인다. 나는 걸음을 늦추고 나무에 기대서서 거칠게 숨을 몰아쉰다. 완전히 진이 다 빠져버렸다. 몸무게가 80킬로그램 정도인 나는 이렇게 열렬한 추격을 물리치기에는 적합하지 않다. 나는 육상선수 졸라 버드라기보다는 벅스 버니에게 매일 당하기만 하는 배불뚝이 사냥꾼 엘머 퍼드에 가깝다. 호흡을 가다듬는 동안 이 상황을 다시 한 번 생각해본다.

'내게도 잘 훈련된 애완견이 있다면 정말 멋질 텐데.' 나는 생각한다. '잘 훈련된 독일 셰퍼드라면 이 아이들을 거의 잔인할 정도로 공격해버렸을 건데. 주인이라면 껌뻑 죽는 개가 있다면 정말 좋을 텐데.'

나는 2미터쯤 떨어진 곳에 있는 나의 애완견, 독일 셰퍼드인 새프런을 바라본다. 개는 반들반들한 여우 똥 위를 구르며 좋아 죽겠다는 듯 사지를 흔들고 있다. 행복해 보인다. 오늘은 운동을 많이도 했다. 평소보다도 더 멀리, 빠른 속도로 산책하고 있으니까.

확실히 오늘의 산책이 내게는 별로 좋지 않았지만, 서로 머리를 맞대고 잠시 서 있던 불량배들이 내게 돌을 던지기 시작했을 때는 정말 깜짝 놀라고 말았다. '좀 너무한 것 아냐?' 나는 생각한다. 그리고 다시 달리기 시작한다.

'날 굴복시키기 위해서라면 굳이 이럴 필요까지는 없잖아!' 나는 분개하며 생각한다. '난 벌써 꽤나 굴복하고 있으니까. 솔직히 말해서, 이미 나한테 거지발싸개라고 했잖아.'

사실 나를 맞힌 돌은 몇 개 되지 않고, 맞아도 별로 아프지는 않다. 나의 군용 코트는 아마도 한두 번의 전쟁을 버텨냈을 것이다. 돌멩이쯤은 아무것도 아니다. 이 코트는 수류탄을 막기 위한 것이니까.

하지만 중요한 것은 저 애들의 생각이다. '줄곧 나를 쫓아다니는 대신 더 의미 있는 일들, 그러니까 누가 봐도 여자처럼 옷을 입은 여자애들의 뒤꽁무니를 쫓거나 본드 불기에 빠져들면 될 텐데.'

내 마음을 읽기라도 했는지 불량배들은 내게 곧 흥미를 잃기 시작한다. 그들은 이제 나를 향해 가끔씩 돌을 던지기만 할 뿐 시야에서 벗어나고 있는 나를 가만히 서서 바라보고만 있다. 그래도 그 애들은 계속 소리는 질러댄다.

"넌 사내새끼 같아!" 가장 덩치 큰 불량배가 등을 보이며 달려가는 내게 마지막 경고를 날리듯 외친다. "넌… 쓰레기야!"

집으로 돌아온 나는 현관 앞에서 울음을 터뜨린다. 집 안에서 울기에는 보는 눈들이 너무나 많다. 전에도 집에서 울어보려고 한 적이 있었다. 하지만 눈물을 한 방울 떨어뜨릴 때마다 우는 이유를 설명해야 했고, 미처 다 설명하기도 전에 또 누군가가 다가와 이유를 물었고, 그러면 처음부터 다시 설명해야 했고, 그렇게 한 여섯 번쯤 설명을 반복하다 보면 오후가 다 지날 때까지 딸꾹질이 멈추질 않는 신경질적인 상태에 빠지곤 했다.

다섯 명의 동생들과 작은 집에서 함께 산다는 것은 감성적인 것과는 거리가 멀고, 그런 집에서 혼자 신속하게 눈물을 흘리기란 정말 어려운 일이다.

나는 내 개를 바라본다.

'네가 내 말을 잘 듣는 착한 개라면 내 얼굴을 타고 흐르는 눈물을 마셔주면 좋겠어.'

하지만 새프런은 내 눈물 대신 분주하게 제 성기를 핥는다.

새프런은 우리가 새로 기르게 된 개다. '새로 생긴 멍청한 개'인 새프런은 '미심쩍은 개'이기도 하다. 아빠는 주기적으로 우리를 2시간 동안 바깥에 세워둔 자동차 안에 앉혀놓고 들어갔다가 가끔 과자나 콜라를 들고 돌아오곤 하던 홀리부시라는 술집에서 마치 밀수품을 운반하듯 그 개를 데려왔다. 내 기억에 그때 아빠는 작은 돌멩이나 머리가 없는 콘크리트 여우 조각과 같은 뜬금없는 물건들을 불쑥 꺼내 보여주고는 빠르게 그 자리를 떠날 사람처럼 굴었던 것 같다.

"안에서 좀 심각한 일이 있었다." 술에 잔뜩 취한 아빠가 전속력으로 차를 몰기 전에 이렇게 말한 것 같다.

하지만 아빠가 가져온 미심쩍은 물체는 새프런이었다. 한 살짜리 독일 셰퍼드.

"경찰견이었다더라." 아빠는 자랑스럽게 말하며 밴 뒤쪽에 앉아 있던 우리에게 개를 넘겨주었다. 개는 즉시 사방에 똥을 싸기 시작했다. 나중에 알게 된 바에 따르면 새프런이 경찰견 훈련을 받기 시작한 지 일주일 만에 교관은 개가 다음과 같은 것들을 심각하게 싫어하거나 무서워한다는 것을 깨달았다고 한다.

시끄러운 소음

어둠

모든 사람들

다른 모든 개들

스트레스성 요실금

하지만 새프런은 나의 개이고, 엄밀히 말하면 가족을 제외한 유일한 친구이기도 하다.

"가까이에 있어, 내 친구야!" 나는 소맷자락에 코를 풀며 개에게 말을 건넨다. 다시 명랑해져야 한다. "오늘은 정말이지 중요한 날이 될 거야!"

눈물이 멎자 나는 옆쪽 울타리를 타 넘어 뒷문으로 살그머니 들어간다.

"거실로 가 있으렴!" 엄마가 말한다. "거기에서 기다려! 그리고 절대로 케이크를 보면 안 돼! 깜짝 파티니까!"

거실은 나의 형제자매들로 가득하다. 그들은 집 안 구석구석 아늑한 곳이라면 어디나 파고든다. 1988년, 우리 집 거실에는 여섯 명이 있다. 몇 년 더 지나면 우리는 여덟 명이 될 것이다. 포드 자동차 생산라인이나 다름없는 나의 어머니는 집이 터져나갈 때까지 시곗바늘처럼 규칙적으로 2년마다 작고 흐물흐물한 아기들을 생산한다.

캐즈 — 나보다 두 살 어린, 빨강머리의 허무주의자 — 는 소파에 늘어져 있다. 그 애는 내가 옆에 앉으려 해도 꿈쩍 하지 않는다. 내가 앉을 공간은 없다.

"에헴!" 나는 옷깃에 달린 배지를 가리키며 헛기침을 한다. 배지에는 '오늘은 내 생일이야!'라고 적혀 있다. 나는 조금 전까지 울고 있었다는 사실 따위는 잊으려고 한다. 잊어야 한다.

"6시간 뒤면 다 끝날 텐데 뭐." 캐즈는 소파에 찰싹 달라붙어서 비켜주지도 않고 말한다. "가식적인 파티는 여기서 그만두는 게 어때?"

"6시간 동안 재미있는 거겠지!" 내가 말한다. "아직 내 생일은

6시간이나 남았다고. 무슨 일이 일어날지 누가 알겠어! 이 집에서는 무슨 일이라도 일어날 수 있잖아!"

나는 대체로 긍정적이다. 바보처럼 항상 즐겁게 감동한다. 어제는 일기장에 "튀김그릇을 다른 작업대로 옮겼다. 정말 근사하게 보인다!"라고 썼다.

나는 새로 기르게 된 멍청한 개가 예전에 죽은 개가 다시 태어난 것이라고 진심으로 믿는다. 비록 새프런은 옛날 개가 죽고 2년 뒤에 태어났지만.

"하지만 네 눈은 스파키의 눈이랑 닮았는걸!" 나는 그 멍청한 개를 바라보며 이렇게 말한다. "스파키는 우리를 떠나지 않은 거야!"

잔뜩 무시하는 눈으로 나를 보며 캐즈가 내게 카드를 준다. 내 사진으로 만든 카드인데, 사진 속 내 얼굴의 코는 캐즈가 하도 길게 늘려놓아 얼굴의 4분의 3쯤을 차지하고 있는 것처럼 보인다.

"기억해. 언니는 열여덟 살 생일에 집에서 나가겠다고 약속했지. 그래서 내가 언니 방을 쓸 수 있도록 말이야." 카드 안에는 이렇게 적혀 있다. '5년만 기다리면 되겠지! 그 전에 언니가 죽지 않는다면 말이야! 사랑을 담아, 캐즈.'

아홉 살인 위나의 카드에도 내가 집을 나가면 내 방을 차지하겠다는 내용이 담겨 있다. 로봇처럼 읽어주는 위나의 메시지는 그나마 다행스럽게도 덜 '인간적으로' 들리기는 한다.

우리 집에서는 공간이 귀하다. 내가 아직도 앉을 공간을 찾지 못했다는 사실이 그 증거다. 엄마가 잔뜩 초를 밝힌 접시를 들고 들어왔을 때 나는 막 에디 옆에 앉으려는 참이다.

"생일 축하해!" 모두가 나에게 노래를 불러준다. "동물원에 갔다네. 뚱뚱한 원숭이를 보았지. 그런데 그 원숭이는 바로 너였어!"

나는 여전히 거실에서 서성이고 있는데, 엄마는 그런 내게 접시를 들이민다.

"촛불을 끄면서 소원을 빌렴!" 엄마는 쾌활하게 말한다.

"이건 케이크가 아니잖아." 내가 말한다. "이건 바게트야."

"필라델피아 크림치즈로 속을 채웠어!" 엄마가 명랑하게 말한다.

"그래도 이건 바게트야." 내가 되풀이한다. "초도 7개밖에 없잖아."

"넌 케이크를 받기에는 다 컸어." 엄마는 자기가 촛불을 끄면서 말한다. "그리고 촛불 한 개당 두 살씩이야!"

"그럼 열네 살이겠네."

"얘야, 짜증 좀 그만 낼 수 없겠니?"

나는 내 생일 바게트를 먹는다. 맛있다. 나는 필라델피아 크림치즈를 사랑한다. 사랑스러운 필라델피아 크림치즈! 너무 근사해! 너무 부드러워!

그날 밤, 나는 세 살짜리 여동생 프리니와 같이 쓰는 침대에서 일기를 쓴다.

"나의 13번째 생일이다!!!! 아침에는 포리지를 먹었고, 저녁에는 소시지와 감자튀김을 먹었다. 차를 마시면서 바게트를 먹었다. 돈을 20파운드쯤 받았다. 카드 4통과 편지 2통도 받았다. 내일은 도서관에 가서 청소년용 그린 티켓을 받아야지!!!! 옆집 남자가 찾아와서 의자 몇 개를 버리려는데 혹시 가져가겠냐고 물어서 우리는 좋다고 했다!!!!"

나는 일기장의 여백을 잠시 내려다본다. 오늘 일어났던 일들을 전부 써야 한다고, 생각한다. 나쁜 일들이라고 해서 빼버리고 쓰지 않으면 안 된다.

"남자애들 몇 명이 공터에서 나쁜 말들을 했다." 나는 천천히 쓴다. "아마 걔네들 고추가 너무 커지고 있어서 그런가 보다."

사춘기에는 걷잡을 수 없는 성적 욕구가 충만한 10대 남자아이들이 여자아이들에게 종종 공격적인 행동을 한다는 글을 언젠가 읽은 적이 있다. 하지만 오늘 같은 경우, 언덕을 달려 올라가는 내게 남자아이들이 돌멩이를 던지게 한 욕구는 억압된 성욕과는 전혀 거리가 멀다는 것을 나는 알고 있다. 하지만 나를 슬프게 하는 일들까지 굳이 일기장에 적고 싶지 않다. 내 일기장은 아직까지는 내가 초연한 태도를 지니고 있다는 것을 알고 있으니까. 이 일기장은 오직 영광을 위한 것이다.

나는 13번째 생일날 있었던 일을 적을 빈 페이지를 내려다본다. 불청객처럼 어떤 생각이 불현듯 찾아온다. 나는 생각한다. 지금 나는 아기와 한 침대를 나눠 쓰고 아빠의 낡은 내복을 잠옷으로 입고 있다. 열세 살이고, 몸무게는 80킬로그램이며, 돈도 없고, 친구도 없으며, 남자애들은 나를 볼 때마다 돌멩이를 던진다. 오늘은 내 생일이고 나는 오후 7시 15분에 잠자리에 든다.

나는 일기장의 뒤쪽을 펼친다. 여기에는 '장기 계획'이 적혀 있다. 계획의 일부와 관련해 '나의 단점들'도 적혀 있다.

나의 단점들

1. 나는 너무 많이 먹는다.

2. 나는 운동을 전혀 하지 않는다.

3. 벌컥 화를 잘 낸다.

4. 모든 면에서 손혜를 본다.

'나의 단점들'은 새해 전날 쓴 것이다. 한 달 후 나는 성과보고서를 남겼다.

1. 나는 더 이상 생강쿠키를 먹지 않는다.

2. 매일 개를 데리고 산책한다.

3. 노력하고 있다.

4. 노력하고 있다.

그 밑에 줄을 하나 긋고 새로운 목록을 적는다.

열여덟 살이 되었을 때

1. 몸무개가 준다.

2. 좋은 옷들을 입는다.

3. 친구들이 잇다.

4. 개를 좋은 방법으로 훈련시킨다.

5. 귀를 뚫었을까?

오, 맙소사! 나에게는 아무런 실마리도 없다. 어떻게 하면 여자가 될 수 있는지에 대한 실마리가 전혀 없잖아.

소설가이자 시민운동가인 시몬 드 보부아르가 "우리는 여자로 태어나지 않는다. 우리는 여자가 된다."고 말했을 때, 그녀는 절반은 모르고 있었다.

13번째 생일 이후로 22년이 흘러가는 동안, 나는 여자가 되는 일을 꽤나 긍정적으로 생각하게 되었다. 가짜 신분증과 노트북, 멋진 블라우스를 갖게 되었을 때는 더욱 그랬다. 하지만 어린아이에게 에스트로겐이나 커다란 가슴 두 짝을 선물로 주는 것보다 잔인하고 부적절한 일은 없다. 누가 내게 생일선물로 무엇을 바라느냐고 묻기라도 했다면, 나는 아마 도서상품권이나 의류상품권을 달라고 했으리라.

보시다시피 당시의 나는 형제자매들과 티격태격하고, 개를 훈련시키고, MGM의 클래식 뮤지컬들을 보느라 무지 바쁘다. 그래서 뇌하수체에 의해 어쩔 수 없이 여자가 되어야만 하는 순간이 오기까지는 이처럼 꽉 짜인 계획표에 따라 생활할 수밖에 없었다.

여자가 되는 것은 유명해지는 것과 비슷하게 보였다. 누구에게나 안중에도 없다는 듯 무시되던 10대 소녀 — 대부분의 아이들은 이런 존재들이다 — 는 갑자기 다른 아이들을 매혹시키기 시작하고, 다음과 같은 질문들로 폭격을 받는다. 신체 사이즈는 어떻게 되니? 벌써 해봤니? 너 나랑 섹스할래? 신분증 있어? 이거 한번 피워볼래? 누구 만나는 사람 있어? 피임도구 있어? 너만의 옷 입는 스타일은 뭐야? 하이힐 신고 걸을 수 있어? 네 영웅은 누구야? 브라질리언 왁싱할 거야? 어떤 포르노 좋아해? 아이 가질 생각 있어? 넌 여성주의자야? 그 남자 어때? 뭘 하고 싶어? 넌 누구야?

이렇게 바보 같은 질문들이 열세 살 소녀에게 퍼부어지는 까닭은, 이제 그녀에게 브래지어가 필요하기 때문이다. 이런 질문들은 내 개에게 해도 별반 다르지 않을 것들이었다. 나는 정말이지 그것들에 대해 아무런 생각도 없었다.

하지만 전장에 나온 군인처럼 빠르게 생각의 방향을 가다듬고 정찰을 해야 한다. 그리고 계획을 세워야 한다. 하나씩 목표를 수립해야 하고, 그러고 나면 움직여야 한다. 호르몬이 일단 작동하기 시작하면 멈출 수 있는 방법이 없기 때문이다. 나는 내가 로켓에 묶인 원숭이나 폭탄에 부착된 타이머 부품 신세라는 것을 빠르게 알아차렸다. 탈출할 수 있는 방법은 없다. 당신이 바라는 바와는 관계없이 모든 일들을 멈추게 할 수는 없다. 당신이 원하든 원치 않든 이처럼 짜증나는 일이 곧 벌어질 것이다.

물론 이런 일들을 멈추고 싶어 하는 사람들이 존재한다. 시간을 벌고 싶은 10대 소녀들은 전력을 다해 다섯 살 때로 되돌아가려고 하고, '소녀다움'과 분홍색에 집착한다. 그들이 침대를 곰인형들로 가득 채우는 까닭은 섹스를 위한 공간은 전혀 없다는 것을 보여주기 위함이다. 어린아이처럼 말하는 소녀들은 어른들의 질문을 피해갈 수 있다. 학교에서 나는 활동적인 여성이 되는 것을 선택하지 않고 자기들만의 운명을 만들어나가는 또래 몇 명을 본다. 하지만 공주가 되기 위해서는 그저 누군가에 의해 '발견되기'를, 그래서 결혼하기를 기다리기만 해야 한다. 물론 당시의 나는 이 정도까지 분석하지는 못했다. 나는 그저 케이티 팍스가 수학 시간마다 볼펜으로 손가락 마디에 잔뜩 하트를 그려서 데이비드 몰리에게 보여주는 모습을 바라보고 있었다. 데이비드 몰리는 분명 나눗셈 문제가 적힌 내 공책을 훔쳐보려던 그 순간에 처음으로 성적 충동을 경험했음이 틀림없었고.

물론 막다른 골목에 도달한 소녀들도 있다. 뇌하수체와의 전쟁에서 패배한 소녀들은 혼란스러운 나머지 호르몬을 굶겨 죽이려고 하다가 거식증이나 폭식증에 시달린다.

그러나 자기와의 싸움에서 가장 큰 문제점은 이겨도 지는 것이라는 사실이다. 따라서 두렵고 지친 당신은 어느 순간 여자가 되어야만 한다는 것을 받아들인다. 그렇게 하지 않으면 당신은 죽는다. 이는 폭력적이고 근본적인 유년기의 진실이고, 소모적이고 고통스러우며 오래 지속되는 사건이다.

복권에 당첨되는 법이나 유명해지는 법 따위가 존재하지 않는 것처럼, 여자가 되는 법을 알려주는 설명서는 존재하지 않는다. 하지만 열세 살이었던 나는 그런 설명서를 찾으려고 부단히도 애를 썼다. 당신은 시험에 앞서 예상 답안을 작성하듯 이 문제에 대한 타인의 경험담들을 읽을 수 있다. 그러나 여기에도 문제는 있다. 온갖 역경에 맞서 훌륭한 여성이 되었으나 불행해지고 황폐해지거나 끝내 타협할 수밖에 없었던 많은 여성들의 이야기를 역사 속에서 발견하게 된다는 사실이다. 그들을 둘러싼 사회 전체가 잘못되어 있었으니까.

소녀들에게 선구자적인 여성들을 보여주어라. 실비아 플라스, 도로시 파커, 프리다 칼로, 클레오파트라, 보아디케아, 잔다르크. 하지만 이 여성들은 모두 사회적으로 부정당했다. 당신이 힘들게 어떤 성과를 이루더라도, 여성의 승리가 위협적이고 부당하다고 여겨지는 분위기에서는 완전히 부정될 수 있다. 소녀들은 종종 결국 무너지고 만 여성들을 본다. 그녀들이 힘들게 쟁취한 승리가 역겹고 위협적으로 보일 뿐만 아니라 10대 소녀들에게는 단순히 쿨하지 못하게 여겨지는 분위기라면 이러한 승리는 부정되기 십상이다. 똑똑하게 타고난 소수의 소녀들만이 올바른 길을 가고자 하지만, 이는 외로운 일이다.

그래서 아는 것도 없고, 준비도 덜 되어 있고, 판초가 더 이상

유행하지 않았으면 좋겠다는 생각이나 하는 내가 이 책을 통해 나쁜 여자가 되는 방법에 관해 이야기를 하고자 한다. 이 책은 21세기가 되었음에도 여전히 충분히 논의되지 못한 경험들을 다루고 있다. 그렇다. 구식 여성주의자들이 외치는 '여성주의 의식을 고취하자'라는 구호만으로는 충분히 많은 이야기를 나눌 수 없다. 게다가 여자들은 술에 완전히 취한 상태가 아니고서는 낙태나 화장품, 출산, 모성, 섹스, 사랑, 일, 여성혐오, 두려움, 피부 상태에 관한 주제들에 대해 실제로 어떻게 생각하고 있는지를 말하려고 하지 않는다. 여성 음주가 늘어나고 있다는 보고가 증가하는 까닭은 이처럼 술에 취해 마음을 털어놓으려는 현대 여성들이 늘어나고 있기 때문일 것이다. 상세르 포도주가 너무나 맛이 좋기 때문일 수도 있겠지만.

하지만 우리가 (그런 척만 하는 것이 아니라) 실제로 활기차게 살아가기 위해서는 멀리 떨어져 여성주의를 지켜보는 둥 마는 둥 하면서 푼돈이나 보태기보다 우리 스스로 분석적으로 또 논쟁적으로 참여해야만 한다. 당신도 알고 있다. 우리는 여성주의에 뛰어들어야 한다.

그런데 두 번째 문제는 여기서 발생한다. 당신은 여성주의가 우리들의 문제들을 해결해줄 거라고 생각하지만 사실상 오늘날의 여성주의는 제자리걸음을 하고 있다. 지난 몇 년 동안 나는 여성주의가 한때는 선동적이고 효과적이었으며 혁명적이었음에도 오늘날의 여성주의는 사소한 논쟁만 벌이고 있다는 사실은 문제라고 생각해왔다. 요즘에는 소수의 여성주의자들만 읽을 책이나 BBC4에서 밤 11시에 방영하는 프로그램을 통해 소수의 여성학자들만이 논쟁하고 있을 뿐이다. 내 의견은 다음과 같다.

첫째, 일부 학자들만 논의하기에는 여성주의는 매우 중요하다. 더 정확하게 말하자면,

둘째, 나는 여성주의 학자는 아니다. 그러나 맹세코 여성주의는 정말로 진지하고, 중대하고, 위급한 상황에 처해 있다. 이제는 경박한 신문 칼럼니스트나 형편없는 글재주를 지닌 날품팔이 TV평론가에게서 승리를 쟁취해야 한다. 나는 재미있고 흥분되는 일을 지켜보고만 있지 않고 직접 뛰어들고 싶다. 내게도 할 말이 많다.

문학평론가이자 독설가인 카밀 파글리아는 레이디 가가를 완전히 잘못 넘겨짚고 있다! 여성주의자 단체는 포르노에 대해서는 완전히 바보들이다! 나의 영웅인 저메인 그리어는 트랜스젠더에 대해서는 제대로 아는 것이 없다! 그리고 연예정보 잡지인 《OK!》나 600파운드짜리 핸드백, 꽉 끼는 바지, 브라질리언 왁싱, 멍청한 닭장 같은 나이트클럽이나 모델 케이티 프라이스에 대해서는 아무도 말하지 않는다!

이제 그들에게 태클을 걸 필요가 있다. 럭비 경기를 할 때처럼 그들이 얼굴을 진흙탕에 파묻고 소리를 지르도록 태클을 걸어야 한다.

전통적인 여성주의는 이런 일들이 전혀 중요하지 않다고 말할 수도 있다. 그보다는 여자도 똑같이 돈을 내야 한다거나, 제3세계에서 행해지는 여성 할례, 가정 폭력과 같은 중대한 일들에 집중해야 한다고 한다. 물론 이런 억압적인 일들은 구역질이 날 만큼 잘못된 일이고, 세계는 이런 일들이 사라질 때까지 부끄러워해야 할 것이다. 그러나 우리 여성들에게는 사소하지만 멍청하고 짜증스러운 일들이 매일같이 일어나며, 그것들은 다양한 방식으로 우리가 평정심을 유지하는 데 해를 끼친다. 이런 일들은 '깨진 창문'처럼 여성 불평등으로 이어진다. '깨진 창문' 이론이란 빈 건물의 유리창 하나가 깨진 채로 수리되지 않고 방치되면 파괴자들이 더 많은 창문을 깨뜨리는 경향을 보인다는 것이다. 그리고 마침내는 그들이 건물을 부수고 불을 지르거나 무단으로 침입해 거주하게 될 것이다.

마찬가지로, 우리가 여성의 음모를 역겹다고 생각하는, 혹은 유명하고 힘 있는 여성들조차 너무 뚱뚱하다거나 너무 말랐다고 아니면 옷을 너무 못 입는다고 지속적인 비난을 받는 분위기에서 살고 있다면, 사람들은 차츰 여성들을 무너뜨리기 시작해 결국 여성들의 내부에 불을 지르고 말 것이다. 여성들의 내부에도 무단 침입자들이 거주하게 될 것이다. 분명 절대로 환영할 일이 아니다. 나는 어느 날 아침, 잠에서 깨어났을 때 내 복도에서 어슬렁거리는 수많은 기회주의자들을 보고 싶지는 않다.

1993년 뉴욕 시장이 된 루디 줄리아니는 '깨진 창문' 이론의 신봉자였고, 그는 불관용Zero Tolerance* 정책을 시행해 범죄율을 극적으로 떨어뜨렸다. 이러한 하락세는 다음 10년 동안 지속되었다.

나는 여성들이 우리 삶에서 벌어지는 '깨진 창문'과 같은 사건들을 절대로 용납하지 않을 때가 되었다고 생각한다. 나는 '쓰레기 같은 모든 가부장적인 일들'에 대해 불관용 정책을 도입하고 싶다. 가부장제가 깨뜨린 창문들에 대한 불관용 정책은 다음과 같은 위대한 결과를 낳을 것이다.

21세기를 사는 우리는 제로 사이즈 모델들이나 웃기지도 않는 포르노들, 랩 댄스 클럽들이나 보톡스에 맞서 시위를 할 필요가 없다. 단식투쟁을 할 필요도 없다. 말발굽 아래, 심지어는 당나귀 발밑에 몸을 던질 필요도 없다.** 우리는 그저 크게 뜬 눈으로 상황을 정확하게 판단한 뒤, 그저 그 일을 두고 웃음을 터뜨리기만 하면 된다. 웃을 때의 우리는 근사하게 보인다. 우리가 그저 아무 걱정 없다는 듯이 깔깔거리며 웃어댈 때 사람들은 우리를 매력적이라고 생각한다.

단상에 올라 주먹을 쥐고 큰 소리로 떠들어대는 우리는 별로 매력적으로 보이지 않을지도 모른다. 이를 테면 우리가 "허! 그래요! 바로 이런 거죠! 가부장제를 철폐합시다!"라고 으르렁거리

---

* 사소한 범법자에 대해서라도 엄격하게 처벌을 가하는 정책.

** 1913년 더비 경마 개최일에 사회활동가 에밀리 데이비슨은 여성 참정권을 위해 조지 5세의 경주마 앞으로 뛰어들어 결국 사망했다. 이 사건이 기폭제가 되어 1918년 영국 여성은 투표권을 획득하게 되었다.

다가 과자 한 봉지를 한입에 털어 넣고 숨 막혀 할 때 말이다. 하긴, 다른 사람들이 무슨 상관이랴.

나는 여성주의의 '물결'에 대해 더 이상 어떤 말을 해야 좋을지 모르겠다. 내가 아는 바에 따르면 다음은 다섯 번째 물결일 텐데, 이제는 개인적으로 파도를 타는 대신 다 같이 밀물에 몸을 맡겨야 할 때라고 생각한다. 그러나 여성주의의 다섯 번째 물결에서 가장 중요한 것은 현대적인 여성으로서 존재하면서 마주치는 온갖 쓰레기 같고 짜증스러운 일들에 대해 소리를 지르거나 내재화하거나 말다툼을 벌이는 것이 아니라, 상황을 정확히 지적하고 "하!"라고 코웃음을 쳐야 한다는 것이다.

좋다. 만약 여성주의의 다섯 번째 물결이 일게 된다면, 이는 나의 공헌이라 할 수 있다. 나의 훌륭한 공헌. 나는 이 책에서 내가 겪어온 매우 사소한, 많은 경우에는 별것도 아닌 듯…한 사례들을 통해 여자가 되는 법에 관한 깊은 이야기를 나누고자 한다.

피를 흘리고 있어!

나는 이 일을 선택할 수 있는 것이라고 생각했다. 여자들이 매달 피를 흘린다는 사실은 알고 있었지만, 당시의 나는 이 일이 내게도 일어나리라고는 생각하지 않았다. 나는 당연하게 내가 선택할 수 있는 문제라고 생각했다. 아마도 순전한 반항심리였을 것이다. 솔직히 이 일은 쓸모가 있을 것 같지도, 재미있을 것 같지도 않았다. 게다가 나는 도저히 이 일을 내 스케줄에 맞출 수 있을 것 같지도 않았다.

나는 그냥 귀찮은 일이 싫다! 밤마다 윗몸 일으키기 10개 정도라면 가뿐히 할 수 있겠지만. 캡틴 모란은 이 일을 하지 않겠다!

나는 '열여덟 살이 된 나의 모습'을 적은 목록을 매우 진지하게 살펴본다. '몸무개를 줄일 것' 계획은 착착 진행되고 있다. 생강 쿠키도 먹지 않고, 밤마다 윗몸 일으키기와 팔굽혀펴기를 각각 10개씩 하고 있다. 집 안에 전신거울이라고는 찾아볼 수가 없어서 제대로 하고 있는지 알 수는 없지만, 나의 신병훈련소가 제대로 돌아가기만 한다면 크리스마스 때쯤에는 위노나 라이더처럼 깡마른 몸을 갖게 될 것이다.

어쨌거나 나는 겨우 넉 달 전에 생리를 시작했다. 어머니는 생리주기에 대해 한 번도 말해준 적이 없었다. 몇 년이 지난 후에야 "네가 텔레비전에서 다 배웠을 거라고 생각했지."라고 말했을 뿐이다. 나는 지나가던 학생이 우리 집 울타리에 구겨 넣고 간 릴레트 탐폰 회사의 전단지를 우연히 발견했을 때에야 생리가 무엇인지를 알 수 있었다.

"그런 얘기는 하고 싶지 않아." 내가 릴레트 전단지를 들고 캐즈의 방으로 가서 보여주려고 하자 그 애가 외쳤다.

"하지만, 본 적 있어?" 나는 캐즈의 침대 발치에 앉아 물었다. 그러자 캐즈는 침대의 다른 쪽 귀퉁이로 물러났다. 캐즈는 '가까운 거리'를 좋아하지 않는다. 거리가 가까워지면 캐즈는 진짜 열을 받는다. 침실 3개짜리 임대주택에 7명이나 살다보니 캐즈는 거의 끝없이 화를 내다시피 한다.

"봐, 이게 자궁이야. 이게 질이고. 릴레트는 옆 부분을 확장해서 동굴을 채우는 방식이야…" 내가 말한다.

나는 전단지를 한번 훑어보기만 했을 뿐이다. 솔직히 이 전단지에는 마음에 드는 구석이 하나도 없다. 여성생식체계의 단면도는 복잡하고 비현실적으로 보인다. 로타스탁 사에서 만든 햄스터 케이지처럼 사방에 터널들이 가득 뚫려 있다. 다시 한 번 나는 생리를 허락하지 않겠다고 생각한다. '내 몸 안은 골반부터 목까지 단단한 고깃덩어리로만 꽉 차 있을 거야. 신장도 그 안 어딘가에 소시지처럼 처박혀 있겠지. 나도 몰라. 난 해부학에는 소질이 없어.' 나는 비를 맞아 창백해진 소녀들이 등장하는 낭만적인 19세기 소설들을 좋아하고, 스파이크 밀리건의 전쟁 회고록을 좋아한다. 이런 책들에는 생리 이야기가 등장하지 않는다. 생리는 다소… 불필요한 것이 아닐까.

"그리고 매달 일어난대." 나는 캐즈에게 말한다. 캐즈는 옷도 다 입고 고무장화까지 신은 채로 이불을 뒤집어쓰고 있다.

"꺼져." 이불 속에서 캐즈의 목소리가 들려온다. "언니 너가 죽었다고 생각하는 중이야. 언니 너랑 생리 이야기를 하는 것보다 더 끔찍한 일도 없을 거야."

난 발을 질질 끌며 그곳에서 사라진다.

'닐 데스페란둠Nil desperandum.'* 나는 혼잣말로 중얼거린다. '언제든 내 말에 귀기울여주는 상대가 있거든. 개밥그릇에 하고 싶은 말을 가득 채우면 되지 뭐.'

우리가 새로 기르게 된 멍청한 개가 내 침대 밑에 있다. 오스

---

* 라틴어 명언으로 '절망할 필요가 없다'라는 뜻.

카라는 이름의 길 건너 사는 작은 개가 우리 개를 임신시켰다. 우리들 중 누구도 개가 어떻게 임신할 수 있었는지를 제대로 알 수가 없었다. 사납게 짖어대는 작은 체구의 오스카는 패밀리사이즈 구운 콩 깡통보다 약간 클 뿐이었고, 새로 기르게 된 멍청한 개는 커다란 독일 셰퍼드였으니까.

"분명 땅에다 구멍을 팠을 거야. 들어가서 하려고." 캐즈가 역겹다는 듯 말한다. "분명 먼저 꼬리를 쳤겠지. 언니 개는 창녀야."

"나는 곧 여자가 될 거야." 내가 말한다. 그리고 나의 개는 제 질을 핥는다. 내가 말을 걸 때마다 개는 항상 질을 핥고 있다. 이런 개를 어떻게 생각해야 할지는 잘 모르겠다. 어쨌거나 조금 슬픈 일이다.

"내가 이 전단지를 발견했어. 전단지에 따르면 내가 곧 생리를 시작할 거래." 나는 말을 잇는다. "솔직히 말해서 개는 좀 걱정이 돼. 내 생각엔 곧 아프게 될 것 같은데."

나는 개의 눈을 바라본다. 개는 늘 그렇듯 멍청한 포대자루처럼 보인다. 은하수처럼 반짝이는 개의 두 눈은 아무 생각도 없어 보인다.

나는 일어난다.

"엄마한테 가서 말할 거야." 내가 말한다. 여전히 침대 아래 늘어져 있는 개는 평소와 다를 바 없이 개라는 자신의 존재를 무척 불안하게 여기는 것처럼 보인다.

나는 화장실에 있는 엄마를 찾아간다. 임신 8개월째에 접어든 그녀는 잠들어 있는 한 살짜리 셰릴을 안고 소변을 보고 있다.

나는 욕조 가장자리에 앉는다.

"엄마?" 내가 말한다.

왜 그런지는 몰라도 나는 생리주기에 관한 대화를 할 때는 질문을 단 하나만 해야 한다고 생각한다.

"응?" 엄마가 대답한다. 엄마는 잠든 아기를 안고 소변을 보는 동시에 빨래 바구니에서 하얀 세탁물들을 골라내고 있다.

"엄마도 알지? 내가 곧 생리를 할 거라는 거." 내가 속삭인다.

"그런데?" 엄마가 말한다.

"아플까?" 내가 묻는다.

엄마는 잠시 생각한다.

"응." 마침내 엄마가 말한다. "그런데 별 거 아냐."

갑자기 아기가 울음을 터뜨리고, 그래서 엄마는 뭐가 '별 거 아닌'지를 설명해주지 않는다. 엄마는 더 이상의 설명을 생략한다.

3주 뒤 나는 생리를 시작한다. 생리는 정말이지 마음에 들지 않는 사건이다. 차를 타고 시내의 중앙도서관으로 가는 길에 시작된 생리는 내가 한 시간 반 동안 논픽션 서가를 돌아다니는 동안에도 계속된다. 나는 아빠가 우리를 데리고 다시 집으로 돌아갈 때까지 어떻게 이 일을 숨겨야 할지를 절망적으로 생각한다.

'첫 번째 생리를 시작했다. 우웩.' 나는 일기에 쓴다.

"주디 갈랜드는 생리를 한 번도 하지 않았을 것 같아." 그날 저녁 나는 불행한 목소리로 개에게 말한다. 나는 작은 손거울로 내가 우는 모습을 들여다보고 있다. "시드 채리스도. 그리고 어쩌면 진 켈리도."

나도 이제 엄마가 욕실 문 뒤에 보관하는 페니와이즈 생리대 주머니를 사용해야 한다. 나는 아직도 '주머니와는 관계없는' 어린 두 여동생들에게 슬픈 질투심을 느낀다. 싸구려 생리대는 딱딱하다. 팬티 안에 생리대를 꽉 채우고 있으려니 다리 사이에 매트리스를 끼고 있는 것 같다.

"다리 사이에 매트리스를 낀 것 같아." 캐즈에게 말한다.

우리는 신디 인형을 갖고 노는 중이다. 캐즈의 신디 인형인 보니는 4시간 동안이나 호화 유람선에 탄 승객들 전부를 비밀리에 살해하고 있다. 나의 신디 인형 레일라는 살인의 수수께끼를 풀기 위해 노력하고 있다. 다리가 하나뿐인 저돌적인 남자 버나드는 이들 둘과 동시에 데이트를 즐긴다. 실제로 버나드는 동생 에디의 소유이지만, 우리는 끝없이 버나드의 소유권을 놓고 논쟁을 벌인다. 우리 둘 중 누구도 우리의 신디 인형을 짝도 없이 남겨두고 싶지는 않다.

"끔찍하게 두꺼워." 나는 말을 잇는다. "이건 마치 《공주님과 완두콩Like a Princess and the Pea》에 나오는 매트리스 같아."

"얼마나 길어?" 캐즈가 묻는다.

10분 뒤, 우리의 신디 인형들은 기숙사 침대처럼 켜켜이 쌓인

6개의 페니와이즈 생리대 위에 누워 잠든다.

"와! 괜찮은데!" 내가 말한다. "싹양배추가 꼭 신디 양배추 인형처럼 보인다는 걸 알았을 때 같은 걸! 봐, 캐즈. 이게 바로 생리의 긍정적인 측면이야."

걸을 때마다 허벅지 사이에서 걸리적거리는 싸구려 생리대는 금방 효과가 떨어지고 새기까지 한다. 그래서 나는 생리를 할 때는 걷지 않는다. 내 첫 생리기간은 석 달 동안이나 지속된다. 나는 이런 주기가 지극히 평균적이라고 생각한다. 나는 자주 쓰러지고, 빈혈이 심해져 손톱과 발톱이 핏기 없이 창백해진다. 나는 엄마에게도 알리지 않는다. 생리에 대해 이미 한 번 물어봤기 때문이다. 나는 이 일을 스스로 해결해야 한다.

침대 시트에 묻은 핏자국은 절망적이다. 극적으로 보이지도 않는다. 차라리 빨간 색이라면 살인 사건처럼 보이기도 할 텐데, 칙칙한 갈색은 대수롭지 않은 사고처럼 보일 뿐이다. 내 몸의 내부에서 녹이 슬어 이제는 고장 난 것처럼 보인다. 매일 아침 손빨래로 얼룩을 없애는 수고를 피하기 위해 나는 팬티 속에 효과 없는 생리대와 함께 화장지 한움큼을 우겨넣고 밤새 아주, 아주 가만히 누워 있는다. 가끔 나오는 거대한 핏덩어리들은 생간처럼 보인다. 자궁의 내벽을 형성하고 있다가 손가락 한 마디 두께로 떨어져 나온 듯한 핏덩어리들을 보니 생리는 너무나 구역질나는 일이라고 생각된다. 몸 안에서 얼마나 끔찍하고 나쁜 일들이 벌어지고 있는지에 대한 우울한 생각을 떨칠 수가 없다. 하지만 나는 생리에 대한 이야기를 누구와도 할 수가 없다. 나는 자주 넝마 조각과 차가운 물로만 이토록 끔찍하고 짜증스러운 일을 해결해야 했던 역사상의 모든 여자들을 생각한다.

화장실에서 손톱 솔과 콜타르 비누로 열심히 바지를 문지르면서 나는 여자들이 얼마나 오랫동안 남자들에게 억압받아왔는지는 별로 놀라운 일도 아니라고 생각한다. 옷에서 말라붙은 핏물을 빼는 것은 정말 개 같은 일이다. 우리 여자들은 투표권을 달라고 요구할 시간조차 없을 만큼 이렇게 핏자국을 문질러 닦느라 너무나 바빴던 것이다. 건조기가 붙어 있는 세탁기가 발명되기 전까지는.

캐즈는 나보다 두 살 어렸지만 나의 첫 생리가 시작되고 여섯 달 뒤에 생리를 시작했다. 캐즈는 모두가 잠들어 있는 밤에 울면서 내 방에 들어와 끔찍한 말을 속삭인다. "생리가 시작됐어."

나는 욕실 문 뒤쪽에 걸려 있는 생리대 주머니를 보여준다. 그리고 캐즈에게 사용방법을 알려준다.

"팬티에 생리대를 붙이고 석 달 동안 걷지 마." 내가 말한다. "쉬워."

"아플까?" 캐즈가 두 눈을 동그랗게 뜨고 묻는다.

"응." 나는 고상한 어른처럼 대답한다. "하지만 괜찮아."

"왜 괜찮아?" 그녀가 묻는다.

"나도 몰라." 내가 말한다.

"그럼 왜 그렇게 말해?"

"나도 몰라."

"세상에. 왜 그 따위로 말하는 거야? 언니 너는 생리를 입으로 하냐?"

캐즈는 끔찍한 생리통을 경험한다. 캐즈는 화장실 안에서 샤워커튼을 둘러쳐놓고 뜨거운 물병을 끌어안은 채 들어가려는 모든 사람들에게 "저리 꺼져!"라고 외치면서 생리기간을 보낸다. 히피 기질이 있는 나의 어머니는 진통제를 믿는 대신, 허브를 이용한 치료법을 찾아내야 한다고 말한다. 세이지*가 도움이 된다는 말을 들은 우리는 침대에 앉아 세이지와 양파를 한 주먹씩 먹으면서 운다. 우리들 중 누구도 우리가 이 일을 앞으로 30년 동안 견뎌야 한다는 것을 믿을 수 없다.

"어쨌든 난 애는 낳기 싫어." 캐즈가 말한다. "이 따위 일들은 아무래도 괜찮아. 생식기들을 전부 꺼내버릴 거야. 그리고 담배를 피우게 되면 폐를 추가로 하나 더 달 거야. 그렇게 할 거야. 이건 부질없는 일이야."

이 시점에서 여성이 되어야 한다고 말하는 것은 절대적으로 무의미하게 여겨진다. 성호르몬은 태평스러운 어린이였던 나를 피 흘리다 울고 기절까지 하는 세탁부로 만들어버리는 쌍년이 아닐 수 없다. 성호르몬은 나를 여자처럼 느껴지도록 하는 것과 관계가 없다. 매일 밤마다 나는 비참한 기분으로 침대에 누워 있는

---

* 샐비어. 약용 허브.

데, 팬티 안에서 툭 튀어나온 생리대는 마치 고추처럼 보인다.

나는 슬픈 마음으로 옷을 모두 벗고 서랍에서 잠옷을 꺼낸다. 내가 다시 등을 돌리자 침대 밑에서 나온 개가 내 피가 묻은 생리대를 씹고 있다. 피에 젖은 생리대 조각들이 바닥에 여기저기 널려 있고, 팬티는 개의 주둥이에 걸려 있다. 개가 처연한 눈길로 나를 바라본다.

"세상에, 언니 개는 레즈비언 흡혈귀야." 막 잠이 들려던 캐즈가 몸을 돌리다가 소리친다.

나는 팬티를 빼앗으러 가다가 기절한다.

호르몬 때문에 우울해하는 중에, 언덕 너머에서 햇빛을 받아 반짝이는 어깨장식을 자랑하며 요란한 박차 소리와 함께 기사가 도착했다. 도서관 그린카드가 도착한 것이다. 이제 열세 살이 된 나는 도서관에서 부모님 카드를 빌리지 않고도 성인도서를 대출할 수 있다. 이 말은 비밀스러운 책들을 대출할 수 있다는 의미다. 섹스가 들어 있는 추잡한 책들을.

"난 이런 꿈을 여러 번 꿨어." 도서관으로 향하며 개에게 말한다. 도서관은 공터 건너편에 위치해 있다.

"어떤 꿈이냐면… 남자들에 관한 꿈이야." 나는 말을 이으며 개를 본다. 개는 나를 바라본다. 나는 개가 내 주변에서 일어나는 모든 일들을 알아야 한다고 생각한다. 내가 기르는 개니까.

"나는 체비 체이스를 사랑해." 나는 갑자기 즐거운 목소리로 개에게 말한다. "폴 사이먼의 〈유 캔 콜 미 앨You Can Call Me Al〉이라는 곡의 뮤직비디오에서 그를 봤어. 1986년 〈그레이스랜드Graceland〉 앨범에 들어있는 곡 말이야. 워너브라더스에서 출시한 앨범. 그 사람 생각을 멈출 수가 없어. 꿈속에서 그가 내게 키스했는데, 그의 입술은 너무나 황홀했어. 아빠한테 금요일에 비디오 가게에서 그가 나오는 〈세 친구Three Amigos〉를 빌릴 수 있냐고 물어볼 거야."

비디오 가게에서 〈세 친구〉를 빌리기란 꽤나 힘든 일이 될 것이다. 다음 주에 빌릴 비디오는 이미 〈하워드덕Howard the Duck〉으로 정해져 있었으니까. 따라서 물밑작업을 한참 해야겠지만, 이 일은 분명 그럴 만한 가치가 있다. 하지만 나는 개에게 체비 체이스와의 키스가 너무나 황홀해서 어제는 〈유 캔 콜 미 앨〉을 16번이나 반복해서 들으며 폴 사이먼이 베이스 솔로를 연주하는 동안 내 얼굴에 닿는 체비 체이스의 입술을 상상했다는 이야기는 하지 않았다. 나는 체비에게 홀딱 빠져 있다. 나는 그에게 처음으로 하게 될 말을, 그의 마음을 사로잡을 한마디의 말을 벌써 생각해뒀다.

"체비 체이스?" 나는 〈다이너스티Dynasty〉에서 본 파티 장면과 매우 비슷한 어떤 파티에서 이렇게 말할 것이다. "캐녹 체이스Cannock Chase와는 무슨 관계죠?"

캐녹 체이스는 스태퍼드에서 A5 도로를 타고 가면 나오는 곳이다. LA에서 태어난 영화배우이자 코미디언인 체비는 분명 이 농담을 알아듣고 좋아할 것이다.

물론 나는 전에도 사랑에 빠져본 적이 있다. 음, 한 번. 하지만 잘 되지 않았다. 나는 일곱 살이었을 때 〈벅 로저스Buck Rogers〉를 본 적 있는데, 그때 멍청한 미국인 스페이스 카우보이와 사랑에 빠졌다. 스타워즈의 한 솔로Han Solo와 너무나 비슷했던 그는 산 홀로San Holo라 불리며 뷰차카Bewchacca*와 함께 필레니엄 말콘Fillenium Malcon**을 돌아다니는 것 같았다.

새로운 사랑의 화학물질들이 — 버크네슘Bucknesium이나 로저토닌Rogertonin 같은 — 빠르게 나를 통과해감에 따라 나는 사랑이 무엇인지를 알게 되었는데, 사랑은 매우… 재미있는 감정이었다. 이전에 경험한 어떤 것도 그보다 흥미롭지는 않았다.

나는 벅과 함께하는 모든 일들이 너무나 재미있었다. 그의 얼굴만 봐도 재미있었고, 그가 서 있는 모습도 재미있었다. 그가 초경량 플라스틱 레이저 건을 무거워 죽겠다는 듯 들어올리는 모습도 재미있었다. 벅 로저스를 미친 듯이 갈망하며 듣던 영화의 주제곡은 28년이 지난 지금도 들을 때마다 가슴이 뛴다.

이처럼 거대하고 우스꽝스러운 감정을 주체할 수 없었던 나는 중요한 일이 생길 때마다 어떤 행동을 하기로 했다. 나는 (당시 다섯 살이던) 캐즈를 데려와 빈 건조용 장롱 안으로 같이 들어

---

* 스타워즈의 등장인물인 '츄바카Chewbacca'의 패러디.
** 스타워즈에 등장하는 우주정거장 '밀레니엄 팔콘Millenium Falcon'의 패러디.

갔다. 영국의 그 유명한 미트포드 자매들이 그랬던 것처럼. 아마 미트포드 자매들의 건조용 장롱은 우리 집 것보다 크고 쥐똥 냄새나 고약한 방귀 냄새도 나지 않았겠지만.

"캐즈." 나는 장롱 문을 닫고 불길하고 심각한 느낌을 전달하려 애쓰며 말했다. "믿을 수 없을 정도로 놀라운 이야기를 해줄게."

나는 잠시 말을 멈추고 캐즈를 바라보았다.

"난… 사랑에 빠졌어. 벅 로저스랑. 엄마한테는 말하지 마."

캐즈가 고개를 끄덕였다.

마음의 무게를 덜어낸 나는 문을 열고 캐즈에게 나가라는 시늉을 했다. 나는 그 애가 아래로 내려가 계단을 내려가는 모습을 지켜보았다. 곧 그 애가 열린 방문 앞에서 엄마에게 말하는 소리가 들려왔다.

"엄마, 언니가 벅 로저스를 사랑한대."

나는 그 순간 불길처럼 훑고 지나간 모욕감을 통해 배운 것이 있다. 바로 사랑은 고통이며 모든 열정은 비밀로 남아야 한다는 것과 캐즈는 믿을 수 없는 인간이며 피도 눈물도 없는 망할 년이라는 것을.

이런 일들을 겪을 때마다 나는 성장했다. 그날 나는 빈 장롱 안에서 많은 것들을 배웠다. 그리고 20분이 지나기도 전에 '전쟁은 이렇게 시작되는 거야'라고 음흉하게 읊조리며 캐즈의 베개에 냉동 완두콩들을 집어넣었다.

그렇게 오랫동안 사랑의 열병을 앓고 난 뒤, 다시 사춘기의 호르몬이 질주하기 시작했고, 이번에는 무시할 수 없을 정도였다. 공터 귀퉁이에서 임신한 개에게 이런 이야기를 하고 있는 머리를 종종 땋아 내린 열세 살의 여자아이는 사실상 욕정으로 가득 차 있었다.

"난 《플레치Fletch》라는 책을 빌릴 거야." 나는 개에게 말한다. 《플레치》는 시답잖은 영화의 원작이지만, 영화의 주인공이 체비 체이스였다. "나는 표지에 실린 체비 체이스의 사진을 볼 거야. 그리고 그걸 베껴 그려서 '사랑 노트'에 붙일 거야."

'사랑 노트'란 최근의 내 발명품이다. 표지에는 '영감 노트'라고 적혀 있지만, 실제로는 '사랑 노트'다. 지금까지 나는 요크 공작 부인* 사진 9장과 잡지 《라디오 타임스》에서 오려낸 작은 개구리 그림 하나를 모았다. 나는 요크 공작부인을 사랑한다. 그녀는 매우 뚱뚱했지만 1988년에 앤드루 왕자님과 결혼했다. 그녀는 나의 미래에 대한 희망이다.

나는 《플레치》를 어떻게 처리할지에 대한 계획을 이미 끝낸 상태다. 집에 가자마자 겉옷으로 책을 감싸서 속옷 서랍에 숨길 것이고, 그러면 부모님이 이 책을 볼 수 없을 거다. 부모님이 내가 사랑을 느끼기 시작했다고 생각하지 못하게 하는 것은 매우 중요

---

* 사라 퍼거슨Sarah Ferguson 엘리자베스 2세의 둘째 왕자 앤드류와 결혼했으나 1996년 이혼함으로써 요크 공작부인 작위를 잃었다.

하다. 왜냐하면 그들이 내가 성장하고 있으며 따라서 비밀을 지키기 위해 부단한 노력을 하고 있다는 사실을 몰라야 하기 때문이다. 부모님이 아는 순간 무슨 일이 벌어질지 모르니까.

나는 도서관에서 《플레치》를 쉽게 찾아낸다. 만족스럽게도 표지에는 커다란 체비 체이스 사진이 실려 있다. 나는 체비 체이스의 귀여운 얼굴을 연필로 따라 그릴 것이다.

그러다 나는 문득 질리 쿠퍼의 《라이더스Riders》도 빌리기로 한다. 이 책은 《플레치》를 끌어줄 말이다. 나는 말을 좋아한다. 개가 밖에서 끙끙거리는 소리가 들려온다. 나는 개를 나무에 묶어놓았는데, 개는 벌써 야단법석을 떨면서 제 목을 스스로 조르고 있다. 개의 숨이 끊어지기 전에 목줄을 풀어주어야겠다.

3시간이 지난 뒤, 나는 엄청난 책을 빌렸다는 기분이 든다. 성인도서를 빌려온 첫날부터 금광을 캐낸 것 같다. 질리 쿠퍼의 《라이더스》는 내가 꿈꾸었던 것 이상이다. 가슴과 성기, 섹스가 넘쳐난다. 클리토리스가 하늘에서 떨어지고 엉덩이가 발끝에 차인다. 젖꼭지들, 커닐링구스, 펠라치오가 폭풍우처럼 불어닥친다.

이러한 혼란 — 쿠퍼는 여자 주인공의 '덤불'을 130쪽에 걸쳐 언급하고 있는데, 나는 덤불이 식물을 가리키는 것인지 아닌지를 확신할 수 없었다 — 을 받아들일 수 있는 사람은 울버햄튼에는 존재하지 않는다. 그런 사람은 버밍엄에도 없다. 런던이라면 몰라도.

아무려나 이 책은 의심할 바 없이 음란함의 성경, 추잡함의 로제타석이라 할 만하다. 이 책의 핵심문구인 '새롭고도 낯선 감각'이라는 표현은 '앞으로 4년 동안 맹렬하고 강박적으로 자위행위를 하다'로 나를 이끌었다.

처음으로 자위 — 5장을 절반쯤 읽다가 — 를 시도했을 때, 절정에 도달하기까지는 20분쯤 걸렸다. 나는 내가 뭘 하고 있는지를 모른다. 책 속의 사람들은 뭔가 굉장한 일이 벌어질 때까지 '젖은 덤불' 속을 '헤집고' 돌아다녔다. 나는 집중하기 위해 잇새로 혀를 물고 13년 동안이나 간직해왔음에도 여전히 낯설기만 한 부위를 이곳저곳 헤집으며 부단히도 노력한다.

마침내 절정에 도달했을 때, 나는 팔도 아프고 지칠 대로 지쳤지만 흥분으로 넋이 나가 젖은 채로 엎드려 눕는다. 끝내주는 기분이다. 시트콤 〈행복한 나날들Happy Days〉에서 더 폰즈가 방에 들어서며 '헤이'라고 외칠 때나 앤드류 왕자의 키스를 받는 요크 공작부인이 느꼈을 법한 기분을 느낀다. 나는 일종의 나른함, 행복, 기분 좋은 감정을 느낀다. 여전히 호흡은 거칠지만, 찬란하게 반짝이는 별빛 아래서 귓가에 울리는 종소리를 듣고 있는 기분이다. 글쎄, 약간 아름답기까지 하다.

나는 일기장에 이 경험에 대해 쓸 수가 없다. 캐즈와 나는 서로에게 앙갚음을 하기 위해 서로의 일기장을 훔쳐 읽는 전쟁을 수년 동안 해오고 있기 때문이다. 캐즈는 내가 그 애를 특별히 역겹게 하거나 귀찮게 굴 때마다 가끔 여백에 이런 말까지 남긴다.

'넌 구제불능이야.'

하지만 그날 있었던 다른 일들에 대해 쓰려고 하자, 나는 내가 느낀 강렬한 흥분을 배신하고 있는 것 같은 느낌이 든다.

나는 쓴다. '엄마가 페이스트리 브러시를 사줬다. 쓸모 있다!' '차를 마실 때 치즈 샌드위치를 먹었다. 정말 너무너무너무 맛있다. 아빠는 우리가 〈세 친구〉를 빌릴 거라고 말했다. 좋아아아아아아아아!'

몇 주가 지나자 나는 능수능란하게 자위행위를 할 수 있게 된다. 내가 들인 시간과 노력은 경이로울 정도다. 나는 매우 다양한 장소들 ― 거실, 주방, 정원 한 구석 ― 에서 나 자신에게 구애한다. 서서, 의자에 앉아서, 배를 깔고 누워서, 왼손으로, 오른손으로. 나는 나를 위한 사물들이 깨끗하기를 바란다. 나는 사려 깊고 상상력 넘치는 나만의 애인이다.

오후마다 나는 침실에 틀어박혀 몇 시간이고 절정에 오른다. 내 손끝에는 목욕하고 난 뒤처럼 주름이 진다. 새로 생긴 취미는 놀랍기만 하다. 돈도 들지 않고, 집 밖으로 나갈 필요도 없고, 살도 찌지 않는다. 나는 다른 사람들도 모두 자위에 대해 알고 있는지 궁금하다. 모두 알고 있다면 혁명이 일어나지 않을 수 없었을 텐데! 사람들에게 이 이야기를 하고 싶어 견딜 수 없을 지경이지만, 나는 누구에게도 말하지 않는다. 이 이야기는 생리주기보다도, 엉덩이에 점이 있다는 사실보다도 더 큰 비밀이다.

물론 내 개에게만은 털어놓는다. 개는 늘 하던 대로 제 성기를 핥고 있다. 그러나 이렇게 개에게 털어놓는 것은 나쁘지는 않지만 충분하지도 않다. 나는 누군가에게 말하고 싶어 죽을 지경이다.

"언니 네가 얼마나 자위를 자주 하는지 나한테 말하기만 해 봐." 캐즈가 〈슈퍼맨 2〉에 등장하는 조드의 눈에서 나올 법한 레이저 눈을 하고 말한다. "그러기만 하면 나는 당장 네가 죽어버려야 한다고 하느님께 기도하고 또 기도할 거야. 난 그런 건 절대로 알고 싶지 않단 말이야."

나는 몸을 돌려 내 방으로 돌아가 《라이더스》의 113쪽을 펼친다. 제본된 부분이 닳고 닳은 까닭에 113쪽은 저절로 펼쳐지다시피 한다. 빌리가 제이니를 블루벨 숲으로 데리고 간다. 축축한 쐐기풀들은 까슬까슬하고, 8월, 모든 일들은 천천히 일어난다. 그리고 나는 다시 느끼기 시작한다.

침대 아래서 개가 끙끙거린다.

그로부터 수년 동안, 자위행위는 시간 때우기 겸 만족스러운 취미가 되어준다. 몇 주 지나지도 않아 나는 이것을 '자위행위'라고 부른다는 것을 알게 되었지만, 나는 절대로 이 말을 사용하지 않는다. '자위행위masturbation'라는 단어는 '미세한 변화perturbation'처럼 들리는데, 미세하다고 하기에 이 행위는 너무나 격렬하다. '수음wank'도 만족스럽지 않기는 마찬가지다. 이 단어는 핸들을 꺾을 때나 험악한 기계를 힘겹게 다룰 때 나는 소리처럼 들린다. 차축

기름이나 소리 지르기를 생각나게 하기도 하고.

내가 하는 행위는 이와는 대조적으로 꿈처럼 섬세하고 부드러운 것이다. 손톱을 너무 기르는 바람에 며칠 동안 너무 쓰려서 내 손길을 스스로 거부해야 할 때를 제외하면 말이다. 나는 이 행위를 그냥 '그것'이라고 생각하는데, 곧 '그것'은 《라이더스》 이상을 요구한다. 하지만 경이로운 《라이더스》는 이제 언제나 나의 요구에 부응한다.

나는 내 세대의 모든 사람들과 마찬가지로 행동한다. 우리 세대는 전쟁 후 노동당 정부가 우유와 구경거리를 나눠줄 때와 마찬가지로 아낌없이 공짜 온라인 포르노를 손에서 손으로 전하기 이전 세대다. 나는 《라디오 타임스》를 읽기 시작하고, 어디서 성인방송을 볼 수 있는지를 알아내려고 애를 쓴다.

1980년대 말에서 1990년대 초, 수백만의 10대 아이들은 BBC2에서 방영하는 고전적인 영화나 드라마와 채널4에서 방영하는 심야 청소년 프로그램 사이에서 갈 길을 정한다. 나는 최고로 야한 방송들을 찾아낸다. 방송목록에는 당신이 찾아 헤매는 주요 키워드들이 등장한다. '제니 에구터Jenny Agutter'는 대박이다. 에구터는 야한 내용을 보증한다. 〈로건의 탈출Logan's Run〉, 〈런던의 늑대인간An American Werewolf in London〉, 〈민정시찰Walkabout〉. 〈민정시찰〉은 〈수음시찰Wankabout〉로 제목을 바꿔야 할 지경이다. 에구터의 세계에는 가슴과 목 깨물기, 손으로 감싸 쥔 허벅지, 배경음악처럼 들려오는 거친 호흡소리가 가득하다. 사랑스럽고 가족적인 이야기인 〈기찻길 옆 아이들The Railway Children〉에서조차 제니 에구터는 기차가 난폭하게 증기를 내뿜으며 터널을 빠져나와 급정거할 때조차도 깜짝 놀란 빅토리아 시대의 신사에게 속옷을 슬쩍 내보인다. 마치 그녀가 기차를 세우도록 한 것처럼.

나는 한밤중에 텔레비전 볼륨을 낮추고 〈런던의 늑대인간〉을 본다. 제니 에구터가 샤워를 하다가 천천히, 굶주린 듯 데이비드 노튼의 어깨를 깨물 때, 나는 나도 누군가를 먹는 짓을 좋아할지도 모른다고 생각한다. 비록 그 누군가가 늑대인간이라는 사실이 드러나 내 눈 앞에서 총을 맞고 못된 개처럼 길바닥에 쓰러지더라도. 나는 사랑의 높고 낮은 감정들을 받아들인다. 쉽지는 않은 일이지만 〈그레이스랜드〉의 많은 곡들이 내게 이런 감정들을 받아들여야 한다고 가르쳤다. 늦은 밤마다 나는 에구터Agutter를 보며 시궁창gutter으로 빠져든다.

그러나 우리가 찾아 헤매는 대상은 에구터만이 아니다. '배반당한 섹스에 관한 음험한 이야기'는 언제나 구미를 당긴다. 〈죄의식A Sense of Guilt〉과 〈멍든 눈Blackeyes〉은 내가 빠르게 거실을 가로질러 손가락으로 '끔' 버튼을 눌러야 할 필요가 있는 순간들로 가득 차 있다. 검은 스타킹을 타고 손이 기어오르고, 멍든 눈이 반짝거린다. 섹스는 놀라울 정도로 복잡하고 불안하게 보이지만, 적어도 나는 키스하는 모습과 젖가슴을 볼 수 있다. 〈죄의식〉에서 트레버 이브가 빨강머리 10대에게 유혹당하는 장면을 본 나는 역시 빨강머리인 캐즈에게 〈딱따구리Woody Woodpecker〉의

우디 우드페커나 〈애니Annie〉에 등장하는 애니가 아닌 진짜 캐즈의 롤모델을 찾았다고 말하고 싶어서 안달한다. 하지만 불과 1주일 전에 우리는 이런 이야기를 나눈 바 있다.

나 : 어제 무슨 일이 있었는지 알아?
캐즈 : 내 생일날 받고 싶은 선물 정했어. 언니 너가 나한테
　　　말 안 거는 기.

섹스가 죄의식의 대상이 아니라 너무나 멋진 일이라는 것을 나는 〈카모마일 밭The Camomile Lawn〉에서 알게 되었다. 제니퍼 엘이 연기한 인물은 파티, 샴페인, 즐거운 음탕함 그리고 섹스가 넘쳐나는 전쟁 당시의 런던을 놀라울 정도로 활기차게 휘젓고 다닌다. 나는 그녀가 아연 욕조에 몸을 담그고 검정 전화기에 귀를 대고 있는 장면이 궁극적으로 나의 어른에 대한 열망을 표현하고 있다고 생각한다.

"런던은 대단해!" 그녀는 상류층 특유의 새된 목소리로 외친다. 그녀의 젖은 머리카락은 목 뒤로 넘겨져 있고, 그녀의 두 눈은 샴페인처럼 환하게 빛난다. "파티가 정말정말정말 많아!"

그녀의 가슴은 완벽하게 평안한 모습으로 섬처럼 떠 있다. 젖꼭지는 생쥐의 코처럼 분홍색이다. 잠시 후, 그녀는 장밋빛 실크로 가슴을 감싸고 발코니로 나가 그녀의 가슴을 만지고 싶어 안달이 난 잘생긴 청년들과 담배를 피울 것이다. 제니퍼 엘의 '카모

마일' 젖가슴은 세상에서 젖가슴을 갖는 것이 가장 재미있는 일처럼 보이게 만든다. 나는 혼자 어두운 거실에 앉아 내 가슴을 바라본다. 내 가슴은 욕조 속의 가슴처럼 보이지 않는다. 나는 내 가슴이 욕조 안에서 어떻게 보이는지 알 수가 없다. 항상 갑자기 누군가가 들어올 때를 대비해 수건으로 가슴을 가리고 있으니까. 욕실 문에는 여전히 자물쇠가 달려 있지 않다.

"애들 중 누가 들어가 문을 잠그고 있다가 물에 빠지면 어떡하니." 어머니는 내가 속옷차림으로 욕조에 들어갈 때 이런 걱정을 늘어놓는다.

그리고 1990년. 채널4에서 젊은 신시아 페인에 관한 전기영화 〈당신이 여기 있다면Wish You were Here〉을 방영한다. 대박사건이 아닐 수 없다. 오, 에밀리 로이드가 〈당신이 여기 있다면〉에 나오다니! 포르노의 비틀즈야! 섹스의 디킨스지! 나와 비슷한 나이와 배경 — 노동자 계급의 10대 — 을 지닌 주인공은 섹스를 어둡고 음험한 것이 아니라 재미있고 바보 같은 것으로, 담배를 피우거나(아직 해보지는 않았지만 하려고 하는) 자전거를 타는(한 번 타봤지만 넘어졌다. 하지만 뭐!) 정도로 취급한다.

이불을 꽁꽁 싸매고 거실에 앉아 당시 우리 집에서 가장 즐겨 먹던 간식인 치즈 롤리팝을 먹으면서 나는 화면을 주시하며 나의 성적 페르소나가 나타나는 장면을 하나도 놓치지 않는다. 신시아의 음란한 삼촌은 그녀를 오두막으로 데리고 가서, 조금씩 달아오르게 한 뒤, 벽에 기대게 해놓고 범하기 시작한다. 아이라인을 진하게 그린 그녀는 몸에 딱 붙는 1950년대식 면직 선드레스를 입고 발목까지 오는 양말을 신고 있다. 그가 신음을 내뱉을 때마다 껌을 씹던 그녀는 이렇게 속삭인다. "정말이지, 꼴 보기 싫은 놈이야."

10분 뒤, 그녀는 바닷가에 서서 드레스를 속옷 속에 밀어 넣은 차림으로 신경질적인 웃음을 터뜨리며 지나가는 사람들에게 "이 병신들아!"라고 소리친다.

범성애자들과 도착적인 쇼를 보여주는 시리즈인 〈유로 트래쉬EuroTrash〉에서는 세계에서 가장 커다란 가슴을 지닌 여성, 롤로 페라리가 트램펄린 위에서 뛰고 있다. 딜도와 플러그를 휘두르는 드랙퀸, 마구를 단 불구자들, 아파트를 청소하다 진공청소기를 집어던지는 네덜란드인 주부. 내가 열여덟 살이 될 때까지 관찰한 섹스란 전부 이런 것들뿐이다. 예술을 가장한 도착적인, 가끔은 폭력적인 장면들을 나는 열심히 들여다보며 나의 성적 상상력을 위한 도구로 삼는다.

한 솔로와 아슬란(내가 만들어낸 인물이다. 나는 놀고먹지만은 않는다)이 나오는 꿈을 몇 차례 꾸면서, 나는 내가 곧 어른들의 세계로 들어가리라는 것을 처음으로 감지한다. 섹스, 욕망, 절정. 이런 것들이 나를 올바른 방향으로 인도해줄 것이다. 이런 것들은 내가 나만의 수업을 제대로 따라가는 한, 내게 어울리는 옷을 입혀주고, 똑바로 말하게 해주고, 이 집을 떠날 수 있도록 자극할 것이고, 나를 기다리는 그것을 발견하게 해줄 것이다.

당시의 나는 섹스를 더 잘 알고 싶어 안달한다. 나는 감당할 수 있는 정도보다 더 많은 포르노를 머릿속에 가득 우겨넣고 있다. 하지만 나중에 나는 내가 그렇게 나쁜 성교육을 받은 것은 아니라는 것을 깨닫게 된다. 내가 보고 자란 20세기의 포르노와는 달리, 21세기의 하드코어 포르노그래피는 남자들과 여자들의 자유로운 성적 상상력에 항생제처럼 작용하여 무엇이 좋고 무엇이 나쁜 것인지에 대한 질문들을 모두 없애버렸다.

그러는 동안 나는 다음과 같은 사실을 발견했다. 섹스는 여자가 된다는 것의 장점 중 하나로, 아직까지는, 그렇다고 여겨졌고, 나도 언젠가는 여자가 되어 섹스를 하게 될 것이라는 사실을.

21년이 지난 뒤의 어느 게으른 밤, 나는 포르노를 찾아 인터넷을 헤매고 다닌다. 나는 내가 무엇을 좋아하는지 잘 알고 있다. 쓰리섬, 괴성, 〈나니아 연대기Chronicles of Narnia〉에 등장하는 거대한 신비의 사자들. 다행히도 나는 충분히 시간을 들이면 이런 것들을 모두 찾아낼 수 있다. 구글에 접속해서 10분만 관련 주제어를 검색하면 찾아내지 못할 것은 없다.

하지만 단 하나─하나지만 분명 끝내줄─를 찾아낼 수가 없다. MILFS(성적 매력이 있는 중년 여성), DILFS(근친상간), BDSM(사도마조히즘) 사이에는 분명 뭔가가 빠져 있다. 수없이 많은 웹사이트들을 방문하더라도, 수없이 여러 번 신용카드 번호를 입력하더라도, 포르노그래피에 대한 나의 분노를 일시에 제거할 수 있는 단 하나를 찾아낼 수가 없는 것이다.

하지만 유포르노YouPorn와 레드튜브RedTube, 그리고 윙크닷넷 wank.net이 보여주는 포르노는 딱 한 종류뿐이다. 인터넷에서 찾아낼 수 있는 짤막한 포르노들은 고작 6분밖에 지속되지 않는다. 남자가 사정하는 데 평균적으로 걸리는 시간, 6분. 21세기의 이성애자 포르노는 다음과 같다.

손톱을 길게 기른 소녀가 정말이지 볼품없는 옷을 입고 소파에 앉아 섹시한 척을 하고 있다. 하지만 그녀는 주차위반요금을 지불하지 않아 짜증난 것처럼 보일 뿐이다. 그녀는 입고 있는 브라가 너무 꽉 조여서 눈을 사시로 뜨고 있는 것 같다.

한 남자가 들어온다. 보이지 않는 정원 의자를 나르기라도 하는 것처럼 걸음걸이가 어색하다. 그가 어색하게 걷는 까닭은 쓸데없이 커다란 페니스를 갖고 있기 때문이다. 그의 페니스는 발기해 있지만, 성적인 것과는 무관한 무언가를 찾는 듯이 방안을 둘러본다.

창문이나 꽃병을 지나 그의 성기가 마침내 소파에 앉아있는 소녀에게로 향한다.

그녀가 아무런 사심없는 듯한 표정으로 제 입술을 핥으면, 이해할 수 없게도 몸을 구부린 남자가 그녀의 왼쪽 가슴을 손으로 움켜쥔다. 이는 일종의 성적인 루비콘 강을 건너는 것처럼 보인다. 30초가 지나면 그녀는 매우 불편하게 보이는 자세로 섹스를 당하고, 매우 창백한 얼굴이 되어 금방이라도 실신할 것처럼 보인다. 대개 여기에는 엉덩이 때리기나 머리끄덩이 잡기가 동반되는데, 5분 동안 두 대의 카메라가 잡을 수 있는 것이라면 무엇이든 동반된다.

장면은 그가 그녀의 얼굴 위에 온통 엉망으로 사정하면서 끝난다. 마치 그가 〈제너레이션 게임The Generation Game〉이 요구하는 도전들 중 하나에서 실수로 빵 반죽을 얼려버렸다는 듯.

끝.

물론 여러 가지 변수들이 있다. 그녀는 2명의 남자들에게 동시에 양쪽으로 당할 수도 있고, 아니면 똑같이 볼품없는 옷차림을 하고 칼처럼 뾰족하게 손톱을 기른 친구가 가짜 레즈비언 흉내를 내며 아무렇게나 입으로 애무하는 장면이 나올 수도 있다. 이런 변수들은 틈새시장처럼 끝없이 존재한다.

사실상 인터넷의 포르노는 단조롭기만 하다. 위에 묘사된 대로 특색을 찾아볼 수 없이 단조로운 섹스만이 흘러넘친다. 이러한 테스코Tesco 섹스나 마이크로소프트 윈도우Microsoft window 섹스라고 불릴 만한 '정형화된 섹스'는 섹스 시장에서 다른 종류의 섹스를 모조리 파괴한다.

이처럼 단조롭고 상상력이라고는 찾아볼 수도 없이 수억 번 복제된 섹스가 바로 우리가 '포르노 문화'—논쟁의 여지는 있지만 1960년대의 반문화 운동 이후로 포르노는 게이 문화나 다문화주의, 혹은 여성주의와 같은 힘없는 라이벌들보다는 확실히 침투력이 있다 — 라고 부르는 것이다.

이런 포르노에 대한 인상이 너무도 깊이 박혀있는 나머지 우리는 대개 우리가 보고 있는 것이 브라질리언 왁싱, 헐리우드, 높이 솟은 거대한 성형수술 가슴들, 구두끈을 매거나 타자 치기도 불가능할 것처럼 보이는 아크릴 손톱들이라는 것도 깨닫지 못한다.

MTV는 사타구니와 젖꼭지들로 가득 차 있다. 남성잡지 《넛츠 앤드 주Nuts and Zoo》는 독자들이 자발적으로 통과의례를 치르듯 보내온 가슴 사진들을 페이지마다 싣는다. 애널섹스는 모든 여성들이 받아들이는 섹스처럼 여겨진다. 텔레비전이나 화장품 광고사진에는 반들거리는 두 눈을 크게 뜨고 입을 벌린 채 얼굴 위로 정액이 쏟아지기만을 기다리고 있는 여성들의 모습이 담겨 있다. 팬티는 끈 팬티가 일반적이다. 높을 대로 높아진 하이힐은 실제로 걷기 위해 사용되는 것이 아니다. 그저 등을 대고 누워 어서 성기가 삽입되기만을 기다리는 데 사용된다. 《더 할리옥스The Hollyoaks》에서 발행한 '베이비즈 캘린더Babes Calendar'는 린제이 로한이 교도소에 가기 전에 찍은 '섹스' 사진을 실었다. 인터넷의 12퍼센트가 포르노그래피라면 — 4,200만 개의 포르노그래피 웹사이트가 있고, 1초에 2만 8천 명의 사람들이 포르노를 본다 — 이는 인터넷에 떠도는 여성들의 사진들 중 12퍼센트는 네 발로 기어 다니며, 너무나 비위생적인 PVC 비닐옷에 감싸여 있거나, 혹은 비정상적으로 큰 성기를 지닌 남성들에게 당하고 있는 사진이라는 의미다.

한번 생각해보자. 인터넷을 떠도는 남자 사진들 중 12퍼센트가 외계인의 레이저 총에 맞아 머리가 날아갔거나 나치 상어들로 가득한 우물에 처박혀 있거나 울고 있는 사진들이라면, 여성들의 마음의 평화에 크나큰 해악을 끼치게 될 것이다. 성 혁명은 여성들의 성적 해방을 약속했지만, 이 혁명은 너무나 근시안적이고 불편하고 착취적인 결과를 낳았다. 매우 좋지 않다. 예의도 없다. 우리를 괴롭히기까지 한다.

여기서 문제는 포르노그래피 자체가 아니다. 포르노는 인류의 역사만큼이나 오래되었다. 네안데르탈인—어느 행복한 날, 그는 원숭이 허물을 벗고 나타났다—의 첫 번째 행위는 동굴 벽에 거대한 성기를 지닌 남자 그림을 그리는 거였다. 어쩌면 그것은 네안데르탈인 '여성'의 첫 번째 행위였는지도 모른다. 우리도 성기와 장식에 큰 흥미를 갖고 있으니까.

박물관들이 너무나 경이로운 까닭은 슬라임slime 상태에서부터 와이파이까지 인류의 놀라운 발전을 관찰하며 감탄사가 절로 나오는 철제 유물들, 멋진 형태의 도자기들, 매혹적인 양피지들이나 우아한 회화들 속에서 역사 속의 장면들을 풍부하게 만날 수 있기 때문이다. 남자가 남자를 범하고, 남자가 여자를 범하고, 남자가 여자를 핥고, 여자가 자위를 하는. 이런 모든 것들이 박물관에 존재한다. 점토나 석재, 오커나 금에 인간이 성에 대해 알 수 있는 모든 것들이 새겨져 있는 것이다.

포르노는 본질적으로 착취적이며, 성차별적이라 생각하는 사람들이 있다. 그러나 포르노그래피는 결국 '섹스하는 장면을 찍은 것'일 뿐이다. 섹스를 하는 행위 자체가 성차별적인 행위는 아니다. 그러므로 포르노그래피는 본질적으로 여성혐오와 연결될 수 없다.

따라서 포르노그래피가 문제는 아니다. 공격적인 여성주의자들은 포르노그래피를 나쁘게 보지 않는다. 문제는 포르노 산업이다. 모욕적이고, 강압적이며, 우울하고, 감정을 훼손하는 포르노 산업. 아무리 적게 잡아 대충 계산해도 이 산업의 가치는 대략적으로 300억 달러 그 이상이다. 그 어떤 산업도 이렇게 무신경하고 바보 같은 일들로 이런 돈을 만들어낼 수 없다.

하지만 무신경하고 바보 같은 것들은 금지 대상이 아니다. 이런 것까지 금지하려면 살만 찌는 패스트푸드도 금지해야 할 테니까. 패스트푸드를 금지하면 아마 폭동이 일어날 것이다.

우리가 해야 할 일은 우리가 볼 수 있는 포르노그래피의 다양성을 100퍼센트 증가시키는 것이다. 잘 생각해보라. 시중에 나와 있는 대부분의 포르노는 생산라인 위를 굴러가는 똑같이 생긴 냉장고들처럼 기계적인 몽타주 합성사진 같지 않은가.

이런 포르노가 모든 사람들 — 남성과 여성 모두 — 에게 똑같이 나쁜 몇 가지 이유가 있다. 첫째, 21세기의 어린아이들과 10대들의 성교육은 대부분 인터넷을 통해 이루어진다. 학교나 부모님들이 성에 대해 언급하기도 전에 그들은 인터넷에서 많은 것들을 먼저 배운다. 그러나 아이들은 인터넷에서 성교육 — 포르노를 통해 우리는 쓸모 있는 사실들과 실용적인 것들, 무엇이 어떻게 흘러가고 있으며 어떻게 흘러갈 수 있을지에 대한 기본적인 사안들을 배울 수 있다 — 만 받는 것이 아니다. 인터넷은 아이들의 성적 배후지sex hinterland이기도 하다. 인터넷은 실제 섹스의 기법을 알려주는 것 외에 아이들의 상상력에도 영향을 미친다.

내가 10대 시절 트레버 이브가 나오는 포르노를 찾아다니며 제한적이고 산발적으로나마 다양성을 찾았던 까닭은 바로 이런 이유에서다. 나는 포르노를 통해 페티코트와 첩보원, 삼림지대와 수녀들, 일광욕용 의자에서 벌어지는 쓰리섬, 뱀파이어와 오두막, 껌과 목양신, 카프리스 차의 뒷좌석을 발견했다. 그리고 19세기 소설들을 읽으면서도 여자들이 원하는 바를 이루는 장면들을 종종 찾아냈다. 여성들이 느껴야 한다. 여성들의 욕구가 충족되어야 한다. 사실, 여성들의 욕구는 그간 간과되어 왔다.

당신이 10대 시절 성적으로 상상했던 것들이 당신에게 언제나 잠재되어 있으며, 일생동안 당신의 욕구를 지배하리라는 사실은 매우 중요하다. 30대인 당신에게는 배꼽에 키스하는 장면 하나가 수백만 개의 하드코어 포르노보다 가치 있을 수도 있다.

초창기의 성 연구자인 빌헬름 슈테켈은 자위에 빠져든 상태를 일종의 황홀경이나 의식의 변성상태로 기술했다. "일종의 도취, 혹은 엑스터시. 현재의 순간이 사라지고 금지된 환상이 유일한 지배자가 된다."

이런 상태를 당신이 무엇이라고 생각하든 간에, 나는 이 상태를 그저 즐거운… 상태라고 생각하고자 한다.

지난 해 나는 '오브젝트Object'라 불리는 한 여성주의자 모임에서 대담을 한 적이 있다. 포르노그래피—모든 사람들이 자동적으로 금지해야 한다고 생각하는—에 대한 논의에서 대화의 주제는 어린 소녀들이 우연히 하드코어 포르노를 보고 얼마나 충격을 받는지에 대한 것으로 바뀌었다.

"그리고 어린 '소년들'도요." 나는 부드럽게 지적했다. "8세 소년들도 우연히 링크를 눌렀다가 하드코어 애널섹스를 봤을 때는 소녀들만큼이나 충격에 빠질 거라고 생각해요."

"아니에요! 아니에요!" 한 여자가 매우 화를 내며 소리쳤다.

나는 누구나 진부하다고 생각하는 여성주의 지도자 후기 드워킨 같은 그녀를 보고는 그렇게 말한 것을 후회했다. 그녀는 자수 장식과 거울들이 매달린 매우 조그만 벨벳 스모킹 캡smoking cap을 쓰고 있었다.

"남자아이들은 그런 걸 보고도 충격을 받지 않아요. 왜냐하면 남자가 모든 것을 통제하는 장면을 보고 있는 거니까요."

나는 내가 아는 여덟 살짜리 남자아이들을 하나씩 떠올려보았다. 톰, 해리스, 그리고 라이언은 여전히 〈캐리비안의 해적〉에 등장하는 해골 해적들을 보고도 약간 무서워하는 아이들이다. 과연 그 애들이 남자가 모든 것을 통제하는 장면을 본들 과연 기뻬할까? 그 애들은 화가 난 버트 레이놀즈를 닮은 누군가가 다른 사람의 엉덩이에 파고드는 모습을 보고 무서워할 게 틀림없다. 내가 그 애들에게 그런 장면을 보여주기라도 한다면, 그래서 애들이 그 사실을 엄마에게 말한다면, 나는 엄마들의 아침 커피 모임에서 적어도 6개월은 제외될 것이다.

우리에게 포르노가 오히려 더 많이 필요하지, 더 적을 필요가 없다고 생각하게 된 것은 그때부터였다. 여덟 살짜리 아이들이 하드코어 포르노를 볼 것이라고는 생각할 수 없으므로, 당연하게도, 그것에 대한 아이들의 반응이 어떨 것인지는 전혀 중요하지 않다. 아이들에게서는 위스키나 부가가치세에 대해 물어보았을 때와 비슷한 정도의 반응이 돌아올 것이다.

하지만 아이들이 성적 영상물을 보고 싶은 나이에 도달할 때 나는 해리스와 라이언, 그리고 톰이 좀 더 좋은, 자유분방한 포르노를 발견할 수 있기를 바란다. 지금의 포르노에 단골로 등장하는 사건, 예를 들면 여성이 임대차계약을 하려고 할 때 갑자기 벌어지는 식이 아닌, 두 사람이 동등하게 어떤 행위를 하는 그런 포르노를 아이들이 본다면 좋겠다. 단순하게 말하면 주인공 모두가 사정하는 포르노 말이다. 환상적인 특수효과나 불후의 독백들이 등장하는 포르노라는 장르에서, 이는 반드시 지켜야 할 요건이다. 국제적인 포르노 기준.

이런 이유로 우리는 표면적으로만 '여성 친화적인' 온건한 포르노 — 여자들이 공주님처럼 행동하거나 신입생들에게 퇴근 후

교육을 시키는 고압적인 여성 보스들이 등장하는—가 아니라 우리들만의 포르노를 제작해야 한다.

나는 여성을 위한 포르노가, 우리가 진짜로 무언가를 성취해낼 수 있다면, 완전히 다른 포르노가 될 것이라 생각한다. 남성 포르노와는 완전히 다른 잣대를 지닌, 따뜻하고, 인간적이며, 재미있고, 짜릿하고, 환각적인 포르노 말이다.

당신은 낸시 프라이데이의 《비밀의 정원My Secret Garden》을 읽어야 한다. 여성의 자위에 대한 환상을 전 세대에 걸쳐 다루고 있는 이 책은 남성의 환상—'낵'의 노래 〈마이 샤로나My Sharonna〉처럼—이 짧고 강력한 반면, 여성의 환상은 피아니스트 앨리스 콜트레인의 음악처럼 교향악적이고 변화무쌍하다고 말한다. 여성들은 환상 속에서 성장하고, 좌절하고, 변화하고, 나이와 머리색, 사는 지역을 바꾼다. 그들은 증기처럼, 빛처럼, 소리처럼 존재하고, 여러 모순된 페르소나들—간호사, 로봇, 어머니, 처녀, 소년, 늑대—을 갖고 있으며, 밤하늘의 별자리처럼 빛나는 여러 가지 체위들을 실행하는데, 그러면서도 완벽한 헤어스타일을 포기하지 않는다. 어떤 여성도 보기 싫게 부풀린 헤어스타일을 하고 등장하지 않는다.

하지만 《비밀의 정원》은 시작일 뿐이다. 포르노가 피도 눈물도 없는 사람들이 벌거벗은 채로 마치 에어로빅을 하듯 빠르게 삽입하고 과시하듯 사정하는, 공장에서 찍어낸 것처럼 이상하고 기계적인 섹스를 다루지 않는다고 생각해보라. 그러니까 포르노가 욕망 바로 그 자체를 다루는 것이라고 생각해보라는 말이다.

그날 밤 내가 인터넷을 아무리 헤매고 다녀도 찾아낼 수 없었던 유일한 것은 바로 욕망이었다. 실제로 상대방을 원하는 사람들의 욕망, 상대방을 범해야 했던 사람들의 욕망 말이다. 두 사람이 격렬한 열정을 느끼는 장면을 보고 있다고 생각해보라. 그들을 보기만 해도 당신의 동공은 확장될 것이고, 당신은 문이 닫히자마자 그들이 서로의 옷을 서둘러 벗기고 뼈째 삼킬 기세로 달려들기만을 원하게 될 것이다. 나는 모든 것을 아우르는 영화적이고 강렬하며 장엄한 섹스를 하는 사람이 내가 유일하지는 않을 것이라고 생각한다. 나는 여전히 귓가가 멍멍한 채로 드러누워 CNN이라면 이 장면을 찍고 싶어 할 거라고 생각한다. 바로이런 장면이 포르노로 제작되어야 할 텐데.

콩팥도, 암시장에 나온 피카소 작품도, 우주로 날아갈 수 있는 여행티켓도 살 수 있는 세상에서 내가 '진짜 섹스'를 볼 수 없는 이유는 무엇인가? 나는 사람들이 서로를 진정 원해서 하는 섹스를 보고 싶다. 나도 탐나는 옷을 입은 젊은 여성이 스스로의 인생을 어떻게 살고 있는지를 보고 싶다. 나는 돈이 있고, 이런 것들에 돈을 지불할 용의도 있다. 나는 이제 35세가 된 여성이고, 수백억 달러 규모의 국제 포르노 산업이 여성도 사정하는 포르노를 만들어주기를 바란다.

나는 그저 좋은 시간을 보내기를 원한다.

털이 자라고 있다!

    집은 춥다. 춥고 작다. 욕조에서 나오자마자 수건 — 마지막으로 사용한 사람 때문에 여전히 축축한 — 을 몸에 두르고 계단을 뛰어 내려가 난롯가로 가서 몸을 말려야 한다.

    토요일 밤이고, BBC에서는 〈베르주라크Bergerac〉라는 TV 시리즈가 방영 중이다. 소파에는 다양한 몸집의 여섯 사람이 빽빽하게 끼어 앉아 있는데, 그 와중에도 자세는 저마다 제각각이다. 누군가는 다른 사람들 위에 누워 있다시피 하고 있다. 이런 상황에서 소파 '위에' 앉는다는 것은 실제로 불가능하다. 소파 등받이에 걸치듯 누워 있는 에디는 일곱 살 남자아이로 만들어진 등받이 장식처럼 보인다. 사람들은 〈스타워즈: 클론전쟁Star wars: The

Clone Wars〉에 등장하는 은하위원회처럼 보이기도 하지만, 은하위원회의 구성원들이 크림 크래커나 치즈를 먹고 있지는 않을 것이다.

나는 수건을 망토처럼 두르고 거실로 들어가 불 앞에 몸을 웅크린다. 나는 우리 집에 있는 훌륭한 물건들 중 하나라 할 수 있는 샤워 캡을 아직도 쓰고 있다. 샤워 캡은 우리 집에 있는 여성스러운 물건들 중 하나다. 나는 샤워 캡을 쓸 때마다 항상 조금 얌전떠는 기분이 든다. 물론 공주들의 긴 머리카락을 흉내 내려고 머리에 울 타이츠를 썼을 때만큼은 아니지만. 하지만 이 물건은 꽤나 사랑스럽다.

〈베르주라크〉에서 찰리가 "짐! 그냥 오해일 뿐이야!"라고 소리칠 때, 나는 잠옷을 입기 시작한다.

"어머나!" 갑자기 여러 명이 비좁게 앉아있던 소파에서 누군가가 소리친다. 엄마다. "너 그거 털이니? 털이 난 거야, 케이트?"

소파에 갑작스러운 소요가 생겨난다. 모두들 TV에 등장하는 다이아몬드 도둑을 찾는 대신 나의 음모를 쳐다보기 시작한다. 우리 아빠만 빼고. 아빠는 지금 일어난 상황에 완벽하게 무관심한 태도를 보이며 TV에 두 눈을 고정하고 크래커와 치즈를 먹고 있다. 아빠의 뇌를 구성하는 무언가가 이런 식으로 진화해왔음에 틀림없다. 당신 딸의 사춘기가 유발하는 공포로부터 벗어나기 위해서 말이다.

나는 어쩐지 내 음모를 스스로 봐서는 안 된다는 기분이 든다.

그래서 나는 음모에 초연한 태도를 보이고자 했는데, 솔직히 내게도 음모는 새로운 소식이다. 내 팬티 속의 내용물들은 일종의 잠재의식이나 놀이터 한 구석처럼 여겨진다. 최악의 생일 이후로 나는 놀이터에 거의 가지 않았다.

"거기!" 엄마가 손가락으로 가리키며 말한다. 소파에 앉아 있던 모든 사람들이 내게로 눈길을 돌린다. "분명 털이 난 거야! 그뿐만이 아니야, 네 쬐끄만 다리에도 털이 나고 있어! 넌 성장하고 있구나! 넌 숙녀가 되어가고 있는 거야!"

엄마의 이런 행동은 음모나 체모가 13세 여자아이에게는 있어서는 안 되는 것이며, 내 잘못으로 이런 것들이 생겨났다는 생각을 하게끔 한다.

"저길 봐!" 나는 잠옷바지를 단단히 끌어올리며 텔레비전을 가리킨다. "보라구! 리자 고다드가 나왔잖아!"

다음 날, 나는 일이 걷잡을 수 없을 정도로 커지기 전에 그것을 해결하려고 한다. 나는 털들을 모두 없애서 거실에서의 가장 재미있는 구경거리가 〈베르주라크〉가 될 수 있기를, 그래서 모든 일들이 정상적으로 되돌아갈 수 있기를 바란다.

"나쁜 짓을 할 거야." 나는 개에게 말한다. 침대 아래 누워 있던 개는 어둠 속에서 음흉하고도 불안한 두 눈을 빛낸다. 나는 내 생일날 일어났던 사건을 머릿속에서 모두 지워버리려고 하지만, 개는 여전히 불안한 모양이다. 지난주에 개는 캐즈가 공작용 접

토로 만든 마을 모형을 먹어치웠다. 우리는 다음 날 개의 대변 속에서 우체국으로 달려가던 여자의 조그만 얼굴을 똑똑히 볼 수 있었다.

"아빠 면도기를 훔쳐서 날 예쁘게 만들 거야." 나는 계속 말한다. 개에게 그런 말을 하고 있다는 것만으로도 나는 초조해진다. 내 음모를 밀어버리기 위해 면도날을 훔친다는 것은 분명 내가 지금까지 했던 그 어떤 일들보다도 반항적이고 나쁜 짓처럼 여겨진다. 생리를 시작하기 위해 총을 훔치는 것보다도 나쁜 일 같다. 전에 딸기 젤리를 반 봉지도 넘게 먹고 날씨가 '너무 더워서' 어쩔 수 없었다고 핑계를 댔던 것보다도 나쁜 일 같다.

어머니가 어떤 약도 신뢰하지 않고("배가 아프면 똥을 잘 싼 다음 뜨거운 물에 목욕하고 침대로 가. 그리고 아침이 되면 넌 괜찮을 거야."), 미용에 관한 어떤 것도 믿지 않았기 때문에("데오도런트는 암을 유발해. 너도 그건 싫겠지?"), 우리 집 욕실 선반장 안에는 다음의 네 가지 물건들밖에 없었다. 1920년대 스타일의 짙은 파란색 유리 점안액 병, 〈마법의 회전목마The Magic Roundabout〉에 나오는 젖소 어민트루드* 같은 색의 칼라민 로션** 한 병, 베이비 진,*** 그리고 아빠의 면도기. 욕조 물을 틀어놓고 나는 선반에서 면도기를 꺼낸다. 리놀륨 바닥을 밟고 선 발바닥을 통해서도 심

---

* 파란색, 흰색, 빨간색의 인형.
** 피부가 햇볕에 탔거나 따가울 때 바르는 분홍색 약물.
*** 유아용 배앓이 약.

장이 쿵쾅거리는 소리를 들을 수 있을 정도로 초조하다.

어머니가 문에 자물쇠를 거는 것도 믿지 않았기 때문에("자물 쇠는 암을 유발해."), 나는 몸을 대야로 가리고 욕조에 들어가 거 품을 잔뜩 낸 다음 음모를 밀기 시작한다. 나는 밀어낸 음모들을 욕조 가장자리, 비누 근처에 올려놓는다. 잘린 음모들은 결코 곱 슬곱슬하게 자라날 수 없을 것이다. 나의 음모들은 영아인 채로 깎여나간다.

나는 다리도 면도한다. 어느 방향으로 면도기를 움직여야 할 지 몰랐던 나는 허벅지와 무릎을 마구 민다. 한 9시간 정도는 그 러고 있던 것처럼 여겨진다. 내 장딴지 면적이 얼마나 넓은지를 보고 새삼 놀란다. 일부를 끝내고 나자 사구에서 자라난 물대 이 파리들처럼 보이는 또 다른 털들이 눈에 들어온다. 나는 잔디깎 이가 아니라 일종의 '체모깎이'를 발명해야 한다고 생각한다. 그 래서 이 일을 더 수월하게 할 수 있도록 말이다. 그러면서 한편 으로 나는 열세 살짜리 여자애는 면도기를 사용해서는 안 된다고 생각하기도 한다. 위험하니까. 와우! 진짜 피를 많이도 흘린다!

하지만 어쨌거나 면도는 끝이 난다. 드디어 골칫거리를 해결 했다. 나는 다시 정상이다.

"진짜 깨끗하고 부드럽다." 그날 밤 나는 상처 부위에 깨끗한 휴지를 붙이고 이렇게 쓴다. "겨드랑이도 내일 밀어버릴까?"

나는 불을 끈다. 그리고 아침에 다시 면도기를 훔쳐 쓸 생각을 하며 잠든다.

체모는 여성성에 대해 비교적 먼저, 그리고 크게 자각하게 되는 것들 중 하나다. 이 초대받지 않은 손님인 체모가 보이기 시작하면, 당신은 그것에 대해 어떤 결정을 내려야 한다. 자기 스스로와 이 세계를 향해 당신이 누구인지를 알릴 수 있는 결정들을. 일생 동안 계속될 복잡하고 정교한 이러한 작업이 시작되는 시기인 10대 시절부터 체모는 "내가 누군지 알아?"라고 시끄럽게 소리를 지르며 공격을 개시한다. 화장품들이 깔끔하게 정렬되어 있는 화장품 상점의 선반 앞에 서서 텅 빈 바구니를 움켜쥐고 있는 동안에도 말이다.

체모야말로 돈 잡아먹는 귀신인 동시에 끝없는 주의를 필요로 하는 요물이다. 체모는 '잘못된' 부위에 자리한다. 다리, 겨드랑이, 입술 위쪽, 뺨, 팔, 젖꼭지, 그리고 골반 양쪽에까지 두서없이 돋아난다. 이렇게 자라나는 체모들에 대항하여 일생동안 소모전이 펼쳐진다. 체모는 일상적인 사건들이 어떤 흐름에 따라 벌어지는지를 알려주는데, 가끔 여성의 일생이 어떻게 흘러가게 될지를 결정하기도 한다.

어떤 남자는 내가 다음 주에 파티에 참석하기를 기대하고 있는지도 모른다. 나는 집을 나서기 전에 얼굴의 솜털을 조금이라도 손질해야 할 것이다. 또 어떤 여성은 머릿속에 (마치 〈마이너리티 리포트〉에 등장하는 입체 스크린처럼) 자신의 스케줄을 정리하며 체모 관리에 대한 분노의 계획을 세울 것이다.

어느 일요일 밤, 친구 레이첼과 나는 다가올 파티에 대해 상의한다.

"파티는 금요일이야." 레이첼이 한숨을 쉬며 말한다. "금요일이라고. 그건 그러니까 우리가 내일 다리털을 밀어야 한다는 말이지. 적어도 화요일에 셀프태닝을 할 준비를 하려면 말이야. 월요일에는 안 돼. 면도 후에는 모낭들이 죄다 열린 상태일 테니까."

예전에 우리는 제모 후 곧바로 셀프태닝을 감행한 적이 있었다. 그 결과 피부에 작고 텅 빈 구멍들이 도드라지게 남았다. 그래서 우리 다리는 마치 《매드Mad》지의 표지에 등장하는 주근깨가 잔뜩 나 있는 빨강머리 아이처럼 보였다.

"내일 왁싱 예약을 해야겠어." 레이첼이 전화기를 집어 들며 말한다. "하지만 윗입술과 눈썹은 토요일로 예약해야 돼. 털이 최대한 적게 자라야 하는데. 아마 앤드류도 파티에 올 것 같아."

"그래서 개랑 할 거야?" 내가 묻는다. "거기는 또 어쩌고?" 나는 레이첼을 걱정한다. 레이첼은 팬티 안을 들여다보며 생각에 잠긴다.

"거뭇거뭇한 게 꼭 데스퍼레이트 댄*처럼 보이네. 그러니까 어두울 때 술에 취해서 해야 돼." 생각에 잠겨 있던 그녀가 말한다.

---

* 영국의 애니메이션 〈더 댄디The Dandy〉의 등장인물로 한 손으로 소를 들어올릴 정도로 힘이 세며 턱과 뺨에 수염자국이 가득하다.

"나도 밝은 방에서 할 준비는 안 됐어. 우리가 한다면, 술에 취해서 어두울 때가 기회야. 처음 하는 건 늘 그래. 그러니까 신경 안 쓸래."

"하지만 다음 날 아침엔 어쩔래?" 내가 묻는다. 나는 진짜 레이첼이 걱정되어 묻는다. "네가 거기서 하룻밤을 잔 다음, 아침에 멀쩡한 정신으로 두 번째로 하게 될 수도 있잖아. 그럴 준비는 된 거야?"

"오, 세상에!" 레이첼이 다시 팬티 안을 들여다보며 말한다. "거기까진 생각 못 했네. 제기랄. 하지만 20파운드나 든다고. 나 돈 없어. 아침 먹기 전에 하게 될지 말지도 모르는데 택시 탈 돈을 거기다 쓰고 싶진 않아." 그녀는 우울한 눈길로 사타구니를 바라본다. "만약 제모까지 했는데 하지도 못하고 버스를 타면 어떡하지?"

"비키니 왁싱을 할 거면 수요일에 해야 돼. 끔찍하게 보기 흉한 발진이 없어져야 하잖아." 내가 말한다. 나는 가능한 한 최선을 다해 그녀를 도와주고 있다.

우리는 서로를 바라본다. 레이첼은 짜증이 나는 모양이다.

"제기랄, 뭐야. 왜 걔는 나한테 전화해서 '레이첼, 나랑 토요일 아침 먹기 전에 할 준비됐어?'라고 안 물어보는 거지? 일주일에 얼마나 자주 하게 될지 알 수 없으니 정확하게 예산을 맞출 수가 없잖아. 요새 맨날 안 하는 사람들이 어디 있어. 파티에서 만난 사람들이 죄다 마음에 안 들어도 왁싱한 보람은 얻었으면 하잖아. 난 내 털이 싫어."

이 모든 일들은 대단히 섹시하게 보이기 위해서나, 숨이 멎을 정도로 아름답게 보이기 위해서나, 해변에서 누드 사진을 찍히기 위해서가 아니다. 모델처럼 보이기 위해서도, 파멜라 앤더슨처럼 보이기 위해서도 아니다. 이건 단지 제모가 당연한 일로 여겨지고 있기 때문이다. 당신은 '정상적으로' 보이는 다리와 얼굴, 그리고 자랑스러워할 만한 사타구니를 지녀야 한다고 생각한다. 그래서 당신은 제모용 테이프를 들고 화장실에서 초조하게 발을 구르며 입술 위쪽을 괴롭히는 것이다. "날이 밝자마자 나는 히틀러처럼 보일 거야! 나는 라인란트Rhineland를 점령하기 싫다고! 내가 원하는 건 그저 맥주나 한 병 마시면서 기분을 좀 내는 것뿐인데!"라고 외치면서.

체모에 관한 모든 문제들에서 음모는 가장 정치적인 논란거리다. 손바닥만 한 삼각형 비키니는 경제적 지위보다는 성심리적 의미를 담고 있다. 내가 열일곱 살이었고 브릿팝이 유행했을 때만 해도 비키니 라인을 제모한다는 것은 '자신을 가꾸는' 예쁘고 일상적인 일이 아니라 이상하고 하찮은 일이었으며, 포르노 모델들이나 그렇게 하는 거라는 인식이 있었다. 하지만 요즘에는 음모는 매우 작은 영역만 남기거나 완전히 없애버려야 하는 것이라고 생각되는 모양이다. 온갖 뮤직비디오에 등장하는 비키니를 입은 여성들은 그곳에는 아무것도 없어야 하며 부드러워야 한다는 기준을 제시한다. 그곳에는 아무것도 없어야 한다. 당신은 그곳의 털을 완전히 밀어버려야 한다. 터럭 하나라도 비키니 밖으로 삐져나오면, 전 세계의 사람들이 이렇게 외칠 테니까. "내, 내가 지금 보고 있는 게 음모 맞아? 음모 레이디 가가?"*

물론 '브라질리언'이라는 완곡한 단어가 존재하기는 하지만, 나는 이를 '파산할 정도로 돈이 많이 들고, 가렵고, 어린아이처럼 창백한 느낌을 주는 성기 만들기'라고 부르고 싶다. 사실 최근 몇 년 동안 나는 음모에 대해 다음과 같은 잔소리들을 늘어놓고 있다.

오늘날의 성인 여성들은 네 가지 중요한 것들을 간직해야 한다. 노란 구두 한 켤레(예상 밖으로 어디에나 다 어울린다), 새벽 4시에 와서 보석금을 내줄 친구 한 명, 절대로 실패할 수 없는 파이 만드는 비법, 그리고 털이 수북하게 자란 음부. 벌거벗은 채로 앉아 있을 때면 마치 무릎 사이에 마모셋(중남미에 사는 작은 원숭이)이 앉아있는 것처럼 보이는 사랑스럽고 탐스러운 털로 뒤덮인 음부 말이다. 영화 〈레이더스Raiders of the Lost Ark〉에 나오는 길들여진 원숭이처럼 뭔가 슬쩍 훔칠 일이 있을 때 내보내는 순둥이 마모셋 말이다.

나는 요즘 사람들이 왁싱에 대해 나오는 반대의 의견을 갖고

---

* 레이디 가가는 캐나다 토론토에서 열린 '머치 뮤직 어워즈'에 참석해 신곡 '헤어Hair'를 열창했다. 이때 그녀는 머리색뿐만 아니라 겨드랑이 털을 펄블루 색으로 염색해 그대로 노출했고 바지 사타구니 사이에도 같은 색으로 염색한 털을 달아 화제를 불러일으킨 바 있다.

있다는 것을 알고 있다. 음모를 주제로 이야기를 할 때면 나는 아마도 펍에 앉아 울워스 백화점에서 애덤 앤트의 7인치 레코드판을 살 때 얼마나 흥분했던가에 대해 눈물 젖은 눈으로 회상하는 사람처럼 보일 것이다. 나는 구식인 모양이다.

"전에는 여기 있는 모든 여자들이 털북숭이였어." 나는 여성 전용 체육관의 탈의실에서 부드러운 분홍빛 성기들을 바라보며 슬프게 말한다. "눈을 돌리는 곳마다 털이 수북했지. 거칠고 길들여질 수 없는 자연의 덤불이자 내 젊음의 놀이터. 하지만 이제, 이제 모두 싹 사라져버렸어. 야생의 시대가 지나간 거야. 그리고 불도저가 들어왔지. 그 위에 새로 쇼핑몰이 생길 거야."

지금은 '모든 여성들은 왁싱을 해야만 한다'는 생각이 지배적이다. 그러나 이에 대한 논쟁은 일어난 적이 없다. 이 일은 그냥 이렇게 된 것이고, 이에 대해 뭔가 논의를 해야 한다고 생각한 사람조차 없었던 것이다.

우리가 음모를 받아들이지 않는 시대에 살고 있다는 것을 알고 있으면서도, 나는 《타임스》의 섹스 칼럼니스트인 수지 갓슨에게 38세의 한 이혼녀가 보낸 자신의 복고적인, 털이 수북한 음부를 걱정하는 편지의 내용을 듣고 깜짝 놀라지 않을 수 없었다. 그녀는 스물아홉 살짜리 남자친구가 자신에 대해 '자신을 가꾸는 법도 모른다며 경악했다'고 했다. 그리고 순진하게도 나는 1950년대 전화교환원처럼 대담하게 과산화수소로 탈색한 헤어스타일의 분방한 여성인 갓슨이 그 편지를 보낸 여성의 남자친구에게 단호한 목소리로 "지옥에나 가!"라고 말해줄 것이라 믿었다.

하지만 그녀는 슬픈 목소리로 말했다. "음부를 가꾸는 일에도 몇 가지 변화들이 일어났지요." 그러고는 이렇게 말을 이었다. "자신을 가꾸는 일에 대해 고집스러운 태도를 갖고 바꾸기를 원하지 않는 여성들은 아시다시피, 촌스럽거나 비위생적이거나 프랑스 여자처럼 여겨질 위험에 처하게 됩니다. 만약 당신의 남자 친구가 브라질리언 왁싱을 기대하는 사람이라면, 아마도 그가 왁싱하지 않은 상태를 좋아하기는 어려울 거예요."

그러면서 갓슨은 편지를 보낸 여성에게 왁싱을 하러 가라고 훈계했고, 이어 왁싱을 받을 때 얼마나 아픈지에 대해서도 설명했다. "아주 뜨거운 접착테이프를 생각해봐요… 그리고 극단적으로 아플 때에 대해서도요." 그리고는 내가 이제껏 들어본 중 가장 짜증스러운 이야기를 이른바 '좋은 소식'이랍시고 전했다.

"다행히도," 그녀가 말했다. "브라질리언 왁싱의 대유행은 점차 잦아들고 있어요. 새로 각광받는 방식은 시칠리아 식이죠. 브라질리언과 비슷하지만, 깔끔하고 작은 시칠리아 식의 삼각형 음모가 남아 있는 당신은 적어도 여자처럼 보일 거예요. 행운을 빌어요!"

시칠리아라고? 내가 나의 언덕을 시칠리아 식으로 가꿀 수 있다는 것이 정말 좋은 소식일까? 마피아의 고향인 시칠리아? 내 성기의 고향도 시칠리아인가? 내 질 속에 '대부'라도 들어 있나? 하하하! 우리가 남자들에게 이런 웃기지도 않는 것을 받아들여

달라고 요청할 수 있을 거라고 생각하나? 아마 그들은 당신이 첫 문장의 절반도 채 말하기 전에 엄청난 웃음을 터뜨릴 것이다.

　나는 우리가 계속해서 음부에 돈을 들일 수밖에 없다는 사실을 받아들일 수가 없다. 공용 정원도 아닌데 어째서 우리가 생식기를 가꾸고 유지하는 데 돈을 들여야 하는가. 눈 먼 돈이 아닐 수 없다. 생식기에 부가가치세를 지불해야 하다니. 우리는 전기요금 고지서나 치즈, 베레모에 돈을 써야 한다. 그런데 우리는 그러는 대신에 우리의 사랑스러운 치와와를 싸구려 슈퍼에서 판매하는 싸구려 닭가슴살처럼 보이게 하는 데 돈을 쓴다. 제기랄. 이게 다 포르노 때문이다. 거지 같은 일이다.

　이처럼 돈과 시간을 낭비하고 끔찍한 고통까지 겪어야 하는 이유는 바로 포르노 때문이다. "어째서 21세기의 여성들은 음모를 죄다 제거해야 한다고 생각하나요?"라고 묻는다면, 대답은 "포르노에 나오는 여자들이 모두 그러니까요."이다. 헐리우드 왁싱은 이제 완전히 하나의 산업이 되었다. 대략 1988년 이후 제작된 모든 포르노에는 음모를 완전히 밀어버린 여자들이 등장한다.

　하드코어 포르노를 처음 본 당신은 약간의 두려움이 깃든 전율을 느낄 것이다. "완전히 털이 없어? 우~ 너무 저속한데." 아크릴 굽이 달린 하이힐이나 침 뱉기, 애널섹스 같은 극단적이고 부자연스러운 장면들은 "맙소사, 다들 매일 저렇게 하나?"와 같은 질문을 유발한다. 당신의 포르노 주인공들이 유치원이나 동

75

물원에서 일하는 것이 아니라면, 그들에게는 어떤 일이라도 일어날 수 있다.

하지만 제모된 음부는 이런 자극과는 관계가 없다. 실망스럽게도 제모된 음부는 당신을 흥분시키기 위한 것이 아니다. 나는 당신이 제모된 음부를 보고 흥분하지 않을 거라고 장담한다. 포르노 스타들이 왁싱을 하는 진짜 이유는, 털을 다 밀어버리면 삽입 성교 장면을 찍을 때 음부를 더 잘 보이게 할 수 있기 때문이다. 이제 전부다.

서양 세계는 브라질리언 왁싱과 헐리우드 왁싱에 수십억 달러 규모를 들여가며 강박적으로 매달리고, 수백만의 정상적인 여성들은 고통과 불편함을 감수하며 매일같이 왁싱을 하느라 시간을 소모한다. 이런 말을 해서 미안하지만, 여성 여러분, 제모를 하면 여러분의 허벅지는 더 거대하게 보인다. 제모는 모두 포르노 산업의 결과물이다. 조명을 잘 받아야 하니까. 당신의 일상적인 성기가 온갖 포르노 스타들의 지배하에 놓여 있는 것이나 다름없다.

단순히 '산업적인 이유'에서 비롯된 것이라면, 제모가 이처럼 폭 넓게 성행하고 있다는 것은 마치 초창기 흑백 텔레비전 시대의 뉴스 진행자처럼 모든 사람들이 파운데이션을 두껍게 칠하고 검정 립스틱을 바르고 돌아다니는 것만큼이나 기괴한 일이다. 여성들이여, 이런 말도 안 되는 일에 매달려서는 안 된다! 이 따위 것에 돈을 낭비해서도 안 된다! 신경쓸 필요도 없다! 당신의 귀여운 음모가 다시 자라도록 해야 한다! 지금 당장 털복숭이가 되자!

하지만 우리는 순순히 제모를 한다. 앞서 말했지만, 서양에서 하드코어 포르노는 1차 성교육을 담당하고 있다. 10대 소년소녀들은 포르노를 통해 서로에게 어떻게 해야 하는지에 대해 배우는데, 그들은 상대방의 옷을 벗겼을 때에도 포르노에서 본 것을 보게 되리라 기대한다.

그 결과, 우리의 모든 소년들은 벌거벗은 소녀에게서 완전히 제모된 음부를 기대하고, 모든 소녀들 — 거절당할까봐, 아니면 비정상적이라고 생각될까봐 두려워하는 — 은 소년들을 위해 제모하는 이상한 상황에 처하게 되었다. 내가 자주 가는 미용실에서 들은 이야기인데, 열두 살에서 열세 살 소녀들도 브라질리언 왁싱을 받으러 온다고 한다. 즉 그 소녀들은 첫 번째 성징이 나타나자마자 그걸 없애버리려는 것이다. 그들은 하드코어 포르노에서 자극을 받은 것이 분명하다. 어쨌거나 말도 안 되는 일이다.

당신이 버스 뒷줄에서 열네 살 소년이 열세 살 소녀에게 무섭다는 듯 왜 음모가 있느냐고 묻는 말을 우연히 들었다고 생각해 보라. 빅토리아 시대의 예술 비평가 존 러스킨이 1848년 새로 맞은 부인의 음모를 보고 너무나 충격을 받아 결혼 첫날밤을 치르기를 거부했다는 일화처럼 하드코어 포르노를 보고 자라난 21세기의 현대적인 소년들 또한 음모에 경악한다. 웃기지도 않는 일이다. 성심리적 부작용은 제쳐놓고라도, 나를 가장 슬프게 하는 것은 열세 살 여자아이가 음부를 매끈하게 다듬는 데 코 묻은 돈을 쓴다는 사실이다. 그들은 정말로 중요한 일에 용돈을 써야 한다. 머리를 염색하고, 타이츠를 사고, 질리 쿠퍼의 문고본이나 건스 앤 로지스의 음반들 또는 필립 라킨의 시집, 킷캣 초콜릿 바, 선더버드 22 오토바이, 귀를 멍들게 하고 염증을 유발하는 귀걸이들, 그리고 할 수 있을 때 가능한 한 집에서 멀리 떨어질 수 있는 기차표를 사야 한다. 너의 털북숭이 음부를 더블린으로 데리고 가라. 내가 하고 싶은 말은 이것이다.

우리에게 필요한 것은 헐리우드 왁싱이 아니다. 우리의 음부는 그저 청결한 상태를 유지하며 가끔 부드러운 천으로 닦이기를 원할 뿐이다.

해먹에 누워 손가락으로 부드럽게 당신의 풍성한 음모를 쓰다듬으며 하늘을 바라보는 것은 성인여성의 가장 큰 즐거움이다. 손가락으로 빗질을 하고 나면 당신의 작은 풀숲은 보기 좋게 부풀 것이고, 그 풀숲을 손바닥으로 톡톡 두드리며 리듬감을 느낄 수도 있을 것이다. 털로 만들어진 작은 트램펄린처럼.

벌거벗고 방 안을 돌아다니다 거울 속에 비친 자신의 모습을 감탄의 눈길로 바라보라. 거울에 비친 당신의 다리 사이에는 다치게 하고 싶지 않은 무언가가, 무성한 어둠이, 멋진 음모가 있다. 반은 동물적이고 반은 비밀스러운, 당신이 숭배해야 할 대상을 게임 쇼 〈녹 아웃It's A Knockout〉에서 마지막 게임 한 판을 남겨두고 포기해버린 게임 말들처럼 그냥 쓸어버리려고 해서는 안 된다.

목욕을 할 때는 음모에 컨디셔너를 약간 묻혀보라. 캐시미어처럼 부드러운 질감을 느낄 수 있을 것이고, 말도 안되는 탁상공론에 빠져 허우적거리고 있는 여성주의의 영역을 다시 확장시킬 수 있을 뿐만 아니라, 평생 왁싱을 하는 데 들어갈 그 돈으로 언제고 핀란드로 훌쩍 떠나 5성급 호텔에서 오로라를 바라보며 코가 비뚤어질 때까지 고급 위스키를 마실 수도 있다는 사실을 깨닫고 안도할 수도 있다.

좋다. 털을 다듬고 깔끔하게 관리해라. 하지만 이것만은 기억해라. 여성의 음모는 언제나 고전적이고, 아름다우며, 섹시하고, 정당한 것이라는 사실을.

하지만 겨드랑이 털은 또 어쩌고? 당신이 '사랑스럽게도 곰처럼 털북숭이인 음부'와 같은 표현을 사용할 때 무척 불편한 표정을 짓거나, 포르노를 언급하는 당신에게 곧장 경계심을 품는 40대 남성들은 이렇게 물을 것이다.

"브라질리언 왁싱을 반대하는 당신은 겨드랑이는 제모를 하나요? 다리는요? 눈썹은요? 눈썹은 좀 뽑으신 것 같은데요. 콧수염은 또 어쩌고요?"

그리고 그들은 우쭐해하며 여유만만한 표정으로 의자에 등을 기댄다. 마치 그들이 소시지 하나를 억지로 집어넣어 배수관이 꽉 막혔는데, 당신에게는 소시지를 도통 빼낼 수 있는 방법이 없다는 사실이 너무나 만족스럽다는 듯 말이다.

하지만 사타구니와 인중, 그리고 겨드랑이는 서로 무척이나 멀리 떨어져 있다. 글쎄, 평균적으로 한 43센티미터쯤? 인중과 겨드랑이에서 벌어지는 일과 사타구니에서 벌어지는 일은 전적으로 다른데, 일차적으로 겨드랑이는 성적인 것들과 관계가 없다. 당신이 유독 진지하게 특별한 어떤 신체 일부에 대한 관심을 주제로 한 웹사이트들을 찾아보는 사람이 아닌 한, 사실상 그것들은 전혀 성적이지 않다.

그러므로 당신이 겨드랑이를 제모하는 것은 순전히 미적 차원에서다. 이는 '싸움'과는 관계가 없다. 나는 몇 년 동안이나 겨드랑이를 여러 가지 방식으로 가꾸어왔다. 어느 날은 겨드랑이를 제모했는데…, 청바지와 소매 없는 상의 차림의 친구들과 어울린다면 좀 지루한 스타일로 여겨질 수 있다. 조지 마이클 스타일에는 어울리지 않는다는 말이다. 겨드랑이에서는 당신이 보헤미안처럼 살아간다는 증거인 달콤한 사향 냄새가 난다. 그럴 때 당신은 점잖은 척하며 겨드랑이를 제모하지 않아도 좋다. 겨드랑이 털을 길게 기른 적도 있었는데, 마치 히피운동의 최전성기였던 1969년이 다시 찾아온 것처럼, 나의 전 인생이 헐렁한 면직옷과 시타르, 그리고 마리화나로 이루어진 것이기를 바라며 겨드랑이를 축축한 덤불로 만들었던 것이다.

글래스턴베리에서 지내던 어느 날, 붉은 체리색으로 염색한 머리카락이 허리까지 자랐을 때, 나는 겨드랑이와 음부도 머리색에 맞추어 같은 색으로 염색하기로 했다. "겨드랑이랑 거기도 빨갛게 물들여야지!" 나는 크림을 문지르며 즐겁게 생각했다.

세상에, 두 시간이 지나자 염색약 물이 빠져 티셔츠를 적셨고, 겨드랑이는 끔찍한 화농성 습진이라도 생긴 것처럼 보였다. 하지만 경고하건대 이 사건은 약과다. 캐즈는 붉은 눈썹을 검정색으로 염색했는데, 햇빛이 쏟아지자 그 눈썹은 가지색으로 변했다. 어느 날, 길거리에서 라디오헤드의 톰 요크를 발견한 캐즈는 그에게 달려가 사랑한다고 말했고, 그는 '시큰둥한 반응'을 보였다.

"가지색 눈썹을 가진 사람한테서 '사랑해요'라는 말을 듣고 싶어 하는 사람은 없어!" 그녀는 한동안 울먹였다.

다리, 인중, 눈썹, 뺨, 젖꼭지, 성기에서 자라는 털에 관한 한, 미적 범주를 확장시키는 것이 바람직할 것이다. 코미디언 에디 이자드는 자신의 의상도착에 대해 '모두에게는 자신이 원하는 옷을 입을 권리'가 있다고 설명했다. 하지만 그것이 그가 매일 드레스를 입겠다는 뜻은 아니다. 그는 일 년에 한 번도 뾰족구두를 신지 않을지도 모른다. 하지만 남자도 드레스를 입고 여자도 털을 기를 수 있는 분위기가 형성된다면, 우리의 미적 범주 역시 확장될 수 있을 것이다. 통계학적으로 얼굴에 콧수염이 좀 있는 편이 더 어울리는 여자들도 있다. 그때그때 입고 있는 옷에 따라 부드러운 털을 말끔히 제모하지 않고 곱슬거리는 상태로 남겨놓는 겨드랑이도 존재한다. 일자눈썹은 너무나 멋지다. 나의 여섯 살 난 아이는 프리다 칼로의 그림을 보고 자랐는데, 그녀의 눈썹을 좋아한다. "난 이 눈썹이 마음에 들어! 왜냐하면 거기에는 끝이 없기 때문이야!"

학교에서 '역사 속 인물들처럼 옷 입고 오기'를 했던 날, 아이
는 프리다 칼로처럼 차려입고 '더 예쁘게 보이려고' 눈썹 사이에
마스카라를 칠했다.

나의 아이는 내가 그 나이였을 때보다 더 낫다.

나는 열세 살이었을 때 외롭고 무서운 상태로 처음 음모를 밀
었고, 이 일은 그 후 석 달 동안 지속되었다. 그리고는 그만두었
다. 여기에는 몇 가지 이유가 있다.

첫째, 아빠의 면도기를 사용하는 횟수가 점점 더 많아질수록,
나는 면도기를 손대지 않은 것처럼 멀쩡한 상태로 제자리에 두기
가 점점 더 어려워졌다. 내 손끝에는 지문을 보다 정교하게 다듬
으려고 했다는 듯, 아니면 비효율적인 자해를 하려고 했다는 듯,
면도날로 인해 생긴 작은 흉터들이 곳곳에 생겨났다. 게다가 면
도기 세척은 위험하기까지 하다. 열세 살짜리는 그런 일을 하면
안 된다.

둘째, 아프다. 참을 수 없을 정도로 아프다. 다시 자라는 털은
75퍼센트는 석면, 25퍼센트는 모헤어로 만들어진 것 같다. 나는
집중력을 잃고 3주일쯤 매독에 걸린 것처럼 긁어댄다. 그러나 내
가 제모를 그만둔 결정적인 까닭은 다음의 이유 때문이다.

셋째, 몇 년 동안이나 나의 그곳에서 무슨 일이 벌어지고 있는
지를 아는 사람은 없었다. 몇 년 동안이나. 〈베르주라크〉가 방영

되고 있던 그 끔찍한 날 이후로 나는 거실이 아닌 침실에서 추위에 몸을 떨며 옷을 입는다. 가족들 앞에서 더 이상 잠옷을 끌어올리는 일은 없을 것이다. 그 누구 앞에서도. 하지만 몇 년 후에 내 친구인 배드 폴은 이렇게 말했다. "옷을 벗고 있는 네 모습이 어떻게 보일 것 같냐고? 그건 전혀 걱정할 필요가 없는 일이야." 숫처녀인 열세 살 여자아이가 음모를 밀어버린다는 생각은 닐 암스트롱이 달에 첫 발을 내딛기 전 애프터셰이브를 바르는 것만큼이나 우스운 일이었던 것이다. 달에서 애프터셰이브를 바른 그의 매끈한 얼굴을 누가 볼 수 있다고. 나는 평정심을 되찾았다. 그러고는 아버지의 면도기와 로션을 제자리에 돌려놓고 털이 그냥 자라도록 내버려두었다. 내게는 사춘기에 대한 다음 계획이 있으니까.

누군가가 나의 벌거벗은 모습을 보았을 때, 나는 열일곱 살이었다. 나는 사우스 런던의 스톡웰에 있던 셋방에서 순결을 잃었다. 내가 털을 기르건 말건 신경도 쓰지 않고, 속히 내 녹색 드레스를 벗기고 눕히기만을 바랐던 한 남자에게.

가슴을 뭐라고 불러야 하지?

물론, 나는 청소년기가 믿을 수 없는 전개방식에 따라 지나간다는 것을 알고 있다. 나는 주로 도서관에서 시간을 보낸다. 그러던 어느 날, 자극적인 대목이 나오지 않을까를 기대하며《그레이 해부학Gray's Anatomy》을 읽었다. 청소년기의 신경계가 어떻게 발달하는지에 관한 장이나 문단들은 아직도 기억난다. 10대의 뇌에서 성호르몬이 어떤 효과를 내고, 급기야는 어떻게 분출하는지에 대한 대목들 말이다. 백질 — 전선처럼 얽힌 섬유질 — 은 이성의 고속도로를 건설한다. 두뇌는 황혼녘의 동쪽 해안선과 같은 풍경을 밝혀준다. 파문들, 별 모양의 광채들, 나선형들, 파도들 속에서 빛이 켜지고 꺼진다. 열네 살의 나는 실험대상이다.

나는 다시 태어나고 있다. 사고방식이 일종의 폭발을 겪고 있다. 훗날 나는 나이트클럽과 파티, 화장실에서 이처럼 끝날 줄 모르는, 계속해서 어떤 영감을 받는 상태를 느끼려고 약을 사기 위해 10파운드짜리 지폐를 세고 있게 될 것이다.

나는 비슷한 시대를 살고 있는 또래들의 전기를 읽고 의기소침해진다. 보비 피셔는 열다섯 살에 체스 챔피언이 되었다. 케이트 부시가 〈그의 눈 속에는 어린아이가 들어있네The Man with the Child in His Eyes〉라는 노래를 쓴 것은 열네 살 때였다. 그의 눈에 들어 있는 어린아이는 사실 그녀 자신의 모습일지도 모른다. 다른 10대 아이들과 마찬가지로 나 역시 그 어떤 어른들보다도 이 세계에서 두각을 드러낼 수 있는 잠재력을 보비 피셔나 케이트 부시만큼 혹은 그들보다 더 많이 갖고 있을지도 모른다. 나는 위대한 천재일지도 모른다.

이론적으로는 그렇다는 말이다. 솔직히 말해서 나는 다음과 같은 사실을 알고 있다. 나의 일기장에는 내가 대단히 중요한 질문들과 개념들을 해결하고자 나의 정신적 능력을 전에 없이 확장하여 사용하고 있다는 증거가 남아 있다. '내가 끝없이 울 수 있다면 좋겠다. 대단한 안도감이 들 테니까.' '내가 나쁜 사람인 걸까?' '가끔 뭐든 할 수 있다는 기분이 든다! 나는 어떤 식으로든 내가 이 세계를 구원하기 위해 여기 있다는 것을 안다!' '모자를 쓰면 더 날씬하게 보일까? 정말?' 그리고 1990년 3월 14일에는, '나는 삶의 의미를 찾았다. 바로 스퀴즈의 〈쿨 포 캣츠cool for cats〉

앨범! 이건 모두 나를 위한 노래다!'

하지만 솔직히 나는 엄청난 잠재력을 갖춘 천재적인 두뇌보다는 그것을 떠받치고 있는 물리적인 신체에 일어난 사건사고들을 수습하느라 너무 바쁘다. 정말이지 지랄이다. 몸 여기저기서 이상한 일들이 일어난다. 자위에 대한 실험과 생리는 별 것도 아니었다. 똥이나 싸고 퍼즐이나 맞추던 내 몸은 어느 날 아기가 튀어나와 내 시간을 전부 잡아먹고 걱정까지 시키게 될 마법의 백화점으로 변해가고 있다.

어느 날 아침, 잠에서 깬 나의 온몸에서 거무죽죽한 붉은 흔적들을 발견한다. 라즈베리색 물결무늬가 배와 허벅지, 가슴, 겨드랑이, 종아리를 뒤덮고 있다. 처음에는 발진이라고 생각해 며칠간 아기용 기저귀 발진연고인 수도크렘을 열심히 바른다. 그 연고가 발진을 가라앉혀줄 것이라고 생각했던 것이다. 연고가 줄어들고 있다는 것을 발견한 어머니는 두 살짜리 셰릴이 또 연고를 먹었다고 생각하고, 나는 구태여 내가 연고를 썼다고 밝히지 않는다.

하지만 내가 접이식 램프를 이용해 문을 잠그고, 마음을 가라앉히려고 〈쿨 포 캣츠〉를 시끄럽게 틀어놓은 뒤 그 흔적들을 가까이서 들여다보았을 때, 나는 그것들이 발진이 아니라 찢어진 자국들이라는 것을 알아차린다. 내가 성장하면서 피부가 찢어진 거였다. 내 몸의 거의 모든 부드러운 부위가 튼살로 뒤덮여 있었다. 사춘기는 사자와도 같아서 내가 아무리 도망치려고 해도 나를 쫓아와 발톱으로 할퀸다. 나는 그날 밤 캐즈에게 이렇게 말한다. "나는 이제부터 평생 동안 타이츠를 신고 폴로셔츠를 입어야 돼. 여름에도. 추위를 많이 타는 사람인 척해야 돼. 사람들은 다 내가 추워서 그렇게 껴입고 있는 거라고 생각할 거야."

이 당시 캐즈와 나는 평소와는 달리 드물게도 평화로운 관계를 유지하고 있다. 심지어 우리는 서로 마음에서 우러난 포옹을 하기도 했고, 어머니는 너무나 놀라 그 순간을 남겨놓기 위해 사진까지 찍었다. 나는 아직도 그 사진 ― 우리 둘은 한 쌍처럼 보이는 원피스를 입고, 맨발에, 98퍼센트는 선한 표정을, 2퍼센트는 지겨워 죽겠다는 표정을 한 채 서로 얼굴을 맞대고 있다 ― 을 간직하고 있다. 어머니는 우리가 마침내 서로를 챙기는 마음을 갖게 되었다고 생각한다. 아이들 가운데 가장 큰 아이들인 우리가 마침내 서로에게 책임감을 갖고 지내게 되었다고, 서서히 어른이 되어가는 우리가 서로의 차이를 받아들일 수 있게 되었노라고.

그러나 우리가 서로를 끌어안고 있던 까닭은 사실, 우리의 질을 뭐라고 불러야 할지에 대해 2시간씩이나 논의를 하고 난 뒤이기 때문이다.

"나는 절대로 그 말은 하지 않을 거야." 나는 캐즈에게 말한다. 우리는 침실에 있다. 나는 침대에, 캐즈는 바닥에 앉아 있다. 우리는 그날 아침 9번째로 〈쿨 포 캣츠〉를 듣고 있다. 테이프는 이제 늘어지기 시작한다. 크리스 디포드의 목소리가 인디언들이 머나먼 바위 위에서 보내는 신호처럼 흔들린다. 캐즈는 무언가 입을 것을 만들려고 카디건을 뜨개질하고 있다.

"질이라는 말을 하느니 차라리 그런 게 없는 척하는 편이 나을 것 같아." 나는 말을 잇는다. "내가 다치기라도 했다고 생각해봐. 그런데 내가 비속어를 사용할 수 없는 매우 점잖은 병원에 갔는데 의사가 내게 '어디가 아파요?'라고 묻는다면, 나는 '질이 아파요'라고 말하는 대신 그냥 '맞춰보세요!'라고 말할 거야. 그리고 기절하는 거지. 나는 질이라는 단어가 정말 싫어."

"작년에는 훨씬 더 쉬웠는데." 캐즈가 슬픈 목소리로 맞장구를 친다.

작년까지 모란 가의 모든 아이들은 '배꼽navel'이 진짜 배꼽이 아니라 실제로는 여성 생식기를 가리키는 말이라는 착각에 빠져 있었다. 그래서 그 부위를 다치거나 하면 "배꼽을 부딪혔어!"라고 소리를 질렀고, 그러면 다들 안타까워했다. 당연히 '해군 장교naval officer'라는 단어를 알게 되었을 때 우리는 모두 숨이 넘어갈 정도로 웃어댔다. 앤드류 왕자가 사라 퍼거슨과 결혼하던 당시, BBC1의 결혼식 중계방송에서 진행자가 왕자를 '해군 장교'라 지칭하자 우리는 바닥을 굴러다니며 발작적으로 웃어댄 탓에 머리를 계단 아래로 두고 거꾸로 매달려 있어야 했다.

1987년에는 짧은 기간 동안 작은 여동생 위나가 '질'을 뜻하는 '버자이너vagina'를 '차이나china'라고 잘못 발음하는 일이 있었고, 우리는 그 단어를 잠시 사용하기도 했다. 그해 가을 티퍼우가 〈당신 손의 도자기China in Your Hand〉라는 곡을 발표했을 때, 우리 모두는 다시 한 번 혈액순환이 정상적으로 돌아올 때까지 계단에 거꾸로 누워 있어야 했다. 그 곡이 흘러나오는 가게에라도 들어 갈라치면 엄청난 위험을 감수해야 했다. 우리는 후드를 뒤집어 쓰고 경련하듯 웃어대며 가게에서 뛰쳐나와야 했던 것이다.

그렇게 해서 우리는 1989년이 될 때까지도 '질'을 대체할 단어를 찾지 못한다. 그 부위에서 벌어지는 모든 일들을 어떻게 불러야 할지도 모른다. 우리는 어떤 단어가 필요하고, 잠시 동안 침묵하며 생각에 잠긴다.

"그걸 롤프Rolfs라고 부르면 어때?" 마침내 캐즈가 입을 연다. "롤프 해리스처럼. 그 사람 턱수염처럼 생겼잖아."

우리는 서로를 바라본다. 우리 둘 다 롤프 해리스가 정답이 아니라는 것을 알고 있다.

'질'이라는 단어의 문제는 질이 불행 덩어리처럼 여겨지게끔 들린다는 것이다. 매저키스트만이 질을 원할 수 있으며, 그 까닭은 질에는 나쁜 일들만 일어나기 때문이다. 질이 찢어진다. 질이 '검사 당한다.' 증거는 질 안에서 발견된다. 연쇄살인범들은 검시관들을 놀리듯 질 속에 증거를 남겨둔다. 마치 복도 선반에 잔돈과 열쇠를 올려두는 것처럼 말이다. 아무도 그런 증거는 원하지 않는다.

아니다. 좀 더 자세히 말해보자. 내게는 사실 질이 존재하지 않는다. 나는 질을 가져본 적이 없다. 나는 아주 소수의 여자들만이 질을 갖고 있으리라고 생각한다. 빅토리아 여왕이나 바버

89

라 캐슬, 아니면 마가렛 대처. 대처의 음모는 그녀의 헤어스타일과 똑같은 모양이겠지.

하지만 다른 사람들에게는, 질이 없다. 나만 질이 없는 것이 아닐 테니까. 내가 아는 그 누구도 질을 '질'이라고 부르지 않는다. 질은 비속어나 애완동물 이름, 지어낸 이름으로 불린다. 한 가족이 여러 세대에 걸쳐 서로를 부르는 이름처럼. 나는 트위터에서 사람들에게 어렸을 때 질을 뭐라고 불렀는지에 대해 물었는데, 20분 만에 500여 개의 답장을 받을 수 있었다. 질에 대한 호칭들 중 대다수는 완전히 실성한 상태에서 붙인 이름처럼 들렸다. '질의 판도라 상자'를 열어버린 기분이었다. "어렸을 때 제일 친했던 친구의 엄마는 그걸 '새끼 오리'라고 불렀어요. 생리는 '오리가 아플 때'라고 불렀죠." 제일 처음 받은 답변이다. 이런 답변이 꼬리에 꼬리를 물고 이어졌다.

그 범위는 실로 광대했다. 어떤 호칭들은 사랑스럽거나 재미있었다. 너의 꽃, 너의 2펜스, 피클, 기집애, 마리아, 털썩이, 퍼트, 부대특성자료목록Tuchas, 미니, 펌펌, 팅클, 요정, 귀염둥이, 숙녀, 우우, 쬐끄미, 조그미, 머핀, 컵케이크, 그리고 주머니.

그리고 가족들 사이에서 오고간 농담이 빚어낸 결과임이 분명한 호칭들도 있었다. 발레리, 헬렌 이모, 파스타 껍질, 범지나, 판당고, 요크셔 푸딩("그녀는 울면서 이렇게 말할지도 모른다. '내 요크셔에 모래가 들어갔어!'"), 스톤헨지, 그리고 버밍엄 시티 센터.

좀 이상하거나 걱정되는 호칭들도 있었다. 너의 차이점, 너의 비밀, 너의 문제, 스위트 패니 애덤스(빅토리아 시대에 살해된 어느 아이의 별명으로 질과 관련되어 만들어진 신조어라고 하기에는 좀 꺼림칙하다), 그리고 통풍구. 나는 통풍구라는 별명은 분명 어느 가족이 뱀을 보관하던 장소를 지칭하던 단어에서 나왔다고 생각한다. 그들은 아마도 시간을 절약하려고 사람에게도 같은 단어를 사용하고 싶었던 것이리라.

나나 혹은 뚜비, 포와 같은 별명들도 흥미로웠다. 아마도 텔레토비에 등장하는 주인공들의 이름은 사실 질을 지칭하는 가족들만의 은어에서 비롯된 것인지도 모른다. 당신도 아마 어디선가 당신이 질을 암시하며 사용한 이름을 찾아낼 수 있을 것이다.

개인적으로 나는 '보지cunt'라는 단어를 사용한다. 가끔은 보지라는 단어를 입에 올릴 때마다 움찔하기도 하지만, 보지는 오래된 역사를 지닌 적절하고 강력한 단어다. 나는 영어라는 언어에서 나의 화재 대피로가 가장 강력한 욕설로 사용될 수 있다는 사실이 마음에 든다. 그렇다. 남자들이여, 강하다는 것은 이런 것이다. 만약 내가 아래쪽에 갖고 있는 바로 그것의 이름을 당신에게 말한다면, 나이든 부인과 성직자들은 기절할지도 모른다. 사람들이 보지라는 단어를 들을 때마다 기절할 것처럼 놀라는 모습을 보는 것은 꽤 재미있는 일이다. 마치 내가 팬티 속에 핵폭탄이나 호랑이, 아니면 권총을 갖고 있는 것처럼 느껴진다.

비교하자면, 남자들이 바지 속에 갖고 있는 것을 지칭하는 말중 가장 강력한 것은 '자지dick'일 것이다. 솔직히 진부한 단어다.

남자들도 자지 대신 '블루 피터Blue Peter'* 같은 표현을 사용한다면 어떨까. 여성과 관련된 거의 모든 것들 — 월경, 폐경, 여자를 계집애라고 부르는 순진하고 단순한 행동 등 — 이 여전히 결벽증을 불러일으키거나 연약한 것으로 여겨지는 문화에서, 나는 보지라는 단어가 지닌 강력하고 굳건한 힘이 마음에 든다. 보지라는 단어에는 거의 신비로운 공명이 깃들어 있다. 보지는 보지다. 우리는 모두 그것이 보지라는 사실을 안다. 그러나 우리는 보지를 보지라고 부를 수가 없다. 우리는 실재하는 단어를 사용하지 못한다. 너무 강력한 단어이기 때문이다. 유태인들이 테트라그람마톤Tetragrammaton**을 사용하지 못하고, 그 대신 '여호와Jehovah'를 사용해야 하는 것처럼 말이다.

물론 사람들이 보지를 보지라고 부르지 못하는 이유를 나는 두 딸을 얻게 되면서 알게 되었다. 오전 간식시간이 되기도 전에 화가 머리끝까지 난 선생님이 빗자루를 들고 '영국에서 가장 나쁜 욕설'을 해대는 내 아이들을 쫓아다니는 상황에서 내가 그 아이들에게 '여호와의 신비로운 공명' 따위를 운운해봤자 무슨 소용이 있겠는가.

둘째 딸 리지가 태어나고 며칠 지나지 않았을 때, — 모르핀 기운에서 막 벗어난 내가 집중력을 되찾았을 때. 하지만 솔직히 말

---

* 배의 출항을 알리는 중앙에 흰색 사각형이 있는 청색기.
** 야훼를 나타내는 4자음문자,YHWH.

해서 "성모 마리아여, 그게 찢어진 것 같아요!"라고 소리를 지르지 않고 제대로 앉게 되기까지는 적어도 2주일이 걸렸다 ― 남편과 나는 우리의 아름다운 작은 딸을 내려다보았다. 파란 눈에 도톰한 입술을 지닌 벨벳 생쥐처럼 부드러운 아기, 그러나 너무나도 큰 똥을 막 싼 참이다. 리지의 하반신 곳곳에는 똥이 묻어 있다.

남편은 패배자의 표정을 하고 주의 깊게 딸의 하반신에 젖은 수건을 갖다 댄다.

"내가 이걸 다 닦아야 하겠지…." 그가 어쩔 줄 모르겠다는 듯 말한다. "그런데 내가 뭘 닦고 있는지도 모르겠어. 우리가 이걸 뭐라고 불러야 하지? 보지라고 부를 수는 없잖아."

"아이 이름은 리지야!" 깜짝 놀란 내가 말한다.

"내가 무슨 말을 하고 있는 건지 잘 알잖아." 남편이 한숨을 내쉬었다. "난 그 단어를 못 쓰겠어. 그건 당신한테나 있는 거지. 우리 딸한테는 없어. 그건 완전히 다른 거야. 세상에, 우리 딸 등에 온통 똥이 달라붙어 있네. 깨끗하게 닦아줘야지…. 내가 아빠 노릇을 잘할 수 있을까? 우리 딸애의 성기를 뭐라고 불러야 좋을까?"

다음 몇 주일 동안, 우리는 새로 출시된 햄맛 요거트 광고를 만드느라 머리를 싸맨 광고회사 직원들처럼 이 사안에 대해 머리를 맞대고 있다.

"무당벌레 같기도 해." 머리가 멍해진 남편이 말한다. "무당벌레라고 부르자!"

"그래, 하지만 솔직히 폭스바겐 딱정벌레 차 같기도 해." 내가 지적한다. "그럼 '허비'*라고 부르면 어떨까. 리지가 청소년이 되어 남자애들을 찾기 시작하면 우리는 '허비가 바나나를 찾는다'고 말할 수 있을지도 몰라. 그때가 되면 당신은 그 애를 가둘 수 있는 문 없는 첨탑을 지어야겠지."

몇 주 뒤, 남편은 브랜드 이름에서 따온 '베이비 갭Baby Gap'이라는 표현을 찾아낸다. 리지의 베이비 갭! 기가 막힌 표현이다. 우리는 리지에게 베이비 갭 로고가 적힌 티셔츠나 점퍼를 입힐 때마다 몇 분 동안이나 웃어대고는 한다.

하지만 이 표현은 오래 사용되지 않는다. 우리는 너무나도 자주 이 표현을 사용했고, 그러자 재미도 없어졌기 때문이다. 이 표현은 오래 씹은 껌처럼 낡고 진부하게 여겨지기 시작한다.

그래서 우리는 뭔가 더 그럴 듯한 표현을 찾아내야 한다고 생각한다. 그런데 리지가 12개월쯤 되어 말문이 터지자 마침내 그 표현이 우리에게 찾아왔다.

리지는 여러 번 넘어졌고, 여러 번 베이비 갭을 다쳤다. 리지를 무릎에 앉혀놓고 무슨 일이 있었는지를 큰 목소리 — 아이들에게 말하는 법을 가르칠 때처럼 — 로 설명하는 동안, 갑자기 무

---

* 린제이 로한 주연의 영화 〈허비, 첫 시동을 걸다Herbie: Fully Loaded〉에서 주인공 허비는 53번 넘버를 달고 있는 흰색의 작은 폭스바겐이다.

의식 깊은 곳에 도달한 내게는 다음과 같은 표현이 떠오른다.

"봇봇Bot-bot. 그래, 넌 봇봇을 다친 거야!" 나는 리지의 눈물을 닦아주며 말한다.

봇봇은 내 어머니가 청소년이 되기 전의 우리에게 생식기를 지칭할 때 사용하던 단어이다. '봇'은 뒤쪽을, '봇봇'은 앞쪽을 의미한다. 우리에게는 '봇'이라는 한 단어면 충분한 거다.

'봇봇'은 대를 물려 사용될 수 있는 단어였다. 작고 둥글게 도드라진 부위를 가리키는 데는 역시 작고 둥글게 도드라진 '봇봇'이라는 단어가 어울렸다.

물론 리지가 좀 더 크면 1989년의 캐즈와 나처럼 그 부위를 가리키는 자기만의 단어를 스스로 찾아낼 것이다. 10대 소녀들은 더 멋진 단어를 찾아낼 수 있다. 사춘기를 맞은 소녀는 앞으로 40년 동안 대부분의 사고방식을 결정하게 될 '봇봇'을 지칭할 이름을 찾아야만 한다. 스칼렛 오하라가 애슐리를, 그다음에는 레트 버틀러를 쫓아 애틀랜타를 헤매고 다닌 까닭은 그녀의 '봇봇' 때문이 아니었다. 조지아 오키프의 그림에 '봇봇' 따위는 없다. 마돈나가 그녀의 누드집 《섹스Sex》에서 우리에게 보여주는 것은 '봇봇'이 아닌 다른 무엇이다.

숲속 빈터를 돌아다니거나 민속악단들 틈에 끼어 의식용 파이프를 불거나 한 뒤에 나는 종종 자신의 생식기를 무엇이라고 불러야 하는지에 대한 문제는 소녀가 치러야 하는 통과의례라고 생각하고는 했다. 이 문제는 초경이나 헐렁한 셔츠를 입을 것인가 입지 않을 것인가 하는 문제와 마찬가지로 중요하다. 생식기에 손가락을 집어넣는 일 — 이것은 아기들이 DVD 플레이어에 손가락을 집어넣고 싶어 안달하는 것보다는 좀 더 성숙한 욕망이다 — 이 시작될 때, 자신이 손가락을 집어넣는 곳이 정확히 어디인지를 아는 것은 매우 중요하다. '내 안으로' 집어넣는다는 표현은 나쁘지 않지만, 이 표현은 본질적으로 하나의 방향이지 이름은 아니다.

아담이 모든 동물들에게 이름을 내려주었는지는 모르겠지만, 청소년들이 포르노그래피를 통해 성교육을 받는 오늘날, 질에 이름을 붙이는 역할은 포르노 배우 론 제레미가 담당하고 있다. 어떤 사람들은 포르노 배우가 앞뒤로 삽입성교를 하는 장면에서 즉흥적으로 대사를 읊다가 어떤 섬세함이나 미학도 찾아볼 수 없는 단어를 선택해주기를 바라는지도 모른다.

그 결과, 자라나는 소녀들이 모두들 제 생식기를 '야옹이pussy' 따위로 부르게 되었다. 개인적으로 나는 이 말을 좋아하지 않는다. 나는 포르노에서 '야옹이'를 마치 제3의 인물처럼 부르는 장면을 너무나 많이 보아왔다.

"네 야옹이도 좋아? 그래?" "내가 야옹이를 괴롭혀줄까?"

이는 불쾌한 신체적 분리를 낳는다. 여성은 질과 분리된다. 야옹이는 조금도 섹시하지 않은 나쁜 포르노에 자주 등장하는데, 나는 남성 포르노 배우가 실은 여성이 기르는 고양이를 부르고 있으며, 이 고양이는 카메라에 잡히지 않는 곳에 앉아 불길한 눈으로 둘을 바라보고 있을지도 모른다는 기분 나쁜 생각을 떨쳐버릴 수가 없다.

어쩌면 이 장면을 지켜보던 모든 고양이들이 자기들에게 퍼부어진 무례한 언사에 분개하며 들고 일어나 침대로 뛰어들어 뒤얽힌 배우들 사이에 커다란 헤어볼을 토할지도 모른다는 생각이 들기도 한다.

하지만 뭐, '야옹이'는 별 거 아니다. 그 외에도 끔찍하기 짝이 없는 비속어들이 얼마나 많이 존재하는가. 하나씩 짚어보자!

- 당신의 섹스Your Sex : 책임을 딴 데 돌리려고 선수를 치는 단어처럼 들린다.
- 구멍Hole : 스타킹이나 타이츠에 생기는 나쁜 일. 스타킹이나 타이츠는 좋은 제품을 사서 신어라.
- 꿀단지Honeypot : 벌에 된통 쏘일 일 있나?
- 등신Twat : 소똥, 멍청함, 주먹질이 기분 나쁘게 뒤섞인 단어. 안 된다.
- 덤불Bush : 같은 이름의 짜증나는 밴드가 있다. 덤불 속에는 거미가 산다. 안 된다.
- 백Vag : 참견하기 좋아하는 사나운 여자의 이름처럼 들린다. 줄담배를 피울 것 같고 빙고 게임 중독자일 것 같다. 안 된다.

반대로 이런 단어들은 좋다.

- 민지Minge : 약간 음흉한 고양이 이름처럼 들린다. 내 보지도 가끔 음흉하다.
- 덮개Flaps : 재미있다.
- 푸프Foof : 약간 우스꽝스러운 프랑스 푸들처럼 제멋대로인 이름.
- 사를락 핏The Saarlac Pit : 듣기에도 좋고, 한 솔로를 품고 싶어 안달하는 캐릭터이도 하다. 가질 수 없어서 그렇지.

물론, 당신은 당신의 가장 소중한 통로에 우스꽝스러운 이름을 붙이기 시작할 수도 있다. 그것을 그만둘 이유는 없다.

"'웨스트 미들랜드 사파리 파크'에서 그가 너무 성급하게 돌아다니더라." 방광염의 공격을 받아 화장실에 앉아 있는 내게 이런 말이 들려오면 나는 슬픈 듯이 다음과 같이 대답할 것이다. "'톰의 정원'에서 한밤중에 나무가 벼락을 맞아 쓰러졌지 뭐야."

어느 행복한 날을 맞이한 누군가는 이렇게 말할 수도 있겠다. "오늘 밤 '킨타이어 곶'에 안개비가 촉촉하게 내릴 거야."

그런데, 가슴은 또 어떻게 불러야 하지? 당신의 가슴에 알맞은 이름을 지어주는 것도 생각처럼 쉽지는 않다. 당신이 열세 살일 때부터 가슴은 당신의 갈빗대 위에 위치한다. 가슴 또한 당신이나 다른 누군가를 불편하게 하지 않는 단어들로 불릴 수 있다.

몇 년 전, 풍부한 볼륨을 지닌 입술의 소유자인 섹시스타 스칼렛 요한슨은 그녀의 가슴을 '내 소녀들'이라 부른다고 말했다.

"나는 내 몸과 얼굴이 좋아요." 한참 생각에 잠겼던 그녀는 이렇게 덧붙였다. "그리고 내 가슴도 좋아요. 나는 가슴을 '내 소녀들'이라고 불러요."

그녀가 이처럼 곤란한 사안에 대해 이야기를 한 것이 처음은 아니다.* 성인 여성은 자신의 가슴을 농담거리로 삼지 않는다. 그녀는 올바른 답을 내놓았다. 당신이 "'내 소녀들'은 즐겁고, 소유주가 분명하며, 여성스럽기도 하다."라고 말할 때 당신은 휴대용 풍금을 '내 소녀들'이라고 부른 것일 수도 있지만, 사람들은 당신이 스칼렛 요한슨의 가슴을 말하고 있다고 생각할지도 모른다.

"봐, 이 윗도리 안에 들어 있는 '내 소녀들'이 이상하게 보여?" 당신은 이렇게 물을지도 모른다.

"글쎄, 스칼렛 요한슨의 '내 소녀들'은 그 윗도리 안에서 환상적으로 보일 거야. 그녀의 가슴은 이 세계에 평화를 가져다주니까." 한 친구는 이렇게 대답할지도 모른다. "하지만 '네 소녀들'은 한쪽으로 치우쳐진 것처럼 보여. 그리고 네 젖꼭지가 너무 커

---

* 영화 〈사랑도 통역이 되나요Lost in Translation〉에 출연한 스칼렛 요한슨은 우리에게 다음과 같은 질문을 던진다. "일본으로 여행까지 왔는데 빌 머레이와 섹스를 안 할 수 있을까?" 이 질문에는 누구라도 다음과 같이 대답할 것이다. "무슨 소리야. 일본까지 여행을 왔으면 당연히 빌 머레이와 섹스를 해야지."

다랗게 보여. 솔직히 말하면 '네 소녀들'은 왕눈이 마티 펠드먼의 눈알처럼 보여."

타블로이드의 세계에서 이 문제는 더 쉽게 해결된다. 바로 '젖 Boob'이라는 단어로. "3쪽에 실린 킬리 하젤의 젖은 크다!" 셰인 워드가 말한다. "셰릴은 위대한 젖을 지니고 있다!"《선The Sun》지의 기자들은 상대방이 그 어떤 단어를 사용하더라도 빠르게 철자법 검사를 수행해 그 단어를 즉각 젖으로 바꾸어놓을 것이다. 언젠가 나는 그들과 인터뷰를 한 적이 있는데, 그때 나는 내 가슴을 '단지jug'라고 묘사했다(때는 브릿팝의 전성기였다! 나는 '블러'라면 분명 이 단어를 좋아할 거라고 생각했다). 하지만 다음 날 기사에는 "케이틀린 모란이 '나는 내 젖이 좋아요'라고 말했다."고 실렸다.

나는 '젖'을 갖고 있지 않다. 한 쪽도. 그 문장은 "케이틀린 모란이 '나는 가느다란 여우원숭이 꼬리를 갖고 있어요'라고 말했다."만큼이나 이상하게 들렸다.

'젖'은 너무 코미디적이다. '젖'은 완벽한 구체가 덜렁거리는 모양을 떠올리게 한다. '젖'이라고 부르느니 차라리 '분홍색 흉부 광대'라고 부르는 편이 나을 것이다.

젖이라는 단어는 백인 노동자층이 사용하는 단어다. 방글라데시 젖, 바레인 젖 따위는 존재하지 않는다. 숙녀 안토니아 프레이저에게도 젖은 없다. 젖은 파멜라 앤더슨이나 바버라 윈저가 갖고 있다. 하지만 BBC 드라마 〈이스트엔더스EastEnders〉는 바버라가 유방암에 걸렸다는 이야기를 만들어내면서 재빨리 젖을 가슴으로 대체했다. 젖은 유방암에 걸릴 수 없으니까. 젖은 에로틱한 회화의 주인공이 될 수도 없다. 젖은 단지 14세에서 32세 사이 여성들의 가슴에 매달려 흔들리다가 급기야는 축 쳐져 있다가 땅에 떨어져 우주로 날아간다. 토성의 커다란 고리의 일부가 되기 위해서.

반면 '가슴breasts'이라는 단어도 그리 적절한 것은 아니다. 당신은 '가슴'이라는 단어가 긍정적인 맥락에서 사용되는 경우를 알지 못한다. 가슴은 나쁜 소식을 가져다준다. 질과 마찬가지로, 가슴은 의사가 암 검진을 위해 검사할 때를 대비한 단어이기도 하지만, 한편으로는 백포도주와 함께 요리되는 닭고기 부위를 가리키기도 하고, 당신과 형편없는 섹스를 하게 될 유치한 남자들이 사용하는 단어이기도 하다. ("내가 손가락으로 당신의 왼쪽 가슴을 만져도 될까?") 아니면 나이든 변태들이 사용하는 말이기도 하다. ("그녀의 숨 막히는 가슴이 얇은 천 사이로 드러났고, 영국을 침략한 주트족의 우두머리 헹기스트를 향해 춤을 추는 것처럼 보였다.")

'유방bosom'도 우스꽝스럽게 들리기는 마찬가지다. '유방 사이 오목한 부분Cleavage' 역시 분명 좋은 단어가 아니다. ("유방 사이 오목한 부분에 통증이 있어.") 그리고 '가슴살embonpoint'도 아니다. 너무 장식적이고 뾰족하게 들리는 이런 단어들로 지칭되는 부위는 브라를 벗으면 바로 사라질 것처럼 느껴진다. '젖가슴tits'이란 말은 날마다 사용하기에 나쁘지 않다. ("나한테 킷캣kitkit 초콜렛 하나만 줄래? 방금 문에 젖가슴tits을 부딪혔지 뭐야.") 하지만 밤 시간에 사용하기에 젖가슴은 약간 딱딱하게 들리기 때문에, 이 단어를 만족스럽게 사용하기 위해서는 다소 궁리가 필요하다. 개인적으로 나는 '얘네들The Guys'이라고 부르고 싶다. 하지만 그러면 나의 7명이나 되는 형제자매들을 어떻게 불러야 할지에 대한 문제가 생겨나고, 우리가 이미 가지고 있는 정신적인 질환들을 더욱 심각하게 만들지도 모르므로, '얘네들'이라고 부르는 것에도 무리가 있다.

나는 이 말썽꾸러기들을 유명한 듀오의 이름으로 부른 적이 있다. "그 사람 때문에 나의 '두 로니'*가 일어섰어!" "'스케어크로우와 킹 부인'이 윗도리를 거부하기 전까지는 다 괜찮았어." "사실 내가 내 가슴을 '사이먼 앤 가펑클'이라고 부르는 이유는 한쪽이 더 크기 때문이야." 하지만 그 후, 내게는 아기가 생겼다. 내가 갓난아기의 입에 '제인 토빌'이 누워 있는 사이에 '크리스토퍼 딘'의 정수리를 집어넣으려고 낑낑거리는 동안 조산사는 어처구니없다는 표정을 짓고 있었다.**

이처럼 평범한 여성이 직면한 문제를 해결해줄 수 있는 능력을 영어는 아직 보여주지 못하고 있다. 대범한 재미를 추구하는 우리

---

* 영국 BBC의 TV쇼에 듀오로 함께 출연한 로니 바커Ronnie Barker와 로니 코베트Ronnie Corbett를 이른다.

** 제인 토빌과 크리스토퍼 딘은 영국 피겨스케이팅 아이스 댄싱 선수이다. 파트너인 두 사람은 1984년 올림픽 금메달, 1994년 올림픽 동메달을 획득했다.

들은 이 문제에 대해 생각해볼 기회를 얼마든지 가질 수 있다. 우리는 이 문제를 단번에 해결해줄 단어가 자리를 비운 동안 구어를 포기하고 그저 (.)(.)라고 표기해야 할지도 모르겠다.

캐즈와 나의 문제는 다음과 같이 해결되었다. 가슴과 질을 구태여 정확한 단어로 표현하지 않아도 되었던 것이다. 우리 둘은 한때 가슴과 질을 각각 '위층'과 '아래층'으로 불렀는데, 이는 점잖은 BBC에서나 나올 법한 품위 있는 표현처럼 들렸다. 그 후 우리는 코미디언 레스 도슨처럼 해당 부위를 가리키며 '거기'라고 부르기 시작했다. '젖가슴'과 '보지'를 사용하기에 사회적으로 무리가 있는 상황일 때마다 '거기'와 '거기'는 꽤 쓸 만한 현상유지책이 되어주었다. 나는 열다섯 살이 될 때까지, 캐즈는 스물일곱 살이 될 때까지 '거기'라는 단어를 사용했다. 하지만 그건 정말 말도 안 되는 단어였다.

나는 여성주의자다!

《여성, 거세당하다The Female Eunuch》에서 저메인 그리어는 독자들에게 생리혈을 한번 먹어보라고 권한다. "아직도 먹어본 적이 없다면, 당신은 아직도 갈 길이 먼 거예요." 그녀가 말한다.

그렇다. 나도 동의한다. 모든 일들은 한 번쯤 시도해볼 필요가 있다. 미심쩍은 간이음식 트럭에서 파는 새콤달콤한 새우도 맛보고, 구름처럼 퍼지는 스커트도 입어보고 나도 물론 나의 생리혈을 먹어본 적이 있다. 차라리 과자 한 봉지를 먹는 쪽이 낫겠지만, 시내의 값싼 식당에서 파는 대부분의 음식들보다도 낫고, 윤리적으로도 불건전한 게 아니니 생리혈을 맛보지 못할 이유는 없다. 그건 나 자신을 위한 일이니까.

그렇다고 당신에게 지금 당장 생리혈을 맛보아야 한다고 재촉하지는 않겠다. 당신이 버스를 타고 있을 수도 있고, 아기 엄마들이 모인 자리에서 험담과 쓸모없는 잡담을 나누고 있을 수도 있으니까. 용기를 내야 하는 많은 일들—낙하산 타기, 벨리댄스 배우기, 문신 새기기 등—과는 달리, 당신의 생리혈을 맛본다는 것은 커튼 봉을 고쳐 달거나 고양이들의 벼룩을 잡아주거나 2003년에 떨어진 외투 단추를 다시 다는 것과 마찬가지로, '해야 할 일들의 목록'에 들어가는 사소한 일일 뿐이다.

하지만, 잠깐만. 오늘 꼭 생리혈을 맛보아야만 한다는 건 아니다. 특히 내 앞에서는.

내가 여러분에게 재촉하고 싶은 것은, '나는 여성주의자다'라고 외치는 거다. 나는 당신이 어서 의자 위에 올라가 "나는 여성주의자다."라고 외치기를 권한다. 당신이 그 말을 하기 위해 의자에 올라가게 되면, 그때부터 모든 일들이 더욱 흥미진진해질 거라고 믿고 있기 때문이다.

당신이 큰 소리로 이 말을 외치는 것은 정말로 중요하다. "나는 여성주의자다!" 의자까지 올라가지 않더라도 바닥에서조차 당신이 이 말을 못 할 것 같다고 한다면 나는 우려된다. 이 말이야말로 여성이 해야만 하는 가장 중요한 말이기 때문이다. 이 말은 '당신을 사랑해' '여자애야, 남자애야?' '아니, 마음을 바꿨어요, 앞머리 자르지 마세요!'라고 말하는 것만큼이나 중요하다.

말해라. 말해라! 당장 말해라! 이 말을 하지 않는다면 당신은

105

근본적으로 복종하며 "내 엉덩이를 때려주세요, 그리고 가부장제에 대한 나의 지지를 받아주세요."라고 말하는 것이나 다름없다.

당신이 설령 남자라고 할지라도, 당신이 의자에 올라가 "나는 여성주의자다!"라고 외쳐서는 안 될 까닭은 없다. 여성주의자인 남성들도 반드시 의자 위로 올라가라. 그러면 우리 여자들은 샴페인을 터뜨리며 당신에게 찬사를 보낼 것이고, 당신의 몸을 미친 듯이 탐할 것이다.

내가 처음으로 "나는 여성주의자다."라는 말을 한 것은 열다섯 살 때다. 나는 침실에서 이 말을 한다. 나는 거울에 비친 내 모습을 바라보며 말한다. "나는 여성주의자다. 나는 여성주의자다."

'열여덟 살이 되면 할 일들'의 목록을 작성한 지 거의 3년이 지났고, 나는 내가 어떤 사람이 되어야 할지에 대해 천천히 모호한 계획들을 세우고 있다. 나는 아직도 귀를 뚫지 못했고, 몸무게를 줄이지도 못했고, 개를 훈련시키지도 못했다. 내 옷들은 여전히 끔찍한 것들뿐이다. 내가 두 번째로 좋아하는 티셔츠는 맥주를 들고 있는 악어 만화가 그려진 것으로, 그 아래에는 '플로리다의 태양 아래 즐겁게 놀자!'라는 문구가 적혀 있다. 형광 핑크색으로. 빗속에서 울버햄튼을 어슬렁거리는, 허리까지 머리를 기른 우울한 얼굴의 뚱뚱한 히피 소녀에게는 어울리지 않는 옷이다. 솔직히 이 옷은 줄곧 빈정거리고 있는 것처럼 보인다.

게다가 나는 여전히 친구가 한 명도 없다. 가족을 친구에 포함시키는 사람은 없을 것이다. 가족들은, 당신이 원하든 원하지 않든, 지역 신문에 끼워진 광고전단처럼 당신의 인생에 기본적으로 존재하는 사람들이기 때문이다. 그러니 가족을 친구에 포함시킬 수는 없다.

하지만 나는 외톨이는 아니다. 다른 수백만의 외로운 소년소녀들과 마찬가지로 책과 텔레비전 그리고 음악이 내 곁에 있기 때문이다. 마녀들, 늑대들, 그리고 BBC2 라디오 〈테리 워건 쇼〉에 깜짝 출연한 스타들이 나를 길러냈다. 나는 모든 예술작품들은 내게 무언가를 말해준다는 것을 깨닫는다. 내가 그들의 책을 펼치거나 그들의 쇼를 보는 순간, 수천 명의 사람들이 내게 말을 걸어온다. 그들의 말 속에는 중요한 정보들이 엄청나게 많다. 나쁜 정보일 수도, 오해의 여지가 있는 정보일 수도 있지만, 적어도 나는 바깥에서 벌어지고 있는 일에 대한 약간의 데이터를 얻을 수 있다. CNN 방송의 자막은 쉴새없이 이어지고, 당신은 그 정보들을 받아들인다.

책들은 가장 큰 잠재력을 가지고 있다. 모든 책들은 당신이 단 하루에 빨아들일 수 있는 총체적인 삶을 담고 있다. 나는 빨리 읽고, 그래서 타인의 인생을 격렬한 속도로 집어삼킨다. 일주일에 여섯, 일곱, 혹은 여덟 개의 인생들을. 나는 특히 자서전을 좋아한다. 해질녘이면 한 사람의 인생을 온전히 내 것으로 만들 수 있다. 나는 웰시 언덕의 농부들과 요트를 타고 세계일주를 한 여성 항해사들, 2차 세계대전의 군인들과 전쟁 전 슈롭셔의 저택을 지키던 가정부들, 기자들과 영화배우들, 극본가들, 튜더가의 왕자들과 17세기의 수상들에 관한 책들을 읽는다.

그리고 당신도 알다시피 모든 책들은 자기들만의 사회적 그룹을 형성하고 있다. 책들은 도서관에서 끝나지 않고 계속되는 파티에서 다른 친구들을 당신에게 소개해준다. 내가 처음으로 영화배우 데이비드 니븐의 회고록 《달은 풍선이다The Moon's a Ballon》를 만나게 되었을 때, 그 책은 내게 영화인 하포 마스를 소개해주었고, 나는 당장 서가의 '전기: M' 코너에서 하포 마스를 찾아 그와 급속히 친해지게 되었다. 나는 곧 하포가 오후 시간을 어떻게 보내는지에 대해 속속들이 알게 되었다. 그는 전쟁 전 발할라에서 멋쟁이 신사들이 타자기를 옆에 놓고 칵테일을 마시던 것처럼 뉴욕의 알곤킨 라운드 테이블Algonquin Round Table에서 오후를 만끽한다. 로버트 벤슬리와 로버트 셔우드 그리고 알렉산더 울콧은 내가 일생동안 극도로 모욕적인, "안녕, 역겨운 애!" 같은 언사들로 사랑을 과시하는 거친 남자들에 대해 애정을 갖도록 나를 휘저어놓았다.

그리고 마침내 나는 울콧을 통해 신성한 존재인 도로시 파커와 만나게 되었다. 그녀는 1923년부터 담배와 립스틱 그리고 그녀만의 영광스럽고도 끔찍한 절망감과 함께 나만을 기다려왔는지도 모른다. 도로시 파커는 기념비적으로 중요한 인물이다. 당시의 내게 그녀는 인생을 재미있게 사는 능력을 갖춘 첫 번째 여성으로 여겨졌기 때문이다. 인간이 마침내 손가락으로 물건을 쥘 수 있게 되었던 것이나 바퀴가 발명된 것처럼 스스로가 재미를 추구하는 것이 여성에게는 진화적으로 중요한 단계다.

도로시 파커는 1920년대를 정말로 재미있게 보냈다. 나는 코미디 배우 던 프렌치와 제니퍼 손더스 그리고 빅토리아 우드가 1980년대에 들어와 텔레비전에 출연하게 될 때까지 여성들은 재미를 본 적이 없었을 것이라고 생각한다. 파커는 여성적 유머의 창시자다.

블루스의 왕 로버트 존슨이 한밤중에 어느 골목길에서 악마에게 영혼을 팔아 블루스를 창시했다면, 도로시 파커는 오후 2시, 뉴욕의 가장 훌륭한 칵테일 바에서 마티니 한 잔을 마시며 종업원에게 50센트의 팁을 주면서 여성의 재미를 창시했다. 둘 중 어느 쪽이 더 밝고 긍정적인지를 평가하기란 어렵지 않다.

그러나 도로시 파커는 나를 불안하게 만들기도 했는데, 그녀가 쓴 희극적인 글의 절반은 자살하는 내용이기 때문이다. 그녀 이후로 또 다시 여성이 재미있게 지낼 수 있게 되기까지 거의 60여 년이 걸렸다는 사실도 간과할 수 없다. 그녀는 눈부셨지만, 그 뒤로 여성과 재미는 서로 엮인 적이 없다. 나는 여성은 남성보다 훌륭한 존재가 아니라는 편견을 떠올리며, 괴로워한다.

같은 달, 나는 파커의 《다시 시작하라Résumé》를 읽는다.

면도칼은 아프고

강물은 축축하다

산酸은 얼룩을 남기고

약물은 경련을 일으킨다
총은 불법이고
올가미는 풀릴지도 모르고
가스는 냄새가 지독하다
차라리 사는 것이 낫겠다

나는 이제 남자들 못지않은 글재주를 타고났지만 계속해서 자살 욕구에 시달렸던, 차에 뛰어들거나 약을 과다 복용하여 언제나 스스로를 살해하고자 했던 여성들 중 한 명인 실비아 플라스를 읽기 시작한다. 괴롭다. 나는 헤로인에 빠져 평생을 보냈던 베시 스미스에도 한참 중독된다. 또 나는 1960년대에 스스로를 죽음으로 몰아갔던 재니스 조플린을 숭배한다. 그리고 갈수록 사람들이 끔찍하게 생각하는 요크 공작부인도. 단지 그녀의 머리색이 붉은색이라는 이유만으로.

이처럼 남자들 사이에서 꿋꿋하게 자신을 고수하는 여성들 대부분이 불행하거나 일찍 죽는 경우가 많다는 사실에 주목하지 않을 수 없다. 대부분의 사람들은 여자들이 같은 일을 두고 남자들과 경쟁하며 자기 목소리를 높이는 일에 애당초 맞지 않기 때문이라고들 한다. 여성은 남성을 제대로 다룰 수 없다고. 그러니 여성들은 힘들게 노력할 필요가 없다고.

그러나 내게는 절망, 자기혐오, 낮은 자존감, 탈진, 반복되는 기회 부족으로 인한 좌절, 자기 공간에 대한 필요, 암묵적 합의,

무조건적 도움 등 그들이 실패했던 요인들이 단 하나의 이유, 즉 잘못된 시대에 태어났다는 사실 때문인 것처럼 보인다. 전에는 그저 그러려니 하고 받아들였다. 하지만 이제 나는 큰 소리로 분노하기로 한다.

그 여성들에게는 격려를 보내주는 사람들도, 여성 지도자들도 없었다. 그들은 그저 남자들에게만 둘러싸여 있었다. 그들은 투박한 신발들로 가득한 방 안을 하이힐 굽을 또각또각 울리며 걸어 다녔다. 그들은 진부함에 대해 분노했다. 그리고 그들은 여성들이라면 모두 당연히 알고 있는 것들을 남자들에게 설명하다가 지쳐 또 다시 분노했다. 그들은 인류 최초의 우주 정거장인 미르의 우주비행사들이었고, 처음으로 타인의 심장을 이식받은 환자들이었다. 그렇다. 그들은 선구자들이다. 하지만 그들은 계속해서 앞으로 나아갈 수가 없었다. 그들 앞에는 종착역이 가로놓여 있었기 때문이다. 분위기가 만들어지지 않은 탓이다.

이때 적시에 저메인 그리어가 내게 다가온다. 나는 물론 저메인 그리어에 대해 대략적으로나마 알고 있다. 어머니가 자동차에 문제가 생겼다며 왜 그런지 물어볼 때마다, 아버지는 한숨을 내쉬며 "그래, 저메인 그리어 때문이야. 그냥 놔둬."라고 대답한다. 하지만 나는 실제로 그녀를 한 번도 대면한 적이 없다. 그녀가 쓴 글을 읽어본 적도, 그녀의 말을 들어본 적도 없다. 나는 그녀가 항상 '옳은' 일을 해야 한다고 소리치는 완고한 여성일 거라고 추측한다. 수녀는 아닐지 몰라도 언제나 화가 나 있는 여성 말이다.

그 후 나는 텔레비전에서 그녀를 보게 된다. 일기장에 적어두지 않아 어떤 프로그램이었는지는 기억나지 않지만, 일기장은 마치 화환처럼 만개한 느낌표들로 가득 차 있다. '방금 텔레비전에서 저메인 그리어를 봤다!!!!!!! 너무 멋지다!!!!! 재미있다!!!!!!!!!!'

그리어는 '해방liberation'과 '여성주의feminism'라는 단어를 사용했는데, 열다섯 살인 나는 그런 단어들을 비웃음 없이, 보이지 않는 인용부호를 애써 사용하는 일 없이 말하는 사람을 처음 본다. 그녀는 그 단어들을 분뇨나 티푸스 병균처럼 집게 끝으로 살짝 쥐어야 하는 다소 역겹고 위험한 단어들처럼 말하지 않는다.

그 대신 그리어는 완벽하게 침착하고 논리적인 방식으로 자신의 권리를 주장하듯 "나는 여성주의자입니다."라고 말한다. 그것은 마치 몇 년 동안이나 풀 수 없었던 수수께끼를 해결할 방법을 찾아낸 것처럼 들린다. 그리어는 자부심과 자신감을 곁들여 이 말을 한다. 이 말은 인간 역사가 지속되어 오는 동안 승리를 위해 투쟁했던 수십억 명의 여성들을 위한 말이다. 이 말은 옛 선구자들의 실패가 되풀이될 가능성을 예방하는 백신이며, 우리의 삶을 보장하는 안전망이며, 우리가 잃어버렸던 무기다. 이 말로 인해 우리의 삶은 지속될 수 있을 것이다.

일주일 뒤, 나 또한 거울을 들여다보며 "나는 여성주의자다."라고 말한다. 나는 화장지를 돌돌 말아서 만든 가짜 담배로 담배를 피우는 척하며 없는 연기를 내뿜는다. 마치 로렌 바콜처럼. 그리고 이렇게 말한다. "험프리 보가트, 나는 여성주의자예요."

이 말을 하고 있으면 욕을 할 때보다도 짜릿하다. 중독성이 있다. 머릿속이 출렁인다.

나는 이제 여성주의자다. 텔레비전에서 본 그리어에게 빠진 뒤로, 나는 《여성, 거세당하다》를 읽었다. 뭐, 책에서 약속하는 여성 해방에만 끌렸던 것은 아니고, 섹스가 나오는 장면들이 있지는 않을까 하는 기대감도 있었다. 나는 이 책이 '외설적인 책'이라는 것을 알고 있다. 보라, 표지에도 가슴이 그려져 있다. 그러니 분명 책 속에는 야한 장면들이 있지 않겠는가.

저속한 단어들이 다소 눈에 띄기는 하지만, 록 음악을 듣고 자란 나 같은 사람에게 가장 눈에 띄는 점은 그리어가 남성이 남성 존재에 관해 노래하는 방식으로 여성 존재에 관해 쓰고 있다는 것이다. 데이빗 보위가 〈지기 스타더스트Ziggy Stardust〉에서 자신을 투영한 가상의 인물 지기를 '신이 내린 엉덩이를 지닌 멋진 녀석이었지. 그는 너무 많이 받아들였어. 하지만 소년은 기타를 연주할 수 있었어.'라고 묘사한 것처럼, 그리어 역시 스스로를 그런 인물로 받아들이고 있는지도 모른다. 그녀는 신이 내린 엉덩이를 지닌 멋진 여성이다. 그녀는 피아노 솔로곡과 같은 문장들로 여성주의를 간단하게 설명한다. 누구나 좀 더 그리어 자신을 닮아야 한다고. 이전의 쓸모없는 이야기들에는 콧방귀를 뀌어야 한다. 자유롭게, 웃으면서, 신속하고, 새로운 방식으로. 남자친구이건 정부이건 상관없이 틀리거나 멍청한 말을 할 때마다 록 음악처럼 커다란 목소리로 그들을 크게 비웃어주어야 하는 것이다.

《여성, 거세당하다》는 내 방으로 야단스럽게 뛰어들어와 연달아 금빛 방아쇠를 당겨대는 사람과도 같다. 그리어는 게임을 쥐고 흔드는 사람이고, 누구도 그녀를 말릴 수 없다. 그녀는 자신이 전에는 그 누구도 말한 적 없는 것들에 대해 신나게 말하고 있다는 사실을 알고 있다. 그녀는 자신이 다가오는 폭풍우를 최전선에서 맞닥뜨리고 있다는 사실도 알고 있다.

사실 열다섯 살에 불과한 나는 그녀가 말하는 내용의 절반도 이해하지 못한다. 나는 아직 직장 내 성차별이나 남성의 여성혐오, 혹은 내가 이 책에 빠져들게 된 계기인 자극을 받아 애무를 원하는 것처럼 보이는 페니스를 실제로 본 적도 없다. 남성을 향한 그녀의 분노, 그리고 여성을 절망에 빠뜨리고 약한 존재로 남겨두는 것은 여성 자신이라는 믿음은 당시 나의 사고방식과는 꽤나 거리가 멀다. 나는 대체로 우리가 그저 최선을 다해 성공하고자 노력하는 '사람들The Guys'일 뿐이라고 생각한다. 나는 그리어 책의 일반적인 사고방식을 이해하지 못한다. '다른 사람들도 분명 그럴 거야.'

그러나 이 책 속의 세계가 너무나도 스릴 만점이라는 것에는 의심의 여지가 없다. 저메인은 항상 부차적이고 침묵을 강요받으며 매도되고 내팽개쳐지는 성별인 '여성'으로서 존재한다는 것을 멋진 일로 뒤바꾼다. 새로운 것에 목말라하는 시대인 20세기에 가장 새로운 존재는 결국 여성들이었던 것이다. 여성들은 셀로판지에 싸여 상자 속에서 구겨진 채 긴 역사 동안 죽은 듯 있었다. 하지만 이제 여성들은 새로이 다시 태어난다! 우리가 새로운 유행이다! 우리는 튤립이고, 아메리카 대륙이며, 홀라후프이고, 달 착륙이며, 코카인이다! 우리가 하는 모든 일들은 너무나 즐겁고 끝내줄 것이다.

나는 나의 영웅이 하는 말이나 행동이라면 무조건 믿기로 한다. 그녀에게 완전히 홀딱 빠진 나는 질문조차 할 것 없이 그녀의 화려한 발자취를 따라가기로 한다. 나의 영웅은 내게 해를 끼치지 않을 것이다. 레드 제플린의 지방공연 매니저들이 눈알과 새, 그리고 선원풍의 옷깃으로 잔뜩 치장한 미성년자 그루피들에게 '나는 정액을 삼켜요.'라고 적힌 종이를 나눠줬을 때처럼, 혹은 아침식사를 차려주는 다정한 아빠 같은 사람인줄로만 알았던 BBC 아침방송의 진행자 프랭크 보우가 SM에 빠졌다는 것을 알았을 때처럼, 갑자기 나를 당혹스럽게 하지도 않을 것이다.

그리어는 연약한 10대 소녀인 나의 영혼에 동반자가 되어줄 영웅이다. 물론 나는 훗날 그녀가 말했던 것들에 대해 충분히 반대의사를 표시할 수 있는 '그리어적 인물'로 자라날 것이다. 1980년대의 그녀는 섹스에 대해 화를 냈고, 뉴넘 여자대학에 성전환자가 강사로 선발되는 데 반대했고, 남성이 여성으로 성전환을 하는 경우만 찬성했다. 더 놀라운 것은 《가디언》의 칼럼니스트인 수잔 무어의 거꾸로 빗어 부풀린 헤어스타일을 공격했다는 것이다. 나는 부풀린 머리를 좋아하는데.

하지만 열다섯 살인 나는 《여성, 거세당하다》를 다 읽고, 여성이라는 존재를 너무나 황홀하게 느꼈던 나머지, 내가 남자아이였다면 여자로 성전환을 했을 거라고 생각한다.

1990년, 열다섯 살이 된 나는 "나는 여성주의자야."라고 말하고 다닌다. 평범한 사람들이 "콜라가 너무 좋아."라거나 "맥도날드가 최고지." 아니면 "하겐다즈 아이스크림이 좋아."라고 말하고 다니는 것처럼 말이다. 나는 드디어 내가 누구인가에 대한 단서를 발견한 거다.

물론 당신도 스스로에게 "내가 여성주의자인가?"라는 질문을 던질 수 있다. 나는 여성주의자인가? 나도 모른다! 나는 아직도 답을 모르겠다! 나 또한 답을 알아내기 위해 지치고 혼란스러운 시간을 보내고 있다. 장막은 아직도 걷히지 않았다! 내가 여성해방운동가인가 아닌가를 알아낼 시간이 부족하다! 해야 할 일이 많은 것 같다! 여성주의자란 대체 무슨 의미인가?

나는 이런 혼란을 이해한다. 그러므로 당신이 여성주의자인지 아닌지를 알아볼 수 있는 쉬운 방법을 소개하고자 한다. 팬티 속에 손을 넣어보라.

첫째, 질이 있는가? 그리고,
둘째, 그것에 대해 책임감을 느끼는가?

당신이 두 질문 모두에 "예."라고 대답했다면, 축하한다! 당신은 여성주의자다.

우리는 '여성주의feminism'라는 단어를 되찾아 와야 한다. 여성주의라는 단어에서 부정적인 의미들을 걷어내야 한다. 통계에 따르면 미국에서는 단지 29퍼센트의 여성들만이 자신을 여성주의자라고 말한다고 한다. 영국 여성들은 단지 42퍼센트만이 그렇다고 답한다. 그러므로 나는 묻고 싶다. "여성 여러분, 여러분은 여성주의가 뭐라고 생각하나요? 대체 '여성해방'의 어떤 부분이 당신과 맞지 않은가요? 당신에게 투표할 자유가 있다는 것? 당신이 결혼한 그 남자에게 종속당하지 않을 권리? 동등한 임금을 위한 운동? 마돈나의 노래 〈보그〉? 아니면 청바지? 훌륭한 이 모든 것들이 설마 당신을 짜증나게 한다는 건가요? 아니면, 여성주의자인지 아닌지 묻는 이 설문조사에 그저 술에 취해 인사불성이 되어 아무 생각 없이 답했던 건가요?"

하지만 요즘의 나는 좀 더 침착한 태도를 보이게 되었다. 아직까지는 여성들이 여성주의에 대해 토론하는 것이 기술적으로 불가능하다는 것을 깨달았기 때문이다. 여성주의가 없는 사회에서는 여성의 지위에 대한 토론 자체가 불가능할지 모른다. 당신은 남성들의 카드놀이를 방해하지 않도록 나무주걱을 깨물며 부엌 바닥에서 아이를 낳다가 다시 화장실에 석회칠을 하러 가느라 너무 바쁠지 모르니까.

나는 《데일리 메일Daily Mail》에서 매일같이 여성주의를 날카롭게 설파하는 여성 칼럼니스트들의 글을 읽으면 즐거워진다. '그래, 당신은 원고료로 1,600파운드를 받을 자격이 있어. 그 돈은 남편이 아닌 당신의 은행계좌로 들어갈 테지.' 나는 생각한다. 더 많은 여성들이 큰 소리로 여성주의를 입에 올릴수록, 사람들은 여성주의가 존재한다는 것을 깨닫고 여성들이 힘겹게 얻어낸 특권적인 승리를 즐길 수 있을 것이다.

여성주의를 무시하거나 거부하려고 안달복달해온 사람들이 너무나 많아서, 여전히 우리는 여성주의라는 단어를 소리 높여 말해야만 한다. 이를 대체할 수 있는 단어는 없다. '걸 파워Girl Power'— 스파이스 걸스의 제리 할리웰이 신봉하는 사이언톨로지의 분파처럼 여겨지는 단어이기는 하지만 — 를 제외하고는 다른 단어란 존재하지 않는다. 지난 50년 동안 '여성주의'에 필적할 만한 유일한 단어가 '걸 파워'였다는 사실에 대해 여성들은 슬퍼해야 한다. 하물며 퍼프 대디는 한 사람이지만, 네 개의 다른 이름들*을 사용하지 않는가?

개인적으로 나는 '여성주의자'라는 말 자체로는 충분하지 않다고 생각한다. 나는 다른 표현을 꿈꾼다. 나는 '공격적인'이라는 단어를 앞에 붙이고 싶다. 그게 더 멋지게 보이니까. 여성주의자라는 말은 오랫동안 잘못 사용되어 왔고, 이제는 이 말을 제대로

---

* 션 디디 콤스Sean Diddy Combs, 퍼프 대디Puff Daddy, 디디Diddy, P. 디디P. Diddy.

사용해야 할 때다. 그동안 남자들은 우리를 '매도하기 위해' 여성주의자라는 말을 사용해오지 않았나! 그러니 여성주의자라는 말을 되찾자! 흑인 커뮤니티에서 '깜둥이Nigger'라는 단어를 되찾았던 방식 그대로, 나는 우리 역시 '공격적인 여성주의자Strident feminist'라는 표현을 되찾아야 한다고 생각한다.

모든 사람들이 우리의 진실하고 신랄한 태도에 고개를 끄덕이는 동안, 나는 술집에서 친구들에게 이렇게 외칠 것이다. "가자, 공격적인 여성주의자들이여! 가서 남성/여성이라는 변증법적 이분법을 해결하자." 이 말은 빠르게 자동차 핸들을 꺾을 때나 샴페인을 터뜨릴 때, 빙글빙글 돌아가는 미끄럼틀을 탈 때처럼 스릴이 넘친다.

마치 어떤 사람이 혼자서 실크해트**를 다시 유행시키기로 결정한 것만큼이나 이 말이 지금 충분히 사용되기는커녕 오히려 매도되고 있다는 사실은 이 말을 더 멋지게끔 만든다. 사람들이 실크해트를 쓴 당신의 모습을 멋지다고 생각하는 순간, 그들은 득달같이 똑같은 모자를 사러 달려갈 것이다.

우리는 '남성과 여성에게 동등한 세계 만들기'를 설명할 수 있는 유일한 단어를 필요로 한다. 여성들이 '마지못해' 여성주의자라는 단어를 사용하고 있다는 것은 정말이지 나쁜 신호다. 생각해보라, 만약 1960년대의 흑인들 사이에서 '시민권을 원하지 않

** 17세기 후반 대유행했던 서양의 남성 정장용 모자.

는다'고 말하는 유행이 생겼다면 어찌 되었을지. "싫어! 난 시민권을 원하지 않아! 마틴 루터 킹은 너무 시끄러워. 솔직히 말해서 그는 좀 입을 다물고 있어야 돼."

물론 나는 여성들이 '여성주의'라는 단어를 거부하는 이유를 이해한다. 여성주의란 지금까지 너무나 당황스러울 정도로 부적절한 맥락에서 이야기되어 왔고, 당신은 여성주의가 형편없는 옷 입기, 끝없이 분노하기, 섹스를 거부하며 남성을 혐오하기와 같은 끔찍한 위선처럼 절대 매력 없는 조합으로 이루어져 있다고 생각할지도 모르니까.

예를 하나 들어보자. 2010년 《가디언》에는 '나의 생각'이라는 제목의 칼럼이 실렸다. 이 칼럼은 가사도우미에 대한 은밀한 생각을 밝히고 있다.

'가끔… 나는 가사일의 역설적인 면에 대해 생각한다. 예를 들면 남자들의 옷을 다림질하는 일 따위 말이다. 집안일에서 탈출하려는 여성들은 남편의 셔츠를 다림질하는 일을 거부한다. 축하한다. 당신의 이런 여성주의적 행동은 이 일이 다른 여성에게 돌아간다는 것을, 그래서 결국 그녀를 하위 계급에 위치시킨다는 것을 의미한다.'

나는 그간 이런 생각이 담긴 이야기들을 수없이 들어왔다. 즉,

올바른 여성주의자라면 직접 진공청소기를 돌려야 한다거나, 공격적인 여성주의자인 저메인 그리어도 스스로 화장실 청소를 했으며, 여성 참정권을 위해 스스로 말발굽 아래 몸을 던진 에밀리 데이비슨의 손에도 그때까지 오븐 세제의 소나무향이 배어 있었다는 등의 이야기들 말이다. 이런 생각만을 근거로 하자면, 가사도우미를 고용하게 된 여성들은 한숨을 내쉬며 더 이상 여성주의자가 될 수 없다는 결론을 내려야만 한다는 것일까?

하지만 당연하게도 가사도우미를 고용하는 것을 여성이 다른 여성을 억압하는 것으로 볼 수는 없다. 여성들이 먼지를 발명한 것도 아니고, 주전자에 쌓이는 끈끈한 먼지 또한 여성의 질에서 나온 것이 아니다. 저녁식사 접시에 묻어있는 토마토소스와 생선튀김 조각, 으깬 감자는 당신이 묻힌 에스트로겐이 아니다. 계단을 뛰어올라 온 아이들의 옷가지를 죄다 바닥에 팽개치고 난간에 잼을 칠한 것은 나의 자궁이 아니다. 그리고 여성들이 가사일을 해야 세계경제가 돌아간다고 왜곡한 것은 나의 가슴이 아니다.

따라서 어질러진 집안을 청소하는 것은 남성이든, 여성이든 누구나 책임져야 할 문제다. 그런데도 남성이 남성 가사도우미를 고용하는 것은 그저 단순한 고용행위로 여겨질 수 있는 반면, 이성애자 커플이 여성 가사도우미를 고용하는 것은 어째서 여성주의에 대한 배반으로 여겨져야 하는가? 당신은 혹시 집안일이 다음과 같은 것이라고 믿고 있는가?

1) 집안일은 논쟁의 여지가 없는 여성들의 의무다.

2) 집안일은 사랑의 마음으로 해야지 돈을 바라고 해서는 안 된다. 돈이 결부되면 가정의 행복은 어떻게든 '망쳐지기' 마련이다. 가정 내의 여성들을 대신해 가사도우미들이 설거지를 했다는 사실을 다른 사람들이 알게 되면 '너무 슬플 것'이다.

이는 분명 쓰레기 같은 소리다. 이 세상의 다른 모든 것들과 마찬가지로, 당신은 당신 자신을 위해 누군가에게 돈을 지불할 수 있다. 당신을 위해서라면 당신의 항문을 염색해주는 곳도 있다. 당신이 그곳의 피부색이 너무 진하다고 생각한다면 말이다. 당연한 일이다. 당신이 돈만 내면 누군가는 당신의 항문에 과산화수소수를 부어 마릴린 먼로처럼 보이게 해줄 수 있다. 당신의 정원에 지뢰가 묻혀 있더라도, 돈만 지불한다면 생명을 걸고서라도 지뢰를 제거해줄 사람들은 얼마든지 있다. 서로 코가 부러질 때까지 주먹질을 해대는 사람들을 보고 싶은가? 당신은 볼 수 있다. 분뇨를 나르고, 용병으로 일하는 사람들 또한 얼마든지 찾을 수 있다.

갖가지 직업들이 이렇게나 많은데, 북런던에 사는 여성이 집을 청소하기 위해 누군가를 고용하는 일이 여전히 옳지 않은 것이라고 하다니, 도저히 믿을 수가 없다.

나는 열여섯 살 때 가사도우미로 일했다. 울버햄튼의 펜 로드에 있던 엄청난 양의 목재 패널들이 붙어있는 한 여성의 집을 청소했는데, 그때 나는 온수혼합 수도꼭지를 아무렇게나 내던지고 주전자에 낀 석회질을 포크로 긁어내면서도 돈을 벌 수 있다는 데 전율을 느꼈다. 20년이 지난 지금, 나는 가사도우미를 고용하고 있다.

가사도우미를 고용하는 것은 여성주의와 관계가 없다. 다른 여성을 청소노동자로 고용하는 중산층 여성이 반여성주의자라면, 남성 배관공을 고용하는 중산층 남성은 남성을 억압하는 것인가? 여성주의는 '정치적 정당성political correctness'*이 지닌 문제와 동일한 문제를 갖고 있다. 하지만 사람들은 '정치적 정당성'이라는 문구를 무슨 뜻인지도 모르면서 사용해왔다.

내 친구 알렉시스는 얼마 전, 오전 9시 7분에 캔맥주를 마시며 상점 문 앞에 앉아있던 노숙자와 마주친 적이 있다. 노숙자는 건배라도 할 기세로 캔을 휘두르며 내 친구에게 이렇게 말했다고 한다. "하하하! 내겐 정치적 정당성이 전혀 없어!"

당연히 아침 9시경에 길거리의 상점 앞에서 잔뜩 술에 취해 있는 상태는 '정치적 정당성'과는 정말이지 아무런 관련도 없다. 아무리 잘 봐준다 해도 부랑자에 재수 없는 놈일 뿐이다. 그는 폴리 토인비와 버락 오바마, 그리고 BBC에 대해 아무것도 모른다. 하지만 여전히 수많은 사람들이 정치적 정당성에 대한 그 부랑자의 정의에 동의하고 있다. 즉, 정치적 정당성의 실질적인 의미보다

---

* 서로 다른 상대방을 최대한 존중하며 차별적인 언어 사용과 행동을 피하자는 원칙.

'정치적 정당성을 따지는 집단'에 의해 모호하지만 모험적인 즐거움을 '금지시켜' 형식적인 예의를 갖추고 있는 것이다. 우리는 예의지국에 살고 있는 것처럼 보이지만, 영국에는 '파키Paki'* 같은 끔찍한 단어들이나 내가 열다섯 살일 때 한 건설노동자가 나를 '젖퉁이'라고 불렀던 일들이 여전히 존재하고 있다.

사람들은 수세대에 걸쳐 여성주의를 '여성과 관련된 일이라면 아무거나'와 혼동해왔다. 여성주의를 '현대적인 여성'으로 대체될 수 있는 말이라고 생각하는 듯싶다. 관점에 따라 '현대적인 여성'은 여성주의가 지금까지 이룩한 성과를 떠올리게 하는 말일 수도 있지만, 다르게 보면 정치적·사전적·문법적 오류가 깃든 말이다.

지난 몇 년 동안 나는 여성주의 — 즉, 여성 해방 — 가 다음과 같은 말들로 모욕 당하는 꼴을 보아왔다. 섭식장애, 여성 우울증, 이혼 증가, 아동 비만, 남성 우울증, 임신 지체, 낙태 증가, 여성 알코올중독, 여성 범죄 증가. 하지만 이런 일들은 어쩌다 전부 여성이 연관되어 있다 뿐이지, 여성주의의 정치적 운동 자체와는 아무런 관계가 없다.

가장 역설적인 점은 바로 여성주의가, 남자들처럼 자유롭고 평범하게 자의식 없이 행동하는 여성을 멈추게 하는 방망이로 종종

---

* 파키스탄 사람들을 비하해 부르는 말.

사용되어 왔다는 것이다. 가장 극단적인 경우, 남자들처럼 자유롭고 평범하게 아무 생각 없이 행동하는 것 역시도 다른 여성들을 파괴하는 행위로 간주되곤 한다. 마치 같은 여자들끼리 서로를 '헐뜯는' 것처럼 말이다. 여성주의자들 사이에서는 다른 여성들을 헐뜯지 말아야 한다는 암묵적인 생각이 존재하는 모양이다.

내가 다른 여성을 헐뜯기 시작하면 사람들은 이렇게 말할 것이다. "당신은 전혀 여성주의자라고는 할 수 없군요." 줄리 버칠이 카밀 패글리아를 비난했을 때, 저메인 그리어가 수잔 무어를 비방했을 때 사람들은 이렇게 말한다. "자매애는 어디로 갔나요?"

글쎄다. 개인적으로 나는 이런 내 방식의 여성주의야말로 당신을 전진시킨다고 생각한다. 그러므로 당신은 다른 여성을 헐뜯을 수도 있다고. 언제부터 여성주의가 불교적이었나? 내가 여자라는 이유만으로 모든 사람들에게 친절하게 행동해야 하는 까닭은 대체 무엇인가? 여성들은 어째서 다른 사람들에게 항상 '사랑스럽고 든든한' 사람이 될 수 있도록 노력해야 하는가? '자매애'라는 개념도 솔직히 비논리적이라고 생각한다. 우리는 브라를 입은 사람을 만났다고 해서 생물학적으로 유사하다며 그 모두를 환영해야 할 필요는 없다. 재수 없는 사람은 재수 없는 사람이다. 그것은 우리가 페스티벌에서 '여자'화장실 앞의 긴 줄에 나란히 서 있든지 말든지와는 관계없는 일이다.

여성들이 다른 여성들을 방해하고, 서로를 헐뜯는다고 말하는 사람들에게 나는 여성들이 담배를 피우며 쉬는 시간에 나누는 심술궂은 험담들이 지닌 힘을 그들이 과대평가하고 있다고 말해주고 싶다. 우리는 "그 여자 헤어스타일이 진짜 엉망이지 않니?"라는 말과 남성들에 비해 턱없이 부족한 여성 임원들이나 남성들에 비해 30퍼센트쯤 적은 연봉은 전혀 관계가 없다는 것을 기억해야 한다. 이는 수만 년 동안 계속되어온 사회적·정치적·경제적 여성혐오와 가부장제에 따른 결과이고, 헤어스타일에 대한 험담은 그저 조금 악의적인 농담일 뿐이다.

나는 눈앞에서 벌어지고 있는 일이 말도 안 되는 성차별적 상황인지 아닌지를 판단할 수 있는 경험법칙을 갖고 있다. 물론 100퍼센트 확신할 수는 없지만, 시간이 많지 않아 빠르게 판단을 내려야 할 때 이 법칙은 대체로 들어맞는다.

바로 이런 질문을 해보는 것이다. "남자들도 이렇게 하는가? 남자들도 이런 걱정을 하는가? 남자들도 이런 일에 시간을 낭비하는가? 남자들도 '자기 편을 저버리면 안 된다'고 하면서 이런 일을 하는가? 남자들도 정말 짜증나고 멍청한 소모적인 일에 관한 책을 쓰고 하는가? 〈탑 기어〉의 인기 진행자 제레미 클락슨은 과연 이런 일에 초조해하는가?"

대답은 한결같다. "아뇨, 남자들은 특정한 방식으로 행동할 필요가 없어요. 그냥 자기가 하고 싶은 대로 하면 되죠."

남자들은 다른 남자들을 험담하는 것이 곧 그들을 못살게 구는 것이라고 여기지 않는다. 남자들은 다른 남자들이 자신들을 헐뜯을 때 이를 완벽하게 스스로 해결할 수 있다고 생각한다. 그러므로 나는 우리가 다른 여성들을 헐뜯고 싶다면 그렇게 해도 된다고 생각한다. 왜냐하면 우리는 본질적으로 남자들과 동일하니까. 남자들도 다른 남자들이 자신들을 헐뜯으면 그대로 갚아주니까.

우리가 모두 서로에게 나쁜 년처럼 굴기 시작해서 매일매일 하루 24시간을 달달 볶아야만 하고, 그래서 사람들의 인생이 우리의 눈앞에서 파괴되어야만 한다고 말하는 것은 아니다. 우리는 인류의 가장 중요한 지침을 되새겨야 한다. 예의바르게 행동하라. 예의를 지켜라. 이것이 지상에서 살아가는 사람들이 매일같이 할 수 있는 가장 위대한 일일 것이다.

그러나 이와 동시에 "남자들도 이렇게 하나?"라고 질문해야 한다. 이 질문을 통해 이 땅, 철학의 씨앗을 심고 기르기에 완벽한 땅처럼 보이는 이 땅에 여성혐오의 싹이 퍼지고 있지는 않은지 검증해볼 수 있다.

"남자들도 이렇게 하나?"는 내가 부르카를 입는 무슬림 여성에 대한 생각을 정리하는 데 사용했던 질문이다. 그렇다. 부르카는 당신의 정숙함을 보증하고, 사람들이 당신을 성적 대상이 아닌 인간 존재로 여긴다는 것을 보장한다. 좋은 생각이다. 하지만 당신은 누구로부터 보호될 필요가 있는가? 남자들이다. 그리고 (당신이 규범에 따라 올바르게 옷을 입는 한) 누가 당신을 남자들로부터 보호하는가? 남자들이다. 그리고 누가 처음 본 당신을 성적

대상이 아닌 인간 존재로 간주하는가? 남자들이다.

글쎄, 전부 남자가 결부되어 문제다. 나는 이 문제에 '100퍼센트 남자들이 해결해야 할 문제'라는 제목을 붙이고 싶다. 이 문제를 해결하는 데 어째서 여자들이 머리에 부르카를 뒤집어 써야 하는가. 당신이 진심으로 부르카를 좋아해서, 혼자 드라마를 보면서도 부르카를 굳이 뒤집어쓰고 싶다면 모르겠지만 말이다. 나는 예의바른 사람이고, 당신의 선택을 존중한다. 당신은 마음대로 하면 된다. 다만 당신은 당신이 진짜로 원하는 것이 무엇인지를 알고 있어야 한다.

여성주의의 목표는 어떤 특별한 여성들을 길러내고자 하는 것이 아니다. 본질적으로 옳거나 그른 '유형'의 여성들이 존재한다는 생각 때문에 여성주의는 너무나 오랫동안 제구실을 하지 못했다. '우리'가 불결한 여성들, 멍청한 여성들, 헐뜯는 여성들, 가사도우미를 고용하는 여성들, 집에서 아이나 보는 여성들, 자동차 범퍼에 헬로 키티 스티커를 붙인 여성들, 부르카를 입은 여성들, 아니면 머릿속에서 TV 시리즈 〈스크럽스Scrubs〉의 귀요미 잭 브래프와 결혼하는 꿈을 꾸는 여성들, 그리고 다른 사람들이 보건 말건 구급차 안에서 섹스를 하다가 망신을 당하는 여성들을 받아들여서는 안 된다는 믿음 때문에. 하지만 이 점을 알아두어야 한다. 진정한 여성주의는 당신의 모든 면을 받아들일 것이다.

여성주의란 무엇인가? 단순하게 생각하면 여성들이 남성들처럼 자유로워야 한다는 믿음이다. 그리고 여성들이 제정신이 아니라도, 어리숙하더라도, 잘 속더라도, 옷을 못 입더라도, 뚱뚱하더라도, 주춤거리더라도, 게으르더라도, 우쭐거리더라도, 얼마든지 좋다.

당신은 여성주의자인가? 하하하! 물론 당신은 여성주의자다.

브라가 필요해!

당연히, 여성주의는 거기까지만 이끌어준다. 이제 당신은 쇼핑을 해야 한다. 물론 쇼핑은 어느 정도는 명상처럼 즐겁고도 계시적인 경험일 수 있다. 하지만 여기서 말하는 쇼핑이란, 탑샵에서 12사이즈 제깅스jeggings에 한쪽 다리를 낑낑거리며 집어넣는 일도 해야 한다는 믿음을 드러내는 〈섹스 앤 더 시티〉식의 쇼핑을 말하는 것은 아니다. 개인적으로 나는 여성들에게는 묘하게도 자신이 쇼핑을 사랑한다고 '생각하는' 경향이 있다는 것을 알게 되었다. 하지만 내가 알고 있는 거의 모든 여성들은 셔츠를 사기 위해 시내 중심가를 45분쯤 돌아다니면 거의 울고 싶은 심정이 되며, 이제 청바지는 또 어디에서 찾아야 할 것인가라는 우울한 상황에 맞닥뜨리면 술집에서 어서 한잔 들이켜는 것부터가 먼저다.

내게 쇼핑은 '집 밖으로 나가 진짜로 필요한 물건을 사는 행위'이다. 속바지와 같은 물건 말이다. 열다섯 살의 나는 팬티가 필요하다. 내게는 진짜로 팬티가 필요하다. 나는 가부장제를 격파하고 '나는 공격적인 여성주의자다'라는 문신을 새길 준비는 되어 있지만, 속옷 서랍에 들어있는 물건들을 누군가에게 보여줄 준비는 전혀 되어 있지 않다. 아, 내가 나를 놀리나? 내겐 속옷 서랍이랄 게 따로 없지, 참. 내가 가진 모든 것들— 팬티 몇 장, 조끼 두 벌, 타이즈 두 벌, 스커트 하나, 티셔츠 세 장, 닳아빠진 점퍼 하나 — 은 침대 아래 종이 상자에 들어있다. 그러니까 실제로 내게 '속옷'이라고는 하나도 없는 셈이다.

그 대신 나는 옷을 대대로 물려 입는다. 이제 나는 열다섯 살이다. 워스턴스 로드에 위치한 오래되고 조그마한 옷가게의 거대한 나무서랍에서 꺼내주는 어린이용 팬티를 입기에는 몸이 너무 커졌다.

어른용 새 팬티를 철마다 사주기에는 모란 가는 너무나 가난하다. 그래서 나는 모란 가가 대를 물려 내려주는 속옷 유산을 상속받는다. 엄마의 오래되고 고전적인 팬티 네 장. 빨랫줄에 걸려 있는 팬티는 팬티라기보다는 다섯 살짜리 어린아이처럼 보인다. 한때는 선명했을 팬티의 분홍 줄무늬는 너무나 여러 번 삶아 이제 희미한 그림자처럼 보인다. 핵폭탄이 터졌을 때 죽어간 사람들이 벽에 남겼을 법한 회색 줄무늬 같다.

게다가 고무 허리끈은 일부만 남아 있을 뿐이다. 그것은 파티용 깃발처럼 탄력을 잃고 축 늘어져 있다. 그것은 마치 내 팬티 속에서 누구도 초대받지 않은 파티가 열렸던 것처럼 보인다.

나는 까다로운 나쁜 아이가 아니고, 그래서 어머니의 오래된 팬티를 물려 입는 일을 더럽다고 생각하지 않는다. 게다가 할머니가 돌아가신 침대에서 내가 잠을 자야 한다는 사실과 비교하면, 이건 별일도 아니다. 이 침대 매트리스는 할머니가 누워 있던 자국 그대로 움푹 파여 있었다.

그래도 그건, 캐즈와 정원에 앉아서 놀던 날까지는 정말이지 별일이 아니었다.

우리는 숨을 죽인 채 석탄 조각으로 잠든 두 살짜리 셰릴의 사랑스러운 얼굴에 콧수염과 턱수염, 그리고 일자눈썹을 그리는 중이다.

셰릴의 몸 위로 고개를 숙인 캐즈가 나의 유년기와 관련된 모든 구역질나고 짜증나는 일들이 자기는 무척 재미있다는 듯 "엄마가 얘를 임신했을 때도 아마 언니가 지금 입은 팬티를 입고 있었을 거야."라고 말하기 전까지, 우리 둘의 모습은 무척 서정적으로 보였을 테다. "아빠가 셰릴을 만들려고 그 팬티를 찢어버렸겠지. 아빠는 섹시한 척을 했을 거야. 언니 팬티 앞에서."

나는 캐즈를 때린다. 캐즈가 뒤로 벌렁 나자빠지도록, 온 힘을 다해서.

"너 변태야?" 내가 소리친다. '변태prevert'는 우리가 새로 배운 단어다. 우리는 상당히 많은 책을 매우 빠르게 읽었는데, 이 단어는 우리가 최근 '패러다임paradigm'이라는 단어를 잘못 발음하면서부터 사용하기 시작했다. 혼자서 배우는 데에는 그만의 문제점이 있다. 우리의 문제는 정말 빨리는 읽지만, 무엇을 잘못 읽고 있는지 알 수가 없다는 점이다.

"야! 이 미친!" 캐즈가 캥거루처럼 나를 걷어차며 말한다. 지금 이게 영화 속 한 장면이었다면 어머니가 불과 3주 전 찍은 원피스 차림으로 서로를 끌어안고 있는 그 사진이 화르륵 불타버리는 장면으로 바뀌어버리겠지. 우리의 평화협정은 아마도 다음 해에나 다시 맺어질 것이다.

오후가 되자 나는 더 짜증이 난다. 나는 계속 이 팬티를 입고 있을 수밖에 없다. 앞으로도 4년쯤은 이 팬티를 입어야 할 거다. 내게는 다른 선택지가 없다. 이게 바로 가난이 짜증나는 수많은 이유들 중 하나다. 악몽과도 같은 이 팬티를 계속 입고 살아야 하다니.

팬티와 브라가 일차적이지만 페티코트나 스타킹, 그리고 '보정속옷'까지 포함해서, '속옷'은 여성으로서 존재하는 데 필수적인 의복으로, 소방관의 화재 진압복이나 헬멧, 아니면 광대의 커다란 신발처럼 꼭 필요하다고 할 수 있다. 우리가 여성으로서 존재한다는 '과업'을 달성하려면 이런 물건들이 필요하다. 기술적으로 필수불가결한 물건들이다. 물론 모든 여성들의 삶은 제각각이겠지만, 우리는 하루를 살아가는 데 있어, 특히 버스를 잡으려고 달려가거나 목이 깊게 파인 드레스를 입는 날엔 반드시 브라가 필요하다. 그렇지 않다면 누군가가 은근슬쩍 다가와 당신의 가슴을 움켜쥐려 할지도 모르고, 스트리퍼의 장식 끈처럼 출렁거리는 당신의 가슴을 보고 지나가던 사람들이 무심코 최면에 걸릴지도 모르니까. 나도 그런 적이 있었다. 물론 좋지 않은 경험이었다.

〈당신이 여기 있다면?Wish You were Here?〉의 진행자 주디스 챌머스가 속옷을 입지 않는다는 것은 유명한 이야기다. 하지만 우리 모두는 속옷을 입지 않았을 때 일어날 수 있는 위험한 상황에 대해 잘 알고 있다. 그렇다. 거미가 다리를 타고 기어오를 수도 있고, 다리 사이에 둥지를 틀 수도 있고, 당신의 중요한 부위에 알을 낳을 수도 있다. 에마 패리는 레스터의 한 학교에서 이런 일을 겪었던 사촌을 둔 여학생을 알게 되었다. 갓 태어난 아기 거미들은 배가 고팠고, 그녀의 음모를 먹었다고 했다. 그렇게 무섭다는 표정으로 보지 말라. 나는 그저 1986년 울버햄튼에서 일어났던 놀라운 사건 하나를 이야기하는 것뿐이니까.

그러니 팬티를 입지 않는 여성은 큰 위험부담을 지닐 수밖에 없다. 그나저나 당시 이 사건이 전국적으로 보도되지 않았다는 데 놀라지 않을 수 없다.

4년 반 동안이나 어머니의 팬티를 입고 지내야 했던 나는 내가 여성으로서 존재하기 위해 거쳐야 할 중요한 과정 하나를 놓치고 있다는 것을 알고 있었다. 속옷을 입고 있는 여성은 아름답게 보인다. 젊은 여성들은 예쁜 팬티와 관능적인 브라를 입어야만 한다. 실제로 속옷 차림의 여성이 가장 멋지다는 생각이 널리 퍼져 있기도 하다.

그리고 공정하게 말해서, 속옷 차림의 여성이 종종 가장 멋지기도 하다. 이것은 보다 더 부드럽고 상냥하며 통통한 성별의 우리가 갖추고 있는 적대적인 재능들 중의 한 가지이다. 실제로 팬티와 브라를 입은 우리는 아주 풍만하게 보일 수도 있다. 당신이 조금이라도 괜찮은 브라 안에 조금이라도 괜찮은 가슴을 가지고 있다면, 당신의 모습이 아이들 간식시간에 바닥에 떨어져 고양이의 공격을 받게 된 블랑망제 푸딩처럼 쉴새없이 탱글탱글 흔들려도 상관없다. 어차피 모든 사람들은 당신의 브라에 들어 있는 가슴에 시선을 빼앗길 테니까. 가슴은 병자를 돌보거나 복잡한 방정식을 푸는 능력은 없지만, 그저 브라 안에 담겨 있다가 가끔 재미있는 방식으로 흔들리는 마법 같은 능력은 가지고 있다.

시대와 문화를 통틀어 다종다양한 속옷들은 이상하게도 대부분 다 멋져 보인다. 우리는 그저, 〈맨 인 블랙Men in Black〉에서 윌 스미스가 하는 대사를 조금 바꾸어 말하자면, 이것들을 입고 자신을 가꾸기만 하면 된다.

좋은 속옷 — 원한다면 프랑스식으로 '란제리'라고 불러도 좋다—의 마법은 끝이 없다. 당신이 정말로 좋은 속옷을 산다면, 모든 이성애자 소녀들은 좋은 속옷을 입은 당신을 우러러볼 것이다.

언젠가 나는 비키라는 친구와 스트립 클럽에 간 적이 있다. 이건 사실 뒤에 나올 〈스트립클럽에 간다!〉에서 더 하게 될 긴 이야기다. 어쨌거나 그날, 새벽 1시경 마리나라는 이름의 스트리퍼가 우리만을 위해 춤을 추었을 때, 나는 머릿속이 몽롱해지는 기분을 느꼈다. 나는 화려하고도 장엄한 란제리쇼가 제공하는 황홀경을 느낄 수 있었다. 마리나의 눈처럼 하얀 엉덩이는 선물포장처럼 선홍색 새틴으로 감싸여 있었고, 그녀의 허벅지 위로는 리본이 늘어져 있었다. 취한 그녀가 웃으면서 양옆으로 몸을 흔들자 그녀의 피부 위에서 천 조각들이 희미하게, 희미하게 사그락사그락 소리가 들려왔다. 나는 마치 위급상황이 발생했다는 듯 그녀의 리본 하나를 당겨 그녀의 동작을 멈추게 하고, 그녀를 가까이에서 보고 싶다는 압도적인 유혹을 느꼈다.

그리고 마리나도 분명 같은 생각을 하고 있었다. 보드카에 취한 그녀는 우리에게 이로 그녀의 리본 하나를 물고 당기라고 말했다. 그 순간, 웨이터가 다가와 "만지지 마세요! 만지지 마세요!"라고 외쳐댔다.

마리나는 부루퉁한 표정으로 우리에게서 멀어져갔다. 스트립쇼는 끝났다. 나는 비틀거리며 클럽을 빠져나왔고, 그런 내 머릿속에는 온통 끈적거리는 시큼한 샴페인과 데프콘3 경계경보를 발령하는 마리나의 란제리에 대한 생각이 가득 차 있었다.

이제 하던 일을 잠시 내려놓고 란제리를 찬양하는 시간을 갖도록 하자. 당신의 서랍장에 들어있는 조그맣고 예쁜 물건들을 마음껏 찬양하자. 솔기가 보이는 투명한 검정 스타킹을 신은 당신은 금방이라도 자발적으로 일어나 섹스를 할 수 있다. 아마도 이런 말을 읊으면서. "흐음~ 이 소포에 사인을 해야 된다고요?"

복숭아색 새틴으로 만들어진 프랑스식 속바지는 뒷부분에 주름 장식이 잔뜩 달려 있다. 대담한 색상의 새틴 팬티가 엉덩이 위에서 살랑거린다. 선명한 파란색, 장밋빛 빨강, 결혼반지를 떠올리게 하는 금빛, 거품처럼 보이는 흐린 계란색의 망사. 실크가 당신의 몸 위로 향유처럼 흘러내린다. 당신의 핏줄이 반투명한 레이스를 통해 비친다. 종아리에서 허벅지까지 검은 선이 이어진다. 후크 아래서 살갗이 부풀어 오른다. 버튼이 떨어져 나간다. 실크가 들린다.

나는 조그만 분홍색 장미들로 장식되고 검정색 서스펜더가 달린 우아한 푸른색 페티코트를 가지고 있는데, 이 페티코트는 내가 가진 그 어떤 것들보다도 나를 더 행복하게 만든다. 이 페티코트는 내 섹슈얼리티를 강조하는 의상들의 기초가 되는 1950년대의 아양과 애교가 넘치는 소프트포르노 엽서들에 등장할 법한 데다가 이걸 입으면 진짜로 날씬해 보이기까지 한다. 이런 속옷을 입을 때마다 나는 좋은 속옷을 입는다는 것이 얼마나 근사한 기분을 만들어주는지를 깨닫고는 한다.

오, 이런 속옷을 입었을 때 우리가 얼마나 근사한지를 이 세상이 알아야 할 텐데.

　뭐, 당연하게도 이 세상은 속옷이 중요하다는 것을 이미 알고 있다. 여성은 속옷을 멋지게 입을 줄 알아야 하고, 누가 가장 멋지게 입는지를 경쟁하는 대회까지 있다. 미스 아메리카. 미스 월드. 미스 인터내셔널. 미스 유니버스. 사람들은 이런 대회를 '수영복 대회'라고 부르고는 하지만, 우리는 이 대회가 진짜로 의미하는 바가 바로 '브라와 팬티 대회'라는 것을 잘 알고 있다.

　사상 최초로 미스 월드의 이름이 불리기 30초 전에 테마송이 쿵쿵거리며 울려 퍼지는 동안, 누군가가 이 대회의 회장인 에릭 몰리 쪽으로 고개를 숙이며 이렇게 말했으리라고 나는 생각한다. "에릭, 봐요. 결국 여자들이란 이런 게 전부야. 전혀 새로울 것도 없어요." 나는 이 말이 정말로 맞다고 생각한다. 미인대회는 사실상 수영복 대회가 아니라 '브라와 팬티 대회'다.

　이처럼 '브라와 팬티를 제대로 입는 능력'은 대회로서 형식화되었다. 이 대회는 엄청난 보상 — 전 세계를 돌아다니며 아이와 노인들 만나기! 축구선수들과 섹스하기! 왕관 쓰기! — 과 함께 수년 동안 팬티를 점점 더 입기 어려운 물건으로 만들어버렸다. 정말이지 팬티는 점점 더 어려운 물건이 되어버렸다. 그 이유는 팬티가 계속해서 작아졌기 때문이다. 너무 작게. 지나치게 작게.

　나는 이것과 딱 맞는 사례 하나를 알고 있다. 몇 달 전, 나는 한 친구와 만원인 전철에 올랐다. 그런데 친구가 얼굴이 하얗게 질리기 시작하고 급격하게 말수가 줄더니, 마침내 내게 귓속말로 팬티가 너무 작아서 성기 사이에 끼었다고 털어놓았다.

"팬티가 클리토리스 사이에 끼어버렸어. 작은 모자처럼." 그녀가 말했다.

어처구니없는 일이다. 신이시여, 이런 팬티는 석기시대로 날려버리세요. 슈퍼맨도 이런 팬티는 입지 않는다. 그런데 우리가 왜? 여성들에게도 인간 기본권이 있고, 불가사리처럼 성기를 충분히 감싸는 속옷을 입을 권리가 있다. 팬티가 운동마찰에 의해 천천히 우리의 깊은 곳으로 들어가게 내버려두면 안 된다. 정말로.

이에 대한 나의 답변은 분명하다. 나는 커다란 팬티를 입는다. 공격적인 여성주의자들은 커다란 팬티를 입어야 한다. 진짜로 큰 팬티를. 나는 지금 런던 대화재를 48시간 내 진압 가능한 방화용 모포로 사용될 법한 팬티를 입고 있다. 이 팬티는 허벅지 위쪽에서 배꼽까지 걸쳐져 있다. 이 팬티의 두 번째 기능은 주말이면 나를 자유롭게 해준다는 것이다. 나는 이 팬티의 지지를 받아 의사당으로 달려가서 '여성에게 커다란 팬티를 허용하라!'라고 외칠 수도 있을 것이다.

친애하는 독자 여러분, 내가 당신에게 나의 속옷 취향을 알려주는 바람에 괴로운가? 하지만 내게도 다른 사람들의 속옷 취향을 알게 되어 괴로운 순간들이 있었다. 21세기에 속옷 취향은 더 이상 은밀한 것이 아니다. 펜슬 스커트나 딱 달라붙는 청바지, 레깅스를 입은 사람의 팬티 라인은 분명하게 부각되는 법이니까. 마치 지리학자들이 출력해서 보여주는 고대의 배수로 체계처럼.

　내가 알아낸 바에 따르면 영국에는 실제로 자신의 몸에 맞는 팬티를 입은 여성이 거의 드물다는 사실이다. 나는 우리가 마음을 놓을 수 있을 정도로 점잖게 엉덩이를 감싸는 팬티가 좋은 팬티라고 생각한다. 하지만 내 눈에 띈 팬티들은 엉덩이 액세서리나 싸구려 장식물처럼 보인다. 브리프, 드미브리프, 비키니 팬티, 스트링 팬티, 미디, 하이레그, 아니면 쇼츠.*

　편하면서도 아름다운 팬티를 입는 대신, 엉덩이 한가운데 걸린 고무줄처럼 꽉 끼는 팬티를 입는 것은 인도와 파키스탄을 분할하는 것만큼이나 잔인한 일이다. 비극적인 신체적 대이동도 일어난다. 각각의 신체 부위들은 뿔뿔이 흩어지거나, 아니면 엄청난 이주민들을 받아들여야 한다. 나는 여덟 개쯤으로 나뉜 엉덩이들이 둔부와 허벅지 사이에 재배치된 모양새로 걸어 다니는 여자들을 많이도 보아왔다. 이렇게 강압적으로 기형을 겪게 된 신체는 팬티의 잘못이 아니다. 삐져나온 엉덩이들은 팬티 속으로 들어가지 못한 패배자들이다. 이 패배자들은 사수하지 못한 요새를 그리워한다.

　여성들이여, 이런 속옷은 정상적이라고 할 수 없다. 어째서 우

---

* 잘 모르는 사람들은 쇼츠를 엉덩이를 다 덮는 물건이라고 생각하지만, 실제로는 엉덩이 중간을 가로지르는 검은 띠에 지나지 않는다. 당신의 생식기는 마치 끔찍한 범죄를 당한 후 6시 뉴스와 인터뷰를 할 때처럼 그 신분을 숨기게 된다. (저자 주)

리는 우리에게 편안함을 가져다줄 팬티를 입지 않는가? 어째서 우리는 팬티도착증의 희생자가 되어야 하는가?

여성들은 정신병에라도 걸린 것처럼 아무 때나 자신들의 '완벽하고 근사한 모습'을 검사받는 일이 있을지도 모른다는 생각을 멈추지 않는다. 여성들이 작은 팬티를 입는 까닭은 이런 팬티가 섹시하다고 생각하기 때문이다. 하지만 잃을 것이 많은 생각이다. 숙녀 여러분, 작년 한 해 동안 당신에게 꼭 끼는 작은 팬티를 입을 일이 얼마나 많이 있었나? 다시 말해서, 당신이 예상하지 못했던 순간에, 밝고 환한 방에서 까다로운 성적 취향을 가진 상대방과 섹스할 일이 얼마나 많이 있었나?

그렇다. 그것은 갑자기 예기치 못한 상황이 일어나 한 무리의 노부인들을 접대해야 할지도 모른다는 생각 때문에 주사위 놀이판을 한구석에 보관해두는 것만큼이나 이상한 일이다.

섹스가 결부되어 있는 한, 남자들은 모든 피조물들을 용서한다는 사실을 당신은 기억해야 한다. 남자들은 당신이 어떤 팬티를 입고 있는지는 신경도 쓰지 않는다. 스커트를 벗은 당신의 몸에 팬티 대신 다리 구멍이 난 빵가게 종이봉투가 끼워져 있다고 해도 말이다. 자전거랑도 섹스를 할 의사가 있는 남자들은 얼마든지 있다. 남자들은 태생적으로 당신의 팬티가 섹시한지 그렇지 않은지 신경 쓰지 않는다.

남자들이 여자들처럼 정신병자로 보일 만큼 준비를 철저히 한다고 생각하는가? 그런 남자들은 지금 당장 연애가 하고 싶어 죽을 지경인 여자와의 갑작스러운 만남에 대비해 트렁크 팬티 안에 프라하로 가는 비행기표 두 장을 넣고 다닐지도 모른다. 다시 생각해보라. 이런 남자들은 없다. 정말이다.

표면적으로는 사소한 문제일지도 모르겠지만, 어쨌거나 작은 팬티는 하나의 국가라고 할 수 있는 우리에게 거대한 영향력을 행사한다. 팬티가 작아지면 하나의 국가인 우리가 지닌 권력도 약화된다는 사실을 꼭 알아두어야 한다. 여성이 턱에서 발까지 닿는 속옷을 입었던 시절, 대영제국은 해가 지지 않는 나라였다. 평범한 영국 여성이 일주일 동안 입는 팬티들이 전부 성냥갑 하나에 들어가는 오늘날, 우리는 맨 섬Isle of Man이나 저지 섬Bailiwick of Jersey보다 조금 더 큰 영지를 갖고 있을 뿐이다. 여성은 투표권을 얻기 위해 노력했지만, 작은 팬티를 퇴출시키는 데는 무관심했다. 인구의 52퍼센트가 대테러 전쟁에서 승리할 수 있으리라 확신하는 마당에, 인구의 절반인 우리들은 통증 때문에 의자에 제대로 앉지도 못해서야 되겠는가?

이 점을 알아두자. 팬티를 입지 않아도 좋은 때는 바닥에 끌리는 드레스를 입고 록 페스티벌에 갈 때뿐이다. 이런 페스티벌에서는 화장실에 한 번 갈 때마다 30분 동안 줄을 서야 하고, 급기야는 성질까지 나게 마련이니까. 긴 드레스를 입은 여자는 〈왕과 나The King and I〉에서 미스 데보라 커가 그랬던 것처럼, 빈 풀밭에 앉아서 스커트를 펼쳐놓고 앉은 그대로 쉬를 할 수 있다. 너무나 현명한 방법이다. 쉬를 하고 나면 자연 바람이 그녀의 '부위'를 부드럽게 건조시키기를 기다리면 된다.

사냥꾼이 백설공주를 숲속에 버렸을 때도 그녀는 이런 식으로 쉬를 했을 것이다. 〈반지의 제왕Lord of the Rings〉의 갈라드리엘 역시 이런 식으로 자신의 양배추를 적셨을 것이다. 필요하면 다 하게 되어 있다.

더 나아가 이 점도 알아두자. 이런 계획은 개미들의 행렬을 망칠 수 있는 유일한 방법이기도 하다. 개미들은 오줌 벼락을 싫어한다.

그러나 팬티는 속옷과 관련된 비즈니스에서 절반만을 차지한다. 아래쪽 절반을. 그럼 위쪽 절반은 뭐냐고? 브라다. 브라도 강력한 힘을 갖고 있다. 4년마다 열리는 월드컵에서 나와 여동생들에게 가장 커다란 행사는 바로 브라질 경기다. 브라질 경기라면 어떤 경기든 다 좋다.

"브라!" 우리는 화면을 가리키며 소리를 지른다. "브라! 유니폼 등짝에 브라라고 적혀 있어!!! 브라!!!"

우리는 웃겨서 숨이 넘어가겠다는 듯 소파 위로 발을 굴러댄다.

"브라!!!!!!!!" 우리는 시뻘게진 얼굴로 헉헉거리며 웃어댄다. "브라!!!!!!!!!!!!!!!"

세계지도에서 브레스트 항구Port of Brest를 찾아냈던 1991년 이후로, 브라질 경기는 우리가 경험해온 일들 중에서 최고로 재미있는 것이다.

아마도 브라는 여성들의 의복들 가운데 가장 무례한 의복일지도 모른다. 어째서 무례하냐고? 다음의 단순한 테스트를 해보라. 아홉 살 남자아이에게 브라를 던져보라. 아이는 살아 있는 쥐를 머리에 맞았을 때처럼 펄쩍 뛸 것이고, 소리를 지르면서 당신에게서 도망칠 것이다. 네이팜탄을 맞은 베트남 아이처럼 말이다. 아이는 브라의 무례함을 견딜 수가 없는 거다.

우리 여성들에게 희소식 하나. 좋은 브라는 여성이 소유한 물건들 중 가장 헌신적으로 여성을 도와준다. 나는 올해로 서른다섯 살이지만, 내 가슴은 여전히 브라 안에서 복숭아 모양을 유지한다. 당신이 간식으로 먹으려고 핸드백 안에 넣어놨다가 깜빡 잊어버리는 바람에 가방 밑바닥에 처박혀 있던 그런 복숭아 모양이 아니다. 열쇠자국도 찍혀 있고 끈적끈적한 버스표도 붙어 있는 복숭아가 아니란 말이다. 슈퍼에서 10개에 1파운드인 복숭아는 자기를 의심스러운 눈길로 바라보는 사람들로부터 이런 말을 듣게 된다. "이걸로 스무디나 만들어 먹을까…."

나는 모유수유를 했다. 그것도 식욕이 왕성한 아기 둘 모두. 어느 날 나는 고속도로를 달리고 있었다. 그런데 둘째 아이가 엄청난 소리로 울기 시작했고, 나는 둘째를 달래려고 안전벨트 위에 앉혀놓고 젖을 물렸다. 아기는 내 젖꼭지를 쭉쭉 빨아댔다. 내 가슴이 처지지 않을 수가 없다. 내 가슴에게 신의 가호가 있기를. 내 가슴이 영화 속의 등장인물들이었다면, 한 쪽은 나치에게 쫓기는 소녀일 것이다. 이 소녀가 소리친다. "날 두고 가! 내 인생도 제법 괜찮았어!" 그렇게 죽어간 소녀는 다른 한 쪽의 가슴이 온전하기를 바라지만, 그게 그렇게 쉬울 리가 없다.

하지만 당신도 알다시피 나쁘지는 않다. 정말로 괜찮다. 나는 국제적인 슈퍼모델은 아니지만, 그렇기 때문에 내 가슴이 전 세계인들이 불쌍해 하는 벅스 버니의 해적 요세미티 샘처럼 보이더라도 상관없다. 누구도 내 가슴을 두고 뭐라고 하지 않는다! 하! 가부장제는 내가 가슴 모양 때문에 걱정하기를 바라겠지! 늘 그렇듯이 말이야! 하지만 나는 걱정할 필요가 없다! 왜냐하면 벌거벗은 가슴을 보고 싶어서 안달난 사람들은, 배고픈 아이나 당장 하고 싶은 남자처럼, 가슴이 어떻게 생겼더라도 무조건 고마워한다는 사실을 나는 알고 있기 때문이다.

브라는 언제나 나와 함께하며 나를 도와주는 충실한 친구다. "오, 브라. 사랑한다, 브라. 넌 토마토케첩만큼이나 소중한 란제리야. 너는 위대한 존재야." 당신이 잘 맞는 브라를 찾아내기만 한다면 당신의 가슴은 브라 안에 말끔하게 담길 수 있다. 당신의 가슴을 삽으로 떠넣지 않아도 된다는 말이다. 좋은 브라는 당신의 사랑스러운 가슴을 완벽하게 감싸줄 것이다.

요즘의 나는 축 처진 가슴을 소방용 호스처럼 둘둘 말아 영국 여왕의 속옷을 만드는 '릭비 앤 펠러'의 기술력이 집약된 브라에 집어넣는다. 나의 가슴이 해부학적으로 올바른 장소에 위치할 수 있도록 말이다. 그렇게 함으로써 나는 지나치게 긴 드레스처럼 거추장스러운 가슴 문제를 해결할 수 있다. '당나귀에 꼬리 달기 게임'을 할 때처럼 브라 끈을 조절해서 내 가슴을 원하는 위치에 둘 수도 있다. '30대 여자에게 가슴 달기 게임.' 내가 콘택트렌즈를 착용하지 않은 날, 내 가슴은 영 이상한 장소에 붙어 있게 될 수도 있다. 어느 날 숙취에 시달리는 내가 가슴을 머리에 얹은 채 급하게 집을 나설지도 모르겠다.

브라는 당신을 살릴 수도 있지만, 죽일 수도 있다. 이렇게 엄청난 마력을 지닌 브라는 어느 날 갑자기 악마로 돌변해 당신을 파괴하려고 들지도 모른다. 〈반지의 제왕〉에 나오는 마법사 사루만처럼. 물론 가운데 리본이 달린 사루만이겠지만.

미국의 TV 드라마 〈쿠거 타운Cougar Town〉에서 한밤중마다 20대 남성을 찾아 헤매는 40대 이혼녀 커트니 콕스는 몇 살 아래 친구에게 더 이상 클럽에 가지 않는 이유를 이렇게 설명한다.

"이것보다 더 좋은 와인이 집에 있어." 텔레비전 화면에서조차 별로 마시고 싶게 생기지 않은 피노 그리지오를 들어 올리며 그녀가 말한다. "그리고 이런 밤이면, 난 브라를 벗어버리고 싶어."

한 번도 브라를 입어본 적이 없는 사람들 — 남자들, 아이들, 동물들 그리고 모델 아기네스 딘 — 에게 브라를 벗어버렸을 때 느낄 수 있는 순수하고 생생한 즐거움을 묘사하기란 불가능하다. 언젠가 나는 패드가 들어간 아름다운 청록색의, 엄청나게 비싼 풀컵 브라를 산 적이 있다. 하지만 이 브라는 내게 너무나 꽉 끼어서 나는 3일 만에 울면서 매장에 전화를 걸었다.

"원래 이렇게 아픈 건가요?" 내가 눈물을 삼키려고 애쓰며 물었다.

"브라를 길들이셔야죠." 점원은 신병들에게 장화에 오줌을 싸서 가죽을 부드럽게 하라고 명령하는 장교처럼 딱딱한 목소리로 대답했다. 나는 결국 그 브라를 20번쯤 입고 나서야 길들이는 데 성공했다. 그 브라를 입을 때마다 나는 저녁 6시에 집에 돌아와 계단을 오르며 울면서 브라를 벗었고, 마침내 우주복을 벗어던진 우주인처럼 깊은 숨을 쉬었다. 그러고는 바닥에 브라를 집어 던졌고, 브라가 살갗에 남긴 빨갛게 부푼 자국을 문질렀다. 마치 마미단 벨트*가 남긴 상처를 돌보는 수도자처럼 말이다.

브라를 벗을 때의 해방감은 이루 말할 수 없다. 더운 날 이동식 주택 앞 계단에 피곤에 지쳐 널브러졌다가 화장실로 가서 차가운 물을 마실 때의 해방감에 비견될 수 있을 정도다. 나쁜 브라를 벗는 행위를 통해 당신은 우정의 깊이를 헤아릴 수도 있다. 긴 하루를 보낸 당신이 친구를 찾아가 잠시 편히 쉬려고 할 때, 당신이 친구에게 "브라 벗어도 되지?"라고 물을 수 있다면, 그 친구는 좋은 친구다.

물론 더 긴급한 상황에서 이 못돼먹은 브라를 벗어야 할 때도

---

* 수행용으로 사용하는 살을 파고드는 말총으로 만든 벨트.

있다. 클럽에서 나와 택시를 타자마자 브라를 벗는 여자들을 본 적이 있다. 어쨌거나 그 여자들은 클럽 안에서는 브라를 벗지 않았다.

버스 정류장에서 브라를 벗는 여자를 본 적도 있다. 캠든 시내의 룸바라는 술집 앞에서였다.

나는 이해할 수 있었다.

어떤 바보는 이렇게 말할지도 모른다. "당신 여성주의자야? 그럼 브라도 태워버리고 그러나? 응? 여성주의자들은 브라를 태워버리지 않나?" 당신은 침착하게 대답하면 된다. "멍청이, 멍청이. 브라는 내 친구야. 내 가슴 속 깊은 곳의 친구라고. 나의 가장 친밀한 친구. 원래 사이즈보다 1인치 작아서 혈액순환을 방해하는 재닛 레저의 발코니 브라는 빼고. 그래, 그 브라는 불을 붙여서 미국 대사관 밖에 걸어놔야 해."

나는 뚱뚱해!

1991년이다. 열여섯 살인 나는 매튜 베일과 함께 성 베드로 성당 잔디밭에 앉아 싸구려 담배를 피우고 있다.

맷은 스스로의 평가도 그렇고, 다른 아이들이 하는 말도 그렇고, 울버햄튼에서 가장 쿨한 청소년이라고 할 수 있다. 맷은 '버드'의 모든 앨범들을 소장하고 있을 뿐만 아니라, 헐렁하고 멋진 구제 점퍼들도 여러 벌 갖고 있다. 게다가 그는 춤도 근사하게 출줄 안다. 그는 보컬그룹 '슈프림스'에서 멋진 동작들을 따왔다. 그가 내게 처음 가르쳐줬던 것들 중의 한 가지는 춤을 추러 무대에 오를 때에는 '반드시 미리 계획을 갖고 있어야 한다'는 거였다.

"무대에 올라가서… 망치지 마." 그는 멋들어지게 담배를 피우면서 말한다. "너만의 작은 이야기를 만들어봐." 좋은 조언이다. 맷은 이렇게 좋은 조언들을 여러 번 해주었다. 그는 내게 이런 말도 했다. "가서 병신처럼 굴지 마." 이런 말을 한번 듣고 나면, 얼마나 많은 사람들이 이런 조언을 해주지 않는지가 놀랍게 여겨질 뿐이다. 실로 현명한 조언이 아닐 수 없다.

내가 맷을 처음 만났을 때부터 지금까지, 그는 앞머리로 눈을 가리고 다닌다. 약물 때문에 좋지 않은 환각을 여러 번 경험한 탓에 다른 사람의 눈을 똑바로 바라보지 못한다고 했다. "가끔 나는 내 눈을 들여다보는 사람들이 내가 악마라는 사실을 알아차릴까봐 걱정이 돼."

맷을 알게 되고 여섯 달이 지난 후에야 나는 그가 앞머리를 뒤로 빗어 넘기고 침대에 누워 있는 모습을 처음으로 보았다. 그제야 나는 그의 눈이 약간 사시라서 누구도 그걸 알아차리지 못하기를 바란다는 것을 깨달았다.

물론 나는 그에게 빠져 있다. 세상에, 나는 그를 원한다. 언제부터? 내 친구 줄스가 시내에서 그를 보고나서 내게 전화로 이렇게 외쳤을 때부터. "걔 누구야? 정말. 끝내. 주던. 데."

그때까지 나는 나와 맷이 형제자매처럼 죽이 잘 맞는다고만 생각했다. 하지만 욕정으로 가득한 줄스의 목소리를 듣자마자, 나는 더 이상 나를 속이지 않기로 했다. 그의 키는 6피트나 되었고, 그의 헐렁한 점퍼 아래에는 근사한 몸이 감춰져 있으며, 그의 두 눈은 용의 눈처럼 녹색이다. 나는 맷과의 키스를 상상하고, 소녀처럼 예쁜 분홍빛인 그의 입술을 상상한다. 나는 그의 선홍색 입술이 다치지 않도록 조심스럽게 그 입술을 탐할 거였다. 그의 입술은 너무나 조그마했다. 내 머릿속의 절반쯤은 그런 생각들로 가득했다. 나는 16세였고, 16세였고, 16세였다. 그는 19세였고. 우리는 싸구려 담배를 피우면서 성 베드로 성당 잔디밭에 앉아 있다.

10월 말의 어느 날, 우리는 그렇게 담배를 피우고 있다. 처음 만나고 두 달이 지났다. 우리는 영화제작과 관련된 성인대상 교육 프로그램에서 처음 만났는데, 정작 프로그램에는 금세 흥미를 잃었다. 오늘은 우리가 단 둘이서만 있는 첫 번째 날이다. 우리는 서로가 친구가 될 수 있을지를 판단하는 중이다.

나는 맷의 여자친구를 본 적이 있다. 그러니 우리는 '이루어질' 수 없을 것이다. 그 여자친구가 갑자기 죽어버린다던가 해서 끔찍하게 슬픈 일이 생기지 않는 한 말이다. 어쨌거나 나와 맷은 무척 재미있는 하루를 보냈다. 우리는 플리트우드 맥의 〈탱고 인 더 나이트Tango in the Night〉 카세트를 50펜스에 샀고, 부츠 상점에서 데오도런트 하나를 훔쳤으며, 맨더 센터와 퀸 스퀘어를 어슬렁거리며 돌아다니기도 했다.

우리는 담배를 피우며 성당 잔디밭에 앉아 있다. 나는 신경을 써서 옷을 입고 나왔다. 나는 1991년 처음으로 돈을 벌기 시작했는데, 멜로디 메이커 잡지사에서 말단직원으로 일하게 된 거다.

그래서 나는 생애 최초로 바자회가 아니라 멀쩡한 가게에서 옷을 살 수 있게 되었다. 나는 긴 스커트에 청록색으로 염색한 셔츠를 입었고, 그 위에는 조끼를 걸쳤다. 신발은 닥터 마틴 부츠다. 16세인 내게 이 옷들은 가장 훌륭한 옷들이라 할 수 있다. 오늘은 최고의 날이다. 비둘기들이 우리의 머리 위를 한가롭게 날아다니고, 가을날의 하늘은 영원처럼 맑다. 나는 그를 언제까지나 기다릴 수 있을 것 같다. 나는 그의 여자친구가 죽을 때까지 그를 기다릴 수 있다. 어쩌면 그녀는 쉽게 죽을 수 있을지도 모른다. 사람들은 언제고 버스에 치어 죽는 법이니까.

맷이 말한다.

"학교에서 널 별명으로 부르는 애들이 있었어?"

내가 대답한다.

"응."

그러자 맷이 말한다.

"혹시 네 별명이 뚱땡이는 아니었어?"

이런 까닭에 나는 처음으로 이 세계가 여기서 종말을 맞기를 바란다. 이 세계가 이대로 지속되어서는 안 된다. 주변은 냉랭하고, 고요하며, 지나치게 환하다. 플래시가 터진 것처럼. 누군가가 막 우리 사진을 찍은 모양이다. 우리 인생의 마지막 순간은 이렇게 슬라이드 필름으로 남게 될 것이다. "내가 맞이한 생애 최악의 순간! 나와 매트 베일, 성당 잔디밭에서, 1991년 10월."

나는 그가 정말로 모를 거라고 생각했다. 하하하. 그는 내가 새 셔츠와 조끼 아래 25킬로그램의 살을 감추고 있다는 것을 모를 거라고 생각했다. 나는 그가 이 사실을 알아차리지 못하도록 항상 빠른 말투로 이야기했다. 나의 반짝이는 긴 머리카락과 푸른 눈의 비밀이 유지될 수 있을 거라고 믿었다. 그는 내가 뚱뚱하다는 사실을 전혀 알 수 없을 거였다.

앞서 밝혔다시피 내 몸무게는 100킬로그램, 100킬로그램, 100킬로그램이다. 내가 하는 일이라고는 앉아서 빵과 치즈를 먹으며 책을 읽는 것이 전부다. 나는 뚱뚱하다. 그리고 우리 가족은 전부 다 뚱뚱하다.

우리 집에는 전신거울이라고는 없기 때문에, 나는 벗은 몸을 관찰하고 싶을 때마다 시내의 막스앤스펜서로 가서 체크 스커트 한 벌을 챙겨들고 탈의실로 들어간다. 그리고 그 안에서 내 몸을 들여다본다.

나는 여자아이고, 스포츠에는 관심이 없고, 무거운 물건을 옮기려고도 하지 않고, 어딜 가서 뭔가를 해야 하는 일에는 흥미가 없다. 그래서 잠만 자는 내 몸은 창백하고 거대하다. 거울 앞에 어색하게 서서 내 몸을 들여다보고 있노라면 나쁜 뉴스를 보고 있는 것 같은 기분이다. 그렇다. 나쁜 뉴스다. 10대 소녀들은 유연하고 예뻐야 한다. 뚱뚱한 10대 소녀의 몸은 아무짝에도 쓸모가 없다. 자기 자신에게조차. 이건 알바트로스다. 거대한 하얀 새. 나는 내 몸을 짐짝처럼 끌고 다닌다.

나는 그저 유리병 속에 든 뇌다. 나는 생각한다. 그나마 위안이 되는 생각이다. 나는 유리병에 든 뇌다. 다른 성가신 것들은 관계없다. 그런데 내 몸이 바로 '다른 성가신 것들'이다. 바로 유리병. 하지만 나는 똑똑하다. 내가 뚱뚱하다는 것은 문제되지 않는다.

나는 뚱뚱하다.

나는 '뚱뚱하다'라는 단어의 의미를 잘 알고 있다. 사람들이 뚱뚱하다는 말을 하거나 뚱뚱하다는 것에 대해 생각할 때 진짜로 어떤 생각을 하고 있는지를. 뚱뚱하다는 말은 '브루넷brunette'*이나 '34사이즈'처럼 단순하게 어떤 것을 설명하는 단어가 아니다.

뚱뚱하다는 단어는 그 자체로 욕설이고, 무기다. 뚱뚱함은 사회적으로 변종으로 여겨지며, 비난을 받고, 거부당하며, 거절당한다. 아이들이 학교에서 나를 '뚱땡이'라고 부르지는 않았느냐고 맷이 물었을 때, 그는 유감스럽게도 이미 나를 학교의 위계질서에서 최하층에 있는 아이로 보고 있었던 것이다. 1986년 울버햄튼의 최하층은 두 명의 아시아계 아이들, 말을 더듬는 아이, 눈이 한쪽밖에 없는 여호와의 증인, 특수 아동, 게이가 분명한 소년, 말라깽이 소년들로 구성되어 있다.

맷은 나를 동정하고 있다. 이는 그가 절대로 나랑 잘 생각이

* 흑갈색 머리색을 지닌 백인 여성.

없으며, 나는 슬프게도 영원히 불행해하며 죽게 될 것이라는 뜻이다. 한 시간도 지나기 전에, 이 담배를 마저 다 피우기도 전에 나는 죽을지도 모른다. 나는 운다.

나의 뚱뚱한 가족들은 그 누구도 '뚱뚱하다'라는 단어를 입에 올리지 않는다. '뚱뚱하다'는 놀이터나 길목에서 사용될 수 있을 뿐 집 안에서는 쓸 수 없는 말이다. 엄마는 집 안에 그런 더러운 단어를 들일 생각이 없다. 집 안에 함께 있는 한, 우리는 안전하다. 집 안은 게으르고 느린 자들을 위한 에루브eruv**와도 같다. 집 안에서 우리는 마음에 상처를 입지 않을 수 있다. 우리는 뚱뚱하다는 것이 대체 어떤 것인지를 알 수 없기 때문이다. 우리는 서로의 사이즈에 대해 말하지 않는다. 우리는 방에 갇힌 코끼리들이다.

침묵은 그 무엇보다도 압제적이다. 우리는 반바지나 수영장, 끈 드레스, 교외 산책, 롤러스케이트, 3단 프릴 스커트, 민소매 상의, 하이힐, 암벽 등반, 높은 의자에 기대듯 앉기, 뜨거운 관심을 받아 어깨를 으쓱하며 공사현장 앞 지나가기 등이 결코 우리의 인생에 끼어들 수 없으리라는 사실을 말없이, 금욕적으로 받아들인다.

우리가 몸무게를 줄이는 일은 일어나지 않을 거였다.

***

** 유대인들이 안식일 기간 중에 해서는 안 되는 일들(여행, 돈을 쓰는 일, 자기 집에서 공공영역으로 물건을 옮기는 일 등)을 할 수 있도록 지정한 특정한 지역.

우리가 뚱뚱하지 않아도 좋다는 생각 — 그러면 상황이 바뀔 거라는 생각 — 은 어처구니없는 것으로 여겨졌다. 우리는 지금도 뚱뚱하고, 앞으로도 뚱뚱할 것이며, 우리는 우리가 뚱뚱하다는 말을 절대로, 한 마디도 하지 않을 것이다. 이게 전부다. 〈해리 포터〉에 나오는 마법의 분류모자가 우리를 '뚱땡이'로 분류했다. 우리는 뚱뚱하고, 뚱뚱한 채로 죽을 것이다. 우리는 뚱뚱한 종족이다. 우리는 원래 그렇다.

그 결과, 바깥세상에는 우리가 즐길 수 있는 것들이 많지 않다. 거의 1년 내내 그렇다. 여름이 되면 우리는 옷들을 꾸역꾸역 껴입고 땀을 흘린다. 태풍이 불기라도 하면 바람 때문에 스커트 자락이 허벅지 사이에 낀다. 우리는 지나가는 구경꾼들을 의식하지 않을 수 없다.

우리가 마음을 놓을 수 있는 유일한 계절은 겨울이다. 머리끝부터 발끝까지 점퍼와 코트, 부츠, 모자로 감싸면 되니까. 나는 산타클로스에게 애정을 느낀다. 산타클로스와 결혼하면 나는 계속 뚱뚱한 채로 있어도 될 거고, 그 옆에 서면 내가 외려 가냘프게 보일 테니까. 나는 이런 시각적 속임수를 사랑한다. 우리는 노르웨이나 알래스카로 이사를 갈지도 모른다. 그곳에서라면 우리는 늘 엄청나게 두꺼운 코트를 입고 살은 손톱만큼도 내보이지 않을 수 있을 테니까. 우리는 비가 오는 날 가장 행복하다. 비가 오면 우리는 다른 사람들의 눈에 띌까봐 걱정하지 않고 파자마 차림으로 집 안에만 머물 수 있다. 유리병에 든 뇌는 비에 젖지 않고 집 안에 있을 수 있다.

맷이 내게 뚱땡이라는 별명으로 불리지 않았느냐고 물었을 때, 나는 아무런 효과도 없는 원시적인 코르셋 대용으로 셔츠 안에 수영복을 입고 있었다. 열두 살 때부터 입어온 수영복이었다. 나는 배를 아프도록 움켜쥐었다.

"아냐!" 나는 에바 가드너처럼 고압적으로 눈썹을 치켜 올리며 외쳤다. "세상에!"

나는 배를 움켜쥐었던 손을 풀고 담배를 꺼냈다. 그는 나를 충격에 빠뜨렸다. 왜 그랬니.

아냐, 그 애들은 나를 뚱땡이라고 부르지 않았어. 맷, 넌 정말 근사한 애야. 앞으로 2년 동안 널 크랙 코카인처럼 사랑해줄게. 말해줄까? 난 네 점퍼를 훔쳐서 내 베개 밑에 넣어 둘 거야. 그리고 나서 내가 그 끔찍한 비밀을 엉뚱한 사람에게 털어놓으면 우리들의 이 조그만 동네에서는 난리법석이 벌어질 거야. 그렇게 되면 뜻하지 않게도 네 여자친구랑 헤어지게 되겠지.

내 별명은 뚱땡이가 아니라 뚱뚱보였어.

'뚱뚱하다'라는 말을 들으면 찔리는가? 뚱뚱하다라는 말을 서슴지 않는 내가 무례하다고, 아무렇게나 말을 한다고 생각하는가? 지난 두 세대에 걸쳐 뚱뚱하다는 말은 누구에게나 신경질적인 분노를 일으키는 대상이 되어왔다. 대화를 하는 도중에 '뚱뚱하다'라는 단어가 등장하기만 하면 사람들은 모두 소방사이렌이라도 들은 것처럼 갑자기 전심전력을 다해 그 말을 거부하기 시작한다. "넌 뚱뚱하지 않아! 넌 전혀 안 뚱뚱해! 아가, 넌 뚱뚱하지 않아!" 그는 누가 봐도 부정할 수 없을 정도로 뚱뚱하고 단지 그 점에 대해서 이야기를 나누고 싶어 하는 것일 뿐인데도.

막다른 골목에 다다른 대화를 중지하는 데 뚱뚱하다는 말은 종종 효과적인 무기로 사용되기도 한다. "닥쳐, 이 뚱뚱한 년아." 그리고 침묵.

놀이터에서도 '뚱뚱하다'라는 비난의 말은 '게이'나 레즈비언'을 대체해왔다. 히로시마에 원자폭탄이 떨어지자마자 모든 사람들이 즉각 투항했던 것처럼, '뚱뚱하다'라는 말에는 파괴력이 있다. 여기서는 "뭐, 하지만 적어도 난 그렇게 뚱뚱하지는 않아."라는 논리적인 진술을 할 수 있는 사람만이 승리할 수 있을 것이다.

뚱뚱하다는 비난은 너무나 강력해서 전혀 사실에 근거한 것이 아닐 때라도 상당히 효과적이다. 나는 이 대목을 읽으면서 침묵에 잠겨 있을 66사이즈의 여성들을 상상한다. 그들은 자신이 남들에게 '뚱뚱하다는 느낌'을 주고 있을지도 모른다고, 지금은 아니지만 곧 뚱뚱해질지도 모른다고 생각하고 있을 것이다.

나는 "뭐, 하지만 적어도 난 그렇게 뚱뚱하지는 않아."라는 말을 두 번쯤은 사용했고, 이 말로 인해 재차 공격을 받을 때마다 화가 나 이렇게 대답하고는 했다. "그래, 내가 뚱뚱한 이유는 네 아빠랑 섹스할 때마다 과자를 얻어먹어서 그래."

하지만 진부한 표현을 뒤엎고 시대를 앞서가는 나의 화법을 이해하지 못한 그들은 그저 내가 소아성애증과 관련된 불행한 경험을 겪은 탓에 섭식장애를 앓고 있다고 생각했다.

그래서 나는 그저 울분을 삭일 수밖에 없었다. 내 몸무게는 같은 연령대의 청소년들과 비교하면 단연 많이 나갔다.

'뚱뚱하다'라는 단어가 지닌 힘은 너무나 강력하다. 물론 전혀 긍정적인 의미는 아니다. 앞서 나는 당신에게 의자에 올라가 "나는 공격적인 여성주의자다!"라고 외치라고 했다. 이제 당신은 의자에 올라가 '뚱뚱하다'라는 단어를 외쳐야 한다. "뚱뚱하다! 뚱뚱하다! 뚱뚱하다! 뚱뚱하다! 뚱뚱하다!"

이 단어가 더 이상 신경 쓰이지 않게, 아무렇지도 않게, 결과적으로 아무런 의미도 없게 될 때까지 외쳐라. 아무 물건이나 가리키고 뚱뚱하다고 말해보라. "이 타일은 뚱뚱해." "이 벽은 뚱뚱해." "아마 예수님도 뚱뚱했을 거야." 아이의 열을 내리듯, '뚱뚱하다'라는 단어에서 열기를 제거해야 한다. 우리는 뚱뚱함의 핵심을 차분하게 들여다볼 필요가 있다. 뚱뚱하다는 것은 무엇이고 어떤 의미이며, 어째서 21세기의 여성들에게 가장 커다란 관심사가 되었는지를 알아내야 한다. 뚱뚱하다. 뚱뚱하다. 뚱뚱하다. 뚱뚱하다.

무엇보다도 나는 우리가 '뚱뚱하다'의 진정한 의미가 무엇인지에 대해 합의를 이루어야 한다고 생각한다. 아름다움의 정의는 자주 바뀌고, 사람들마다 신진대사와 체형이 제각각이다. 통뼈가 문제야! 최근에야 이걸 알았지 뭐야! 카일리 미노그와 비교하면 나는 완전 거인이야! 내 몸에는 칼슘이 너무 많아서 금색 핫팬츠를 입을 수 없는 거야!

이렇게 보면 '정상적이다'라는 말은 완전히 인권박탈적인 말로 들린다.

나 역시도 지금까지 살아오면서 바람직하고 훌륭한 '정상적인' 몸무게란 대체 무엇인가라는 민감한 질문에 매달려왔다. 과연 '뚱뚱하다'와 '뚱뚱하지 않다'는 어떻게 구분할 수 있을까. 바로 다음과 같다.

'사람의 형태.'

1분 안에 사람 하나를 그려보라는 요청을 받은 아이가 그린 그림처럼, 당신이 누가 봐도 확실한 인간처럼 보인다면, 당신은 괜찮다. 그리어 여신도 "충분히 건강하고 청결한 신체는 아름답다."고 말한 적이 있다.

당신은 일평생 허벅지 뒤쪽의 튼살이나 맥주통처럼 불룩한 아랫배, 아니면 달리기를 할 때마다 양쪽이 번갈아가며 출렁거리는 엉덩이에 집착하며 살아갈 수도 있다. 하지만 당신이 이런 생각을 하는 까닭은 벌거벗고 열 명의 심사위원들 앞에 나서는 일이 생길지도 모른다는 무의식이 작동하기 때문이다. 그러나 당신이 '도전 수퍼모델'에 출연하지 않는 한, 이런 일은 일어나지 않는다. 당신의 브라와 팬티 속에서 벌어지는 모든 일들은 브라와 팬티 밖으로 나오지 않는다. 당신에게 잘 어울리는 드레스를 입고 계단 세 칸을 뛰어오를 수 있다면, 당신은 뚱뚱한 것이 아니다.

당신이 단순한 '사람의 형태'보다 더 나은 몸을 갖고 싶다고 생각하는 까닭은 찻잔 한 숟가락만큼의 지방도 무릎에 남겨두지 않으려고 완벽한 수치를 추구하기 때문이다. 77사이즈를 '엑스라지'라고 부르는 세계는 멀리 치워버리자. 공격적인 여성주의들이라면 이런 세계를 '엿 같은 쓰레기'라고 부를 것이다.

뚱뚱했을 때의 나는 사람 형태가 아니었다. 나는 무게 100킬로그램의 삼각형에 지나지 않았다. 내 다리는 삼각형이었고, 내게는 목이 존재하지 않았다. 내가 인간답게 살지 않았기 때문이었다. 나는 뛰지도, 걷지도, 춤을 추지도, 수영하지도, 계단을 올라가지도 않았다. 나는 인간이 먹을 거라고 생각되지 않는 음식들도 먹었다. 누구도 마가린으로 범벅이 된 삶은 감자를 1파운드나 먹어서는 안 되고, 포크에 막대사탕처럼 둘둘 감아올린 치즈를 먹어서는 안 된다. 나는 내 몸을 이해하려고 하지 않았다. 그저 유리병에 든 뇌였을 뿐이었다. 나는 여자가 아니었다.

성 베드로 성당 잔디밭에서 순식간에 맷에게 한 방 먹은 뒤로, 역설적이게도 그다음 4개월 동안 내게서 25킬로그램의 몸무게가 빠져나갔다. 그래서 나는 숨겨져 있던 내 모습의 일부를, 이제는 인간의 다리처럼 보이는 무엇을 되찾게 되었다.

목요일이나 금요일 밤마다 우리는 도로 중앙분리대를 따라 멀리 떨어진 펍으로 향한다. 펍에서는 《NME》와 《멜로디 메이커》에 등장하는 영국의 백인 밴드들이 1986년부터 1991년까지 출시한 앨범들을 연달아 들으면서 5시간 동안이나 춤을 춘다. 스피리추얼라이즈드, 해피 먼데이즈, 폴, 뉴 오더. 맷은 내게서 실크 컷 담배를 열 개비나 가져간다. 난 담배 사느라 점심도 굶었는데.

지난 6개월간 펍에서 CCTV로 촬영된 영상들을 빠르게 돌리면, 이제는 누가 보더라도 인간 신체의 형태를 한 10대 소녀가 변화하는 모습을 볼 수 있을 것이다. 이제는 정상적인 가게에서 옷을 살 수 있게 된 소녀가. 카디건과 함께 입은 짧은 꽃무늬 드레스, 부츠, 아이라이너. 이제 나는 주의 깊게 옷을 입는 한 '정상적'으로 보인다. 하지만 나는 아직도 나를 가까이서 유심히 관찰하는 사람이 있을 때는 '말랐다'거나 '뚱뚱하다'라는 단어를 결코 사용하지 않는다.

하지만 한 손에는 담배를, 한 손에는 사이다를 들고 스미스의 〈하우 순 이즈 나우How Soon is Now〉 같은 곡에 맞추어 몸을 흔들고 있을 때면, 나는 좁은 댄스 플로어가 마치 밀레니엄 팔콘이라도 된 듯한 극도의 희열감을 맛본다. 이제 나는 내 몸이 어디 있는지를 알아냈다! 내 몸은 머리 바로 아래 있었다! 바로 아래! "몰랐지 뭐야! 머리 아래를 살펴봤어야 하는데!"

우스운 춤을 추며 빙글빙글 돌고, 여기저기로 우스꽝스러운 동작으로 뛰어다니는 나는 보이지 않는 마라카스를 연주하고 있는 것처럼 보인다. 이렇게 춤을 추면 나는 앞으로도 몇 년은 처녀로 남아 있을 수밖에 없을 것이다. 하지만 이런 팔과 다리, 납작한 아랫배를 갖게 되니 즐거워 어쩔 줄 모르겠는 걸 어쩌겠는가.

그렇게 해서 35세가 될 때까지, 나는 느린 속도로 내 몸을 내 두뇌만큼이나 좋아하게 되었다. 그동안 임신과 출산을 겪었고, 오후에 섹스를 하기도 했으며, 26마일을 걸어본 적도 있고, 달리기를 배웠고, 춤추는 기분이 들 정도로 진짜로 빠르게, 하지만 똑바로 달려보기도 했다. 나의 두뇌에게는 드레스가 어울리지 않고, 내 몸은 빅토리아 베컴의 우스꽝스러운 일들로 점철된 인생을 조롱하기에는 여전히 누추하지만, 어쨌거나 나와 내 몸은 친구가 되었다. 우리는 서로 잘 어울리고, 서로를 존중하고, 베이컨을 얼마나 더 먹어야 '적당한지'에 대해, 엘리베이터 대신 걸어서 계단을 올라가야 할지에 대해 의견을 교환한다. (물론 그래야지.)

오늘의 나 — 열다섯 살이었을 때의 나는 꽤나 신경질적이었다 — 는 원래의 몸을 완전히 없애고 새로 만들어야 할 만큼 심각한 자동차 사고를 당하기를 바라지 않는다. 나는 지금의 내 몸을 어느 정도 제대로 사용하고 있다.

그리고 이제 막스앤스펜서의 탈의실에 들어갈 때마다 나는 내 몸이 마침내 깨어난 것처럼 보인다고 생각한다.

그런데 내가 뚱뚱했던 이유는 뭘까? 나는 왜 마음에 상처를 입을 때까지 먹었을까? 어째서 나는 내 몸을 부에노스아이레스의 주택시장처럼 동떨어진 대상으로 생각했을까? 그리고 뚱뚱하다는 것이 끔찍하게 부끄럽고 비극적인 일로 받아들여지는 이유는 뭘까? (물론 너무나 비대해진 나머지 일진이 안 좋았던 어느 날 지역 축제에서 자동차 좌석에 꽉 끼이는 바람에 누군가가 억지로 끌어당겨야만 했던 전 교장선생님 톰슨 씨처럼 되기를 추천하지는 않는다.) 여성에게는 뚱뚱하다는 것이 얼굴의 커다란 흉터나 나치대원과 동침하는 것과 맞먹는 것일까? 어째서 여성들은 돈을 많이 쓰거나("그랬더니 은행 직원이 내 신용카드를 가져가서 두 조각을 내버렸지 뭐야!"), 술을 많이 마시거나("그래서 나는 신발을 벗어서 버스정류장 저편으로 던져 버렸어!"), 일을 많이 하거나("너무 피곤해서 제어판 앞에 앉은 채로 잠들어버렸어. 그리고 잠에서 깨어났더니 글쎄, 내가 핵폭탄 발사 버튼을 누르고 있었지 뭐야! 또!")에 대해서는 뽐내듯 행복하게 불평을 늘어놓아도 되는데, 많이 먹는다는 사실만은 털어놓아서는 안 되는가? 어째서 먹는 행위는 비밀스러운 불행 — 하지만 하루에 초코바 여섯 개를 해치우는 당신의 버릇은 오랫동안 숨길 수 없을 것이다 — 이 되었는가?

7년 전, 내 친구 하나는 연예인과 사귀다 헤어진 뒤로 식욕이 상항진증을 보이며 9일 동안 먹고 토하기를 반복한 끝에 제 발로 프라이어리 재활원에 들어갔다.

나는 갓난아기를 유모차에 태우고 그녀를 만나러 갔다. 애정에서 비롯된 행동이었지만 프라이어리 재활원이 궁금하기도 했다. 나는 철저하게 망가진 유명인사들을 정상인으로 되돌리기 위해 엄청난 마약을 처방하는, 아름다운 장식으로 둘러싸인 마르몽 성 따위를 예상하고 있었다.

하지만 프라이어리 재활원의 내부는 중하류층 가족이 변두리에서 운영하는 호텔처럼 보였다. 그런 호텔에서 나는 냄새도 풍겼다. 빛바랜 소용돌이무늬 카펫, 티크 무늬 화재비상문. 냄새로 판단하건대 어디선가 미심쩍은 가마솥에 고기 조각이라도 끓이는 모양이었다. 신들의 거처인 올림피아라기보다는 전철역인 올림피아 역을 떠올리게 하는 모양새였다.

내 친구는 침대 끝에 걸터앉아 줄담배를 피우며 정서적인 문제가 있는 사람들만 모여있는 기관은 전혀 재미가 없다고 말했다.

"집단 내 서열이라는 게 있어." 그녀가 한숨을 쉬며 말했다. 그녀는 엄지손톱으로 큐티클을 긁어내고 있었다. 조금 전 바닥에 쏟아버린 아침식사 냄새를 가리기 위해 재스민 향초를 피워놨지만, 그녀의 분노는 가려지지 않고 있었다.

"헤로인 중독자들은 코카인 중독자들을 깔봐. 코카인 중독자들은 알코올 중독자들을 깔보지. 그리고 모든 사람들은 말랐건 뚱뚱하건 섭식장애자들을 인간쓰레기라고 생각해."

불행에도 서열이 있다니. 이토록 좁아터진 공간에서도. 변태적이고 자기파괴적인 모든 문제들이 한 사람을 심각하게 망가뜨릴 수 있다고 여겨지는 와중에서도 먹는 문제는 제외된다는 것이 놀라웠다.

데이빗 보위로 예를 들어보자. 그는 코카인에 취해 오줌을 병에 담아 냉장고에 보관했다. 마법사가 '훔쳐갈지도' 모른다고 두려워했기 때문이었다. 그렇게 자신의 오줌을 햄 옆에 보관했음에도 데이빗 보위는 여전히 쿨한 존재다. 록 스타답게 코카인을 남용하는 것 따위는 이제 진절머리가 난다는 보위를 누가 싫어할 수 있겠는가? 감히 데이빗 보위를!

아니면 키스 리처드는 또 어떤가. 그는 '글리머 트윈스'로 활동을 하던 시절, 눈에 보이는 모든 것들을 콧방귀를 뀌어대며 거부했고, 줄담배를 피우며 술을 마셔댔는데도, 모두들 그를 사랑했다! 그가 어떤 사람이었냐고? 그루피 2명이 면전에서 섹스를 하다가 우발적으로 머리에 불을 붙였는데도 그는 신경 쓰지 않았다! 로큰롤!!! 그는 롤링 스톤스였다!!!

어쨌거나 그들이 마치 걸어 다니는 유령 — 미친 사람처럼 몸을 떨고, 신뢰할 수 없고, 극도로 미친 짓을 좋아하고, 시간을 낭비하고, 여기서 저기로 이동하는 기본적인 방법이 발목을 움직이는 것이라는 사실도 잊은 듯한 — 처럼 보인다는 사실에 우리는 다소 문화적인 전율을 느낀다. 한 사람이 이렇게 망가질 수 있다는 데 대해 우리는 "허, 쿨하군!"이라는 반응을 보이는 것이다.

하지만 생각해보라. 키스 리처드가 헤로인을 맞아서가 아니라 과식을 하는 바람에 엄청나게 뚱뚱해졌다고. 그가 볼로네제 스파게티 중독이라거나 서브웨이에서 파는 팔뚝만한 미트볼 샌드위치를 들고 무대에서 연주를 하는 도중에 크게 한 입 베어 무는 꼴을 보고 있다고. 길거리를 뒤뚱뒤뚱 돌아다니다가 데어리아

Dairylea 치즈를 와구와구 삼키는 꼴을 보고 있다고 말이다. 공연이 끝나고 환락의 밤을 맞이한 키스 리처드가 섹시한 인형 같은 여자들이 돌아다니는 펜트하우스 한가운데 놓인 실크를 씌운 어마어마한 크기의 물침대 위에 늘어져 소금과 식초를 친 홀라후프 샌드위치와 초코파이를 쟁반 째로 먹는다고 생각해보라.

《사탄 폐하의 명령Their Satanic Majesties Request》을 발표했던 당시, 사탄 폐하가 38인치의 허리둘레를 지니고 있었다면, 뱃살을 출렁거리며 기타를 연주하는 롤링 스톤스를 본 모든 사람들은 그들이 로큰롤 정신을 망치고 있다며 조롱했을지도 모른다.

하지만 뚱뚱한 키스 리처드는 착한 예쁜이처럼 행동하겠지. 오전 8시에 일어나 호텔방을 단정하게 정리해놓고 모두에게 감사의 말을 하며 하루에 12시간씩 작업할지도 모른다. 48시간 동안 무단외출도 하지 않을 것이고, 주머니에 죽은 금붕어를 갖고 돌아오거나 앨런 팩이란 이름의 떠돌이 친구를 데려오지도 않을 것이다.

사람들이 과식을 하는 이유는 마시고, 피우고, 아무하고나 섹스하거나 약을 하는 것과 정확히 같은 이유 때문이다. 나는 과식이 단순히 건강한 탐욕 — 이 세계가 라블레적이고 폴스태프(뚱뚱하고 쾌활하며 잘 먹고 잘 마시는)적인 감각의 즐거움으로 넘쳐난다고 생각하면서 즐겁게 빵과 고기와 와인을 사들이는 — 이라고 주장하려는 것은 아니다. 포동포동하게 살이 오른 사람은 식탁을 떠나며 "정말 훌륭한 식사였어!!"라고 말하고, 곧장 불가로 가서 포트와인을 마시며 송로버섯을 먹는 법이다. 그들은 음식과 유대감을 느낀다. 그들은 음식을 먹고 몸무게가 몇 킬로그램쯤 더 나가게 되더라도 별 신경을 쓰지 않는다. 그들은 제 몸무게가 괜찮다고, 모피코트나 다이아몬드 허리띠처럼 그저 조금 사치스러운 것뿐이라고, 초조하게 숨기거나 사과를 해야 하는 무엇이 아니라고 생각한다. 이런 사람들은 '뚱뚱한' 것이 아니다. 그저… 풍만한 것일 뿐이다. 송로버섯 오일이 떨어지거나, 무척 기대했던 맛조개 요리가 슬프게도 실망스러운 경우를 제외하면, 그들은 먹는 데 문제를 느끼지 않는다.

나는 음식에 관한 생각을 할 때마다 즐거움이 아닌 강박을 느끼는 사람들을 이야기하는 것이다. 음식과 음식의 효과에 대한 강박은 정상적인 사고를 제대로 기능하지 못하게 한다. 아침을 먹으면서 점심을 생각하고, 튀김을 먹으면서 푸딩을 생각하는 식이다. 이런 사람들은 미치기 직전의 상태로 부엌에 들어가 숨도 쉬지 않고 빵과 버터를 연신 집어삼킨다. 맛도 느끼지 못하고, 씹지도 않으면서. 그들이 삼키는 것은 공포다. 먹고 삼키는 반복적인 행위가 일종의 명상에 가까워질 때까지 말이다.

이처럼 무아지경과 유사한 상태에 빠진 당신은 10분이나 20분쯤은 일시적인 안도감을 느끼지만, 곧바로 새로운 종류의 감각 — 뱃속의 더부룩함, 엄청난 후회 — 이 밀려온다. 그러면 당신은 술이나 마약을 그만둘 때처럼 숟가락을 내려놓을 수밖에 없다. 자기위안을 위한 과식은 결국 자기파멸에 이르는 지름길이다. 먹고, 섹스하고, 마약을 하면 일시적인 안도감을 얻을 수는 있지만, 결국 스스로에 대한 책임감이나 자신감은 잃어버리게 되고 만다. 이 점은 반드시 잊지 말아야 한다.

과식은 선택의 문제다. 우리가 선택할 수 있기 때문에 모든 중독 가운데 최하의 중독으로 간주되는 것이다. 당신에게는 아무런 문제가 없는데도 과식함으로써 스스로를 망치게 되는 것이다. 뚱뚱한 사람들은 자신을 쓸모없는 짐짝처럼 만드는 과식이라는 중독에 '사치스럽게' 빠져들지 않는다. 그 대신, 그들은 누구에게도 불편을 초래하지 않는 방식으로 서서히 자신을 파괴한다. 남성들에 비해 여성들이 이런 선택적인 중독에 빠져들기 쉽다. 조용히 몰래 식탐을 해결하는 주부들, 사무실 서랍에 들어 있는 초코바들, 늦은 밤 냉장고만이 유일하게 불을 밝힌다는 것은 불행한 일이 아닐 수 없다.

나는 가끔, 나쁘기는 매한가지지만 쿨하다고 여겨지는 로큰롤풍의 중독과 같은 잣대로 과식을 평가해야 정당한 것은 아닌지 궁금하다. 여성들은 자신의 음식에 관한 악덕을 더 이상 은밀하게 감추지 말고, 다른 종류의 중독자들처럼 공공연히 드러내야 하는지도 모른다. 지친 표정으로 한숨을 내쉬며 사무실에 들어와 "세상에, 어젯밤 양고기 파이 한 판을 다 먹어치웠지 뭐야. 못 믿겠지? 밤 10시에 파이 한 판을 다 먹다니! 고기가 정말 먹고 싶었나봐!"라고 말하는 것이다.

아니면 친구 집에 쳐들어가 테이블에 핸드백을 척 올려놓고 이렇게 말할 수도 있다. "오늘 애들과 끔찍한 하루를 보냈어. 지금 당장 크림 크래커와 치즈 여섯 개를 먹어치울 거야. 아니면 스트레스를 풀 길이 없어."

그러면 사람들은 자신들의 문제를 다른 모든 사람들에게 솔직하게 말하는 것처럼 당신의 문제에 대해서도 솔직하게 말할 수 있게 될 것이다. 당신은 이런 대답을 들을 수도 있다. "헉, 친구야. 그렇게 혈당 수치만 올리는 탄수화물은 덜 먹는 게 좋지 않을까. 사실은 나도 그래. 나도 간밤에 전자레인지에 돌린 라자냐를 세 시간 동안 먹었어. 우리 잠시 시골에라도 다녀오자. 가서 머리를 싹 비우고 오는 거야."

바로 지금, 비만강박증에 빠져있는 이 사회에서 비만에 대해 말하지 않는 유일한 사람들은 '실제로' 뚱뚱한 사람들뿐이다.

성희롱을 당했어!

그렇게 몸무게를 줄인 나는 드디어 드레스를 입을 수 있다. 직업도 생겼다. 이제 나는 사람들이 흔히 《NME》와 혼동하는 주간 음악잡지 《멜로디 메이커》에서 중요한 일을 한다고 떠벌릴 수 있게 되었다. NME가 우리보다 훨씬 더 유명하기는 하지만, 나는 우리가 더 쿨하다고 생각한다. NME에서 일하는 사람들은 자기들도 실제로 마약을 하면서 이것에 관해 기사를 쓰는 법이 없다. 하지만 멜로디 메이커는 이에 관한 특집기사를 싣는다.

NME에서 일하는 사람들은 모든 사람들의 존중을 받으며 방송에서 고공행진을 하는 정상적인 남자들인 반면, 《멜로디 메이커》에서 일하는 사람들은 〈에덤스 패밀리The Adams Family〉에 나오는 인물들처럼 보인다. 편집회의를 하는 동안에도 다들 〈스타워즈〉에 나오는 술집에서 문전박대를 당하다가 여기 온 사람들처럼 행동한다.

우리는 서로 어울리지 않는 이상한 그룹이다. 이곳의 모든 사람들은 저마다 다른 이유들로 인해 사회 부적응자가 되었다. 머리를 괴상한 색으로 염색한 몇몇 사람들은 구식 성희롱을 일삼는데, 그들에게는 1976년 이후로 술집을 떠난 적이 없는 듯한 기이한 분위기를 풍긴다. 존경할 수 있을 정도로 혁신적인 비정상을 선보이는 다른 몇몇 사람들은 런던이 아닌 다른 도시라면, 이 잡지사가 아닌 다른 회사라면 도저히 받아줄 수 없을 것처럼 보인다.

프라이시는 웨일스 출신의 고스족으로, 드레드로 땋은 머리를 두 갈래로 묶고 다닌다. 그는 검정 립스틱과 매니큐어를 칠하고 공연장으로 가서 맨 앞자리를 차지했고, 또 다른 공연장에는 검정 레이스 부채와 말리부 술병을 들고 사무실을 떠났다. 그에게 말을 붙여본 사람이라면 누구나 그가 이성애자이며 지구인이라는 데 놀라고는 한다.

벤 터너는 13세 아이처럼 보이는데, 머리카락을 빡빡 밀어버린 조그만 머리통을 소유하고 있다. 그를 처음 봤을 때 나는 그가 '생명의 기적 재단'에 하루만 '진짜 음악잡지 사무실'에서 일하게 해달라는 소원을 적은 편지를 보낸 백혈병 꼬마가 아닐까 생각했다. 몇 주일이 지나고 나서야 나는 비로소 그가 다 큰 어른이며,

내가 생각했던 대로 백혈병을 극복하고 베스티벌 페스티벌Bestival Festival을 개최한 영국 댄스음악의 권위자라는 것을 알게 되었다.

40대 후반인 에디터 존시는 강인한 들소처럼 보인다. 하지만 그의 머리카락은 어울리지 않게도 반짝반짝 빛나는 화려한 적갈색이다. 바에서 뒤돌아 앉아 있는 그를 보고 남자들이 종종 성적인 농담을 던지고는 하는데, 그가 뒤를 돌아보면 남자들은 혼비백산해 소리를 지르며 도망친다.

스터드 브라더스는 가죽옷을 입고 다니는데, 저속한 부두노동자들처럼 욕을 입에 달고 산다. 그는 전날 밤의 숙취가 남아 있는 상태로 출근해 책상 앞에서 엎져져 자는 일이 잦다. 사이먼 레이놀즈는 고상한 옥스포드 대학을 졸업했는데도 당최 듣기 힘든 최첨단 댄스뮤직에 빠져들어 있고, 총을 지닌 사람들이 출입하는 클럽에서 시간을 보낸다. 그가 너무 똑똑한 나머지 우리들은 그와 이야기 나누기를 꺼린다. 피트 퍼파이즈는 아바, 이엘오, 크라우디드 하우스, 비지스의 앨범 전작을 듣고 버밍엄에서 튀김집을 하는 부모님 곁을 막 떠나왔는데, "음악이 없으면 지나치게 쿨하거나 지나치게 이상하거나 지나치게 겉돌게 된다."는 철학을 갖고 잡지사에 다니고 있다. 그는 언제나 막스앤스펜서의 편해 보이는 카디건을 입고 있다.

그리고 여기, 모자를 쓰고 줄담배를 피며 더 원더 스터프를 헐뜯는 사람들의 정강이를 걷어차는 울버햄튼 출신의 16세 소녀가 있다. 출근 첫 주에 나는 데이비드 베넌에게 피 맛을 보여주었다. 20년 뒤 우리는 맨체스터에서 열린 레이디 가가의 공연에서 마주쳤는데, 그는 대똥 바지자락을 걷어 올리고는 내가 남긴 흉터를 보여주었다. 그는 내가 누군가를 26층 창문에서 밀어버리겠다고 위협했던 적도 있다고 말해주었다. 그리고 그때 다른 직원들은 그저 컴퓨터 키보드를 조용히 두드리고만 있었다고도 했다. 확실히 정상적인 직장은 아니었다.

하지만 오히려 그래서 우리는 쿨하다고 생각한다. 물론 NME는 정확히 같은 이유에서 우리를 바보들이라고 생각하지만.

내가 집 밖으로 나와 어른들을 만난 것은 이번이 처음이다. 그 전까지 내가 경험한 사회란 앞머리를 길게 기르고 부츠를 신은 10대들로 가득한 작고 어두운 술집 화장실이나 댄스 플로어가 전부였다. 그곳들은 본질적으로 술을 파는 놀이터나 다름없었다. 우리는 분명 순수했다. 우리의 얼굴은 자외선을 받아 하얗게 빛나는 이빨처럼 반짝이고 있었다. 그렇다. 우리는 섹스를 하고, 싸움을 벌이고, 루머를 퍼뜨리고, 마약을 했다. 하지만 이는 발톱을 갈아낸 호랑이 새끼들이 돌아가며 서로를 때려눕히는 거나 마찬가지였다. 우리는 모두 동등했다. 우리는 비난할 줄도, 계산할 줄도 몰랐다. 한바탕 낮잠을 자고 나면 툭툭 털어버릴 수 있었다.

그러나 어른들의 세계에 진입하는 것은 경악스러운 일이다. 출근 첫날, 나는 담배를 문 채로 엘리베이터를 탔다. 나 역시 어른이라는 것을 그들도 알아주기를 바랐다. 나는 같은 이유에서 배낭에서 위스키를 꺼내 모두에게 한 모금씩 권했다. 대부분은 거절했지만, 방금 어떤 밴드의 인터뷰를 마치고 암스테르담에서 페리로 돌아온 벤 스터드는 "좋은데!"라고 활기차게 말하며 위스키를 꿀꺽꿀꺽 마셨다. 그는 홍보용으로 나눠준 프리스비 원반을 재떨이 겸 베이컨 롤빵과 집 열쇠를 안전하게 보관하는 용도로 쓰고 있다.

나는 런던에서 가능한 한 많은 사람들과 섹스를 하겠다는 결심을 굳힌 상태이다. 그러지 않을 이유가 없다. 첫 월급 — 28.42파운드 — 으로 나는 막스앤스펜서에서 레이스가 달린 예쁜 회색 팬티를 샀고, 엄마가 물려준 늘어질 대로 늘어진 팬티를 마침내 던져버렸다. 나는 이제 초라하게 보이지 않는다. 하지만 내가 시내 전체에 이런 공표를 했음에도 울버햄튼의 그 누구도 나의 처녀성을 냉큼 채어갈 생각을 하지 않는 것처럼 보였기 때문에, 나는 이런 일은 런던에서만 이루어질 수 있으리라는 결론을 내렸다. 그것은 마티니를 홀짝거리다 보면 자연스럽게 일어날 수 있는 일이었다.

그래서 나의 이달의 업무는 잡지계의 혜성 같은 신동으로 부상하는 것과 동시에 빠른 시일 내에 나와 섹스를 하게 될, 하지만 나를 희생양으로 삼지는 않을 화끈한 상대를 찾는 것이다. 그렇다. 16세인 나는 앞으로의 진로를 망치지 않으면서 16개의 바퀴가 달린 자동차, 나의 추파 트럭flirt truck을 모는 법을 배워야 하는 것이다.

직장 내 추근거림은 여성주의자들에게 골칫거리다. 공격적인 여성주의자들 대부분은 이를 절대적으로 거부한다. 그들은 추근거림을 당하는 여성은 소호의 한 상점 창가에 '모델, 18세, 손으로 해드림'이라고 적은 쪽지를 내걸고 있는 것이나 마찬가지라고 생각한다.

당신도 알다시피 많은 사람들은 추근거림을 옳지 않은 것이라고 생각한다. 여성이 원만하게 지내기 위해서는 당연히 추근거림을 받아들여야 한다는 생각은 날씬한 몸을 강요받는다거나 남자들보다 30퍼센트 적은 임금을 받게 된다거나 하는 것들과 마찬가지로 짜증스럽다.

몇몇의 여성들은 절대로 추근거리며 추파를 던지지 않는다. 단지 그러고 싶지 않아서, 그리고 그럴 만한 배짱도 없기 때문이다. 이런 여성들은 내가 공간지각 능력과 하이힐, 윗몸 일으키기를 싫어하는 것만큼이나 추근거리기를 싫어한다.

하지만 또 다른 여성들에게 추근거림이란 그저… 당연한 것이다. 이런 여성들이 몰지각해서도 아니고, 수백 년 동안 빌어먹을 가부장제 때문에 성적 대상으로 여겨져 온 데 대한 화풀이도 아니다. 이들에게 추근거림이란 단순한 행위일 뿐이다. 인생에서 맛볼 수 있는 사소한 즐거움. 이들에게 추근거림은 죽을 만큼 지겹지는 않은 상대방과 대화를 나누는 도중, 말없이 순간적으로 눈을 반짝이며 "당신이 좋아요. 당신도 나를 좋아하죠. 우리가 함께 즐거운 시간을 보낼 수 있다니 좋지 않은가요?"라는 공모를 꾸미는 것이다. 그렇다, 공모.

당신이 추파 던지기에 타고난 사람이라면, 섹스는 중요한 문제가 아닐 수도 있다. 정말이다. 당신은 누구에게나 ─ 남자들, 여자들, 아이들, 동물들 ─ 추근거린다. 심지어 티켓 판매 전화의 자동응답기에도. ("다른 선택을 원하면 3을 누르라고요? 오, 자기. 자기한테는 '좋아요' 버튼이 없는 것 같은데.")

내가 활기차게 추파를 던지는 이유는, 어차피 사람들과 종일 대화를 해야 한다면, 뭐, 새 식기세척기 배달날짜를 정하는 전화를 하더라도, 상대방에게 약간 우쭐한 기분을 느끼게 해서는 안될 이유는 없기 때문이다. 내게 추파란 〈메리 포핀스Mary Poppins〉에서 메리가 "완료되어야만 하는 모든 일들에는 재미있는 점이 있게 마련이야. 재미를 찾도록 해. 짠! 이게 일하는 즐거움이지!"라고 말하는 즐거움과 비슷하다.

하지만 멜로디 메이커에서 추파 던지기가 내게 도움이 되었을까? 내가 엄청난 성적 매력을 무기 삼아 경력을 쌓았던 것일까? 사무적으로 판단해 보자면 전혀 아니었다. 다시 생각해보면 나는 큰 모자를 쓴 술에 취한 16세 소녀일 뿐으로, 담배에 불을 붙일 때면 아직도 불을 무서워하는 아이처럼 보인다. 당시 나의 추근거리는 기술은 매우, 매우 형편없었다. 돌이켜보면 나는 미친 해적처럼 거친 윙크를 날리며 추파를 던졌던 것 같다. 또한 나는 엘리베이터가 도착하기를 기다리며 지극히 의례적인 대화를 하다가도, "야, 섹시한 삽입성교라고? 허! 섹시한데!"라는 말만 하면 온갖 성적인 문제들을 사소하게 만들어버릴 수 있다는 막연한 느낌을 갖고 있었던 것이다.

당연하게도 잡지사를 우쭐거리며 휘젓고 다니는 나는 침팬지처럼 여겨진다. 내가 과격하게 대들거나 사람들을 물려고 하지 않는 한, 그들은 나를 조용히 내버려두고 컴퓨터만 하고 있거나 그냥 밖으로 나가버린다. 그들이 나를 경계하며 무서워하지 않더라도, 어쨌거나 나 역시 그들에게 추파를 던질 생각은 없었다. 그들은 완전히 늙은이들이니까! 30대나 되어가지고! 내가 그들과 사귀기라도 하면 나는 끝없이 지방세나 이중단열 벽 따위 같은 어른들의 일에 대해 들어야 할 거였다. 지루하게. 그러니 내가 그들에게 끌릴 이유가 전혀 없었다.

그래서 나는 직장에서는 사람들에게 추근거리지 않았다. 당시 나의 성적 매력은 완전체를 향해 나가가고 있었으므로, 나는 사람들이 '버밍엄의 롤리타'를 잡아먹었다는 이유로 고소될까봐 두려워 내게 훌륭한 일거리들을 맡기지 않을 수도 있겠다고 생각했다. 하지만 나는 진심으로 공격적인 여성주의자들도 원하는 대로 추파를 받을 자격은 있다고 생각한다. 공격적인 여성주의 노선과 약간 어긋나더라도 말이다.

여성들이여, 우리는 직장에서 엄청난 약점을 갖고 있다. 당신의 남성 선배들은 남성 상사들에게 지속적으로 아부한다. 일반적인 직장은 남자들만의 세계나 다름없다. 남자들은 아부와 아첨을 통해 유대감을 형성한다. 그들은 함께 골프를 치고, 같이 축구를 보러 가고, 소변기 앞에서 잡담이 섞인 아부의 말을 늘어놓고, 유감스럽게도 퇴근 후에 스트립클럽이나 술집까지 한데 몰려가 서로에게 아부한다. 당신에게 이러한 생물학적 차이를 넘어 그들과 유대감을 형성할 방법이 있는가? 그렇다면 그 방법을 택해라. 그들과 섹스를 해서 이득을 볼 수 있다고 생각하는가? 쉬운 지름길을 찾아냈는가? 그렇다면 그 길로 가라. 그리고 다른 여자들을 비난하지 마라.

뭐, 면전에서 비난하지 말라는 얘기다. 화장실에서는 물론 언제나 남을 좀 헐뜯어도 된다.

그래서 나는 희롱하는 법을 배운다. 일 때문이 아니라 그냥 재미를 위해서다. 아, 그런데 어렵다. 지금까지 나는 자기가 희롱당하고 있다는 사실도 알아차리지 못하는 둔한 10대 남자아이들만 상대했을 뿐이다. ("그들을 구원하소서!") 그러다가 나는 내가 아직도 처녀라는 사실을 새삼 깨닫는다. 그 아이들은 내가 처녀라는 것도 알아차리지 못했을 것이다.

나는 몇 주 뒤에 열린 파티에서 영리하게 행동한다. 나는 커다란 모자 — 일기장에도 적어놓았는데, 이런 모자를 쓰면 보는 관점에 따라 내 몸이 조그맣게 보일 수 있다 — 를 쓰고, 두껍게 아이라이너를 칠하고 있다. 나는 약간 취한 상태다. 나는 바 근처에서 이레이저의 〈리스펙트Respect〉라는 곡에 맞추어 '섹시댄스'를 춘다. 그러자 정신이 몽롱해진다. 하지만 작업에 돌입하려면 좀 더 몽롱한 상태가 되어야 한다.

곧바로 한 남자가 내게 다가온다. 우리는 5분 동안 이레이저를 화제로 삼는다. 나는 그에게 주도권을 넘기려고 슬쩍 몸을 왼쪽으로 비튼다. 나는 그를 조용히 응시한다.

"괜찮아요?" 그가 약간 동요한 기색을 내비치며 묻는다. 그의 손에는 웨이터에게 맥주 값으로 지불할 5달러가 들려 있다.

"당신과 키스하면 어떤 기분일까 궁금해하고 있었어요." 나는 모자 아래로 강렬한 눈빛을 보내며 말한다. 그때는 몰랐지만, 다시 생각해보면 아마 눈을 사시로 뜨고 조심성 없는 플랑크톤을 찾아 헤매는 조개처럼 보였을 거다.

10초 뒤, 우리는 키스하고 있다. 그는 내가 단식투쟁을 하는 중이라 튜브를 통해 강제로 음식물을 집어넣어야 한다는 듯 내 목구멍으로 혀를 집어넣는다. 나는 그의 혀를 뱉어내지 않으려고 혼신의 힘을 다한다. 나는 희열을 느낀다. 세상에! 이렇게 쉬울 줄 누가 알았겠어! 그냥 키스 좀 하자고 한 것뿐인데 이렇게 바로 진행되다니! 울버햄튼에서의 전략 — 그저 남자애들 근처를 어슬렁거리며 그 애들이 우연히 내 얼굴 위로 엎어지기만을 기다리는 것, 그래서 결국 그 애들과 사귀는 것 — 은 터무니없이 아마추어적이었다. '이렇게 하면 되는 거였어, 그냥 키스를 해달라고 하면 되잖아! 맥주 한 잔 시키는 것보다 더 쉬워!'

다음 몇 주일은 흥미진진하게 흘러간다. 나는 앞으로 가능한 한 많은 사람들과 키스하는 것을 주요 과제로 삼는다. 나는 많은 것들을 알게 된다. 키스를 잘하는 사람들은 대개 언변도 좋다. 그런 사람들은 당신이 무슨 말을 던지든 재깍재깍 대답한다. 나는 소호의 어느 골목에서 누군가를 키스로 굴복시킨 뒤, 사흘 동안이나 그날의 황홀한 경험을 잊지 못해 별과 아네모네, 유사 quicksand*에 대한 끔찍한 메타포로 가득한 시를 여섯 페이지나 썼다. 어느 날 밤에는 또 다른 남자와 키스를 했다. 우리는 키스 도중에도 연신 담배를 피워댔다. 나는 그 남자가 씹던 껌까지 입에 넣어야 했는데, 나는 그 남자의 껌을 입에 물고 드라마틱하게 어깨 너머로 뱉어버리고는 관능적인 울버햄튼 억양으로 "대신 날 씹어!"라고 말했다.

하지만 음악 관련 산업은 작은 세계다. 동네 사람들은 똑같은 술집과 똑같은 공연장 대여섯 군데를 매일 밤마다 배회한다. 멜로디 메이커에서 나는 이상한 명성을 얻기 시작한다. 사무실에 불편한 분위기가 감돈다. 어떤 작가는 그 주의 가십 난에 내가 다른 작가와 사귄다는 내용을 폭로 조로 썼다. 예술 분과의 어떤 병신은 술집에서 편집회의를 하는 도중에 내가 조루증이 있는 어떤 남자와 사귄다는 말을 내뱉었다. "그러니 원피스나 빨아 입지그래?"

분과 에디터들 중 한 사람은 나를 자기 데스크로 불러 내가 방

---

* 바람이나 물에 의해 아래로 흘러내리는 모래. 사람이 들어가면 늪에 빠진 것처럼 헤어 나오지 못한다.

금 써서 제출한 특집 기사가 커버 기사로 실릴 수 있을 거라고 말한다. "그러니까 우리가 그 얘기를 하는 동안 내 무릎에 좀 앉아 있지 그래?"

와우, 나는 생각한다. '이런 게 바로 성희롱이군! 나도 성희롱을 당하네! 이 사무실에는 진보적이고 자유주의적인 사회 부적응자들로만 가득한 줄 알았는데, 나를 야한 여자로 생각하는 사람들이 몇 명은 있었어!' 어떻게 보면 흥분되는 일이기도 하다. 지금까지는 누구도 나를 거들떠보지도 않았는데, — 내가 나의 성적 매력에 대해 마지막으로 고찰해본 때는 불량배들이 내게 돌을 던졌던 그 생일날이었다. — 이제는 내가 갈보로 여겨지게 되었다면, 이건 분명 일종의 승진이었다. 나는 이제야 여성으로 향하는 계단을 한 칸 뛰어오른 거였다.

나름대로 장족의 발전이었다.

한편, 나는 지금 상황이 짜증스럽기도 하다. 나는 가부장제도가 활발한 성생활을 하는 여성들을 단죄하는 소설들을 많이 읽었지만, 이 책들은 그 다음에는 어떤 일이 벌어지는지를 알려주지 않는다. 이런 여성들은 대체로 황야지대에서 죽거나, 애틀랜타 사회에서 배제되거나, 딸이 방직공장으로 팔려가기 전에 독극물을 삼킨다. 19세기 여성들의 대처방식은 내게 그다지 도움이 되지 않는다. 별다른 롤모델을 찾지 못한 나는 그저 어릴 때 하던대로 하기로 한다. 서로 정기적으로 주먹다짐을 벌였던 여덟 명의 아이들 중 가장 맏이인 나는 멜로디 메이커에서 독불장군으로 군림하는 전략…을 세운 것이다. 나는 "그러니 원피스나 빨아 입어!"라는 말을 했던 예술 분과의 남자에게 위스키 더블샷을 사라고 한다. 가십 난에서 나를 씹었던 남자는 모든 직원들이 보는 앞에서 의자에 올라가 내게 사과를 해야 했다. 그러는 동안 나는 그를 손가락질하며 "그 칼럼은 재미도 없었어."라고 비웃었다. 아마 이보다 더한 모욕은 없을 것이다.

분과 에디터가 자기 무릎에 앉아 '승진'에 대해 상의하자고 했을 때, 그를 놀리고 싶었던 나는 그의 무릎 위에 있는 힘을 다해 푹 눌러앉았고, 그 상태로 담배를 피웠다.

"혈액순환 안 되시죠?" 나는 명랑하게 물었고, 그는 땀을 흘리며 기침을 했다.

그렇게 나는 처음으로 커버 기사를 맡게 된다. 그는 회의실에서 10분 동안이나 저린 허벅지를 문지른다.

한편으로 나는 어째서 내가 사무실의 웃음거리가 되었는지를 알아차린다. 솔직히 말해서 나는 발정난 여자 팩맨처럼 돌아다닌다. 사방을 들쑤시고 다니면서 입을 닫았다 벌리며 사람들의 얼굴을 빨아들이고 있는 것처럼 보였던 거다. 그러니 웃음거리가 되지 않을 수 없다. 제기랄, 억울한 기분이 든다.

그들이 내게 농담처럼 던진 말들은 전혀 '재미있지' 않다. 이런 말들에는 이상한 분위기가 감돈다. 뭐랄까… 묘하게 말을 꼬아 내 성질을 더 돋우는 말들이다. 게다가 사무실에서 나와 키스했던 남자들은 이런 농담을 하지 않는다. 그들은 내게 푹 빠져 있으니까. 이런 농담은 어둠의 자식들인 모양이다. 내가 한낮의 사무실을 빠져나와 내가 어른이며 어른들과 어울리고 있다는 사실을 증명하기 위해 담배를 피울 때 느껴지는 어둠 말이다. 불편한 어둠.

오늘날의 성희롱은 마치 새로 개봉한 영화에 출연한 메릴 스트립 같다. 당신은 메릴 스트립을 한눈에 알아보지 못한다. 하지만 공룡이나 우주전쟁, 향수병에 걸린 연방군인들을 20분쯤 재미있게 지켜보던 당신은 갑자기 깨닫는다. "세상에, 가발을 쓴 거였어. 메릴 스트립이었잖아!"

마찬가지로 여성들은 파티장에서 나와 버스를 타고 집에 가서 세수를 하고 《여성, 거세당하다》를 20분쯤 읽은 뒤, 불을 끄고 누웠다가 갑자기 벌떡 일어나 소리치게 된다. "가만, 오늘 성희롱을 당한 거였잖아! 분명 성희롱이었어! 그 남자가 나를 '착한 가슴'이라고 불렀던 건 분명 성희롱이야! "내 이름을 잘못 발음한 게 아니잖아!"

물론 전에는 더욱 알아차리기 힘들었다. 여성주의의 제2의 물결과 정치적 정당성political correctness 대한 문제가 대두되고, 여성들이 핸드백 안에 전기 충격기를 넣고 다니기 전까지, 성희롱은 어디에나 만연해 있었다. 당신은 항상 다음과 같은 말을 들어야 했다. "당신의 한계를 알아라, 여자여." "차 한 잔 갖다 줘, 자기." "가슴 한번 엄청나네." 그리고 고작 열두 살짜리 남자아이들 앞을 지나가더라도 당신은 항상 늑대들의 휘파람 소리를 들어야 했다.

섹스 코미디쇼 〈베니힐쇼〉에서 베니 힐이 손가락을 음란하게 움직이며 사무실을 어슬렁거리는 것은 그 시절에는 '가벼운 유희'라고 할 수 없었다. 그저 일상이었을 뿐이니까. 성희롱은 어디에나 만연해 있었다. 얼토당토않은 순간에도 말이다. 최근에 나는 〈그레고리의 여자Gregory's Girl〉*를 다시 보았는데, 여학생 수잔이 다가오자 요리교사가 그녀의 엉덩이를 잡는 장면을 보고 놀라지 않을 수 없었다. 하지만 영화에서는 여학생도 교사도 아무렇지도 않아 보였다. 다른 영화도 아닌 〈그레고리의 여자〉에서! 나는 이 영화가 여성주의의 선구자인 메리 울스턴크래프트의 《여성의 권리 옹호Vindication of the Rights of Women》를 다루고 있다고 생각했다! 비록 바비 인형을 끌어안고 자는 어린이들을 위한 유치한 영화일지라도!

하지만 당시에는 누구도 그런 것에 대해 싫은 소리를 할 생각조차 하지 못했다. 명랑하고 공개적으로 여학생의 몸에 손을 대는 행위는 그저 건강하고 훌륭한 영국적 추근거림에 불과했다. 이렇게 젊은 여성을 다루는 방식은, 포크에 둘둘 말아올린 치즈나 시드르 사과술 통에 기형아를 익사시키는 것과 마찬가지로 우

---

* 빌 포사이스 감독. 축구에 재능이 있어 학내 축구팀에 끼고 싶은 소녀 도로시가 축구 실력이 뛰어난 그레고리에게 접근하면서부터 벌어지는 사랑스럽고 유쾌한, 가슴이 따뜻해지는 영화.

리에게 남겨진 유산의 일부였다.

목재 골조 건물들과 스톤헨지가 여전히 우리 곁에 남아 있듯, 이런 구식 성희롱은 오늘날에도 건재하고 있다. 나는 별 기대 없이 트위터에 최근 어처구니없는 성희롱을 당한 사람이 있느냐는 질문을 던졌는데, 30초 만에 수없이 많은 경험담들이 날아왔다. 이런 경험담들은 그 후로도 4일 동안이나 계속 쏟아져 들어왔다.

내가 받은 2,000여 통의 답장들은 여성들 사이에 일파만파 퍼져 결국 크나큰 논쟁을 이끌어냈다. 많은 여성들은 자기가 겪었던 사례들이 다른 사례에 비해 사소하지 않다고 주장했다.

그중에서도 뒷목을 잡게 만든 몇몇 사례들을 소개하겠다.

"상사가 이렇게 말한 적이 있어요. '우리는 전부 로지Rosie를 생각하면서 자위를 하지. 하지만 나만이 사무실에서 자위할 수 있는 유일한 사람이야.'"

"어떤 남자가 갑자기 차에서 뛰어내려 다가오더니 버스를 기다리던 내 치마를 걷어 올렸어요. 내가 스타킹을 신었는지 타이츠를 신었는지 보려고요."

"포드 자동차 공장에서 일한 적 있는데 다른 직원들이 하나같이 내가 작업장을 지나갈 때마다 '착한 가슴'이라고 불러댔어요."

구식 성희롱은 분명하지만 느린 속도로 우리를 끔찍한 무기력과 절망에 빠뜨렸다. 하지만 차라리 예전이 낫다. 세월이 흐르고 세상이 복잡해질수록, 온갖 종류의 성희롱들이 다양한 방식으로 등장하게 되었다. 판이 더러워진 것이다. 돼지처럼 성희롱을 일삼는 여성들까지 생겨났고, 남자들은 이를 '역설적인 성희롱'으로 맞받아친다. 당신을 '착한 가슴'이라고 부르고 "난자 샌드위치나 하나 만들어 줘."라고 말하면서 전부 농담이라고, 그러니 우리도 따라 '웃으라고' 하면서.

오늘날에도 여성에 대한 더러운 성희롱은 너무나 만연해 있고, 겉으로는 드러나지 않는 경우가 많다. 이들에 맞서 싸우기란 복도를 잠식한 곰팡이들을 빵 자르는 칼 하나만 가지고 전부 없애버리겠다고 나서는 것이나 마찬가지다. 인종차별주의나 반유대주의, 호모포비아와 마찬가지로 오늘날의 성희롱은 점점 더 교활해지고 있다. 음흉하고 교활하게. 자신의 정체성을 숨기는 인종차별주의자는 공개적으로는 결코 '깜둥이'라는 말을 입에 올리지 않겠지만, 흑인들은 리듬감을 타고났다거나 프라이드 치킨을 좋아한다*는 언급을 슬며시 할 수는 있다. 이와 유사하게 자신의 정체성을 숨긴 여성혐오자들은 다양한 단어들과 언급들, 문구들, 태도들로 여성들을 절망에 빠뜨리면서도, 그들이 실제로 어떤 행위를 하고 있는지를 공개적으로 밝히지는 않는다.

예를 들어 사무실에서 사소한 말다툼이 벌어졌다고 하자. 당신은 어떤 프로젝트와 관련해 다른 의견을 표명한다. 남성 동료

---

* 프라이드 치킨은 과거 백인 주인들이 닭 요리를 해서 먹고 남은 닭의 목, 날개, 발 등과 같은 뼈 부분을 흑인 노예들이 먹기 쉽도록 튀긴 데서 유래한 음식이라고 한다.

가 기분 나쁜 얼굴로 사무실을 나갔다가 돌아와 당신의 책상에 탐폰 한 상자를 올려놓는다.

"아까 당신 감정상태를 보아하니, 이게 필요한 것 같아서." 그가 비열한 웃음을 흘리며 말한다. 몇몇 사람들이 킬킬거린다.

당신은 어떻게 하겠는가? 만약 당신이 준비성이 철저한 사람이라면, 당신은 서랍을 열어젖히고 한 쌍의 고환을 꺼내 책상에 올려놓으며 이렇게 대답할 수 있을지도 모른다. "우리가 아까 말다툼을 할 때 당신이 얼마나 줏대가 없었는지 알아? 당신한테는 이게 필요할 것 같네." 하지만 유감스럽게도 세상에서 가장 준비성이 철저한 여성이라 할지라도 서랍 안에 여분의 고무 불알 한 쌍을 갖고 있지는 않을 것 같다.

아니면 친구들과 어울릴 때는 어떤가? 당신은 다른 가족들과 휴가를 떠났다. 당신은 아이들을 돌봐야 한다. 당신은 남자들이 육아와 집안일을 절반도 하지 않는다는 것을 알아차린다. 그들은 부인들이 감자 껍질을 벗기고 똥 범벅이 되어 시끄럽게 울어대는 아이들을 깨끗하게 씻기는 동안 안락의자에 파묻혀 침착하게 아이폰으로 앵그리버드를 하는 데 놀라운 재능을 갖고 있다.

스트레스를 받은 여자들이 오후 4시부터 주방에 선 채로 위스키를 꿀꺽꿀꺽 마셔대는 동안 남자들은 안타깝다는 듯 이렇게 말한다. "내가 서투른 걸 어떡해."

이상적인 상황이라면 당신은 어느 정도 큰 아이들에게 초코바를 주는 대가로 《여성, 거세당하다》의 몇몇 대목들을 말해줄 수도 있다. 아니면 '1600년대부터 오늘날까지, 가사일의 변천사'라는 제목의 아이폰 앱을 켜 놓고 맥주를 마시는 남자들에게 좀 보라고 할 수도 있다. 하지만 뭐, 누가 이런 '재미있는' 읽을거리를 보려고 하겠는가?

여성 트위터 사용자들에게 개별적인 성희롱(성차별) 사례들을 말해달라고 요청했을 때, 나는 점점 더 그것들이 교활하고 뻔뻔해지고 있으며 더 역겹다는 것을 깨달았다. "회의가 있는 날에는 더 이상 하얀 상의에 검은 스커트를 입지 않아요. 커피 휴식 때 사람들이 내 뒤에 줄을 서더라고요. 내가 웨이트리스인 줄 알았다면서요." 방금 해고당한 한나는 상사에게 다음과 같은 위로의 말을 들었다. "걱정 마, 자기. 그래도 자기 다리 하나는 죽여주잖아."

이런 사례들이 더 위험하고 불쾌하게 여겨지는 이유는 다음과 같은 의심이 들기 때문이다. 대체 어떤 목적이 있어서 그러는 걸까, 아니면 멍청하고 머리가 나빠서 어쩌다 성희롱적인 발언을 한 걸까? 일례로 '다리 하나는 죽여주잖아'라는 말은 그녀가 실제로 멋진 다리의 소유자인가 아닌가와는 관계없이 너무나 막돼먹은 발언이라 할 수 있다. 그녀가 계속해서 짧은 치마를 입고 멋진 다리를 드러내는 한에서만 그녀는 직장에서 '괜찮을' 것이다. 하지만 그녀가 나이 들어 바지를 입고 효도화를 신기 시작하면, 그녀는 더 이상 괜찮지 않을 것이다.

당신은 어떻게 생각하는가? 우리는 유머도 못 알아듣고 소리나 꽥꽥 질러대는 골치 아픈 존재인가? 차를 끓이는 당신을 보고 사람들이 "우유 넣어줘, 설탕은 빼고. 과자도 좀 줄래?"라는 소리를 할 때도 어깨나 한번 으쓱하고 말아야 하는가?

간단히 말해서, 당신은 이런 성희롱을 당할 때 어떻게 대처할 것인가?

이런 문제에 가장 도움이 되는 것은 다음 질문을 적용해보는 것이다. '정중한가? 혹은 정중하게 말했더라도, 남성과 여성을 구분할 것 없이 인간 대 인간으로 상스럽게 굴지는 않았나?'

결국 이것은 성희롱이 아니라 '예의'에 관한 문제다. 당신이 콜롬보 형사처럼 고개를 약간 끄덕이며 "미안해요, 하지만 약간… 무례하시네요."라고 말한다면, 남자들은 즉각 사과의 말을 할 것이다. 왜냐하면 지구상에 넘쳐나는 꼰대들은 무례하다는 말을 들으면 어쩔 줄 몰라 하기 때문이다.

우리는 현대적이고 교활하고 음흉한 여성혐오의 정체에 대해 끝없이 논의할 수 있다. 하지만 그의 어머니라도 자식의 뒤통수를 후려칠 만큼 무례하고 비신사적인 행동은 논쟁거리조차 아니다. 다시 한 번 말하지만 이 문제는 '남자 대 여자'의 문제가 아니다. 오직 '사람 대 사람'의 문제일 뿐이다.

'사람들'이라는 세계를 전체적으로 놓고 봐야 한다. 나의 세계관에 따르면, 우리 모두는 결국 이 세상에서 서로 잘 지내기 위해 노력하는, 하지만 저마다 추잡한 구석이 하나쯤은 있는 사람들이다. 나는 여성우월주의자도 아니고, 남성반대론자도 아니다. 나는 60억 명의 인류가 다들 행복하기를 바란다.

나는 여기서 남자들, 남성성, 사내다움이 문제라고 생각하지 않는다. 성희롱은 분명 '남자 대 여자'의 문제가 아니다. 남자가 남자인 이유는 단순히 남자이기 때문이다. 물론 개중에는 남성적인 여성들이 있고, 여성적인 남성들도 있지만, 이건 다른 문제다. 남자들이 이런 짓을 하는 것은 여자들의 '여성다움' 때문이 아니다. 게다가 나는 성별 자체가 문제라고 생각하지도 않는다.

성인들의 세계 ─ 일, 연애, 결혼, 하지만 솔직히 말하면 주로 술집에서 벌어지는 일들 ─ 에서 남자들과 여자들이 교류하는 방식을 관찰하면서부터, 나는 그리어 여신을 포함한 다른 많은 사람들과는 달리, 남자들이 은근히 여자들을 싫어한다는 믿음을 버리게 되었다. 남자들이 여자들을 싫어하는 까닭은 페니스와 테스토스테론이 질과 에스트로겐에 대항해 전쟁을 벌이기를 원하기 때문이라는 믿음을.

그렇다. 내가 늘 반쯤 취한 상태이기도 하고, 가끔 아이라인을 너무 진하게 그리는 바람에 눈이 멀었는지도 모르겠지만, 나는 이 문제를 남성과 여성의 대결로 생각하지 않는다. 다만 나는 승자와 패자만을 볼 뿐이다.

대부분의 성희롱은 남자들에 의해서 일어나고, 여자들은 패자의 위치에 처한다. 문제는 여기 있다. 우리는 패자다. 남자들은 우리에게 2인자의 자리만을 내어주거나, 혹은 그마저도 주지 않는다. 이는 여성주의가 대두되기 전에 태어난 남자들이 자라온 방식이다. 2류 계급의 어머니들, 결혼에 목숨 거는 여동생들, 비서학교에 진학하지만 결국 주부가 되는 여성 학우들, 사회에 참여하지 못하는 여성, 그리고 사라지는 여성.

우리가 다니는 큰 회사의 최고경영자들, 주식시장의 큰손들, 정부의 주요인사들이 바로 이런 남자들이다. 그들은 근무시간과 출산휴가, 경제적 우선권과 사회보장제도를 결정한다. 그들에게는 평등이라는 개념이 없다. 그들의 혈관에는 구운 푸딩과 엉덩이 때리기, 골프와 함께 성차별이 흐르고 있다. 그들은 자동적으로 여성을 '타자'로 취급한다. 일하는 여성, 자주적인 여성에 대한 그들의 편견은 그들이 죽고 나서야 사라질 것이다.

여성주의의 태동 이후 태어난 남자들, 여성학 수업과 여성주의자들의 시위, 아침마다 출근하는 어머니를 보고 자라난 남자들조차도 여성의 평등은 '이론적'으로만 알고 있다. 그들은 이론적으로만 여성들을 존중하고, 거대한 역사가 어떻게 진행되어왔는지에 대해서는 관심이 없다. 그들의 마음속에는 '여자들이 진짜 남자들과 동등한 존재야? 증거가 뭐지?'라고 묻는 조용한, 그러나 완전히 사라지지는 않은 목소리가 울리고 있다. 그리고 이런 목소리는 남자들의 마음속에만 있는 것이 아니다. 여자들의 마음속에도 있다.

아마존 부족과 모계사회, 그리고 클레오파트라를 지지하는 급진적인 여성주의 역사학자들 ─ 남자든 여자든 ─ 조차도 여성들이 지난 10만년 동안 어처구니없는 취급을 받아왔다는 사실을 감출 수는 없다. 자, 받아들이자. 여성에게도 영광스럽고 창조적인 남자들과 동등하게 대접을 받았던 평행 역사가 존재한다는 생각을 버리자. 역사는 '남자들'의 것이었다. 여자들의 역사는 존재하지 않는다. 여자들의 제국, 군대, 도시, 예술작품, 철학자, 독지가, 발명가, 과학자, 우주인, 탐험가, 정치인, 유명인사 등은 모두 1인용 가라오케 부스 하나에 들어갈 수 있다. 우리에게는 모차르트도, 아인슈타인도, 갈릴레이도, 간디도 없다. 비틀즈도, 처칠도, 호킹도, 콜럼버스도 없다. 우리에게는 아무도 없다.

지금까지 남자들이 역사를 독식해왔다. 이를 구태여 완강히 거부하려고 한다면, 우리의 기나긴 싸움은 더욱 어려워질 것이다. 이전의 여성해방운동에서는 여자들에게도 영웅이 있었지만, 단지 남자들처럼 성공적이지 못했을 뿐이라고 우기는 태도가 있었다. 하지만 이는 겨우 여자들이 남자들처럼 훌륭하지 못하다는 믿음에 힘을 실어주었을 뿐이다. 지금까지의 상황을 있는 그대로 받아들여야 한다. 명예나 우월함이나 성공은 모두 남자들만의 것이었다. 여성들은 시작도 하지 못한 채로 패배했다. 사실, 우리는 한 번도 시작한 적이 없다. 시작조차도. 하지만 이제는 달라졌다.

내가 일하는 사무실은 그렇지 않다. 멜로디 메이커는 훌륭하고 자유민주적인 남성들로 가득하다. 내가 경험했던 성차별은 전부 다른 멍청이들에 의한 것이었다. 나와 같이 일하는 음악 평론가들은 생각보다 훨씬 여성주의적이다. 훗날 나의 남편이 된 한 평론가는 여성이라면 결코 하지 않을 쓰레기 같은 일들을 벌이는 남성들의 습성을 내게 가르쳐준다. 그는 늘 카디건 차림이고, 그의 커다란 가방은 아바와 필드 마이스의 앨범들로 가득 차 있다. 버밍엄 출신의 이 그리스계 소년은 내가 여성주의의 여신으로 떠받드는 저메인 그리어와 경쟁하게 될 것이다.

하지만 이는 미래의 일이다. 1993년인 지금, 나는 사무실 책상 앞에서 담배를 피우고 있다. 나는 자유민주적인 남자들이 여자도 남자와 동등한 존재이며, 단지 남자들만큼 위대한 성과를 많이 이룩하지 못한 것뿐이라는 믿음을 유지하려고 노력하는 모습을 지켜본다. 6주마다 하는 편집회의에서 그 시기의 음악 트렌드를 훑어보던 남자들은 절망적으로 이렇게 외친다. "세상에, 우리는 잡지에 여자들을 실어야 해! 여자들도 좀… 실어야 한다고!"

그래서 우리는 에코벨리의 보컬 소냐를 불러들여 BBC 라디오 1의 미래에 대한 의견을 묻는다. 슬리퍼의 루이즈 위너가 발표한 싱글을 리뷰하기도 한다. 시간이 없을 때는 데비 해리의 사진이라도 싣는다. 오늘날 우리는 의식적으로라도 노력해야 한다. 음악계에 여자들이라고는 찾아볼 수 없는 아우슈비츠 같기 때문이다.

돈이나 사랑을 위해 음악을 하는 여성은 존재하지 않는다. 기억해라, 때는 스파이스 걸스나 레이디 가가가 등장하기 전이다. 팝 음악을 하는 여성을 위한 시장은 없는 것이나 마찬가지였다.

무엇보다도 여성이 음악을 할 수 있다는 생각 자체가 존재하지 않았다. 줄리 버칠조차도 "원피스를 입고 기타를 든 소녀는 이상하게 보인다. 개가 자전거를 타는 모양새다. 말도 안 되는 일이다."라고 말한 적이 있다.

우리 모두가 생각하고는 있었지만 수치스러워 입 밖에 낼 수 없었던 사실은, 그저 여자들은 남자들과는 달리 입을 다물고 있어야만 했다는 것이다. 여성들이 투표권을 쟁취하고 70년이 지나고 나서야 우리는, 음악에 관련된 한 천재적인 여성 아티스트들을 많이 보유하게 되었다. 조니 미첼, 캐롤 킹, PJ 하비, 패티 스미스, 케이트 부시, 마돈나, 빌리 홀리데이. 하지만 우리는 아직까지 거대한 전쟁터에서 전투지휘를 맡을 장수는 보유하지 못했다. 레드 제플린이나 건스 앤 로지스와 어깨를 나란히 하는 여성 록그룹은 아직까지 없고, 퍼블릭 에너미, 우탱 클랜에 필적하는 여성 힙합 아티스트도 없다. 일명 '플라스틱맨' 리치 호틴이나 더 프로디지와 경합하는 여성 댄스 아티스트도 없다. 게다가 비틀즈의 아성에 도전할 수 있는 여성 밴드가 하나라도 있는가? 런어웨이즈? 고고스? 슬릿츠? 웃음만 나온다. 진실조차도 성차별적이다.

우리는 투표권을 쟁취하던 그 순간에 창의력도 쟁취했어야 했다. 수세기 동안 만연했던 여성에 대한 온갖 불신도 그때 사라졌어야 했다. 화산이 폭발하면 수천 마일 안의 모든 나무들이 사라지는 것처럼 말이다. 여자가 정말로 남자와 동등한 존재로 여겨졌다면, 급진적 여성 참정권론자들은 한 여성이 말발굽 아래 짓이겨지기 전, 투표권이 보장되던 날, 남자들의 망루를 쓰러뜨렸어야 했다.

그러나 그들은 그렇게 하지 못했다. 단순히 투표권을 획득하는 것이 진실된 평등권을 얻는 것과 같을 수 없기 때문이다. 유리천장을 확인하기 힘든 까닭은 그것이 유리로 만들어져 있기 때문이다. 실제로도 보이지 않는다. 더 많은 새들이 그 유리천장 위로 날아올라 그 위를 온통 똥으로 덮어버리도록 할 필요가 있다. 그렇게 하면 우리는 그 유리천장을 제대로 확인할 수 있게 된다.

결국 우리는 커버 기사로 에코벨리를 다루기로 했다.

"네가 가서 인터뷰 할래?" 편집자가 물었다. '왜냐하면 네가 여자니까'라는 말이 보이지 않게 밑바탕에 깔려 있었다.

"아니요." 내가 말했다. 그는 깜짝 놀란 것처럼 보였다.

그런데 우리가 아무것도 하지 않은 까닭은 뭔가?

개인적인 경험에 따르면, 남성이 10만 년 동안이나 우월한 위치를 차지했던 까닭은 그들은 방광염에 걸리지 않는다는 단순한 이유 때문인 것 같다. 1492년에 아메리카 대륙을 발견한 사람이 여성이 아니었던 이유가 뭐냐고? 항생제가 발명되기 전이기 때문이다. 여자들은 대서양을 건너는 동안 절반의 시간을 화장실에서 울면서 보내야 했을 게 뻔하기 때문이다. 누가 화장실에서 나오지도 못하면서 "아직도 뉴욕이 안 보여요? 핫도그 좀 가져다

줘요!"라고 둥근 창 너머로 소리를 지르고 싶겠는가?

여성들은 신체적으로 남성들보다 약한 특징을 지녔다. 우리는 돌을 들기에도, 매머드를 사냥하기에도, 배를 타고 노를 젓기에도 약하다. 게다가 가끔은 임신까지 해서 복잡한 상황에 처하게 되고 군대를 이끌고 인도로 가기에는 '너무 뚱뚱해진다.' 여성해방이 산업화와 피임약의 발명이라는 두 가지 사건과 함께 이루어졌다는 사실은 우연이 아니다. 기계의 발명으로 인해 우리는 남자들과 마찬가지로 일터로 나갈 수 있었고, 피임약으로 인해 남자들과 동등하게 우리의 욕구를 표현할 수 있는 기회가 생겼던 것이다. 지금보다 더 원시적인 시대 — 개인적으로 나는 이 시대를 영화 〈워킹 걸Working Girl〉이 개봉됐던 1988년 이전이라고 생각한다 — 에는 영양을 때려눕힐 수 있을 만큼 신체적으로 강하면서 동시에 임신을 하고 출산중에 사망하는 것으로 리비도가 소멸되지 않을 수 있는 사람이 언제나 승자였다.

그래서 교육과 토론, '정상적인 것'의 개념에 대한 논의는 강한 자들의 입장에서 이루어졌다. 남자라는 존재 그리고 남자들만의 경험이 '정상적'인 것이었고, '나머지'는 부차적인 것일 뿐이었다. 그리고 그 '나머지'들, 즉 도시, 철학자, 제국, 군대, 정치인, 탐험가, 과학자, 기술자 들을 보유하지 못한 여성들은 언제나 패자였다. 나는 여자들이 열등하다는 생각이 여성을 증오하는 남성들의 편견에서 비롯된다고 생각하지 않는다. 그것은 과거 역사를 통해 알 수 있는 단순한 사실에 근거한 선입견인 것이다.

하지만 이상하게도 나는, 다른 여자들과 성차별을 주제로 제
대로 된 대화를 하지 못하고 있다는 기분이 든다. 다른 여자들은
성차별을 부차적인 문제로 취급하는 것처럼 보인다. 남성적인
환경에서 일하는 강경한 여성주의자들 — 저널리스트, 에디터,
홍보담당자, 컴퓨터 프로그래머 등 — 은 이 시점(1993년)에 이런
논의를 하기에는 하는 일이 너무 많은 바쁜 사람들이다. 게다가
이 시기는 브릿팝이 태동하고 라데트Ladette*가 나타나기 시작한
시기이다. 원래부터 자유로운 여성들 — 아이가 없어 육아 걱정
도 없고, 남자들이 추월하는 바람에 30대에 갑작스레 일을 중단
하지 않아도 되는 — 은 상황을 낙관적으로만 바라본다. 닥터 마
틴과 맥주, 최소한의 화장이 각광받는 시대에 성차별은 빠르게
소멸되는 것처럼 보인다. 그러니 성차별을 논란거리로 삼는 것
이 오히려 역효과를 불러일으키게 될지도 모른다는 것이다. 우
리 모두는 순진하게도 성차별은 구시대의 문제이며 날마다 상황
이 점점 더 개선되고 있다고 생각한다. 우리에게 어떤 일이 닥쳐
오고 있는지를 모르고 있는 것이다. 57세의 앵커우먼 모이라 스
튜어트는 나이가 너무 많다는 이유로 프로그램에서 쫓겨났으며
앞으로 10년이 지나도 여성의 절반은 남자들과 동등한 임금을
받지 못한다.

하지만 나는 가부장제에 대해서는 대화를 나눈다. 게이 남성

---

* 술과 스포츠 등을 즐기며 거칠고 난폭한 사내 같이 구는 젊은 여성들.

들과. 18살이 된 나는 여자들이 오랫동안 알고 있었던 사실을 새삼 깨닫는다. 이성애자 여성의 가장 든든한 지원군은 동성애자 남성이며, 우리는 자연스럽게 동맹을 맺는다는 것을. 왜냐하면 그들도 패자들이니까.

"사람들이 네가 여자라는 걸 모르기를 바라는 거야?" 찰리가 말한다.

우리는 캠든의 허름한 카페에서 볼로네제 스파게티를 먹고 있다. 이제 나는 런던에 산다. 18번째 생일을 맞아 바클레이 은행 울버햄튼 퀸즈 스퀘어 지점에서 합법적으로 대출을 받을 수 있게 되자마자 집을 떠났다. 캠든에 집을 구했는데, 나는 세상에서 가장 엉망인 세입자다. 주기적으로 전화가 끊겨 친구들은 근처에 있는 더 굿 믹서라는 술집에 메시지를 남기곤 한다. 한번은 텔레비전 위에 불을 붙인 촛불을 올려놓은 적이 있었는데, 촛농이 텔레비전 전원 위로 흘러내렸다. 하지만 별 문제는 아니었다. 어차피 전기도 끊겼으니까. 그땐 이미 벌써 몇 달 동안 텔레비전을 보지 못한 상태였다.

점심 때마다 매일같이 이 카페에 와서 3.75파운드짜리 볼로네제 스파게티를 먹고 있노라면 세련된 방식으로 어른들의 세계를 즐기고 있다는 기분이 든다. '날 좀 봐! 외식하고 있잖아! 그것도 스파게티를! 동성애자랑!'

"사람들은 늘 금방 알아차려." 찰리가 말한다. "그들은 네가 여자라는 것을 바로 알아차려. 나는 사람들이 내가 게이라는 것을 잘 모를 거라고 생각했어. 하지만 그들은 바로 알아내."

"내가 여자라서 특별히 문제가 있는 건 아냐." 나는 변명조로 말한다. "그러니까, 내가 여자라고 해서 그들이 당장 나를 강간용 창고에 집어 처넣지는 않을 거란 건 알고 있어. 난 그냥 단지…."

나는 한숨을 내쉰다.

"그냥… 내가 보기엔 뭔가 전부 좀 이상하고 잘못된 것 같아." 내가 말한다. "난 아무래도 정상이 아닌가 봐. 내가 이상한 사람인 거지. 그냥 닥치고 있어야 하는 걸까?"

나는 오늘 멜로디 메이커에서 나누었던 대화를 떠올리고 있다. 미국에는 '라이엇 걸Riot Grrrl'*이라는 커다란 흐름이 새롭게 등장했다. 주류 언론과의 접촉을 피하는 하드코어 펑크 여성주의자들로 구성된 밴드는 그들에게 열광하며 몸을 흔드는 소년 팬들을 거느리고, 팬진fanzine을 만들어내며, 몸에 립스틱이나 마커 펜으로 혁명적인 슬로건들을 휘갈겨 적는다.

그중에서도 코트니 러브가 독보적이다. 커트 코베인과 너바나가 그녀를 뒷받침하고 있다. 음악 평론가인 나는 《타임스》에도 기고하는데, 기사에 라이엇 걸들로 구성된 밴드가 주류 언론

---

* girl을 으르렁 거리는 소리를 뜻하는 grr과 합성해 grrrl로 표기한 것만 보아도 이들이 얼마나 급진적이고 사회 반항적이었는지를 알 수 있다.

과도 인터뷰를 해야 한다고 썼다. 하드코어 여성주의 운동을 진정으로 필요로 하는 유형의 여성들 — 시영아파트에 살면서 BBC 라디오1을 청취하고 뉴 키즈 온 더 블럭을 사랑하는 여성들 — 은 록그룹 세바도의 공연에도 가지 않을 거고, 거기서 라이엇 걸들이 등장하는 팬진 복사물을 우연히 받을 수도 없기 때문이다. 혁명적인 사상들은 가능한 한 많은 사람들에게 메시지를 전파할 수 있어야 한다. 따라서 라이엇 걸의 허기 베어는 나와 인터뷰를 해야 한다.

이런 말을 하는 중간에 나는 내가 하는 말이라면 족족 딴죽을 거는 남자 에디터에게 고함을 지른다. 나는 그의 주장에 대해 이렇게 결론짓는다. "당신은 길거리에서 병신들의 야유를 받는 뚱뚱한 10대 소녀의 마음이 어떤지를 조금도 알지 못해요."

그렇다. 당시의 나는 거리에서 병신들의 야유를 받는 뚱뚱한 10대 소녀다. 그러다 나는 깜짝 놀라 갑자기 입을 다문다. 중년의 백인 이성애자 남성이 젊고 급진적인 여성주의 운동에 대해 내게 강연하고 있고, 그것을 내가 듣고 있다는 사실을 새삼 깨달았기 때문이다.

"그는 나보다 모든 것들을 더 잘 이해하고 있는 것처럼 보였어. 나보다도 말이야!" 나는 분개하며 찰리에게 말한다. "그래서 갑자기 열이 받았지. 공연장에 갈 때마다 나는 그 사람보다 훨씬 더 오래 기다렸다가 입장해야 돼."

"오, 항상 그런 거야." 찰리가 명랑하게 말한다. "보통은 이성애자 남성들이 내게 동성애자 남성으로 살아간다는 것이 얼마나 어려운 일인지를 설명해 주거든. 이성애자 남성들이 우리에 대해 잘 모르고 있는데도 말이지, 안 그래?"

"우리는 수수께끼지." 나는 동의한다. 스파게티 가닥이 입가에서 대롱거린다.

"그래, 맞아." 찰리가 말한다. "그러니까, 영화나 텔레비전 또는 책에서는 여성이나 동성애자 남성이 등장하는 경우가 많잖아. 그런데 대본은 전부 이성애자 남성들이 쓰는 거야. 우리가 그렇게 할 것 같은 대사나 행동들을 상상하면서. 내가 영화에서 본 모든 동성애자 남성들의 전 애인은 에이즈로 죽어가고 있거나 죽었어. 〈필라델피아Philadelphia〉는 짜증나는 영화야. 내가 정상적으로 보이려면 에이즈에 걸린 남자친구라도 사귀어야 하나 생각했어."

"맞아. 그리고 여자들은 만날 진짜 '착하고' 감성적이야. 그리고는 제정신이 아닌 남자들을 도와주지. 그들은 소년 같은 이상주의자들이고." 내가 슬픈 목소리로 말한다. "그런 여자들은 정말 재미없어. 왜 나는 한번도 재미있는 숙녀를 본 적이 없을까?"

"영화에서 만들어낸 유태인 여자들은 재미있어." 찰리가 짚어준다. "하지만 대개 히스테리를 부리거나 남자친구를 구하지 못하는 여자들이지."

"나도 개종해야 할까봐." 내가 우울하게 말한다. "유대교회당에 가서 촛대 하나를 들고 에이즈 자선단체에 헌금하는 거지. 그러면 우리도 좀 나아질까?"

"우리는 아직도 레즈비언들과 비교를 당해." 찰리가 계산서를 집어들며 말한다. "영국에는 싱글인 레즈비언이 단 한 명도 없는데 말이지.

나는 담배를 가방에 넣으며 다소 유치하고 바보 같은 생각을 한다. 이제 다음에 해야 할 일이 분명해졌다. 내게는 남자친구가 필요하다. 남자친구만 생기면 모든 일들이 괜찮아질 것이다.

사랑에 빠졌어!

1년 후 나는 사랑에 빠진다. 바로 이 남자다. 물론 전에도 이 남자다 싶은 남자를 만난 적이 있고, 또 그 전에도 이 남자다 싶은 남자를 만난 적이 있다. 솔직히, 나는 300만 명쯤 되는 남자들 중 누구라도 '바로 이 남자'가 되어 사랑에 빠질 수 있다고 생각한다.

하지만 이번에는 아니다. 이 남자야말로 진짜다. 바로 이 사람이다. 3월, 나는 그의 손을 꼭 붙들고 햄스테드의 모네그레이빛 보도를 걷고 있다. 나는 진짜로 사랑에 빠졌다. 비록 가끔 끔찍한 기분이 들고, 그는 완벽한 멍청이처럼 굴 때가 많지만, 어쨌거나 나는 사랑에 빠졌다. 마침내. 순수한 의지로. 나는 온전한 내 의지로 사랑을 쟁취했다.

"넌 웃기게 걸어." 그가 묘하게 비꼬는 투로 말한다. "뚱뚱한 여자애들처럼 걷질 않아."

그가 무슨 뜻으로 이런 말을 했는지 모르겠다. 나는 그의 손을 놓는다. 나는 사랑에 빠졌다. 제기랄, 너무 끔찍하다.

그렇다. 그는 밴드를 하는 소년이다. 내가 처음으로 가질 수 있었던, 밴드를 하는 소년. 뛰어난 재능을 지녔고, 잘 생기기도 했지만, 매우 게으르고 문제도 많이 일으키는 소년이다. 그의 밴드는 아무런 진전도 없이 표류하고 있다. 그가 수준 떨어진다고 생각하는 '저질 공연들'을 매번 거절하기 때문이다. 그는 일 년에 네다섯 곡을 쓰는데, 곡 하나를 다듬는 데는 몇 달이 걸린다. 하지만 그는 몇 주 내로 히트곡 하나를 발표할 거고 그것이 세계를 바꿀 수 있을 거라고 생각한다. 그러면 더 이상 내 방바닥에 널브러져 있는 미완성 녹음테이프들 위에서 뒹굴지 않아도 될 거라고.

그는 자기 어머니를 증오한다고 한다. 그 이유를 묻자 어머니와 말다툼을 하다가 그녀를 향해 플로라 마가린 튜브 뚜껑을 던졌는데, 그 바람에 어머니가 기절했다는 이야기를 해줬다. 결국 그가 어머니를 증오하는 이유는 알 수 없었지만, 어쨌거나 나는 그의 어머니가 지독한 사람이라는 데 동의하고 말았다. '그런데 왜 그의 가족들은 플로라 마가린 따위를 먹는 거지? 나는 궁금했다. 우리 집이 그들처럼 잘사는 집이었다면 매일 마가린 대신 버터를 먹었을 텐데 말이야.'

우리가 사귀기 시작하면서 그는 내 아파트에 들어와 살고 있다. 나는 그가 나를 좋아한다고는 생각하지 않는다. 내가 글을 쓰고 있을 때면, 그는 옆에 있는 의자에 앉아 자기가 나보다 훨씬 많은 재능을 가지고 있다고 주절거린다. 친구들과 어울릴 때, 그의 농담에 내가 웃기라도 하면 그는 "왜 웃어? 내가 무슨 말 하는지도 모르잖아?"라며 산통을 깬다.

내 가족들은 그를 싫어한다. 에디가 내 아파트에서 며칠 지내는 동안, 그의 스웨이드 재킷에 실수로 딸기 맛 요거트를 흘린 적이 있다. 그러자 그는 완전히 실성한 열세 살짜리 사내아이처럼 행동했다. 에디도 소리를 질렀다. 나와 에디는 집에서 나와 계단에 앉아 담배를 피웠다. 나는 연신 에디에게 사과해야 했다.

캐즈는 그를 날카롭게 비판한다. "걔는 병신이야. 차라리 부엌에서 쥐를 기르는 편이 낫지. 이름까지 계집애 이름이잖아. 키도 작고. 별로야."

그의 이름은 코트니다. 그는 키가 정말 작고, 너무 말랐다. 분명 나보다도 작다. 나는 그에 비해 내 몸집이 너무 크다고 생각한다. 문제가 아닐 수 없다. 내가 똑바로 서기라도 하면 그를 짓눌러 버릴지도 모른다. 나는 내가 작은 체구라는 기분을 느낄 수 있도록 조용히 '앉아서' 마리화나를 연신 피워댄다.

아침 11시에 마리화나를 말면서 나는 사랑은 마약이라고 생각한다. 당신에게 필요한 것은 오직 마약뿐이다.

놀라운 일도 아니다. 10대 소녀인 나는 전기가 끊긴 집에 살고 있다. 나는 오후 2시에 일어나고 새벽에 잠자리에 든다. 하지만 나는 멋진 사람이다. 내게는 근사한 직업도 생겼다. 나는 채널4에서 〈네이키드 시티Naked City〉라는 제목의 심야 음악 프로그램을 진행한다. 나는 약간 유명해진 모양이다. 공연장에서 술 취한 사람들이 다가와 "넌 병신이야!"라고 말하고는 휙 가버릴 때가 종종 있다.

물론, 모두가 "넌 병신이야!"라고 말하지는 않는다. 어떤 사람들은 "당신은 끝내줘!"라고 말하기도 한다. 이쪽이 더 나쁘다. 왜냐하면 "넌 병신이야!"라고 말하는 사람들이 이렇게나 많으니까, 그들에게 다른 많은 사람들은 나를 병신으로 생각한다는 이야기를 해줘야 한다는 의무감이 들기 때문이다. 대개 술 취한 상태였던 나는 내게 찬사를 늘어놓는 사람들에게 실제로 그런 말들을 해주고는 한다. 그러면 그들은 아주 당혹스럽다는 듯 잠시 나를 쳐다보다가 사과를 하고 가버리곤 한다.

그래서 나는 스스로도 혼란스러워하다가 공격적인 태도를 보이기도 한다. '나는 근사해! 사람들이 그렇게 말하니까!' 하지만 동시에 침울해진다. '나는 쓰레기야! 사람들이 그렇대!' 나는 고주망태가 되어 계단에서 굴러떨어진다. 그러면 나는 멜로디 메이커의 동료인 피트의 집에서 밤새도록 테이블 밑에서 엉엉 운다. 그토록 집을 떠나는 순간만을 바랐음에도, 나는 가족들이 그립다. 코트니 — 나와 섹스하는 상대! 근사한 남자! — 와 함께 누워있는 밤마다 나는 울버햄튼의 우리 집 더블베드에서 여동생 프리니와 누워있던 때를 생각하고는 한다.

가끔 프리니의 오줌에 젖어 잠에서 깨는 날도 있었지만, 그곳은 항상 아늑했다고 어둠 속에 누워 생각한다. 나는 내 옆에 누워있는 사람이 코트니가 아니라 프리니이기를 바란다. 둥그런 두 눈을 크게 뜬 프리니는 강아지나 비스킷, 달콤한 흙 냄새를 풍긴다. 따뜻한 아기. 프리니가 가끔 자다가 깰 때면, 나는 주디 갈랜드 이야기를 들려주며 그 애가 다시 잠들 때까지 머리를 쓰다듬어 주었다.

한밤중에 잠에서 깬 코트니는 머리카락이 자꾸만 빠진다며 불평을 늘어놓다가 다시 잠들고는 한다. 그러면 나는 초조하고, 절망적인 기분을 느낀다. 누군가가 옆에 누워있는데도 이토록 외로울 수 있으리라고는 생각해본 적이 없었다.

하지만 나는 분명 내가 그를 사랑하고 있다고 믿는다. 나를 가장자리로 밀어내는 사랑이다. 교훈이자 속죄로서의 사랑. 코트니는 나를 죽이지 않을 것이고, 그 대신 나를 더 강하게 단련시킬 것이다. 나는 이 사랑을 통해 무언가를 배우게 될 것이다. 나는 재니스 조플린의 블루스를 자주 듣는다. 나는 사랑이 불러일으키는 이 나쁜 감정들을 받아들인다. 이런 감정들도 영광스러운 사랑의 일부라고 생각한다. 나는 멍청하다. 나는 너무나 멍청하다.

여성에게 사랑은 속옷과 마찬가지로 중요한 문제다. 여자는 사랑해야 한다. 누구에게도 사랑받지 못하는 것, 누구도 자신을 원하지 않는 것이 여성에게 일어날 수 있는 가장 커다란 비극적인 사건이다. 엘리자베스 1세는 비록 대영제국의 기틀을 세웠는지는 모르겠지만, 한 번도 결혼하지 못했다. 그녀는 불행하고 창백하며 저주받은 여왕이었다. 아름답고 성공한 백만장자이며 수영장이 딸린 LA의 대저택에 사는 여배우 제니퍼 애니스톤은 인터넷으로 산 부츠를 환불받기 위해 코감기에 걸린 몸으로 탑샵의 환불 카운터에서 긴 줄을 서지 않아도 되는지는 모르겠지만, 브래드 피트와 존 메이어를 차례대로 떠나보내면서 30대를 완전히 황폐하게 보내야 했다. 다이애나 비도 너무나 불행했다! 셰릴 콜은 외로웠다! 힐러리 스웽크와 리즈 위더스푼이 오스카 상을 받았으면 뭐하나! 모두 남편들과 헤어졌는데!

우리가 싱글 여성들을 어떻게 생각하고 있는지는 다음의 두 단어가 정확히 알려준다. '미혼남bachelor'과 '노처녀spinster'. 둘 사이의 차이점이 느껴지나? 미혼남들은 삶을 즐긴다. 노처녀들은 안달복달하고. 시장에서 여성의 가치가 하락하는 것은 한순간이다. 아무도 원하지 않는 싱글 여성은 더 이상 욕망의 대상이 아니다. 이런 일은 누구에게나 일어날 수 있다.

그러므로 여성들은 항상 누군가를 붙들어야 한다고 생각한다. 여성들이 사랑과 관계에 대해 강박적으로 생각한다는 것은 놀라운 일이 아니다. 우리는 언제나 사랑과 관계에 대해 생각한다.

가끔 남자들에게 여자들이 잠재적인 관계의 가능성에 대해 상상하는 방식을 알려줄 때마다 그들은 대단히 놀라워한다. 하지만 여자들은 맞는 이야기라며 수줍어할 것이다.

예를 들어보자. 평범한 사무실 하나를 상상해보라. 여자들과 남자들이 뒤섞여 일하는 이곳 어딘가에는 항상 누군가에게 추파를 던지는 사람이 있게 마련이다. 다들 잘 알고 있다시피. 조금만 호기심을 갖고 지켜보면 이를 분명히 목격할 수 있을 것이다.

그런데 갑자기 당신에게 여자들의 생각을 읽을 수 있는 마법의 모자가 생겼다고 생각해보라. 남자들은 이 모자를 쓰는 순간 지금까지 몰랐던 여자들의 터무니없는 생각들을 읽고 놀라지 않을 수 없을 것이다.

사무실 한구석에서 일하고 있는, 정신적인 문제와는 거리가 멀 뿐더러 완벽하게 정상으로 보이는 한 여성을 보라. 그녀는 동료들 누구에게나 다정하고 명랑하게 대한다. 그녀가 같은 사무실 직원 중 하나를 특별히 마음에 두고 있으리라고 생각하는 사람은 없다. 그녀는 길고 중요한 이메일을 작성하고 있는 것처럼 보인다. 당신은 그녀가 실제로 무슨 생각을 하고 있는지 아는가? 그녀는 책상 다섯 개를 사이에 두고 앉은 남자를 생각하고 있다. 그와 그녀는 고작 열 번쯤 대화를 나누었을 뿐이다.

'만약 저 사람과 내가 같이 짧게 휴가를 가게 된다면 파리에는 갈 수 없을 거야. 그는 전 여자친구와 파리에 갔으니까.' 그녀가 생각한다. '그래, 한 번 얘기한 적이 있지. 난 기억하고 있어.

그가 그녀와 나의 봄 외투 입은 모습을 비교하게 하면 안 돼. 그러니까 나는 그 외투를 입고 루브르에 갈 수 없어. 어쨌거나 봄에는 안 갈 거야. 만약 그가 오늘이라도 내게 작업을 걸 낌새를 보인다면, 그래서 우리 관계가 진전되어 같이 짧은 첫 휴가를 떠나게 된다면…' 그녀가 손가락으로 계산한다. '11월이라…. 그때는 정말 비가 많이 내리는데. 그러면 머리카락이 축 처져버리잖아. 우산이 필요할 거야.'

'하지만,' 그녀가 분노의 타이핑을 하며 생각한다. '내가 우산을 쓰면 우리는 손을 잡을 수가 없잖아. 한 손에는 우산을, 한 손에는 핸드백을 들고 있을 테니까. 그러면 절대로 안 돼. 필요한 모든 물건을 주머니에 넣어야 해. 그러려면 루브르에 갈 때 핸드백을 가지고 갈 수가 없겠네. 그래도 비에 홀딱 젖었을 때를 대비해서 여분의 타이츠를 갖고 있어야 해. 그렇지 않으면 너무 추워서 내 다리가 보라색으로 보일 거고, 그러면 우리가 섹스하러 호텔로 돌아갔을 때 난 너무 긴장할 거야. 나는 수건으로 다리를 가리려고 하겠지. 그럼 그는 내가 몸만 달아오르게 하고는 약 올린다고 생각하며 내게 시들해질 거야. 오, 제기랄. 왜 그는 나를 11월에 파리에 데려가려는 가지? 난 그가 싫어!'

이제 그녀는 그 남자를 마음에 두지 않는다. 그녀는 그와 말도 거의 나누지 않는다. 그가 그녀에게 한잔하자고 청하기라도 하면, 그녀는 싫다고 대답할 것이다. 그녀는 그와 실제로 관계를 맺고 싶은 마음이 조금도 없다. 그러므로 그가 언제고 그녀에게 말이라도 붙일라치면 그녀는 그의 말을 날카롭게 자를 것이고, 그가 그녀에게 홀딱 빠졌다고 하더라도 그녀가 이러는 이유를 그는 짐작도 못 할 것이다. 그저 어깨를 으쓱하며 그녀가 생리 중이거나 일진이 나빴노라고 생각할지도 모르지.

그는 결코 다음의 단순한 사실을 알아차릴 수 없을 것이다. 그녀의 상상 속에서 그들이 파리로 짧은 휴가를 함께 다녀왔으며, 타이츠 때문에 헤어졌다는 것을.

*

나는 항상 가능성이 있을 법한 관계에 대해 상상했다. 항상. 맙소사, 10대 시절의 나는 지독하게 비참했다. 나는 현실 세계에는 거의 존재하지도 않았다. 일종의… 섹스 나니아Sex Narnia에 살고 있었던 거였다. 나의 애정생활은 흥미진진하고 분주하게 흘러갔지만, 전부 상상일 뿐이었다. 상상 속에서만 일어나는 일이었다.

내가 처음으로 진지하게 생각했던 상대는 당시의 유명한 코미디언이었다. 그는 나의 머릿속을 완전히 지배했다. 나는 그를 만난 적도, 말을 걸어본 적도, 같은 방에 있어본 적도 없었다. 그럼에도 나는 울버햄튼에서 런던 유스턴 역으로 가는 도시간 열차 안에서 내 인생에서 가장 강력한 관계를 경험했다. 모두 백일몽이었지만!

우리는 파티에서 만났다. 우리는 영화 〈그의 연인 프라이데이 His Girl Friday〉에서 그런 것처럼 속사포로 농담을 주고받으며 서로를 즐겁게 해준다. 그러다가 열정적인 연인 사이로 거듭나 결국 서로의 글쓰기에도 조언을 해줄 수 있게 된다.

열차는 코벤트리를 향해 빠르게 달려가고, 나는 계속해서 우리의 집과 우리의 저녁 모임, 우리의 친구들, 우리의 애완동물을 상상한다. 럭비 타운 쯤을 지날 때면 나는 〈테리 워건 쇼〉에 동반 출연한 우리가 새로운 프로젝트 — 박스오피스 기록을 갈아치우게 될 멍청한 로맨틱 코미디 영화 — 에 대한 이야기를 하는 모습을 상상한다.

"시나리오를 쓰는 동안에는 별일이 없으셨나요?" 진행자 테리 워건이 특유의 감성적인 표정을 드러내며 우리를 바라본다.

"아니요, 테리." 내가 울먹이며 말한다. 1번 카메라가 나를 클로즈업하려고 다가온다. "시나리오를 쓰는 도중에 우리는… 우리는 첫 번째 아기를 잃었어요. 전 너무나 절망적이었죠. 너무나 사랑받을 아기였는데, 모두가 원한 아기였는데 말이에요. 아기를 잃는 경험이란 정말이지… 가슴 속에 구멍이 뻥 뚫린 기분이었어요."

나의 남편인 유명 코미디언이 말없이 내 어깨에 팔을 두른다.

"케이틀린은 너무나 대단했어요." 그가 소맷자락으로 눈가를 훔치며 말한다. "그녀는 우리의 시나리오를 포기하지 않았죠. 글을 쓰는 동안의 그녀는 사자와도 같았어요. 하지만 밤이면… 밤마다 우리는 울다 지쳐 잠이 들었죠."

이 장면은 워건 쇼에서 가장 유명한 인터뷰로 남는다. 인터뷰를 마무리하며 듀오 PJ 앤 덩컨에게 그들의 신곡 〈렛츠 겟 레디 투 럼블Let's Get Ready to Rhumble〉을 부탁하는 워건의 뺨에 흘러내리는 눈물이 화면에 잡혔기 때문만은 아니다.

이런 상상을 하는 동안 나는 히스테릭한 슬픔을 느낀다. 나는 유스턴에 도착하자마자 화장실로 직행해 수도꼭지에서 흘러내리는 차가운 물로 얼굴을 적신다.

17년이 지난 지금까지도 나는 그때를 생각하며 감상에 젖고는 한다. 여러 면에서 내 인생에서 가장 기억에 남을 만한 연인관계였다. 한 시간 반 정도 기차를 타는 동안 나는 일생일대의 사랑을 찾았고, 오스카상을 받았고, 아기를 잃고 애통해했다. 그리고 BBC1의 황금시간대 쇼에서 테리 워건을 울게 했으며, PJ 앤 덩컨의 두 번째 싱글 〈울지 마세요(아름다운 숙녀를 위하여)〉에 영감을 주었다.

크리스마스 시즌에 1위에 오른 이 곡의 비디오는 화려한 장식의 액자에 담긴 세련된 용모의 내 흑백사진을 웅장하게 보여준다. PJ 앤 덩컨은 흩날리는 눈발을 맞으며 나를 위한 노래를 부른다.

분명히, 나도 안다. 이런 상상들이 전부 미친 소리란 걸. 그리고 어쩌면 조금은 극단적인 예일 수도 있다. 아주 조금은. 그런데 내가 어느 파티에서 실제로 그 코미디언을 만나는 일이 벌어지면서, 상황은 아주 극적으로 치달았다. 내가 취했다는 것을 아는 한 친구가 나를 억지로 방에서 끌고 나가며 이렇게 말했다. "그에게 아무 말도 하지 마! 그건 다 네 머릿속에서 일어난 일이었어! 실제로 그와 넌 추억거리가 아무것도 없다고!"

하지만 내가 아는 모든 여성들은 이와 거의 비슷한 이야기를 하나쯤은 갖고 있다. 아니, 한 열두 개쯤. 이 이야기들은 모두 유명인사나 직장동료, 아니면 몇 년 동안 별로 만난 적도 없는 사람들에 사로잡혀 만들어진 것들이다. 이 여성들의 머릿속에는 평행 우주가 하나 더 들어 있다. 이 우주에서는 결코 현실화될 수 없는 플롯과 시나리오들이 끝없이 맴돌고 있다.

나는 이런 미친 상태를 스스로 합리화해야 한다. 나는 이러한 생각들이 여성으로서 진화하기 위한 필수적인 부산물이라고 생각한다. 우리의 가임기가 너무나 짧은 탓―폐경기를 맞기 전까지 경험할 수 있는 진지하고 생산적인 관계는 몇 되지 않을 테니까―에, 이처럼 진지하게 공상하는 것은 여성들이 잠재적인 관계들을 머릿속에서 전부 시험해보고, 진짜 관계를 맺을지 말지를 결정할 수 있는, 일종의 '시험 단계'로 작동하는 것인지도 모른다. 컴퓨터 알고리즘처럼.

하지만 이처럼 강렬한 상상의 관계들만을 열정적으로 생각하다보면, 실제 관계와 상상의 관계 간의 차이가 흐릿해지면서, 실제 존재하는 관계들을 망치는 경우가 생긴다. 흔한 일이다. 다른 사람들에게는 당황스럽게만 보이는 열정을 연인에게 쏟는 친구 한 명쯤 없는 사람이 어디 있는가? 그녀는 당신에게 자기 남자친구가 인디아나 존스와 버락 오바마, 그리고 드라마 〈닥터 후〉의 주인공을 섞어놓은 사람이라고 말할 것이다. 하지만 마침내 당신이 실제로 그를 보게 되었을 때는 유리병에 담긴 비쩍 마른 콩 같은 외모에, 말할 때 헛기침부터 내뱉는, 별 볼 일 없는 존재일 거다.

'너무 성급했어, 이 친구들이랑 주말여행을 가겠다고 냉큼 말해버렸네.' 당신은 실망스러워하며 생각한다. '내 친구는 흔해빠진 남자와 데이트를 하고 있잖아.'

당연히 상상의 관계 속에서 살아가는 이러한 능력은 어떤 이유에서건 휘청거리고 불만족스럽고 무의미한 연애를 할 때 아무런 도움도 되지 않는다.

곧 내 친구들과 나는 진짜 데이트를 시작하게 되는데, 우리는 절망적인 역설에 처하게 된다. 사랑은 보기만 할 때처럼 호락호락하지 않다. 당신은 한 남자가 당신에게 완전히 미쳐 남은 평생을 당신과 함께하기를 원하는 것이 일반적이라는 믿음을 갖고 있을 거다. 하지만 당신에게는 언제나 애매한 상황들이 주어진다. 당신은 그 남자의 진짜 속내가 무엇인지를 알아차리는 재능과 단호함을 갖추고 있어야 한다. 당신을 저녁식사에 초대하고, 당신과 사귀게 된 남자가 2주일 동안 전화를 걸어오지 않는다면, 당신은 그가 비밀리에 도전을 해오고 있다고 생각한다. '다 빈치 코드'처럼. 당신은 고대의 두루마리를 해독할 때처럼 대수학을 들먹여가며 여자친구들에게 몇 시간이고 전화를 한 끝에 그의 도전을 해독할 수 있게 된다. 그리고 당신은 그와 결혼한다. 즉, 승리한다.

"어떤 메일을 보냈는지 알아?" 한 친구가 이렇게 말한다. "이렇게 썼어. '레이첼, 만나서 즐거웠어! 좋은 밤 보내! 언제 다시 한번 봐.' 정말 애매하지 않아?"

"진짜 애매하네." 내가 맞장구를 친다.

"그런데 말이지," 레이첼은 이런 대화를 할 때면 모든 여자들이 쓰곤 하는 '약간 짜증 난' 말투로 말한다. "이걸 오후 4시에 보냈다니까."

그녀가 말을 멈춘다. 나는 고개를 갸웃거린다.

"오후 4시에!" 그녀가 다시 말한다. "그러니까 이걸 보낼 때는 아직 사무실에 있었다는 거지! 그래서 누가 어깨너머로 자기가 쓰는 이메일 내용을 훔쳐볼까 봐 걱정했던 거야. 그래서 일부러 냉정한 말투로 쓴 걸 거야. 그러니까, 그는 마지막에 'XXX'라고 썼잖아. 친밀감을 표시하려고. 안 그래?"

"레이첼," 내가 말한다. "너도 국세청에 보내는 이메일 마지막에 XXX라고 쓰잖아. 다들 그래."

"그 사람 페이스북을 봤는데, 좋아하는 노래 목록을 바꾼 거야. 그런데 목록에 이니 카모제의 〈히어 컴즈 더 핫 스테퍼Here Comes the Hot Stepper〉가 있었다고! 어제 저녁 먹을 때 내가 이니 카모제 얘기를 했거든!"

"레이첼, 내 생각에는 말이야. 그 사람이 널 좋아한다면, 너랑… 더 많은 시간을 보내면서 '네가 정말 좋아' 뭐 이런 종류의 말을 하지 않을까?" 내가 말한다.

"하지만 이건 뭔가 의미가 있는 것 같지 않아?" 레이첼이 안달한다. "너도 아무 이유도 없이 페이스북 노래 목록을 바꾸지는 않잖아! 이건 분명 내게 보내는 메시지야."

그런 건 아무 의미도 없다고 그녀를 한 시간쯤 설득하던 나는 포기해버린다. 내가 노력할 이유가 없다. 고장 난 클랙슨처럼 '그는 너에게 반하지 않았어!'라고 외쳐봐야 아무 소용없다. 그녀는 여자들만의 매트릭스에 빠져버린 거다. 매트릭스 바깥에 있는 우리에게는 보이지 않는, 슬로모션으로 지나가는 총알을 잡으려고 애를 쓰면서.

일어나지도 않은 일들에 대해 너무나 많은 말을 하기 때문에, 잘못된 남자를 만나고 있는 여자는 쉽게 알아차릴 수 있다.

반대로 제대로 된 남자를 만난 여자는 그저… 6개월쯤 종적을 감췄다가 반짝이는 눈으로 나타나고는 한다. 대개 살도 3킬로그램쯤 쪄서.

"그래서 그 사람은 어때?" 당신은 그녀가 시시콜콜하게 그가 하는 말들, 그가 하는 일들에 대해 잔뜩 늘어놓을 거라고 생각한다. 당신은 아마 '그는 아직 사춘기에 빠져있거나 아직 어리겠지?' 하는 생각을 하며 그가 가장 좋아하는 영화가 〈스타워즈〉일

거라고 지레짐작하고 있을 거다.

하지만 그녀는 고집스럽게 침묵한다.

"그냥… 좋은 사람이야." 그녀가 말한다. "난 정말 행복해."

네 시간쯤 지나 완전히 취한 그녀는 그가 침대에서 얼마나 잘하는지에 대해 놀라울 정도로 솔직한 이야기들을 털어놓는다. "솔직히 말해서 페니스가 너무 커서 응급실에 갈 뻔했을 정도야." 그녀는 너무나 명랑하게 말한다.

그리고 대개 여기서 대화가 끝난다. 어쩌면 영원히. 그들에게서는 더 이상 알아낼 것이 없다. 당신이 끼어들 틈이 없는 것이다. 그들 사이에 끼어들기에는 당신도 좀 바쁘지 않나?

나는 모든 사람들에게 코트니 이야기를 한다. 사람들은 질린 표정을 한다. 코트니와 나의 관계는 거대한 퍼즐처럼 여겨진다. 실존적이고 정서적인 퍼즐. 내가 이 퍼즐을 다 맞추기만 하면, 나는 그에 대한 상으로 진정한 사랑을 얻게 될 거다. 우리가 완벽한 커플로 거듭나는 데 필요한 요소들은 다음과 같다. 그는 남자고, 나는 여자다. 그리고 우리는 같은 집에 살고 있다. 다른 요소들 즉 상호존중, 예의범절, 서로에 대한 살해욕구를 진정시키는 것 따위는 내가 해결할 수 있는 사소한 문제들이다. 내가 조금만더 참는다면.

캐즈는 문제를 해결하려는 나의 의지를 참고 지켜본다. 최근나는 그 시절의 전화요금 고지서를 찾아냈는데, 고지서에는 내가 캐즈와 밤마다 몇 시간이나 통화했는지가 깔끔한 목록으로 정리되어 있었다. 나는 캐즈에게 매일 밤 전화를 걸었다. 밤 11시에서 새벽 1시, 2시, 3시까지. 그렇게 몇 시간 동안이나 캐즈와 통화했다. 너무 두려워서 차마 말하지 못하는 단 한 가지 문제가 있을 때, 그 대신 그토록 많은 말들을 만들어낼 수 있다는 건 참으로 놀라운 일이 아닐 수 없다. "잘 안 되고 있어."

문제는 바로 내가 문제라는 거다. 코트니는 행복하지 않다. 나도 안다. 뼛속까지 알고 있다. 내가 그를 행복하게 해줄 방법만 찾아낸다면, 전부 좋아질 거다. 그는 망가진 사람이고, 내가 그를 도와야 한다. 그러면 우리 관계도 다시 좋아지기 시작하겠지. 쉬운 일은 아니지만 내가 사랑의 힘으로 나쁜 일들을 해결한다면, 그는 진짜 자신을 찾을 수 있을 거다. 그는 마음속으로 비밀리에 나를 사랑하고 있다. 진심으로. 나는 꾸준히 이를 증명해낼 것이다. 만약 잘 되지 않는다면 그 까닭은 나의 노력이 충분하지 않았기 때문일 거다.

우리의 관계를 개선하기 위해, 나는 그가 외출하고 없는 동안 그의 일기장을 찾아낸다. 죄책감이 들지 않는 건 아니지만, 나는 우리를 위해 그의 일기를 읽는다. 배신일지는 몰라도 긍정적인 배신이라 할 수 있다. 나는 그를 걱정하니까. 사랑의 배신. 나는 그가 진짜로 무슨 생각을 하는지를 알아야 한다. 그래야 우리의 관계도 꽃필 수 있을 테니까.

첫 장부터 그의 생각이 분명히 드러나 있다. "그녀는 제정신이 아니다." 내 얘기다. "그녀는 대체 언제쯤 유명한 사람들이 많이 오는 파티에 나를 데리고 갈까? 나는 지루하게 집에만 처박혀 있다. 나는 언제쯤 잘 풀리게 될까?"

더 읽기 시작하자 그가 3년 전 그를 차버린 고향 여자친구를 아직도 사랑하고 있다는 것이 드러난다.

이렇게 해서 코트니가 우리 관계를 '불안정하다'고 느끼는 거라고 생각하게 된 나는 두 배로 노력한다. 나는 앤 서머스 매장에서 창녀나 입을 법한 속옷을 산다. 결과는 좋지 않다. 나는 치킨 수프나 빵, 케이크 등을 끝없이 요리해서 우리 집이 아늑하게 여겨지도록 한다. 밴드가 성공을 거두지 못하고 있다며 그가 불평을 늘어놓을 때마다 예의 음악 평론가다운 태도로, 속으로는 '글쎄, 네가 진짜로 끝내주는 공연을 하기만 한다면 분명 좋은 일도 생기겠지'라고 생각하면서도, 그의 머리를 쓰다듬어준다.

나는 데이트를 위해 레스토랑을 예약한다. 날 좀 봐! 레스토랑을 예약했어! 어른처럼! 하지만 도착 시간을 30분 남겨두고 그가 술집에서 전화를 걸어온다.

"지금 밴드 미팅이 있어. 좀 늦을 것 같아." 그가 불분명한 발음으로 말한다.

"얼마나 늦어?" 내가 마스카라를 칠하며 말한다.

"두… 시간?" 그가 말한다.

"아! 그럼 괜찮아!" 내가 명랑하게 말한다. 나는 그가 어떤 술집에 있는지 안다. 나는 거기로 가서 문간의 계단에 앉아 담배를

221

피우며 그를 기다린다.

마침내 그가 술집에서 나온다. 그는 더 이상 '배가 고프지 않다'고 말한다. "햄이 들어있는 빵을 먹었어." 그리고 우리는 전철을 타고 집으로 돌아간다.

전철 안, 옆자리에 앉은 그가 그날 있었던 '미팅'에 대해 다소 어처구니없는 불평을 늘어놓는 동안, 내 머릿속에서는 그는 제대로 된 대접을 받지 못하고 있으므로 내가 그를 온 힘을 다해 돌봐주고 행복하게 해주는 사람이 되어야 한다는 상상의 관계가 다른 상상의 관계와 대결한다. 새로운 상상의 관계에서 나는 "어째서 그렇게 병신이야? 네가 날 좋아하지 않는다면 그냥 그렇다고 말해."라고 소리를 지른다. 마구 물건들을 집어 던지면서. 나는 애써 이런 생각들을 지운다. '우리는 함께 남은 평생을 행복하게 보낼 텐데, 이런 생각을 하면 안 되지.'

그와 함께하는 인생에 대한 꿈에서 깨어나지 않으려고 나는 집에 가는 길에 위스키 한 병을 산다. 엄청나게 취해있을 때는 행복도 쉽게 상상할 수 있는 법이니까.

새벽 2시에 경찰들이 집에 들이닥친다. 나는 경찰에게 제대로 된 설명을 하려고 노력한다. 나는 취해서 꼭지가 돌아있고, 코트니는 소리를 질러대며 나를 붙들려고 온 집안을 뛰어다녔다. 내가 화장실 문을 잠그고 틀어박히자 문을 발로 걷어차기까지 한다.

경찰관은 나이가 쉰다섯 정도로 보인다. 그는 빳빳한 재킷을 입고 묵직한 신발을 신고 있는데, 나나 코트니보다는 분명 어른으로 보인다. 나는 취해서 울고 있는 잠옷 차림의 10대이고, 코트니는 페이즐리 셔츠에 청바지 차림으로 담배에 불을 붙이면서 손을 떠는 스물여섯 살의 남자다. 나는 무척 취했다. 내 눈에 경찰은 파랗게 빛나는 불빛을 발하는 손전등처럼 보인다. 하지만 그 불빛은 바깥 도로에 주차된 경찰차에서 나오는 것이다.

"시끄럽다는 민원이 들어왔습니다." 그가 말한다. 그의 무전기가 지지직거린다. "새벽 2시에 소리를 지르면서 싸우다니, 이웃들이 잠을 어떻게 자겠어요? 무슨 일이죠?"

이 경찰관은 분명 내게 우호적이지 않다. 그는 크고, 단단하며, 남성이고, 논리적이다. 나는 그에게 우리의 관계가 어려운 상황에 봉착했으며, 코트니가 우리의 관계를 더 이상 의심하지 않도록 노력하고 있다고, 그는 플로라 마가린 튜브 뚜껑을 던졌을 때 기절해버린 그의 어머니에게 복수심을 불태우고 있다고 설명할 수가 없다.

경찰관은 이런 말들을 듣고 싶어 하지 않는다. 나는 손님을 맞이할 때처럼 그에게 위스키를 몇 잔 권하지만, 거절당한다. 그러자 나는 조금 놀란다. 지난 번 아파트에서 한번은 그 안에 갇힌 일이 있었는데, 나를 구출하러 들어온 소방대원들과 테라스에서 맥주를 잔뜩 마신 적이 있기 때문이다. 그때 나는 그들에게 록그룹 오아시스와 관련된 가십들을 얘기해주었다.

소방대원들이 파티를 더 좋아하는 모양이지, 나는 생각한다.

그러면서 이제부터 조용히 있겠다고, 그냥 오해가 좀 있었던 것뿐이라고 말한다.

"그냥 집안일이에요." 나는 집을 나서는 그에게 말한다. 어른스러운 말처럼 들린다. 드라마 〈이스트엔더스EastEnders〉에 나오는 어른들은 그들의 관계에 대해 항상 이렇게 말한다. 나는 이 모든 일들 앞에서 꽤나 어른처럼 행동한다.

며칠 후, 나는 '이제는 늙은' 멍청한 개와 함께 집을 벗어나 벌판을 배회한다. 잠옷 위에 코트를 입은 나는 나무 아래 누워 이파리들을 올려다본다. 나는 담배를 만다. 딱 한 개비만. 오후 2시에 어울리도록.

내 주변에 있는 사람들이 거울들인 거야, 나는 생각한다. 개는 호숫가에서 어정거리다 호숫물을 마신다.

그 거울에는 내 모습이 비쳐. 나를 상냥하게 대하는 거울이라면 그 안에서 난 진짜 내 모습을 볼 수 있는 거야. 다른 사람들에게는 다른 존재로 비칠 수 있겠지만, 그것도 나 자신을 알기 위해서는 다 필요한 모습들이야.

하지만 그 거울이 깨졌거나, 금이 갔거나, 부서졌다면, 그런 거울에 비친 모습은 진실하지 않아. 하지만 나는 그 모습을 보고 내가 잘못된 거라고 생각하겠지. 코트니의 눈에 비친 나는 미쳤고, 그의 행운을 방해하는 고압적인, 그를 망치는 여자야.

나는 생각을 멈춘다.

나는 그를 사랑하지만 그는 나를 싫어한다. 이게 사실이다. 나는 코트니에게 떠나라고 말할 것이다. 나는 더 이상 그와 같이 살 수 없다.

나는 집으로 간다.

*

코트니는 떠나지 않을 것이다.

"여기만큼 좋은 방을 구하기 전까지는 어디도 못 가." 그가 단호하게 말한다. "다른 저질스러운 방에서 살 수는 없어. 너랑 헤어지지도 않을 거고 크리클우드 같은 쓰레기장에서는 안 살아. 그건 공정하지 않아."

그날 밤, 그가 이렇게 말한 뒤에 우리는 섹스하지 않는다. "너랑 하기에는 난 너무 우울해." 그가 말한다. "너랑 하면 상황이 더 악화될 거야."

거울이 어두워진다. 내 얼굴도 거의 보이지 않는다.

주말여행이다! 우리에게는 주말여행이 필요하다. 신선한 공기와 시골 풍경. 우리는 그저 런던을 잠시 떠날 필요가 있다. 런던이 문제다. 코트니는 크리클우드가 있는 런던을 싫어한다. 런던이 우리를 힘들게 한다. 다른 장소라면 우리도 잘 지낼 수 있을 거다.

웨일스에서 새 앨범을 녹음하고 있는 코트니의 친구들이 주말 동안 우리를 초대했다. 모든 사람들이 고개를 끄덕이듯 우리는 친구들 사이에서 가장 눈에 띄는 커플이다. 밤을 새워 파티를 즐기는 팝스타와 10대의 TV 진행자. 새벽 2시에 걸려오는 전화를 받아온 캐즈만이 진실을 알고 있다. 캐즈는 패딩튼 지역을 벗어나 서쪽으로 향하는 기차 안, 나의 반대편에 앉아있다. 내가 마지막 순간에 캐즈를 불렀다. 유명한 밴드랑 어울리며 원하는 만큼 술을 마실 수 있다고.

"내가 좋아하는 밴드였다면 안 갈 거야." 내가 의사를 묻자 캐즈가 말한다. "이상할 테니까. 하지만 별 볼 일 없는 자식들이라면 괜찮겠지. 그러니까 갈게. 유명한 멍청이들하고 샴페인을 원 없이 마시는 것이 진정한 혁명가의 의무니까."

우리는 객차 내 바에서 마실 거리들을 주문했다. 이 기차는 곧 시작될 쇼의 전초전을 위한 곳이다. 나는 잡지 《사설탐정Private Eye》을 읽다가 웃음을 터뜨린다. 내가 세 번째로 크게 웃자 코트니가 참견한다. "그만 웃어. 일부러 그러는 거 알아."

"난 그냥… 웃는 거야." 내가 말한다.

"아니야. 평소처럼 웃는 게 아니잖아." 코트니가 말한다. 그는 이미 취할 대로 취했다. "넌 다른 사람들 놀리려고 웃고 있어."

모두들 침묵한다. 너무 어색하다.

"언니는 그냥… 웃는 것 같은데, 코트니." 캐즈가 날카롭게 말한다. "네가 뭔가 느꼈다면 아마 혼자 찔려서 그런 거 아닐까."

나는 닥치라는 뜻에서 테이블 아래로 캐즈를 발로 찬다. 나는 캐즈가 우리의 은밀한 어둠을 폭로할까봐 당황스럽다. 사적인 일인데. 내 영혼의 문제다. 내가 해결할 일이다. 나는 그냥 웃음을 거둔다.

락필드의 가을은 참을 수 없을 정도로 아름답다. 웨일즈의 가을에 비하면 영국의 가을은 밋밋하고 별 볼 일 없다. 산악지대에 내려앉은 서리가 스팽글처럼 반짝인다. 코트니가 거울 앞에서 끝없이 머리를 다듬으며 몸치장을 하는 동안, 캐즈와 나는 현관 진입로 앞에서 블랙베리를 마구 먹으며 어린아이들처럼 술래잡기를 한다. 공기는 강철처럼 단단하다. 나는 신경질적인 웃음을 터뜨린다. 그러자 갑자기 걱정스러워진다.

"내 웃음이 어떻게 변했어?" 나는 캐즈에게 묻는다. "런던 식으로 변했니?"

"내가 받아본 질문 가운데 가장 바보 같은 질문이야." 캐즈가 말한다. 부러진 나뭇가지 하나를 찾아낸 캐즈는 내가 웃다가 쓰러질 때까지 그걸로 내 엉덩이를 찔러댄다.

그룹 퀸이 〈보헤미안 랩소디Bohemian Rhasody〉를 녹음했던 스튜디오에서 우리는 "프레디 머큐리라면 어떻게 했을까?"라고 외치며 샴페인을 따서 맥주잔에 붓는다. 그러다 내가 믹싱 데스크에 샴페인을 쏟는다. 나는 카디건으로 샴페인을 닦으면서 "프레디 머큐리도 샴페인을 쏟았을 거야! 내 안에 프레디 유령이 들어왔나 봐!"라고 외친다.

코트니는 훌륭한 스튜디오에 와서 흥분한 상태다. "마침내, 난 내 집을 찾은 거야!" 그는 회전의자에 웅크리고 앉아 밴드 친구들 중 한 명의 가장 비싼 마틴 기타를 연주한다. 그는 친구들의 히트곡 몇 곡을 연주하지만, 가사는 전부 제멋대로 바꾸어 부른다.

밴드 친구들은 예의 바르게 그의 연주를 듣고 있지만, 실은 그가 그만두기를 바라는 기색이다.

"오! 흥에 겨운 연주인데! 리뷰를 해야겠다!" 나는 분위기를 전환하고 싶다.

"그런데 넌 아직 어떻게 쓰는지도 모르잖아." G마이너 코드를 치던 코트니가 담배를 피워 물며 말한다. 너무 당황스러웠던 나는 표정을 감추려고 그저 엑스터시를 몇 알 삼킬 수밖에 없다.

명랑한 E 코드가 연주되자 방의 분위기도 한결 나아진다. 캐즈가 나를 주의 깊게 보고 있다. 몇 달 동안 나는 캐즈를 보지 못했다. 그래서 나는 그 애와 있는 내가 어떤 사람인지를 거의 잊어버린 상태다. 캐즈의 얼굴은 거울이다. 나는 캐즈의 거울에 비친, 쉼 없이 말을 하면서도 매우 피곤하게 보이는, 의자에 혼자 앉아 있는, 침울한 눈빛을 한 10대 소녀를 볼 수 있다.

그녀야말로 진정한 거울이다. 나는 좀 더 자주 그녀에게 나를 비춰보았어야 했다. 나는 그녀에게서 내 모습을 본다. 나의 장점과 단점들을 볼 수 있다. 하지만 이제서야 그 얼굴을 알아본다. 그 얼굴을 아주아주 오랫동안 보지 않았던 것만 같다. 아주 어렸을 때부터.

우리는 아주 오랫동안 서로를 바라본다. 그러자 편안한 기분이 든다.

하지만 캐즈가 나를 향해 눈썹을 치켜뜬다. 왜 그러는지 알 것 같다. 이런 뜻이다. "뭐야?"

나는 입을 움직인다. "난 그가 싫어."

캐즈도 입을 움직인다. "걔가 병신이라 그래. 전부 다들 병신이야."

나는 캐즈 옆의 바닥에 앉는다. 우리는 아주 오랫동안 코트니와 밴드 친구들과 갑자기 어디선가 나타난 말 많은 여자아이들을 바라본다.

스튜디오 안의 사람들이 움직이는 방식에는 일정한 리듬이 있다. 그들은 국화꽃처럼 둥글게 둘러앉아 코카인 위로 머리를 숙인다. 그리고는 코를 문지르며 뒤로 물러나고, 난폭한 말투로 대화를 이어간다. 한쪽 구석에서 천천히 키스를 하던 사람들이 의기양양하게 둘러앉은 사람들에게로 돌아온다. 비틀즈 풍으로 각자 기타를 붙들고 노래하던 사람들은 갑자기 웃음을 터뜨리며 연주를 멈춘다. 그리고 다시 노래를 불러댄다.

캐즈와 나는 마라카스를 가지고 왔다. 우리는 '비아냥거리기 위한 퍼커션'이라고 밖에는 표현할 수 없는 방식으로 마라카스를 흔들어댄다. 곧 누군가가 그만두라고 말한다. 우리는 잠깐 멈추었다가 조용히 다시 시작한다. 그러고 있으니까 기분이 좋다.

한구석에 앉아 있으려니 텔레비전을 보는 것 같다. 아니면 연극을. 캐즈 옆에 앉기 전까지는 나도 텔레비전 쇼에 참여하고 있었다. 하지만 캐즈 옆에 앉은 나는 더 이상 쇼와는 관련이 없다. 나는 꾸며진 이야기의 일부가 아니다. 한번도 그런 적이 없다. 나는 집에서 텔레비전을 보는 시청자일 뿐이다. 내가 캐즈의 손을 잡자 캐즈도 내 손을 잡는다. 우리는 텔레비전을 바라보며 자유롭게 마라카스를 계속 흔든다. 전에는 캐즈의 손을 잡아본 적이 없었다. 우리는 항상 싸움질만 했으니까. 엄마는 우리가 어렸을 때 엑스터시를 줬어야 했다. 그러면 우리는 좀 더 행복했을 텐데.

코트니가 다가와 우리를 내려다보기까지, 얼마나 그렇게 앉아 있었는지는 잘 모르겠다. 그는 매우 값비싼 마틴 기타를 들고 팝스타처럼 거들먹거리고 있지만, 머리숱도 없고 낡아빠진 스웨이드 재킷을 걸쳤을 뿐인 사람에 지나지 않는다.

"숙녀 여러분." 그가 거만하게 말한다. 그는 사납게 이를 갈고 있다.

우리는 그 앞에서 마라카스를 흔든다. 내 동공이 확장된다. 캐즈는 두 눈을 접시처럼 크게 떴다.

"안녕, 코트니." 캐즈가 말한다. 그녀는 한 글자 한 글자에 어마어마한 증오를 실어 그의 이름을 발음하면서도 매우 교양 있게 말한다.

"우리 모두는 너희들이 언제까지 마라카스를 흔들지 매우 궁금해하고 있어." 코트니가 과장된 예의를 차려 말한다.

"그만둘 수 없을 것 같아." 캐즈가 똑같이 정중하게 말한다.

"왜?" 코트니가 묻는다. 그의 목소리에는 냉정한 예의가 서려 있다.

잠시 아무도 말이 없다.

"왜냐하면, 네가 완전 병신이니까." 캐즈가 말한다. 마치 가든 파티에서 만난 외국의 고위급 장관을 환대하는 여왕처럼 그녀는 정확한 박자로 마라카스를 흔든다.

"맞아!" 내가 즐거워하며 말한다. 가슴이 찢어질 것 같다. "완전 병신이야!"

"완전 병신이지." 캐즈가 마라카스를 흔들면서 다시 한 번 단호하게 말한다.

"세상에, 넌 감당하지도 못 하면서 약을 한 거야?" 코트니가 내게 말한다. "부끄러운 줄 알아."

"사실은," 나는 코트니를 완전히 무시하며 캐즈에게 말한다. "난 얘랑 헤어질 수가 없어. 왜냐하면 사귄 적도 없거든. 나 혼자 사귄다고 상상했던 거지."

"완전, 상상 속의 병신이네." 캐즈가 다시 말한다. 우리는 조화롭게 마라카스를 흔든다.

"코트니, 난 집에 가서 자물쇠를 바꿔 달 거야." 내가 명랑하게 말한다. 캐즈와 나는 여전히 손을 잡고 있다.

"이제 택시를 부를 거야." 나는 다른 사람들에게 말한다. "우리를 초대해줘서 고마워, 모두들. 믹싱 데스크에 샴페인 쏟아서 미안해. 실수였어."

코트니가 뭐라고 외치지만 내게는 들리지 않는다. 우리는 빠른 걸음으로 그 방을 나와 택시를 부르러 간다. 런던으로 돌아가려고. 그래서 이를 가는 대신 껌이나 씹으려고. 한데 프런트에서 택시를 부르자마자 나는 중요한 물건을 두고 왔다는 것을 알아차린다.

"잠깐 여기 있어." 나는 캐즈에게 말한다.

"뭐 하려고?" 캐즈가 소리친다.

"여기 있어!" 나는 다시 복도를 뛰어 스튜디오로 들이닥친다. 모두 나를 바라본다. 분노와 자기연민, 그리고 코카인 기운이 뒤섞인 얼굴로 코트니가 나를 보고 있다. 하지만 그는 내가 그에게 돌아간다면, 진심으로 사과한다면 나를 다시 받아줄 것처럼 보인다. 내가 진심으로 사과한다면. 내가 그를 사랑하고 있다면. 내가, 진심으로, 그를 사랑하고 있다면.

"이런, 마라카스를 두고 갔네."

스트립클럽에 간다!

스트립클럽에 갈 때는 어떤 옷을 입어야 하는지, 나는 도저히 모르겠다. 인생에서 가장 심각한 옷장 속 위기를 겪게 된 것이다.

"넌 뭘 입고 갈 거야?" 나는 친구 비키에게 전화를 걸어 묻는다.

"스커트에 카디건." 비키가 담배에 불을 붙이며 말한다.

"신발은?"

"부츠. 낮은 굽으로."

"아, 그래? 나도 낮은 굽 부츠 신을 건데." 내가 말한다. "우리 둘 다 낮은 굽 부츠 신고 가자. 그게 좋겠어. 서로 어울릴 거고."

갑자기 좋은 아이디어가 아니라는 생각이 스친다. "그런데 둘 다 낮은 굽 부츠를 신으면 안 될 것 같아." 내가 말한다. "너무 똑같이 옷을 입으면 사람들은 우리가 일부러 그랬다고 생각할지도 몰라. 알잖아, 우린 레즈비언처럼 보일지도 몰라. 그래서 우릴 만지려고 하면 어떡해."

"널 레즈비언이라고 생각할 사람은 아무도 없어." 비키가 한숨을 쉰다. "네가 진짜로 레즈비언이라면 정말 끔찍한 레즈비언일 거야."

"아냐!" 내가 분개하며 말한다. 비키의 말에 '무엇이든 할 수 있다'는 내 천성이 불쾌해하고 있다. "하려고만 하면 나도 좋은 레즈비언일 거야."

"아냐, 넌 안 돼." 비키가 말한다. "넌 누가 봐도 이성애자야. 넌 산타클로스도 좋아하잖아. 아무리 상상력을 발휘해 봐도 산타클로스는 레즈비언과는 관계가 없어. 산타클로스는 집 안에서도 웰링턴 고무장화를 신고 있다고."

비키가 나의 레즈비언 능력을 의심하다니, 믿을 수가 없다. 마음만 먹으면 나도 진짜 레즈비언이 될 수 있다. 우리가 밤마다 어울려 놀 때마다 그녀는 내가 얼마나 많은 재능을 가진 사람인지를 보아오지 않았나. 언젠가 본머스 지역에 갔을 때, 우리는 요령껏 〈런 포 유어 와이프Run For Your Wife〉가 상연되는 공연장의 무대 뒤에 숨어들었고, 나는 배우 제프리 홀랜드 앞에서 창녀인 척했다. 그냥 그가 어떻게 나오는지를 보려고. 그는 매우 교양 넘치는 말투로 "맙소사!"라고 했을 뿐이었지만. 어쨌거나 나의 능력은 끝이 없다. 비키는 나를 잘 알지도 못하면서 이런 말을 한다.

"그럼 그냥 운동화를 신을까 봐." 내가 말한다.

비키는 런던 중심가의 토트넘 코트 로드에 있는 스트립클럽 '스피어민트 라이노'에 놀러가자고 나를 꼬드겼다. 때는 2000년이고, 오랫동안 땀 냄새를 풍기는 변태들이나 가는 곳이라 여겨져 왔던 스트립클럽들은 다시 아무렇지도 않은 장소로 받아들여지고 있다.

영국의 브릿팝과 《로디드Loaded》와 같은 남성잡지에서 영국 노동자 계층을 나타내는 평범한 요소들 즉 펍, 그레이하운드 경주, 후드 달린 점퍼, 공원에서의 축구, 베이컨 샌드위치, 섹스 등을 부각시키면서 스트립클럽도 다시 수면 위로 떠오르게 되었다. 사내아이처럼 구는 아가씨들은 이제 밤마다 시내의 한결 고상한 스트립클럽을 찾는다. 스파이스 걸스 멤버들도 스트립클럽에 출입하며 시가를 피우고 대담하게 노는 모습을 사진 찍히기도 했고, 방송 진행자 조 볼이나 사라 콕스도 스트립클럽에서의 여자들만의 모임에 참석하는 것이 포착된 바 있다. 스트립클럽이란 이제 그루초클럽*이나 다름없는, 그러나 더 흥미진진한 장소가 되었다. 새벽 1시에 놀러나가고 싶은 사람들을 위한 장소 말이다.

일간지 《이브닝 스탠다드Evening Standard》가 비키에게 스트립클

---

* 런던 소호거리에 위치한 회원제 클럽으로 아티스트, 작가 등이 많이 방문한다.

럽 라이노에 가서 하룻밤 놀다 오라고 주문한 까닭은 이런 현상을 정확히 파악하고 싶다는 저널리즘적 욕망 때문이기도 하고, 한편으로는 편집자들이 스트립클럽에서 찍힌 여자들의 사진에 흥미를 느꼈기 때문이기도 하다. 그들은 비키에게 상황이 대체 어떻게 돌아가고 있는지를 보고 오라고 지시했다.

"우리의 여성주의 원칙에 들어맞는 측면이라고는 하나도 없을 거야. 거긴 여자들을 공개적으로 소모하는 곳이니까." 그녀와 통화하던 내가 말했다.

"매니저가 밤새도록 공짜 샴페인을 줄 거야." 비키가 말했다.

"음, 그럼 거기서 9시에 만나." 나는 최대한 품위를 지키려고 애를 쓰며 말했다.

스트립클럽 밖, 보도에서부터 요상한 분위기가 느껴진다. 문틈으로 들여다보니 금색 몰딩과 빨간 벽, 번쩍거리는 조명으로 장식된 내부가 보인다. 좀 과하다. 젖가슴이 출렁대는 디즈니랜드처럼 보이는 화려한 공간이다. 우리가 출입문 앞에 걸어놓은 줄 앞에서 망설이고 있을 때 손님들이 몇 명 몰려들었고, 그러자 우리는 출입구를 지키고 있던 문지기들에게 떠밀려 클럽 안에 들어서게 되었다.

머뭇거리기는커녕 자신 있게 행동하는 손님들을 보고 나는 놀란다. 스트립클럽을 찾는 사람들은 문지기들 앞에서 중언부언 변명을 늘어놓을 거라고 생각했으니까. "아픈 아이들을 돕기 위해 모금을 하려고 왔어요." "공무원입니다. 전기장치를 점검하러 왔어요." 아니면 멕시코 사람인 척하며 "여기가 프레타망제 샌드 위치 체인점인가요?"라는 말들을 늘어놓을 거라고.

하지만 그들은 지극히 평범하게 퇴근해서는 음순을 보여주는 아주 어린 여자애들에게 돈을 지불하며 약간의 위안을 얻는 것이 당연하다는 듯한 걸음걸이로 클럽에 들어선다. 약간은 땀에 젖은 양복과 놓치지 않으려 조금은 예리한 눈빛을 하고. 내 친구들은 착하구나, 나는 생각한다. 물론 이런 생각을 처음 하는 것은 아니다. 내 남성 친구들은 모두 스트립클럽에 가는 생각만 해도 벌벌 떨 거다. 그들은 늘 카디건 차림에 LP판을 모으고 훌륭한 찻잎에 집착하는 친구들이다. 그 친구들은 돈을 내고 모르는 여자의 음순을 본다는 생각은 한번도 못해봤을 것이다. 내 남자친구는 내 음순을 볼 때마다 "고마워, 정말 예뻐."라고 말한다. 우리는 4년 동안이나 함께 해왔다.

"못된 남편들이 죄다 여기 모여 있는 것 같네." 클럽에 들어서며 나는 비키에게 말한다. "저 사람들의 여자친구나 아내들의 슬픔이 느껴지는 것 같아."

공짜 샴페인은 형편없는 맛이다. 우리는 캣워크 혹은 비키의 표현에 따르면 음부 전시장과 마주보는 테이블을 차지했다. 처음 한 시간 동안 우리는 '스피아민트 라이노'가 스트립클럽이 아니라 펍인 줄 알고 들어온 척을 한다. 하지만 젖가슴들이 머리 위로 출렁거리며 지나갈 때마다 정신이 산란해진다. 새로 산 겨울외투를 화제로 특히 즐거운 대화를 나누던 도중, 갑자기 엉덩이 하나가 불쑥 눈앞에 나타나는 바람에 방해를 받기도 한다. 하지만 뭐, 이런 일은 평범한 술집에서도 겪는 일이니까. 그렇게 2시간이 지나간다. 우리에게 다가온 '소녀들' 몇 명과 우리는 여자들이 모일 때는 으레 그렇듯 가십거리를 화제에 올린다. 비키는 카디건을, 나는 재킷을, 소녀들은 큐빅이 반짝거리는 브라와 아찔한 끈 팬티를 입고 있다.

새벽 1시가 되자 우리는 꽤나 술에 취한다. 한 댄서가 우리만을 위한 춤을 춘다. 우리는 당황한다. 그녀의 엉덩이는 천국에서 온 것처럼 보인다. 댄서들은 우리에게 엄청나게 유명한 어느 텔레비전 출연자가 이 클럽에 자주 모습을 드러낸다는 이야기를 흥미진진하게 해준다. 그 이야기는 이렇게 끝난다. "그런데 그 사람 부인이 그에게서 헤르페스를 발견한 거예요! 크리스마스 날에!"

우리 테이블은 와자지껄한 웃음소리로 떠나갈 듯하다. 나와 비키는 생각한다. 그루초클럽이랑 다를 게 없네. 눈길을 돌릴 때마다 엉덩이나 가슴이 보여서 그렇지. 나쁠 건 없잖아.

홍보담당자가 우리에게 다가온다.

"난 집에 가요." 그녀가 코트를 걸치며 말한다. "여러분은 얼마든지 더 계세요. 원하신다면."

나는 샴페인 병을 바라본다. 족히 두 잔은 더 남아있는 것 같다.

"우리는 더 있을게요!" 내가 명랑하게 말한다. "나의 개인적인 모토가 술병을 두고 떠나지 말라는 거예요."

홍보담당자는 우리를 남겨두고 가버린다. 우리는 보호자도 없이 남겨졌다. 나는 활기차게 술잔을 부딪치며 언젠가 남자친구에게 스트립쇼를 보여줬던 긴 이야기를 이제 막 시작한 참이다. 그날 아침 나는 침대에서 내려가다가 오트밀 죽 그릇을 엎었고, 그래서 슬프게도 분위기를 망치고 말았었다. 그러는 사이 문지기 두 명이 우리 테이블로 다가온다.

"안녕하세요, 경찰 양반들."

"이제 가셔야 할 시간입니다, 숙녀분들." 그들이 강경하게 말한다.

"말씀드리지만 전 도수 낮은 에일 몇 잔 마셨을 뿐이에요." 나는 그들을 흘겨보며 말한다. "여기 더 있어도 아무 문제없어요."

"갈 시간입니다." 그들 중 한명이 내 의자를 뒤로 빼며 말한다. 그의 동료도 비키에게 같은 동작을 취하고 있다. 분개한 우리가 코트를 집어 들자마자 내쫓기기까지는 1분도 걸리지 않는다.

밖에 나온 우리는 분통을 터뜨린다.

"왜? 어째서 우리가 쫓겨나는 거죠?" 우리가 으르렁거린다. "우리는 그냥 스트립쇼를 구경하고 있었을 뿐이에요! 우리는 칼럼니스트예요! 우리는 이걸 볼 자격이 있다고요! 우리가 뭘 잘못했다고! 우린 라디오4에 출연도 한다고요!"

"뭘 하시는 분들인지 우리도 알아요." 그들이 말했다. "창녀들이시죠."

우리는 다음 5분 동안 머리를 굴린 끝에 '특출하지 않은 외모'의 러시아 창녀들이 이 클럽에 빈번하게 드나들고 있고, 스트리퍼들보다 '평범한 외모'를 찾는 손님들을 모객하고 있다는 것을 알게 되었다. 그래서 그들이 우리를 러시아 창녀들이라고 생각했던 거였다. 그들의 눈에 우리는 스트리퍼로 보이지 않는다. 따라서 그들은 우리가 분명 창녀들이라고 생각한다. 비키는 카디건을 입었고, 나는 운동화를 신고 있는데도 말이다.

그들의 세계에서 여성이란 단 두 종류다. 스트리퍼 아니면 창녀. 다른 여성들은 존재하지 않는다. 그러니 20대 여성 칼럼니스트들이 공짜 샴페인이나 잔뜩 마시고 스트립클럽 기사를 1,200단어로 쥐어짜내러 왔다는 생각은 할 수도 없을 것이다.

나는 스트립클럽이라는 장소가 엄청나게 무례할 뿐만 아니라 유해하기 짝이 없는 구시대의 유물이라는 생각을 굳힌다.

"내가 말했잖아, 여긴 여자들을 소모하는 곳이라고." 나는 문간에 앉아 담배를 피우며 비키에게 말한다.

"하지만 우리는 이곳을 주제로 칼럼을 써야 하잖아." 그녀는 대단히 이성적인 답변을 내놓는다.

그렇다. 우리는 칼럼니스트다. 우리는 패배자가 아니다.

하지만 넓게 보면 우리는 물론 패배자들이었다. 어제까지의 역사가 이를 증명하고 있다. 게다가 여자들이 남자들 앞에서 옷을 벗는 클럽을 어떻게 무례하고 유해한 공간이 아니라고 할 수 있겠는가.

결국 역사 속에는 '남자들에게 예속되고 권리를 박탈당했으며 성적으로 대상화된 99퍼센트의 여자들'로 가득하다. 남자들이 여자들을 성적으로 대상화해왔다는 사실에는 아무도 이견을 표시할 수 없을 것이다. 역사를 통틀어 남자들의 욕망이 여자들에게 입에 올릴 수 없는 만행을 저질러왔다는 것을 우리는 똑똑히 알고 있다. 이처럼 끔찍한 일들이 벌어진 이유는 남자들이 자신들의 행동에 대한 규칙이나 반성 없이 막강한 권력을 휘둘러왔기 때문이다. '남성들의 횡포'나 '만행'이라는 표현은 전혀 과장이 아니다. 영국에서도 남편이 아내를 강간할 수 있었던 시대가 있었다. 여자들은 이를 거부할 권리를 지닌 한 사람의 인간으로 여겨지지 않았다. 독일에서는 1997년에야 부부 사이의 강간이 범죄라는 판결을 내렸다. 아이티에서는 2006년에 들어와서였다. 파키스탄이나 케냐, 바하마와 같은 나라에서는 아내 강간이 여전히 합법이다. 이것이 범죄로 규정된 나라에서조차 고소로까지 이어지는 경우는 사실상 드물다. 인권단체는 특히 폴란드와 일본이 낮은 고소율을 보이고 있다며 비판하고 있다. 세계 대부분의 나라에서, 법적인 제재와 관계없이, 여자들은 남자들의 성적 도구 이상도 이하도 아니다.

이런 맥락에서 보자면 현대사회의 스트립클럽이란 '민스트럴 쇼Minstrel Show'*나 '유태인 때리기 쇼! 단돈 1파운드!'처럼 우스꽝

---

* 백인이 흑인처럼 분장해 흑인을 생각 없고 이기적인 동물로 묘사하는 인종차별적인 쇼.

스러운 공간이다.

물론 여기에도 커다란 차이가 있다. 만약 백인 남성이, 농장 작업복을 입고 잔뜩 주눅 든 채로 공손하게 그들의 고용주들을 모시는 흑인 청소부만을 고용하는 청소 대행업체를 열겠다고 하면, 전 세계가 비난을 퍼부을 것이기 때문이다.

"제정신이오?" 그들은 소리칠 것이다. "재미로 노예제도를 부활시키기라도 할 생각입니까? 채널4 다큐멘터리에서 곧잘 하는 '사회적 실험'이라고 해도 그건 말도 안 됩니다!"

하지만 스트립클럽이나 랩댄싱클럽들도 그저 '재미'로 부활한 여성혐오로 얼룩진 역사가 아닌가?

스트립클럽은 선택의 문제라는 주장은 틀렸다. 최근 나는 유행을 선도하는 잡지에서 젊은 여자들이 대학등록금을 벌기 위해 스트리퍼로 일한다는 인터뷰를 많이 보게 되었다. 이런 인터뷰를 읽은 사람들은 "봐! 똑똑한 여자들도 스트리퍼가 되잖아! 학위를 따서 중산층 직업여성이 되려고! 걸 파워의 진수가 아닐 수 없네!"라며 스트립클럽에 대한 반대 입장을 철회하는 경우가 많다.

하지만 나는 그 여자들의 "사실은 스트리퍼로 일해서 대학등록금을 벌고 있어요."라는 말이 스트립클럽의 도덕성에 대한 논쟁을 종식시키는 용감하고 강력한 발언이라고 생각하지 않는다. 만약 이런 소녀들 — 10대 남학생들은 스트리퍼로 일하지 않을 테니까 — 이 학업을 계속 하기 위해 스트리퍼가 되어야만 한다면, 이는 스트립클럽의 존폐유무는 차치하고라도, 더 큰 정치적 논쟁을 불러일으켜야 할 사안이다.

어째서 우리는 스트립클럽들이 여자들 — 물론 예쁘고 날씬한 여자들만. 뚱뚱하고 평범한 여자들은 남자들이 하는 일을 해야 할 테니까 — 에게 위대한 자선을 베풀어 학위를 보장하는 공간이라고 생각해야 하는가? 더 좋은 교육을 받고자 하는 여성들이 그런 멍청한 직업을 갖는다는 사실을 나는 믿을 수가 없다.

누군가는 '소녀들이여, 무대에서 내려와라. 너희들은 우리를 모두 실망시키고 있다'는 직설적인 발언을 듣고 싶지 않을 것이다. 하지만 나는 말해야만 하겠다. "소녀들이여. 무대에서 내려와라. 너희들은 우리를 실망시키고 있다!"

하지만 이 점을 명심해야 한다! 여자들이 다른 여자들을 실망시키기만 하는 것이 아니다. 스트립클럽이 모두를 실망시킨다는 것이 문제다. 스트립클럽에서 남자들과 여자들은 최악의 방식으로 서로에게 다가간다. 남자와 여자, 술이 어우러져 급기야는 서로 옷을 벗는 고상한 만남과는 달리, 이곳에서는 자기를 표현할 수도, 즐거움을 찾을 수도, 자기 자신을 발견할 수도 없다. 그토록 많은 사람들이 스트립클럽에 반대하는 의견을 표명하는 것은 바로 이런 까닭이다. 그들도 속으로는 그곳에서 재미를 보는 사람이 아무도 없다는 사실을 다 알고 있기 때문이다.

대신에, 사람들은 스트립클럽에서 가장 절망적인 방식으로 돈을 벌고 싶다거나, 여자의 속살을 보고 싶다는 욕구를 표현한다.

스트립클럽에서 멀쩡한 정신 — 비키와 나는 처음에는 멀쩡했다 — 으로 앉아 첫 번째 공짜 샴페인이 테이블로 날라져 오기를 기다리는 7분 동안, 나는 이곳에서 무슨 일이 벌어지고 있는지를 알아차린다. 여자들은 남자들을 싫어한다. 그날 열두 번째로 끈 팬티를 벗어 내리는 스트리퍼는 속으로 패티 스미스의 과격하고 정열적인 〈피스 팩토리Piss Factory〉 노래를 생각하겠지만, 겉으로는 식스펜스 넌 더 리처의 달콤한 〈키스 미Kiss Me〉인 척을 하고 있다.

그리고 남자들, 오, 남성 여러분. 여러분은 스트립클럽에서 행복하고 즐거운가? 음악이 시작되고 여자가 다가올 때, 그 여자를 보면서 즐거운 기분이 든다고 말할 수 있나? 어떤 남자도 눈앞에서 팬티를 벗으며 집에 갈 택시비를 벌려는 여자를 보고 즐거운 기분을 느낄 수는 없다. 당신은 돈을 아무렇게나 낭비한다. 영국 남성이 빚을 지는 세 번째 이유가 포르노나 스트립클럽 중독이다. 60퍼센트에서 80퍼센트의 스트리퍼들은 성적 학대를 당한 경험이 있다고 한다. 스트립클럽은 정말로 끔찍한 곳이다. 여성혐오와 추악한 자본주의의 합작품이라 할 수 있는 스트립클럽은 무례하고 유해한 곳이다.

시내 곳곳에서 눈에 띄는 스트립클럽들은 마치 부러진 이빨처럼 보인다.

총리가 레즈비언이고 국회의원들 중 과반수가 여성인 아이슬란드는 2010년, 종교적인 이유에서가 아니라 여성주의자들을 위해서 스트립클럽을 불법으로 규정한 첫 번째 나라가 되었다.

"아이슬란드 남성들은 여성들이 판매상품이 아니라는 생각에 익숙해져야 합니다." 아이슬란드의 페미니스트 구드룬 욘스도티르는 법 개정을 앞두고 이렇게 말했다.

그녀의 생각은 남자들을 위해서나 남자들의 은행잔고를 위해서나, 그리고 그들이 마주치게 될 여자들을 위해서나 하등 나쁠 것이 없다. 남자들이 가슴과 엉덩이를 꼭 봐야 할 이유는 없다. 동네 스트립클럽에 못 간다고 해서 죽을 남자는 없다. 가슴은 비타민 D처럼 필수적이지 않으니까. 그러니 우리의 여성들을 봉에서 끌어내리자.

하지만 봉춤을 배우는 것은 나쁘지 않다. 나도 안다! 앞뒤가 맞지 않는다고 생각하겠지! 비논리적으로 보일 것이다! 많은 여성주의자들은 봉춤을 지구 종말의 날처럼 생각한다. 그들에게는 어린 소녀들이 동네 체육관에서 오전 11시 30분부터 봉춤을 배운다는 것이 여성혐오를 내건 종교집단이 세계를 지배하고 있다는 증거다.

실용적인 차원에서 봉춤은 쓸모가 없을지도 모른다. 소녀들이여, 나이트클럽에는 봉이라고는 찾아볼 수 없다. 즉 수백 파운드를 들여가며 배운 '섹시한' 춤을 사람들 앞에서 공개적으로 보여줄 장소가 없다는 말이다. 버스의 봉을 제외하고는. 그럼에도 불구하고 시간과 돈을 들일 용의가 있다면, 기왕이면 영국 봉춤의 대가가 되어라.

하지만 다른 실용적인 차원도 있다. 댄스학원이나 헬스클럽에서 봉춤을 배우는 것은 공격적인 여성주의의 규칙에 전혀 위배되지 않는다. 이 세계는 무한한 가능성으로 가득하고, 그러므로 당신이 봉에 골반을 문지르는 방법을 배우지 못할 이유도 없다. 라틴어를 배우는 것보다는 더 실용적이지 않을까. 내 경험에 따르면 모퉁이를 아슬아슬하게 돌아야 할 경우, 봉춤 수업을 받았던 것이 무척 도움이 되었다. 게다가 지구 종말의 날이 왔을 때, 어쩌면 팝스타 브리트니 스피어스의 〈우머나이저Womanizer〉에 맞추어 팬티를 끌어내리는 능력이 큰 도움을 줄 수 있을지도 모르고.

그저 섹스일 뿐인 포르노그래피가 본질적으로는 나쁘지 않듯, 봉춤이나 랩댄스, 스트립댄스도 본질적으로 나쁜 것은 아니다. 여자들이 스스로 원해서, 재미로, 오해받지 않을 수 있는 장소에서 봉춤이나 랩댄스, 스트립댄스를 춘다면 그건 재미있고 즐거운 일이다. 그러다 웃음이 터져 배를 잡고 웃어대다가 레깅스의 사타구니 부분이 터져버려 친구가 안전핀으로 응급처치를 하는 일이라도 생긴다면, 그것도 꽤나 재미있는 결말이다. 그런 경우는 괜찮다. 그러니 여성들이여, 스트립댄스를 계속해라. 여성주의가 당신 뒤에 있으니까.

스트립댄스는 여자들이 밤을 새워가며 타일바닥과 금방이라도 할 기세로 몸을 문대는 곳인 나이트클럽의 섹시댄스와 크게 다르지 않다. 몸을 이리 꼬고 저리 꼬는 춤, 털기 춤, 자메이카

스타일 춤. 이런 춤을 추는 여자들은 모두 즐거운 마음으로, 안전하고 즐거운 공간에서, 여성주의의 품 안에서 몸을 흔든다. 여자들은 원하는 춤을 출 수 있다. 가장 좋아하는 노래가 나올 때라면 언제든지.

그리고 솔직히 관찰자의 관점에서 보면 사람들이 라인 댄스를 추는 것보다는 훨씬 났다. 마카레나를 추는 것보다도.

같은 이유로 벌레스크burlesque 또한 문제될 것이 없다. 벌레스크는 랩댄스의 자매처럼 여겨지지만 더 역사적이고 더 음험하다. 그렇다. 나도 안다. 벌레스크도 돈을 벌기 위해 남자들 앞에서 옷을 벗는 행위다. 가부장제에 찌든 사람들은 "그건 루니툰의 대피 덕은 싫어하면서 시트콤 〈사인필드Seinfeld〉의 조지 코스탠자만 좋아하는 것 같지 않나요. 불평불만이 많다는 본질은 그 둘 다 똑같잖아요."라고 말할 것이다.

하지만 벌레스크와 스트립댄스는 전혀 다르다. 스트리퍼들이 한 사람씩 8시간 교대로 일하는 것과 벌레스크 아티스트가 수백만 명 앞에서 한 번 쇼를 하는 것의 차이는 크다. 중세 음악가들이 한 사람의 군주가 청하는 곡이라면 무엇이나 연주하는 것과, U2가 웸블리 스타디움에서 공연하는 것이 다른 것처럼.

벌레스크에서는 옷을 벗는 사람과 벗지 않는 사람 사이의 권력관계가 평등할 뿐만 아니라, 심야에 자유롭게 펼쳐지는 묘한 자기표현이라 할 수 있다. 물론 예의바른 사회에서는 이러한 자기표현을 받아들여야 한다. 벌레스크에는 나른하고, 복장 도착적이며, 페티시적인 요소가 들어있다. 기술적인 용어를 빌리자면 벌레스크는 '누워서 떡 먹기'가 아니다.

벌레스크는 섹슈얼리티를 강렬하게 드러내면서도 스트립클럽의 공격적이고 경직된 느낌은 갖고 있지 않다. 벌레스크 아티스트는 노래하고, 이야기하며, 웃는다. 그들은 농담을 할 줄 안다. 남성과 여성 사이의 관계를 어떠한 가능성도 모두 배제한 채 소련과 미국의 냉전시대 회담처럼 만들어버리는 스트립클럽의 딱딱한 분위기에서는 생각조차 할 수 없는 일이다. 벌레스크 아티스트들은 무대 아래서 땀을 흘리며 앉아있는 명청한 고객들의 얼굴에 냉담한 무기를 불쑥 들이밀지 않고서도 자기들만의 섹슈얼리티를 근사하고 즐겁게 표현한다.

벌레스크 클럽은 여자들을 위한 장소처럼 느껴진다는 점이 중요하다. 스트립클럽들—10년 전에 스파이스 걸스 멤버들이 출입하고는 했던—은 그렇지 않다. 훌륭한 벌레스크 공연을 보는 당신은 여성의 섹슈얼리티를 만끽할 수 있다. 아름다운 조명, 반짝이는 머릿결, 커다란 칵테일 잔, 거대한 깃털 부채 등의 재미난 액세서리들, 벨벳 코르셋, 아름다운 신발, 에바 가드너 풍의 아이라인, 창백한 피부, 깔끔한 손톱, 유머라는 여성의 가치를 제대로 보여주는 공연이 끝나고 나면 엄청난 박수가 터진다. 발기한 성기를 숨기려고 애를 쓰며 불편한 침묵을 지키는 것이 아니라.

벌레스크 아티스트들에게는 그들을 섹슈얼리티의 슈퍼영웅

처럼 들리도록 해주는 이름이 있다. 디타 본 티즈, 집시 로즈 리, 이모데스티 블레즈, 템페스트 스톰, 미스 더티 마티니 등. 그들은 유리한 위치에서 안전하게 보호를 받으며 그리고 마음가는 대로 창조적으로 작업할 수 있는 문화권 안에서, 섹슈얼리티를 탐험한다. 그들은 스트립클럽에서 볼 수 있는 냉담한 표정의 여자들이 아니다. 그들은 숙녀들이고, 아가씨들이며, 진짜 여자들이다. 그들의 페르소나는 섹슈얼리티의 전체 스펙트럼 ― 재미, 위트, 따뜻함, 창의력, 순수함, 힘, 어둠 ― 을 포괄한다. 그들은 무대 위의 기계적인 에어로빅과는 관계가 없다.

스트립클럽이 재미없는 곳일 수밖에 없는 가장 큰 이유를 알고 있는가? 게이들은 스피어민트 라이노 클럽 같은 곳에서는 지겨워서 차라리 죽고 싶어 한다. 하지만 벌레스크 공연이라면 그들은 너무나 즐거워한다. 경험법칙에 따르면 게이들이 즐거워하는 곳이 문화적인 면에서 여자들에게도 좋은 곳이다. 그들은 빨리 집에 가서 자위나 하고 싶게 만드는 영혼 없는 상품들보다는 반짝이고 화려하고 재미있는 것에 이끌린다.

스피어민트 라이노의 공짜 샴페인 맛은 정말이지 형편없었다.

나는 결혼했다!

최근 캐즈는 많은 일들을 했다. 우선 머리를 짧게 잘랐고, '벤저'라는 이름의 무능력한 악의 군주를 주인공으로 세 편의 희곡을 썼으며, 조지 오웰을 무척 사랑하게 되었고, 드럼 앤 베이스 곡이라면 어떤 앨범이든 죄다 모았고, (어느 우울한 크리스마스에는) 창의력 넘치는 바텐더들과 셰리 카푸치노라는 음료를 만들었다. 용감한 시도였으나 결과적으로는 실패한 작품이었다. 셰리주는 우유와 어울리지 않으니까. 우리는 아무리 오래 젓더라도 셰리 카푸치노에는 옥수수가루를 녹일 수 없다는 것도 알게 되었다.

그러나 캐즈는 주로 많고도 많은 결혼식에 참석하느라 제일 바쁘다. 그건 정말 안타까운 일이다. 왜냐하면 캐즈는 결혼식을 증오하기 때문이다.

"아, 정말 지겨워." 부엌 의자 위로 털썩 주저앉으며 그녀가 말한다. "정말 지겹다구!"

그녀가 입고 있는 크림색의 시폰 드레스와 크림색의 새틴 구두는 온통 진흙투성이다. 다리에는 쐐기풀이 묻어있고, 지독한 술 냄새도 난다. 그녀는 위스키를 들이키는 카우보이처럼 방광염 물약을 병째 마시고 있다. 그녀의 두 눈에는 지금 막 지옥을 벗어났지만 앞으로 몇 번이나 다시 갈 수밖에 없는 여행자의 무서운 광기가 번득인다. 보수공사 중인 도로를, 제대로 굴러가지 않는 차를 타고, 지옥으로 달려가야만 하는 여행자의 광기. 그것도 휴일에.

캐즈가 한구석에 커다란 배낭을 집어던진다. 배낭 안에는 망가진 텐트가 들어있다.

"전화도 안 터지는 계곡의 돼지 농장에서 열리는 결혼식에 2백 명이나 초대한 인간은 뭐야?" 그녀가 입을 비죽거리며 말한다. "가까운 야영장에서 캠핑을 하면 된다는 거야. 신부의 가족들과 함께! 요정들처럼이라나 뭐라나! 아주 가까운 사이가 될 거래! 밤새도록 노래도 부를 거라고!"

캐즈는 진저리를 친다. 기억할지 모르겠지만 그 애는 사람들이 가까이 다가오는 것을 성격적으로 참지 못한다. 아마도 마트에서 궁수들을 곳곳에 배치해놓은 작은 휴대용 성벽을 살 수 있다면, 그 애는 늘 그 성벽을 휘감고 다닐 거다.

"텐트가 망가져서 어떻게 했어?" 나는 배낭을 가리키며 묻는다. 배낭은 완전히 젖어있다.

"옆 텐트에 있던 완전 맛이 간 얼간이가 연필 세 개랑 스카치 테이프로 기둥을 고치려고 하더라." 그녀가 대답한다. "요즘 텐트 기둥들은 망가지라고 있는 법이니까 아무 소용도 없을 거라고 말해봤자 소용없었어. 게다가 우리는 결혼식장까지 걸어가야 했는데, 우리 야영지와 가깝기는커녕 다른 야영지들을 일곱 개나 지나가야 했어. 내 구두는 일곱 개의 야영지를 좋아하지 않았지. 정말로 좋아하지 않았다고. 내 다리도 마찬가지였어. 쐐기풀숲까지 나타났거든. 좁은 길을 지나갈 때 트랙터가 가까이 지나가는 바람에 우리는 생울타리에 바짝 붙어야 했어. 전부 다 짜증나는 일이었어. 게다가 난 트랙터 때문에 불안해서 드레스를 입고 땀까지 흘렸어."

그녀가 땀 얼룩을 보여주려고 팔을 들어올린다.

"하지만 운이 좋았지! 왜냐하면 비가 꽤 세게 쏟아지기 시작해서 우리가 결혼식장에 도착했을 때는 겨드랑이 땀 얼룩이 아니라 엉망으로 곱슬거리는 내 머리카락에 거기 있던 사람들의 시선이 쏟아졌으니까. 게다가 우리가 도착하기 5분 전에 결혼식도 끝났고."

캐즈는 머그컵에 방광염 물약을 쏟아 붓더니 거기다 보드카 석 잔을 따른다. 더 들어봤자 좋은 이야기는 나오지 않을 거다.

모두들 분명 오후 3시부터 거나하게 취했을 것이고, 50대 아줌마들도 뷔페 테이블에 고개를 처박고 "이제 술 다 깼어." 하며 중얼거렸을 테니까. 그들은 '결속력이 단단한' 시골 가족이었고, 캐즈는 '얼굴만 아는' 손님들에게 끝없는 질문 공세를 받아야 했다. "빗속을 뚫고 어딘지도 모르는 곳을 찾아 헤매다가 맛없는 햄 샐러드나 훔쳐 먹은 기분이야." 오후 4시가 되자 캐즈는 화가 나고 지루해서 참을 수가 없어졌고, 화장실에서 한 시간 동안 앉아있었다고 한다.

"매우 화려한 이동식 화장실이었지. 분명 오페라 페스티벌이 열리는 글라인드본에서나 쓸 법한 화장실이었어." 그녀가 말한다. "그 안에는 음악까지 나왔어. 거기서 퀸의 〈언더 프레셔Under Pressure〉를 다섯 번이나 들었어. 그러다가 나는 프레디 머큐리가 했을 법한 행동을 했지. 휴대전화가 터질 때까지 빗속을 뚫고 언덕을 올라가 콜택시를 불렀고, 엑세터에 있는 매리어트 호텔을 예약했어. 아, 나한테 방광염 걸렸냐고 묻지 마. 이미 걸렸으니까."

그녀는 뉴로펜 플러스 진통제 세 알을 꺼내며 울음을 터뜨렸다. "4년 동안 다섯 번의 결혼식이라니." 그녀는 울면서 진흙이 묻은 신발을 벗어 싱크대에 처넣었다. "내가 아는 사람은 그 누구도 더 이상 사랑에 빠지지 않으면 좋겠어. 진짜 사랑을 찾아낸 사람들 때문에 내가 좋을 게 뭐냐고."

캐즈 말이 맞다. 진짜 사랑을 찾아낸 사람들은 다른 사람들을 피곤하게 한다. 뭐, 다들 결혼해서 정착하고, 그래서 더는 난리법석을 떨지 않는다면 상관없는 일이다. 하지만 그 전에 우리는 타인의 인내와 사랑을 시험하는 결혼식에 참석해야만 한다.

전쟁이나 강간, 핵무기, 주식시장 붕괴, 자동차 경주, 한 남자가 땀에 젖은 조깅바지에 손을 넣어 팬티를 정리하고 잡은 버스 손잡이를, 그 축축한 손잡이를 나도 잡아야 하는 경우 등이 전부 남자들이 만들어낸 끔찍한 것들이라면, 결혼식은 전적으로 여자들 탓이다.

여성 여러분, 결혼식은 우리 탓이다. 우리 때문에 곳곳에서 끔찍한 결혼식들이 열리고 있는 것이다. 그리고 알고 있는가? 결혼식은 다른 사람들뿐만 아니라 우리 자신들의 인간성까지도 끌어내린다.

결혼식은 여자들에게 하등 좋을 것이 없다. 우리를 절망적인 소모전에 빠뜨리는 독사의 농간이다. 결혼식의 모든 측면들은 결혼식을 가장 바라는 사람, 바로 우리를 실망시킨다. 결혼식을 치르고 난 우리에게는 속았다는 기분과 함께 쓸쓸함만이 남게 될 것이다.

결혼식에 대해 생각할 때마다 나는 교회 안으로 뛰어 들어가고 싶어진다. 〈졸업The Graduate〉에서 더스틴 호프먼이 그랬던 것처럼. 그리고 이렇게 외치는 거다. "멈춰! 결혼식을 멈춰!"

그렇게 오르간 연주가 중지되면 사람들이 깜짝 놀라 모두 고개를 돌리고 나를 바라볼 것이고, 목사는 언짢은 표정으로 "세상에, 무슨 일이람!"이라는 말을 더듬거릴 것이고, 나는 보기 싫은 신부용 베일을 갈가리 찢으며 연단으로 냉큼 뛰어 올라갈 것이다. 그리고 느긋하게 담배를 피워 물며 다음과 같은 연설을 시작할 것이다.

첫째, 비용. 여성 여러분! 여성으로서 살아가기란 진작부터 돈이 아주 많이 드는 일이었습니다. 우리는 생리대, 미용실, 육아, 미용용품 등에 돈을 써야 합니다. 여성용 신발은 남자들 것보다 세 배는 더 비싸죠. 우리는 (생리대처럼) 꼭 필요한 물품들도 사야 하고, 좋은 미용실에 가서 기분 좋게 외모도 가꾸어야 합니다. 이것만 해도 돈이 많이 들죠. 게다가 우리 여자들이 받는 연봉은 남자들보다 30퍼센트나 적고, 그마저도 아이를 키워야 하는 시점에서는 포기해야 합니다.

예전에는 여자의 인생에서 지참금이 결정적인 요소로 작용하기도 했습니다. 부모가 지불하는 액수에 따라 여자의 결혼 상대자가 독단적으로 결정되었던 겁니다.

물론, 오늘날의 여성들은 자신이 선택한 상대와 자유롭게 결혼합니다. 하지만 결혼을 하려면 여전히 막대한 돈이 들어갑니다. 영국에서 결혼식을 올리는 데 드는 평균 비용은 21,000파운드입니다. 이 비용은 과거와는 달리 대개 커플 스스로 부담하지만, 궁극적으로 보면 자발적으로 부담하는 쓸모없는 지참금이라 할 수 있습니다. 당신은 여전히 부자가 아니고, '집'이나 '먹을 것'을 사는 문제가 더 당면과제인데도, 인생의 시작부터 21,000파운드나 지불을 해야 하다니. 게다가 네 쌍 중의 한 쌍이 이혼한다는 걸 모르나요?

21,000파운드라니! 오, 울고 싶을 정도입니다. 개인적으로 저는 여러 개의 창문이 있는 집이거나 나의 세 가지 소원을 들어줄 수 있는 능력, 이 두 가지를 제외한 그 무엇에도 21,000파운드를 지불하고 싶지 않습니다. 21,000파운드는 결혼식 따위에 쓰기에는 터무니없이 큰 돈입니다. 실성한 사람이나 그런 돈을 쓰겠죠.

돈은 가장 중요한 문제입니다. 그 돈을 어떻게 쓸지를 생각해야 합니다. 집을 사기 위해 저축하는 돈을 제외하면, 평범한 커플은 아마 일생 동안 그만한 돈을 하나의 물건을 사는 데 쓸 일이 없을 것입니다. 21,000파운드라는 결혼식 비용에는 무엇이 포함되어 있나요? 별로 남는 것도 없습니다. 혁 소리가 날 정도로 비싼 앨범에 꽂힌 값비싼 사진 몇 장뿐입니다. 물론 결혼선물을 받죠. 하지만 존 루이스 백화점에서 파는 2,000파운드짜리 주방용품을 받으려고 21,000파운드를 쓰는 것은 어떻게 생각해도 어리석은 경제학입니다. 웨딩드레스는 다시 입을 일이 없고, 웨딩슈즈를 빨갛게 염색해서 파티에 신고 가는 일도 없을 겁니다. 그리고 반지 말인데요, 그래, 저는 결혼반지를 수영장, 개수대, 그리고 한번은 빵 덩어리

안에서와 같은 (이 사연에 얽힌 이야기는 좀 길어요.) 다양한 장소에서 잃어버려 결국 다섯 번째 결혼반지를 끼게 된 여자를 알고 있습니다.

당신이 그렇게 큰 돈을 들여서 알게 되는 것은, 결혼식이 왜 여자들에게 그처럼 끔찍한 일인가에 대한 다음의 두 번째 측면입니다.

둘째, 당신 인생의 가장 빛나는 날? '결혼식은 인생에서 가장 빛나는 날이다.' 글쎄, 과연 그럴까요? 결혼식이 인생에서 가장 빛나는 날이라면 당신이 성질 더러운 삼촌이나 참견 좋아하는 숙모들, 거기다 결혼식에 초대하지 않는다면 앞으로 6년 동안 당신이 계단을 올라갈 때마다 부루퉁한 얼굴로 당신을 쳐다볼지도 모를 직장 동료들에 둘러싸여야 하는 이유가 뭔가요?

이처럼 제약이 많을 수밖에 없는 당신의 결혼식은 사실상, 며칠 회사를 쉬면서 가족들에게 둘러싸여 엄청난 인내력을 발휘하다가 술이나 진탕 마시게 되는 일에 지나지 않습니다.

또한 여성 여러분, '당신의 인생에서 가장 빛나는 날'이라는 표현을 다시 한 번 생각해보시죠. 여기서 당신이란 바로 신부를 의미합니다. 다른 사람들이 아니라. 사실을 직시합시다. 고릿적부터 신랑은 결혼식이라는 성가신 이벤트에서 처음부터 끝까지 아무런 존재감도 발휘하지 않습니다. 만약 당신이 다 큰 남자를 절망의 구렁텅이에 빠뜨리고 싶다면, 그저 한 1분만 그에게 테이블 세팅이나 부토니에, 화동들이 신을 신발, 화장, 결혼식이 열릴 대저택을 대여하는 문제, 마돈나의 결혼식, '생기 있는 얼굴'을 만들기 위해 결혼식 1주일 전에 관장을 할지 말지를 결정하는 문제에 대해 이야기하면 됩니다.

결혼식은 본디 결정을 모두 마친 신부가 신랑을 초대하는 행사입니다. 초콜릿 푸딩 3개를 한꺼번에 대접할까 따위의 결정 말입니다. 여자들은 적어도 다섯 살 때부터 결혼식 계획을 세우기 시작합니다. 당장 누구랑 결혼할지는 몰라도 남자 인형을 들고 상상부터 하죠. 상대적으로 같은 나이의 남자아이들이 꿈꾸는 미래란 건스 앤 로지스의 〈노벰버 레인November Rain〉의 기타 솔로를 연주할 수 있게 되거나 월드컵에서 얼마나 많은 결승골을 터뜨릴 수 있을까가 전부입니다.

그러므로 신랑에게는 당신의 결혼식 날이 인생에서 가장 빛나는 날이 될 수 없습니다. 물론 다른 사람들의 인생에서도 마찬가지입니다. 결혼식은 하객들에게는 전혀 재미있는 날이 아닙니다. 우리가 집에서 300마일 떨어진 곳에서 캐시미어 숄을 두르고, 테이블 배치에서 '떨거지들'로 분류되었음이 분명한 테이블에서 앞도 잘 못 보는 주정뱅이와 시시한 수다를 떨게 될 때, 이는 확연히 드러납니다. 하지만 우리는 자신의 결혼식을 계획하는 동안에는 이를 까맣게 잊고 말죠.

"캐리가 빌어먹을 스코틀랜드 스카이 섬에서 올리는 결혼식에 우릴 전부 데려간다고 하다니, 믿을 수가 없어." 우리는 마이너스 통장을 들여다보며 불평을 내뱉습니다. "별 4개짜리 호텔에서 빌어먹을 3일 동안 지내라고 하다니. 캐리는 그 사람이랑 이혼하지 않는 게 좋겠어. 사실 나는 그 두 사람을 인간 송충이처럼 딱 붙어있게 하고 싶을 정도야. 서로 바람을 필 수 없게 말이야."

"그러면 넌 어디서 결혼하고 싶은데?" 누군가가 물을지도 모릅니다. "싱가포르지!" 당신은 열정적으로 외칩니다. "우리는 모든 사람들을 일주일간 초대할 거야! 3일째 되는 날에는 무인도로 보트 여행을 갈 거고! 한 사람당 75파운드만 더 쓰면 돼! 진짜 재미있을 거야!"

*

나도 그랬다. 실제 결혼식을 올리기 전까지는 나도 이런 생각을 했다. 나는 사랑에 빠져 대책 없이 구는 멍청이는 아니었다. 나의 사랑을 극적으로 미화하거나, 이목을 끌려고도 하지 않았다. 나는 단순히 '난 사탄이랑 사귀었지만 무사히 살아남았다!'라는 문구를 적은 예쁘장한 배지를 만들어 코트니와의 결별을 견뎌 냈다. 나는 사람들을 만날 일이 있을 때마다 이 배지를 달고 나갔는데, 그러면 배지만 가리켜 보여도 우리 관계가 어떻게 되었는지에 대한 질문들을 피할 수 있었다.

　나는 속상해하지도, 낙담하지도 않았다. 대신 나는 1년 동안 멀어졌던, 그러나 본디 속해있던 세계로 돌아가 어떤 재밋거리들이 남아있는지를 살폈다. 사실 많은 것들이 남아있었다. 밤마다 나는 한껏 섹시한 척하며 런던을 배회했고, 집으로 가는 막차 시간을 헤아리면서도 반짝거리는 눈으로 재미있는 사람들을 바라보고는 했다. 어느 날 저녁에는 팝스타와 함께 시간을 보냈는데, 새벽 3시에 매니저가 내 호텔방까지 그를 찾으러 온 적도 있었다.

　일주일 뒤에는 상냥하고 명랑한 10대 소년이 문 앞에 나타나기도 했다. 그런 소년이 요새도 배달을 다니리라고는 생각하지 못했다. 그 소년 덕에 나는 내게 남아있던 코트니라는 악령을 날려버릴 수 있었다. 나는 그와 함께 화창한 겨울날 저녁을 함께했다.

　이런 일들을 겪은 나는 내가 다시 데이트를 할 수 있게 되었다는 것을 알고 만족했다. 그 전까지는 누군가와 헤어지면 견딜 수 없을 정도로 불안하고 힘들 거라고 생각했다. 하지만 나는 '헤어진 상처를 치유'할 필요가 없었다. 몸무게가 늘고, 앞머리도 흉하게 잘랐지만, 나는 행복했고, 내가 헤어졌다는 것을 알아차리는 사람은 아무도 없었다. 나의 이별을 일깨우는 그 무엇도 없었다. 결국 만취해 의식을 잃고 뻗어버린 팝스타를 내려다보며 이런 생각을 했을 뿐이다. '섹스를 할 수 있을까?' 배달을 온 10대 소년에게는 숨이 멎을 정도로 섹시한 '브리티시홈스토어'의 19.99파운드짜리 버건디색 목욕 가운을 입고 다가갔고.

한 달 동안 나는 여자 해적처럼, 런던을 빙 도는 일종의 아늑한 섹스 돛단배를 타고 돌아다녔던 것 같다. 나는 성별이 반대인 사람과 나누는 말 한마디 한마디마다 티끌처럼 작고 희미한 가능성이 담겨있다는 것을 다시 기억하게 되었다. 그 상대방이 내가 찾는 바로 그 사람일지도 모르니까.

그리고 목요일마다 나는 멜로디 메이커의 동료인 피트를 초대해 수프를 만들어주며 이런 이야기들을 들려주었다. "그래서 룸서비스에 전화해서 스테이크 샌드위치랑 남자 바지 한 벌을 주문했어." 그러면서 우리는 레코드를 틀었고, 깔깔대며 웃어댔다.

그런데 2월 중순쯤, 나는 갑자기 다른 기분을 느꼈다.

어느 월요일 아침, 나는 이상하게 불행하다고 느끼며 잠에서 깨어났다. 우울이나 절망감은 아니었다. 더 초조하지만 더 희망찬 감정이었다. 내게 무슨 일이 일어나고 있는지가 의심스러웠다. 누군가가 오기만을 기다리고 있다는 생각이 들기도 했고, 갖고 있지도 않은 무언가를 영영 잃어버리고 있다는 기분이 들기도 했다.

그 무언가는 내가 가져본 것이 아니었다. 그것이 무엇인지도 알 수 없었다. 내가 대체 어째서 이렇게 아련한 기분을 갖는 것인지, 당황스러웠다. 나는 단서를 찾지 못한 채 실의에 빠져 일주일 동안 아파트 안을 서성거리고만 있었다. 전화기나 레코드, 담배를 집어 들었다가도 이내 내려놓으며 나는 이렇게 말하고는 했다. "아냐, 이게 아냐."

먹을 것을 사기 위해 두 번 가게에 갔다. 슈퍼마켓을 돌아다니며 나는 생각했다. "이제 집에 돌아가면 알 수 있겠지!" 나는 그런 희망을 품고 희망차게 집으로 돌아가 현관문을 열어젖혔지만, 집 안은 나올 때 모습 그대로였다. 그것은 여전히 없었다.

그때의 실망감은 대단했다.

그렇게 일주일이 지나고 난 일요일 밤, 내가 너무 둔해서 화가 난 나의 무의식이 마침내 그것이 무엇인지를 알려주었다. 술에 취한 상태로 잠자리에 든 나는 베이커 스트리트 역에서 출구로 향하는 에스컬레이터를 타고 있는 꿈을 꾸었다. 나는 위로 올라가고 있었다. 에스컬레이터는 불가능할 정도로 높아 보였다. 꼭대기가 보이지 않을 정도였다. 내가 회전식 문에 닿기까지는 너무나, 너무나 오래 걸릴 것 같았다.

"저기까지 닿으려면 영원처럼 긴 시간이 걸리겠어!" 나는 외쳤다.

"괜찮아." 어느 목소리가 말했다. 나는 고개를 돌렸고, 내 뒤에 서 있던 피트를 보았다. "내가 여기 있잖아." 그가 말했다.

"오!" 나는 잠에서 깨어나며 외쳤다.

"오!"

"난 사랑에 빠졌어! 난 피트를 사랑하는 거야!"

나는 아파트 안을 둘러보았다.

"그가 여기 없는 거였어."

19.99파운드짜리 약혼반지를 끼고 6년을 보낸 뒤, 우리는 결혼식을 올리게 되었다. 처음에는 그냥 런던 결혼등록사무소에 갔다가 펍에서 피로연을 열려는 단순한 계획이었다. 식은 10월 중순의 어느 지루한 날에 올릴 거였고, 하객들은 집에 가는 버스를 놓치지 않을 거였다. 비용은 200파운드도 들지 않을 거였고. 우리는 식이 끝나고 다섯 시간 후면 아파트로 돌아올 수 있을 거였다. 오, 정말이지 나는 이런 결혼식을 바랐다.

하지만 600여 권의 웨딩 잡지를 빨아들이듯 읽고 시댁 식구들의 요청 몇 가지를 받아들인 나는 코벤트리의 옛 수도원을 결혼식장으로 결정했다. 날짜는 크리스마스 이틀 뒤였다. 공교롭게도 그날은 캐즈의 생일이기도 했다. 캐즈는 이번에도 다른 사람들의 사랑 때문에 엄청난 손해를 봐야 했다.

과장하고 싶은 생각은 없다. 하지만 세상에, 정말이지 나쁜 결혼식이었다.

스물네 살의 나는 붉은 벨벳 드레스를 입고, 머리에는 아이비를 꽂은 채로 신부 입장을 기다리고 있다. 나는 레이디 바쿠스처럼 보인다. 내 발을 제외하면. 평생 조금이라도 불편한 신발을 신으면 한 발짝도 뗄 수 없는 저주에 걸린 나는 '인생에서 가장 빛나는 날', 새틴으로 가장자리를 두른 벨벳 드레스 밑에 지저분한 닥터 마틴 샌들을 신고 있다.

아버지는 남성복 매장 '치로 치테리오'에서 빌린 양복과 '버튼스' 매장에서 빌린 신발을 신고 있지만, 첫째 아이를 결혼시켜 떠나보내야 한다는 감정적인 동요를 누르며 나름대로 침착하고 현명하게 서 계신다.

"오, 내 사랑하는 딸." 그가 위스키 냄새를 풍기며 말한다. "우리 새끼 고양이." 아버지의 두 눈에는 눈물자국이 남아있다. 옆방에서 느린 행진곡 〈스핀 어 카발루Spin A Cavalu〉가 울려퍼지기 시작하자 아버지는 내 팔을 붙들고 고개를 숙이며 무슨 말인가를 속삭인다. 지금에서야 아버지는 어떻게 엄마와 24년 동안이나 함께하며 자식을 8명이나 낳을 수 있었는지를 내게 털어놓으려 한다. 우리가 가장 유대감을 느낄 수 있을 순간이다. 오, 신이시여. 아버지가 나를 울리면 안 되는데. 눈에 아이라이너를 너무 많이 칠했단 말이야.

"우리 딸." 아버지가 입을 떼는 순간, 문이 열린다. 잔뜩 모인 하객들이 나의 입장을 기다리고 있다. "내 딸아, 나에겐 네가 언제나 작은 '웜블Womble'*이라는 것을 기억하거라."

내 걸음이 너무나 빨라서, 입장곡이 미처 끝나기도 전에 신부 행진을 다 끝내버릴 것 같다. 나는 사뿐사뿐하기는커녕 지나치게 의기양양하게 걷고 있다. 호적 담당자가 내 걸음걸이를 어떻게 받아들일지가 걱정된다.

그녀는 내가 결혼을 전혀 진지하게 생각하지 않는다고 여길 것이다! 나는 겁에 질렸다. 그녀는 내가 거만하다는 이유로 나의

---

* TV 시리즈 〈The Wombles〉에 등장하는 코가 크고 긴 가상의 동물.

결혼을 인정하지 않을 것이다!

그래서 나는 운구행렬을 따라갈 때처럼 걸음을 늦추며 풀죽은 표정을 했다. 후에 여동생들이 말해준 바에 따르면 내가 방광염 때문에 고생하는 것처럼 보였다고, 그래서 자기도 모르게 핸드백에 손을 넣어 우리들 누구나 가지고 다녔던 칼륨 구연산염 병을 꺼낼 뻔했다고 했다.

하지만 내 남편이 될 사람에 비하면 나는 그럭저럭 괜찮게 보인다. 피트는 너무 초조한 나머지 파랗게 질린 얼굴로 빨랫줄에 걸린 양말처럼 몸을 떨고 있다.

"그렇게 불안해하는 신랑은 처음 봤어요." 나중에 호적 담당자가 말했다. "그에게 위스키 두 잔을 줘야 했지요."

나는 그날의 의식에 대해서는 아무것도 기억하지 못한다. 그저 머릿속에서 "네가 언제나 작은 웜블이라는 것을 기억하거라." 라는 말만 꽝꽝 울려댈 뿐이다.

한 시간 뒤, 결혼식에 참석한 사람들은 모두 술집으로 모였다. 하지만 내가 초대했던 손님들 중 대부분은 올 수 없었다. 크리스마스 이틀 뒤였으므로 가족들과 함께 스코틀랜드나 데번, 아니면 아일랜드에 머물러 있던 것이다. 내 가족들은 공짜 술을 잔뜩 마신 나머지 대부분은 제대로 걷지도 못했고, 그나마 걸을 수 있었던 두 명은 죽은 기사의 기념비 앞에서 야한 봉춤을 추고 있는 상태로 발견되었다.

그 와중에 어쩌다 셔츠 앞자락에 촛농을 흘린 아버지는 누군가의 충고에 따라 셔츠를 벗어 촛농이 굳도록 냉장고에 넣었다. 아버지는 이제 조끼와 재킷만 걸치고 테이블에 앉아 멍한 표정으로 기네스 맥주를 마시고 있다. 여동생 코린은 사라졌다. 나중에 아버지가 코린이 사라진 까닭에 대해 털어놓았다. 그 애가 아버지의 디즈니 DVD와 전동 공구를 훔쳐 팔아서 그 돈으로 약을 사려고 했던 사건을 일으켰을 때 그 애를 보호시설에 보내려고 생각했다는 이야기를 그때 했기 때문이라고 했다.

"농담한 거였는데!" 아버지가 눈을 크게 뜨며 말한다. "아니었나?"

남동생 에디는 훔친 골프카트를 타고 돌아다니며 코린을 '찾으려고' 한다. 다른 두 자매들이 그를 가로막고 서서 "안 돼!"라고 소리친다.

피로연이 시작되고, 오늘의 결혼식이 대실패로 끝나리라는 분위기가 감지된다. 크리스마스 이틀 뒤여서 휴가 중임에도 코벤트리까지 달려온 하객들은 어서 디스코를 추고 싶어 안달하고 있다. 남편은 DJ가 우리 먼저 춤을 춰야 한다고 했다며 어울리지도 않게 스미스의 노래 〈애스크Ask〉를 청한다. 우리는 어처구니없이 이 음악에 맞추어 텅 빈 댄스플로어에서 블루스를 추고, 사람들은 우리가 낭만적인 '인디 셔플댄스'를 추는 꼴을 지켜보고 있다. 다음 노래 펫샵보이즈의 〈올웨이즈 온 마이 마인드Always on My Mind〉의 흥겨운 리듬이 울려퍼지자 두 사람이 새로 댄스 플로어에 뛰어든다. 한 사람은 나의 시아버지고, 다른 한 사람은 우리의 친구 데이브다. 데이브는 3시간 전부터 엑스터시 때문에 맛이 간 표정이다.

"제 진주 하나 가지세요." 그가 손바닥을 펼쳐 시아버지에게 300파운드어치 알약들을 보여주며 말한다.

"우리 아버지는 그런 사탕 안 드셔, 고맙지만." 피트가 데이브를 억지로 밀어내며 말한다.

밤 10시가 되자 대부분의 사람들은 일찍 잠자리에 든다. 그들은 크리스마스 휴가를 즐기던 비싼 호텔에서 억지로 나와 내 결혼식에 참석해야 했을 것이다. 어쨌거나 지금은 뷔페에서 훔쳐온 소시지 롤을 먹으며 시트콤 〈치어스Cheers〉를 보고 있겠지. 그들을 생각하니 기분이 좋다. 나도 그들처럼 침대에 누워 시트콤이나 보고 싶다. 나는 여전히 1952년에 죽은 사람 때문에 슬퍼하고 있는, 머리끝부터 발끝까지 검정색으로 차려입고 슬픔에 잠긴 나의 그리스 시가족들에게 말을 붙인다. 나는 힘없이 웃는다.

나는 그리스 시가족들이 키가 6피트 2인치인 찰리라는 이름의 게이 남자가 내 신부 들러리라는 사실을 고의적으로 깡그리 무시하고 있다는 사실을 알아차린다. 찰리는 은색 바지에 분홍색 케이프를 두르고 왔다. 그들은 오직 또 다른 신부 들러리인 폴리만을 화제로 삼는다. 끈 없는 드레스를 입은 폴리의 브라가 밖으로 비어져 나와 있다. 그녀에게는 '빌어먹을'이라고 말하고 있는 돌고래 문신도 있다.

밤 10시 23분, 화재경보가 울린다. 다들 벌벌 떨며 잔디밭으로 대피해 나왔는데, 내 여동생들이 한 명도 보이지 않는다. 나는 호텔로 들어가 여동생들을 찾아다닌다. 영화 〈저승에서 온 손님 The Amazing Mr Blunden〉의 블런던 씨처럼. 나는 내 여동생들의 방문을 두드린다. 나는 방 안에서 전부 침대 위에 올라가 룸서비스 메뉴판으로 화재경보기 아래에서 부채질을 해대고 있는 일곱 형제자매들을 본다.

"왜 밖으로 피하지 않아?" 웨딩드레스 차림으로 문간에 선 내가 묻는다.

그들이 일제히 나를 바라본다. 그들은 아이들의 재미를 위해 불렀던, 풍선으로 동물 모양을 만드는 남자가 만든 풍선 왕관을 쓰고 있다. 에디는 풍선 칼까지 들고 있다.

"우리 몸이 너무 뜨거워서 이런가 봐!" 위나가 멍청한 얼굴로 말한다. "여기에는 두 사람만 있어야 되는데 우리가 전부 와 있으니까 방이 과열된 거야! 그래서 식히려고 하는 중이야!"

그들은 계속해서 천장에 달린 화재경보기를 향해 룸서비스 메뉴판을 흔들어댄다. 화재경보가 꺼진다. 밤 10시 32분이다. 오늘은 나의 결혼식이다. 자러 가야겠다.

그 후로 11년 동안 그날의 하객들 중 누구도, 다시는 우리의 결혼식에 대해 이야기하지 않는다. 다들 그러는 편이 최선이라고 암묵적인 동의라도 한 모양이다.

하지만 나는 적어도 하나는 잘했다. 처녀 파티를 하지 않았으니까. 결혼식 전날 밤 나는 동생들과 함께 과자를 먹으며 50번째로 〈고스트 버스터즈〉 영화를 보다가 잤다. 그런 관점에서 적어도 나는 제정신이었다. 왜냐하면 오늘날 결혼식의 세 번째 문제점은 처녀 파티니까.

셋째, 처녀 파티. 20년 전의 처녀 파티란 술집에서 30파운드짜리 달콤한 베일리스나 한 병 마시며 요란하고 시끌벅적하게 노는 파티일 뿐이었습니다. 하지만 이제는 신부 들러리가 되어야 하는 불행한 운명을 타고난 당신의 충실한 친구들을 위해 시간과 돈을 펑펑 쓰는 파티가 되어버렸죠.

제 동생 캐즈는 이처럼 나쁜 종착역을 맞게 된 21세기의 처녀 파티를 힘들어했습니다. 캐즈는 세상에서 가장 결혼식에 가기 싫어하는 사람이었지만, 운명의 장난인지 결혼식을 주관하는 신들은 그녀에게 적어도 4번은 수석 신부 들러리의 지위를 부여했습니다. 한번은 캐즈가 술에 잔뜩 취해서 신랑 쪽 총각 파티에 불쑥 나타나 신랑이 게이인줄 알았다는 발언을 했고, 다른 한 번은 모든 들러리들이 꼭 '팀 티아라' 브랜드의 새틴 재킷을 입어야 한다고 신부가 고집을 부리는 바람에, 16사이즈를 입게 된 캐즈는 옷이 너무 꽉 끼어 숨조차 제대로 쉴 수 없었죠. 캐즈는 런던에서 북쪽의 스티버니지까지 택시를 타고 가는 동안 과호흡증에 시달려야 했습니다. 요크셔데

일스에서 열린 처녀 파티에서는 술에 취해 정신줄을 놓은 사람을 유모차에 싣고 자갈길을 15m나 가야 했던 적도 있었고요. 뭐, 우리 누구나 정신줄을 놓기 마련이기는 하지만.

넷째, 내가 사랑하는 사람들이 전부 모인다. 당신은 '당신이 사랑하는 사람들'이 진짜로 모두 한방에 있기를 바라나요? 그래서 잘되는 경우가 없습니다. 예를 들면, 저는 다른 사람들의 가족과 잘 지내지 못합니다. 제가 들러리를 섰던 어느 결혼식에서, 저는 신부의 어머니가 TV 진행자 리처드 매덜리의 열렬한 팬이라는 말을 들었습니다. 그래서 저는 리처드 매덜리의 훌륭한 어록들을 읊어주며 그녀를 열 받게 했죠. 그가 가장 자주 하는 욕설은 '시방새fuckadoodle'였습니다. 10분 뒤, 저는 독실한 기독교인이라는 신부의 어머니가 태어나서 처음으로 '시방새'라는 단어를 들은 모양이라고 생각했습니다.

친구 캐시와 존이 결혼할 때도 저는 실수를 저질렀습니다. 캐시의 아버지는 온통 하얗게 치장된 아름다운 집을 구경시켜주었는데, 내가 그 집에 레드와인 자국을 남기고 말았던 것입니다. "여기서 내가 가장 좋아하는 풍경을 볼 수 있지." 우리가 가장 큰 침실에 들어갔을 때, 캐시의 아버지가 창문을 열며 말했어요. "날씨가 맑은 날이면 여기서 계곡까지 한눈에 바라보인단다." 그런데 갑자기 창문을 통해 박쥐 한 마리가 내 얼굴로 날아들었습니다. 당신도 얼굴을 박쥐로 맞아본

적이 있는지 모르겠지만, 어떻게 대처해야 할 것인지를 생각해낼 수 있기까지는 제법 오래 걸렸죠. 그러니까 당신은… 본능적으로 행동하게 됩니다. 저의 본능은 '쌍, 뭐야!'라고 외치는 거였죠. 그러면서 저는 이 세상에서 가장 하얀 방에 엄청난 레드와인 얼룩을 남기고 말았습니다. "오, 저런." 캐시의 아버지가 특유의 절제력과 예의가 담긴 말투로 이렇게 말했습니다. "휴지를 갖고 오마."

"쌍!" 저는 복도를 따라 뛰어가며 외쳤습니다. "제기랄, 제가 치울게요! 쌍!" 주방으로 달려간 저는 화이트와인 병을 들고 돌아왔고, 사방에 화이트와인을 조심스럽게 뿌리기 시작했어요. "화이트와인이 레드와인 얼룩을 지운대요." 제가 소리쳤죠. "텔레비전에서 봤어요!" 저는 이젠 뻘겋게 번한 러그에 화이트와인을 뿌려댔고, 그 위를 손수건으로 문질렀습니다.

캐시의 아버지가 그 나이의 남자들치고는 다소 빠른 걸음으로 제게 다가와 포도주 병을 낚아채갔습니다. 그는 이제는 텅 비어버린 병을 잠시 바라보더니 "아!"하고 탄식했습니다. "이건 93년산 알자스 그랑 크뤼란다."

긴 정적이 흘렀습니다.

"뭐," 그가 최대한 우아하게 손끝으로 병을 쓰다듬으며 말씀하셨죠. "마시기에는 좀 너무 미지근했지."

티버턴에서 출발한 콜택시가 도착하기까지는 한 시간 반이나 걸렸습니다. 저는 술을 깨려고 치즈를 먹으며 헛간 뒤에서 콜택시를 기다렸고요.

다섯째, 당신. 크리스마스 이틀 뒤의 추운 날, 얼어붙은 잔디밭에 사람들을 세워놓고 발을 동동 구르게 만든 사람들이 얼마나 많은지, 그들에게 손에 손을 잡고 원을 그리며 춤을 추게 하거나 꽉 끼는 재킷을 입히는 바람에 자살충동을 느끼는 사람들이 얼마나 많은지를 신경 쓰는 사람이 누가 있겠습니까? 결국 결혼식 날은 당신을 위한 날입니다! 당신은 당신만을 위한 날을 적어도 하루는 가질 자격이 있습니다! 결혼식은 당신을 위한 날입니다! 일생에서 당신이 가장 빛나는 날!
하지만 다음의 두 가지를 기억해야 합니다. 우선, 당신은 전설로 남아야만 하는 날들에 항상 실망했다는 것. 새해 전야, 크리스마스, 낭만적인 단기휴가, 처음 섹스한 날, 그리고 생일 등이 이를 증명합니다. 어머니를 칵테일로 취하게 만드는 것을 제외하면, 다가올 일들을 엄청나게 기대하는 것이야말로 그때까지의 시간을 재미없고 초조하게 만드는 지름길입니다. 여자들은 정말이지 결혼식이 '인생에서 가장 빛나는 날'이라는 생각을 하지 말아야 합니다. 결혼식이 인생에서 가장 빛나는 날로 남는 경우는 거의 없습니다. 아이를 낳는 날도 '당신의 인생에서 가장 빛나는 날'이라고 말하는 사람들이 많다는 것을 알고 있나요? 하지만 아이를 낳는 당신은 있지도 않은 신을 소리 높여 부르며 빨리 모르핀을 투약하여 심장이 계속 띌 수 있기만을 바라고 있을 것입니다.

다음으로, 여자들이 실성한 사람들처럼 화려한 결혼식을 꿈꾸는 것은 여성 일반에 대한 이미지를 나쁘게 만든다는 것. 우리는 결혼식 말고도 다른 재미있는 일들을 많이 찾을 수 있습니다. 나도 결혼식을 해봐서 알지만, '살살 하세요, 여성 여러분. 살살.' 어떤 결혼식을 올리게 될지 꿈꾸는 여자들이나 결혼식 날이 인생에서 가장 빛나는 날이었다고 말하는 여자들을 볼 때마다 나는 그들이 새벽 3시에 환각제를 너무 많이 먹지는 않았는지 생각하게 됩니다.

감당할 수 없을 정도로 비싼 비용을 치르고 자기 혼자만 유명인사가 된 양 행동하는 결혼식들은 광기의 절정에 도달한 마이클 잭슨을 떠올리게 합니다. 유명인사들이 애완원숭이를 기르고 웃기게 생긴 신발을 신고 정신 나간 성형수술을 감행하며 집 안에 유원지나 기타 모양의 수영장을 만드는 이유를 우리는 잘 알고 있습니다. 그건 그들의 마음이 죽어가고 있기 때문입니다. 공허하기 때문입니다. 그들은 단 1초라도 논리적인 사고를 하지 않습니다. 심지어 그들은 음료수에 빨대 하나를 꽂아줄 사람까지 고용하죠. 우리는 이렇게 망가진 사람들을 유감스럽게 생각합니다.

하지만 이렇게 비싼 값을 치르고 정신 나간 짓을 하며 하루를 보내는 것을 '보상'이라고 생각하는 여자들이 여전히 많이 존재합니다. 결혼해서 아둥바둥 살아가기 시작하면 그런

'특별한 날'을 다시는 맞이할 수 없을 거라고 생각하는 모양입니다. 물론 앞으로 더 특별한 날은 없을지도 모르죠. 하지만 16,000개의 전채요리용 볼오방 파이와 싸구려 재즈 밴드를 부르는 데 21,000파운드를 쓰는 것이 정말 당신의 그날을 더 특별하게 만들어준다고 생각합니까?

당신은 남자들의 입장에서도 생각해봐야 합니다. 남자들도 이 세상의 왕으로 행세할 수 있는 특별한 날을 맞이할까요? 그날이 지나면 그들은 다시 조용하고 단조로운 일상으로 돌아갈까요? 그렇지 않습니다. 남자들은 그저 자기만의 즐거운 생활을 이어갑니다. 저메인 그리어가 《완전한 여성The Whole Woman》에서 지적했듯, 남자들은 낚시나 골프, 음악 감상, 엑스박스 게임, 월드오브워크래프트의 고블린처럼 행동하기 등 전적으로 비생산적인 일들을 하면서 여가시간을 즐깁니다. 그들은 단 하룻동안 다이애나 비처럼 행세하기 위해 억눌린 욕구를 분출하는 미친 짓을 벌이지 않습니다.

반면 여자들은 자기계발이나 끝없는 집안일로 여가시간을 보냅니다. 가사, 숙제, 문제아 상담, 고양이 돌보기, 골반 교정 운동, 양배추로 이상한 음식 만들기, 돼지털이 된 머리카락 뽑기 등을 하는 동안, 앞으로도 어떻게든 '인생에서 가장 빛나는 날'이 다시 올 거라고 생각하면서.

정말이지, 여성 여러분. 우리는 단 하루의 '특별한 날'을 좀 더 그럴듯한 즐거움이 넘치는 인생으로 바꾸어야 하지 않을까요?

어쩌면 우리는 결혼이라는 생각 자체를 버려야 하는지도 모릅니다. 저는 결혼한 여성이 남편 성을 따르는 관습에 반대합니다. 여자들이 이름을 바꾸어야 할 때는 수녀원에 가거나 포르노배우가 될 때뿐입니다. 결혼식을 올리며 서로의 사랑을 축하하는데, 어째서 우리가 성을 바꾸어야 합니까.

옷을 샀어!

"오늘 새 원피스를 샀어!" 문으로 들어오는 남편에게 말한다. "새 원피스를! 새 원피스! 새 원피스! 새 원피스!"

나의 새 원피스는 갈색의 얇은 면직으로 만들어진 전원풍의 원피스다. "12파운드였어, 피트. 12파운드! 시장에서 산거야!" 나는 그날 아침 일찍 세븐 시스터즈 로드에 있는 시장에서 이 원피스를 샀다. 거의 2년 만에 처음 산 원피스였으므로 나는 대단히 흥분해 있었다.

스물네 살인 나는 아직도 옷을 사는 일에 익숙하지 못하다. 내가 탐내는 옷들—크리놀린, 티펫, 보닛, 붉은 플란넬 속치마, 단추가 달린 짧은 검정색 에나멜 부츠, 다마스크직 야회복, 섀그린 가죽장갑, 여우털 머프, 그리고 옥양목 원피스 잠옷 — 은 물론이고 할러웨이 로드에서 바로 살 수 있는 옷들을 살 때도 그렇다. 나는 한때 완전히 빈털터리가 된 적이 있다.

나는 저널리스트로 일하며 그런대로 괜찮은 보수를 받아왔지만, 소득세 내는 일을 간단하게 생각한 것은 한때 내가 생리를 선택할 수 있는 문제라고 생각했던 것만큼이나 큰 계산착오였다. 나는 일을 시작하고 4년 동안 세금을 한 푼도 내지 않았다.

"받고 싶으면 그들이 먼저 찾아와서 문을 두드릴 줄 알았죠!" 나는 뒤늦게 찾아간 세무사에게 불평을 늘어놓았다. "아니면 편지라도 보내주던가. '깜짝 놀라셨죠! 세금 내실 때입니다!' 뭐 이런 식으로. 하지만 그들은 지금까지 한마디도 하지 않았다고요. 국세청은 과묵한 편인가 봐요."

나의 세무사는 소득을 신고하는 것은 국세청이 할 일이 아닌 개인의 의무라고 설명했다. 나는 1994년 이후의 통장거래내역과 수입증명 그리고 소비내역을 전부 밝혀야 했다. 하지만 그럴 수가 없었다. 사실, 다시 생각해보니 괜히 버렸다는 생각이 드는 안락의자와 함께 그것들의 대부분을 1996년에 캠든에 버리고 왔기 때문이다. 당시의 나는 앞으로도 내가 계속 가난하게 살 거고 생각하고 있었다.

산수를 못하는 바람에 나는 적어도 앞으로 2년은 수입의 전부를 체납세금으로 바쳐야 했다. 다시 말해서 피트에게 버터빵 푸딩과 농담, 섹스를 제공하는 대가로 나를 경제적으로 도와달라고 애걸해야 한다는 뜻이었다.

"**그래뭐갠차나.**" 피트는 나를 자신의 집으로 들이며 말했다. 그는 내게 현관 보조키도 주었다. "**정말로갠차나.**"

그 후로 24개월 동안, 나는 시궁쥐처럼 가난하다. 하지만 일거리가 계속해서 들어오고는 있다.

2년 뒤, 나는 새로 산 원피스를 입고 있다. 나는 야회복을 입은 스칼렛 오하라처럼 새 원피스를 입고 빙글빙글 돌아본다.

"고작 12파운드였어!" 나는 죄책감을 느끼며 말한다. "12파운드! 뭔가 새로운 걸 사니까 기분이 좋기는 하지만, 앞으로 몇 년 동안은 다른 원피스는 안 사도 될 것 같아! 이걸로 드레스업할 수도 있고 액세서리로 색다른 기분을 낼 수도 있어! 12파운드 가치는 충분히 하는 원피스야. 그동안 돈을 흥청망청 써댔던 것이 끝났다는 것을 기념하는 원피스지."

"당신도 알겠지만," 피트가 그의 914번째 버터빵 푸딩을 싹싹 긁어 먹으며 말한다. "다른 여자들은 전부 당신보다는 옷을 많이 사. 많이. 점심시간마다 사무실 여자들이 전부 새로 산 물건이 든 쇼핑백을 들고 와. 이제 당신이 세금을 다 냈으니까 솔직히 난 당신이 좀 더 옷을 사도 된다고 생각해. 물론 당신이 원한다면 말이야. 그러니까, 난 당신이 뭘 입든 아무래도 좋아. 원한다면 아무것도 안 입고 다녀도 돼. 버터빵 푸딩 하나 더 먹어도 돼?"

다음 날 피트가 일하러 간 사이 나는 그가 한 말을 생각한다.

다른 여자들은 전부 나보다 많은 옷을 산다. 그들은 나보다 많은 옷을 가지고 있다. 그들은 나와는 다르다. 나는 다른 여자들과 같지 않다.

나는 2층 침실에 가서 옷장을 들여다본다. 스물네 살인 내가 가진 옷들은 고작 다음과 같은 것들이 전부다.

너무 입어서 팔꿈치가 다 해진, 열일곱 살 때 샀던 바닥까지 내려오는 검정 벨벳 고스 원피스. 검정색과 남색의 바지 두 벌. '샐러드'라는 밴드 공연장에서 나눠준 공짜 티셔츠. (샐러드라는 단어가 적혀있어 나는 소시지를 요리하거나 먹으면서 이 티셔츠를 입고 있기를 좋아한다.) '막스앤스펜서'의 초록색 셔닐 카디건. (이 옷은 너무나 훌륭해서 내 여동생 코린이 놀러올 때마다 훔쳐가는 바람에 두 번이나 되찾아 와야 했다.) 가끔 외출복으로도 입는 빅토리아 스타일의 잠옷. 그리고 수영복.

옷장 안을 들여다보고 있던 나는 내가 제대로 된 여자가 아니라는 기분이 든다. 다른 여자들은 전부 '어울리는 옷을 조합해서 입으며 제대로 차려입고 있다.' 나는 그저 '깨끗한 옷을 입는' 것이 전부다. 이제 돈이 좀 생겼으니 이 문제를 해결해야 한다.

여자로 살아가려면 돈과 시간을 많이 써야 하는 것처럼 보인다. 내가 살아온 시대를 생각하면 정말 어처구니없다는 생각이 든다. 내가 어릴 때는 그런지 음악이 지배적이었고, 뒤이어 브릿팝이 등장했다. 입은 옷을 얼마나 싸게 샀는지를 ("바자회에서 3파운드에 샀어!" "흠, 좀 비싼데. 내 옷은 여우 시체 밑에 깔려 죽어있던 남자한테

서 벗겨낸 거야.") 자랑스러워하며, 겨우 세수만 한 얼굴에 1파운드
짜리 싸구려 검정색 매니큐어를 칠하고 닥터 마틴 신발이나 운동
화를 신은 뒤 시내로 가는 버스에 오르는, 다시 말해서 '언제라도
나갈 준비가 된' 것에 자부심을 느끼던 시대였다.

하지만 이제는 원피스를 사면 이에 어울리는 벨트도 사야 하
고, 여기에 어울리는 가방도 있어야 하고, 또 여기에 어울리면서
도 당신을 추위로부터 보호해줄 스타킹도 있어야 한다. 빌어먹
을 드래곤 퀘스트 게임에서 동굴 속 현자를 찾아다니는 것처럼
발로 뛰며 찾아내야 하는 물건들은 끝이 없다. 추워질 때를 대비
해 챙겨야 하는 물건들은 후드 재킷이나 소풍용 깔개, 아니면 계
단 밑에 보관하는 구호물자가 아니다. 당신은 해체적인 카디건
이나 구조적인 재킷, 200파운드짜리 파시미나, 아니면 비전문가
인 내가 볼 때 어느 바보가 만든 것은 아닌가 생각되는 쭈글쭈글
한 슈러그shrug를 챙겨야 한다. 진이 다 빠진다. 버터빵 푸딩 만들
시간을 이런 데 써야 하다니.

하이힐

나는 가장 먼저 구두를 생각한다. 특히 하이힐을. 나는 평생
운동화 아니면 부츠를 신고 살아왔다. 하지만 20대를 제대로 즐
기려면 당장 집 밖으로 나가 하이힐을 사야 한다. 내가 읽은 여

성잡지들은 너나 할 것 없이 하이힐을 찬양한다. 여자라는 존재에 XX염색체여야 한다거나 젖을 분비할 수 있는 능력이 필수인 것처럼 하이힐은 필수불가결한 물건이다. 여자들은 자신의 몸과 정신보다도 하이힐을 더욱 사랑하는 것처럼 보인다. 여자들의 몸과 마음은 하나뿐이지만, 하이힐들은 수백 켤레씩 가질 수 있다. 당신의 엉덩이보다도, 당신의 혁명적인 사고방식보다도 훨씬 더 많은 하이힐들을 소유할 수 있는 것이다!

"하이힐을 신은 여자들은 무너지지 않아요."《엘르》의 한 기사에서는 이렇게 결론을 내렸다. "하이힐은 스타일 전쟁에서 가장 위대한 무기죠." 이런 쓰레기 같은 소리가 이제는 내게도 그럴듯하게 들리기 시작한다.

다음 날, 나는 성인 여성으로서의 의무를 다하기 위해 처음으로 하이힐 한 켤레를 산다. 나는 바랏츠 신발 매장에서 두꺼운 굽이 달린 하늘색 젤리 샌들을 9.99파운드에 건졌는데, 엄밀히 말하면 진짜 하이힐이라고는 할 수 없다. 이 신발을 신고 걸으면 발에 땀이 차서 안창에서 쥐새끼가 깔려 죽고 있는 듯한 소리가 난다. 발가락과 발꿈치 부분도 너무나 아프다. 하지만 문제될 건 없다! 난 하이힐을 신고 있으니까! 난 여자다!

그날 밤, 계단처럼 높은 신발을 신고 공연장에 갔던 나는 발을 휘청거리다 밴드 블러의 기타리스트 그레이엄 콕슨에게로 고꾸라지는 바람에 그의 다리에 온통 위스키와 콜라를 쏟고 말았다.

"아악!" 그레이엄이 소리쳤다.

"이 신발은 스타일 전쟁에서 가장 강력한 무기예요." 나는 슬프게 말했다. "하이힐을 신은 여자는 무너지지 않아요. 나는 여자예요.""맙소사!" 그레이엄이 젖은 다리를 내려다보며 말한다. "당신은 진짜 병신 멍청이야."

하지만 나는 쉽게 굴복하지 않았다. 그로부터 13년이 지난 지금, 나는 더 많은 하이힐들을 사들였고, 하이힐 때문에 결국 나쁘게 결말이 난 이야기들도 수없이 갖게 되었다. 내 침대 밑에는 나를 괴롭혔던 신발들이 한가득 들어있는 상자가 놓여있다. 잡지에서 본 새로운 인생을 준비하기 위해 사들인 신발들이다. 나는 새로운 인생을 찾았다고 생각했다. 내게는 '진짜' 신발들이 생겼다고 믿었다. 하지만 나는 이 신발들을 신지 않는다. 여러분께 소개하도록 하겠다.

1) 커트 가이거에서 산 은색 앵클 스트랩 웨지힐 나는 이 신발을 어느 시상식에서 한 번 신었다. 세 번 칭찬 들었다. 하지만 행사에 참석한 82세의 에드나 에버리지 여사의 걸음걸이가 나보다 더 여성스럽고 자신 있게 보였다.

2) 붉은 벨벳의 코트 슈즈 탑샵에서 구입. 소호에서 생일날 저녁 식사할 때 한 번 신었다. 그날 저녁 내내 앉아있었음에도 구두가 너무 작고 꽉 끼는 바람에 벗어놓고 발을 쉬게 해주어야만 했다. 그날 저녁이 다소 '흥청망청하게' 흘러가는 바람에 다음 날 아침

일어났을 때 나는 신발을 한 짝만 신고 있었다. 다른 한 짝은 옥스포드 거리의 음반 쇼핑몰 뒤편에 위치한 스페인 풍의 술집 화장실 물탱크 위에 '안전하게' 놓아두었다는 기억이 희미하게 난다.

3) 색깔을 제외하고는 모든 것이 붉은 벨벳 코트 슈즈와 동일한 회색 벨벳 코트 슈즈 '이렇게 다용도로 신을 수 있는 신발은 기본색도 사 두는 것이 좋지!'라고 생각했다. 세상에, 나는 신발을 사는 재능이 있어!

4) 앞코에 주름 장식이 달린 짙은 청록색의 3인치 하이힐 이 힐을 신고 갔던 파티에서 나는 '슬레이드'의 보컬 노디 홀더와 말을 섞게 되었다. 나는 울버햄튼의 왕족이나 다름없는 그를 평생 만나고 싶었다. 하지만 슬프게도 그 앞에서 나는 얼간이처럼 행동하고 말았다. 발이 너무 아파서 눈물 젖은 눈으로 번갈아가며 한쪽 발로 서 있어야 했던 것이다. 결국 나는 한참 대화를 나누던 도중에 나의 우상에게 실례를 구하고 복도에 앉아 발바닥을 문지르며 울 수밖에 없었다.

5) 또 같은 신발 — 이번에는 하얀색 "이렇게 다용도로 신을 수 있는 신발은 기본색으로도 사 둬야지!" 나는 또 생각했다. 역시, 나는 신발 사는 재능이 있어!

6) 은회색과 산딸기색이 뒤섞인, 앞코가 들린 터키풍 슬리퍼 절대로 신을 일이 없는 신발을 구입하는 여성들의 90퍼센트와 마찬가지로, 나는 체크카드를 내밀며 슈퍼 모델 케이트 모스가 이 신발을

신고 담배를 피우는 장면을 그려보았다. 이런 신발을 산 여성들의 90퍼센트와 마찬가지로, 나는 케이트 모스처럼 근사한 보헤미안적 분위기를 풍기기 위해서는 모자와 장갑, 스카프를 착용하고 초콜릿 바를 나이프와 포크로 먹어야 한다는 사실을 깨달았다.

이 외에 다른 신발들 여섯 켤레가 더 있다. 발가락 압박대가 아닐까 의심되는 금색 글래디에이터 샌들, 그런지하다기보다는 '바바라라는 이름의 신경질적인 여자가 신을 것처럼 보이는' 갈색 앵클부츠. 너무 무거워서 다시는 신지 않게 된, 발등을 T자 형태로 감싸는 닥터 마틴 신발.

하지만 내가 신지 않는, 군인 신발장처럼 차곡차곡 정리된 6사이즈의 신발들은 일반적인 여성들이 수집한 신발들에 비하면 준수한 편이다. 내 친구 하나는 신지 않는 하이힐을 스물일곱 켤레나 가지고 있다. 한두 번 신었거나 한 번도 신지 않은 신발들이다. 모든 여성들은 이처럼 집 안 어딘가에 신지 않는 신발들을 숨겨두고 있는 것이 분명하다.

어째서 신지 않는 신발들이 생기고 마는 걸까? 여성 여러분, 이 문제에 대해 논의해보자. 내가 지난 13년 동안 관찰한 바에 따르면, 여자들은 모두 처음으로 하이힐을 신었던 때에 알게 된 비밀스러운 기억을 간직하고 있다. 그건 세상에서 힐을 신어야만 하는 사람은 단 열 명뿐이라는 것이다. 그리고 그들 중 여섯 명은 여장 남자다. 나머지 우리는 그저… 포기할 필요가 있다. 우리는 하이힐의 본성에 굴복해야 한다. 우리는 하이힐을 신고 걸을 수 없다. 우리는 그 빌어먹을 것을 신고 걸을 수가 없다. 차라리 반중력 부츠나 롤러스케이트를 걷고 사뿐사뿐 걷는 편이 더 나을 것이다.

우리는 모두 하이힐은 신고 걸어다니는 물건이 아니라는 것을 분명히 알고 있다. 특히 결혼 피로연장이나 격식 있는 자리에 힐을 신고 갈 때마다 우리는 이 점을 확실히 깨닫는다. 하이힐은 우리의 마음속에서 여성에게 가장 세련되고 우아한 모습을 선사하는 물건으로 여겨진다. 어쩌면 당신은 스틸레토 힐을 신고 연중 가장 커다란 이벤트인 오스카 시상식장에 가는 생각을 할지도 모른다. 하지만 물론 스틸레토 힐을 신은 당신은 여장부 록가수 티나 터너의 이미테이션 조합 연례모임에 나온 것처럼 보일 거다. 이 모임에 참석한 여자들은 새틴 타이츠 밖으로 발등의 살이 삐져나온 꼴을 하고 송곳처럼 뾰족하게 서 있어야 할 거고, 그 후로 며칠 동안 발가락의 감각을 느끼지 못할 거다.

하이힐을 신고 우아하게 걸어다닐 수 있는 여자들은 소수다. 하이힐을 신고 걷는 것은 외줄타기나 담배연기로 고리를 만드는 것처럼 놀라운 기술이다. 존중하지 않을 수가 없다. 나도 힐을 신고 잘 걸어다니고 싶다. 나도 그런 여자가 되고 싶다. 하지만 그런 여자들은 매우 소수다. 우리들 대부분은 하이힐을 사는 순간, 그들처럼 우아하게 걸을 수 있을 거라고 생각한다. 하지만 휘청거리다 발목이 꺾이거나 춤을 출 수 없게 된 우리는 눈물을 쏟으며 투덜거린다. "이 빌어먹을 신발 때문에 죽을 지경이야."

결혼피로연의 분위기가 달아오르면, 참석한 여성들의 80퍼센트가 맨발이나 타이츠만 신고 돌아다닌다. 그들의 발에는 스틸레토 힐이나 웨지 힐, 키튼 힐을 신었던 굽자국이 선명하게 남아 있다. 그런데도 여자들은 결혼식장에서 하이힐을 신고 있는 시간보다 더 많은 시간을, 그곳에 신고 갈 하이힐을 사는 데 소모한다.

하지만, 당황스럽게도, 우리는 이미 하이힐이 쓸모없는 물건이라는 사실을 잘 알고 있다. 그런데도 어쩔 수 없이 하이힐을 살 수밖에 없다는 거다. 우리는 평생 단 한 번만 신을, 발을 고문하는 신발들을 사느라 수천 파운드를 쓴다는 사실에는 무감각하다. 아니, 이상하게도 자랑스러워하기까지 한다. 여자들은 신발을 사며 이렇게 말한다. "물론, 높은 신발 때문에 힘들어. 밤새도록 바 의자에 앉아 있다가 화장실에 갈 때는 친구들이나 지나가는 사람들의 도움을 받아야 할 거야." 이 소리는 "방금 집 한 채를 샀어. 그런데 지붕이 없어서 비가 올 때는 현관 앞에 앉아 우산을 받치고 있어야 할 거야."라고 말하는 것만큼이나 어처구니가 없다.

어째서 우리는 하이힐이 아무 쓸모가 없다는 것을 잘 알면서도 여자라면 당연히 하이힐을 신어야 한다고 생각하는 것일까?

어째서 우리는 우리를 미친 오리처럼 뒤뚱거리게 만드는 이런 물건에 집착하는 것일까? 저메인 그리어가 말한 대로, 남자들이 보내는 시선을 즐기기 위해서일까?

그렇지 않다. 여자들이 힐을 신는 까닭은, 그러면 다리가 좀 더 가늘어 보인다고 믿기 때문이다. 여자들은 하이힐을 신고 발가락으로만 걸어다니면 다리가 14사이즈에서 10사이즈로 축소되어 보인다고 믿는다. 하지만 당연히 그럴 리가 없다. 두껍고 뚱뚱한 다리가 발목을 향해 점진적으로 줄어들면, 돼지가 하이힐을 신은 것처럼 보일 뿐이다.

게다가 대부분의 남자들은 하이힐을 신뢰하지 않거나, 증오하기까지 한다. 그들이 하이힐에 대해 미움의 눈길을 보내는 이유는 다음과 같다.

1) 하이힐을 신은 여자들이 옆에 있으면 남자들은 더 작아 보인다. 그러면 여자들은 몸집이 더 크고 뚱뚱하게 보인다. 남자들이 좋아할 리가 없다.

2) 통계적으로 하이힐을 신고 나온 여자들은 저녁이 되면 힐을 가방에 집어넣고 타이츠가 더러워지지 않도록 택시가 올 때까지 남자들에게 업어달라고 하는 경우가 많다. 이에 비추어볼 때, 초저녁부터 발이 아파서 빨개진 눈으로 한숨만 푹푹 내쉬던 여자들이 다가오면 남자들은 진저리를 칠 수밖에 없다.

서른다섯 살의 나는 마침내 하이힐을 포기했다. 아주 편한 노란색 탭 슈즈 한 켤레, 그리고 신고 춤출 수 있는 1930년대 녹색 벨벳 슈즈 한 켤레를 제외하고. 사실 나는 여성용 신발을 거의 신지 않는다. 여성용 플랫 슈즈는 남성용에 비해 잘 망가지고 잘 미끄러진다. 나는 남성용 라이딩 부츠와 바이커 부츠, 브로그, 닥터 마틴을 갖고 있다. 만듦새도 훌륭할 뿐만 아니라 편안하고, 여성용보다 값도 싸다. 게다가 발바닥을 아프게 만드는 가늘고 높은 굽도 달려있지 않고.

나는 여성용 신발을 반대하는 시위를 벌이는 중이다. 디자이너들이 한 시간 이상 신고 걸을 수 있는, 〈사랑은 비를 타고〉의 진 켈리처럼 편하게 걸을 수 있게 하는, 하루 종일 발이 아프지 않은 신발을 만들 때까지 나는 여성용 신발의 세계에서 한발 물러나 있을 것이다. 신발업계에 대한 나의 요구가 지금은 전혀 받아들여지지 않는다는 것을 알고 있다. 〈섹스 앤 더 시티〉로 빚어진 마놀로 블라닉 열풍이 우리 사회를 아직까지도 뒤흔들고 있으니까. 하지만 내 입장은 분명하다. 언젠가 나는 빅토리아 베컴의 기형적으로 굽은 발 사진을 본 적이 있는데, 내 발은 그렇게 탈리도마이드 부작용을 겪은 발처럼 되지 않기를 바란다. 내가 디자이너 신발에 500파운드를 날리는 일이 있다면, 그 신발은 첫째, 레이디 가가의 〈배드 로맨스Bad Romance〉 안무에 맞추어 춤을 출 수 있어야 하고, 둘째, 갑자기 나를 쫓는 살인자를 피해 달아날 수 있어야 할 것이다. 내가 신발에 요구하는 최소조건은 바로 이것이다. 신고 춤출 수 있을 것. 살인자를 피해 달아날 수 있을 것.

핸드백

여자들이 미치고 환장하는 또 다른 패션 아이템은 바로 핸드백이다. 그 이유는 알 만하다. 신발을 제외하면, 살이 많이 찌더라도 핸드백이 작아서 못 들고 다니게 되는 일은 없기 때문이다. 탈의실에서 몸에 맞지 않는 토트백을 들고 낑낑거리는 사람은 없으니까.

서른다섯 살의 나는 두 아이가 있고, 주택 모기지론의 절반을 갚았으며, 레이디 가가와 술도 마신 적이 있고, 과카몰리 소스를 만드는 비법을 알고, 비욘세의 〈싱글 레이디Single Ladies〉 춤을 쉬운 동작 정도는 30초쯤 따라할 수 있고, 세계화에 대한 두 가지의 극단적인 의견이 있고, 하임리크 구명법도 알고, 한 번이지만 스크래블 보드게임에서 420점을 달성한 적도 있다.

그러나 여성잡지를 볼 때마다 나는 내가 잘못 살아온 것은 아닌가 생각하게 된다. 왜냐하면 나는 아직도 '투자용 핸드백'을 갖고 있지 않기 때문이다.

지금까지 '투자용 핸드백'에 대한 나의 입장은, 600파운드를 투자할 일이 있다면 우체국 채권을 사지 대부분의 시간 동안 술집 바닥에 놓여 있다가 집에 가는 길에 산 감자 2킬로그램을 담는 물건을 사는 데 쓰지는 않겠다는 거였다. 하지만 나는 핸드백에서도 소수자다. 패션잡지 《그라지아》에 따르면 5년마다 탑샵에서 45파운드짜리 핸드백 하나를 사는 여성은 정상이 아니다. 그런데 내가 바로 그런 여성이다. '정상적인' 여성이라면 작은 핸드백, 감자 따위는 넣지 않을 핸드백, 멀버리 토트백처럼 600파운드를 투자해야 하는 핸드백 등의 백을 여러 개 갖고 있다.

핸드백에 점차 관심을 갖게 된 나는 600파운드짜리 핸드백을 소유하는 것이 〈배트맨〉의 조커에게 홀딱 반하는 것과 같은 일이라는 것을 알게 되었다. 모든 여자들이 그러하듯이.

지금은 사라진 《옵저버 우먼Observer Woman》에서 《엘르》 수석 편집장 로레인 캔디의 기사를 실은 적이 있다. 그녀는 일주일 동안 브랜드 제품이 아닌 옷들을 입고 지내보기로 했다. 일주일이 다지나가기도 전에 그녀는 이렇게 썼다. "나는 실패했다. 나는 나의 외출복에 힘을 실어줄 단 하나, 나의 새 끌로에 브랜드의 백 없이는, 근사한 핸드백과 섹시한 앵클부츠로 넘쳐나는 패션쇼 맨 앞자리에 앉을 정도로 용감하지 않다는 것을 깨달았다. 나는 부끄러웠다."

그녀의 기사를 읽으면서 끔찍한 기분이 들었다. 지금까지 나의 싸구려 핸드백을 면전에서 비웃은 사람은 없었다. 하지만 영국은 예의범절의 국가니까, 텍사스나 포르투갈 같은 곳에서는 나의 45파운드짜리 핸드백을 대놓고 비웃는 사람들이 있을지도 모른다. 그런 사람들은 펄쩍 뛰며 나의 싸구려 핸드백을 빼앗아

독극물이라도 된다는 듯 빗자루로 치워버릴지도 모른다.

그날 밤, 나는 마음을 굳혔다. 오늘날의 지혜로운 여성들은 진짜라고 우겨도 아무도 모를 가짜 디자이너 핸드백들을 이베이에서 찾을 수 있다는 것을 안다. 하지만 검색창에 '100파운드로 살 수 있는 정가 600파운드짜리 가짜 핸드백'을 아무리 입력해봐도 아무것도 나오지 않았다.

오기가 생긴 나는 진짜 600파운드짜리 핸드백들을 검색했다. 루이비통 300파운드, 프라다 467파운드, 끌로에 582파운드.

정말이지 못생긴 핸드백들이었다. 망아지 가죽에 그린 피카소의 〈게르니카Guernica〉 같았다. 나는 마음에 드는 핸드백을 찾으려고 애를 썼다. 정말이다. 내가 원하는 것은 무두질되고 장식 술이 달린, 톰 존스의 불알처럼 생기고, 손잡이가 달린, 너무 각지지 않은 핸드백이었다. 하지만 보이는 핸드백들은 죄다 S&M에 등장하는 말처럼 스트랩이나 버클, 금속장식들로 뒤덮여 있었다. 터프한 가수 그레이스 존스가 1998년 입었던 가죽재킷과 커다란 귀걸이를 통째로 녹인 듯한, 커다란 금색 잠금장치가 잔뜩 달린 가죽 클러치들도 끝없이 등장했다.

인터넷 검색창의 14페이지에 이르러서야 드디어 내 마음에 드는 핸드백을 찾아냈다. 마크 제이콥스의 제품으로, 밝은 형광노랑색에 팝가수 데비 해리의 얼굴 그림이 그려진 가방이었다. 하지만 상세페이지를 클릭하자 나는 다소 실망했는데, 캔버스 천으로 만들어진 그 가방의 가격이 600파운드가 아니라 17파운드였기 때문이었다. 내 구미를 당긴 유일한 디자이너 백은 결국 마크 제이콥스의 쇼퍼 백이었던 것이다.

나는 패션에 완전히 무감각한 사람은 아니다. 나는 오랫동안 스타일을 연구해왔다. 놀랍게도 밝은 노란색 신발은 제법 유용하다. 패턴이 들어간 타이츠는 신지 않는 편이 낫다. 게다가 빨래를 못했다든가 하는 운명의 장난으로 양말, 크록스 샌들, 턱시도 재킷, 배 모양 모자를 모두 입어야만 하는 경우가 있다면, 사람들을 바라보며 위선적인 자기 확신을 피력하면 그만이다. "옷을 너무 맞춰 입는 게 싫어서요."

하지만 살면서 더 비싸고 훌륭한 가방을 갖지 못한다면, 내가 값싼 쇼퍼 백 하나에 만족해야 한다면, 이는 내가 하류층에 속한다는 사실을 공고히 하는 것이다.

솔직히 말해서 내 마음에 쏙 들 만한 핸드백은 커다란 감자에 손잡이 두 개를 달아놓은 것이다. 커다란 킹 에드워드 감자에 손잡이가 달렸다면 금상첨화다. 그러면 위급한 상황이 닥쳐도 핸드백을 구워 먹으며 겨울을 날 수도 있을 것이다. 생존은 이렇게 하는 거다.

하지만 핸드백에 대한 나의 생각은 여전히 표류하고 있다. 그래, 600파운드짜리 핸드백이 시각적으로는 와 닿지 않더라도, 직접 만져보면 그 가치가 느껴질지도 몰라. 나는 생각했다.

'버터처럼 부드러운 가죽으로 만들었다던데.' 나는 버터처럼 부드러운 가죽이라는 의미를 몰랐다. '항상 가까이서 들여다봐야

차이를 알 수 있는 법이지. 가서 얼마나 질이 좋은지를 봐야지.'

나는 리버티 백화점 안을 어슬렁거리며 핸드백들을 만져보았고, 압도적인 경이로움이 찾아오기를 기다렸다. 하지만 핸드백의 감촉은 핸드백의 감촉일 뿐이었다. 어쨌거나 나는 마음에 드는 225파운드짜리 은색 지갑 하나를 보긴 했다.

나도 결국 여자였다! 지갑을 사느라 즉각 통장에 40파운드 마이너스가 생겼다. 남편과 말다툼을 하기는 했지만. "어쩌면 내게도, 모르는 백작 삼촌이 있는지도 몰라! 혈통이 이제야 드러난 거지! 나도 비싼 디자이너 상품들을 좋아하는 거야! 난 정상이야! 고마워, 그라지아!"

닷새 뒤, 나는 고워 거리에서 그 지갑을 소매치기 당했다. 도둑들도 《그라지아》를 읽는 모양인지, 0.5킬로미터나 떨어진 곳에서도 비싼 지갑을 알아본 것 같았다.

하지만 우리의 남편들은 《그라지아》를 읽지 않는다. 지갑이 얼마나 근사하고 얼마나 예쁘더라도, 그들은 믿을 수가 없다는 목소리로 "225파운드라고! 지갑 하나에! 돌아버리겠구만!"을 외치지 않을 수가 없다. 마치 당신이 자신의 불알을 푹 찌른 포크를 던져버리고 코트를 옷걸이에 건 뒤 유유히 욕조로 간다는 듯 말이다.

내가 지금 갖고 있는 지갑은 크라우치 엔드 지역의 잡화점에서 산 25파운드짜리다. 나는 이 지갑이 조만간 '업그레이드'되리라고는 생각하지 않는다.

어쨌든, 사실을 받아들이자. 핸드백은 핸드백일 뿐이고, 당신이 중요한 것들을 넣어다니는 물건일 뿐이다. 나는 여러 해 동안 비싼 수업료를 치른 끝에 우리가 핸드백에 꼭 넣고 다녀야하는 물건들을 다음과 같이 결정했다.

많은 액체를 흡수할 수 있는 물건
아이라이너
옷핀
비스킷

위의 물건들이면 어떤 일에도 대비할 수 있다. 그 외에 당신에게 필요한 것은 없을 것이다.

옷

이렇게 신발도 해결했고, 담배를 넣을 가방도 구했다. 하지만 지금 난 뭘 입고 있지? 공격적인 여성주의자인 나는 어떤 옷을 입고 다니나?

여자들은 옷을 중요하게 생각한다. 우리의 두뇌가 리본과 버슬, 그리고 칵테일 드레스로 꼭 차 있기 때문은 아니다. (물론 미래의 뇌스캔 기술이 이런 것들을 찾아낼 거라고 나는 믿지만.) 여자

294

들이 입을 열기도 전에 입고 있는 옷들이 먼저 말하기 때문이다. 여자들은 입은 옷으로 판단된다. 남자들은 이해할 수 없는 방식으로. 남자들은 입고 있는 옷에 대해 다른 사람들이 이런저런 말들을 늘어놓고, 당신이 그런 옷을 입었다는 이유만으로 당신을 폄하하고, 깎아내리고, 당신이 대화 — 일이나 육아, 문화에 대한 수박 겉핥기식 대화 — 를 전혀 이해하지 못한다고 생각하는 불편한 순간을 느껴본 적이 없다.

"잠깐!" 당신에게는 가끔 이렇게 말하고 싶은 순간들이 있다. "내가 애들을 등교시킬 때나 입는 원피스 대신에 대학생들이 입는 코듀로이 재킷을 입고 있다면 아마 당신은 나와 융Jung에 관한 이야기를 하고 싶겠죠! 나의 '정치색이 묻어나는' 신발을 당신이 한번이라도 봤다면 내게 좌파 정치인 토니 벤을 그따위로 말할 수 없겠죠! 봐요! 아이폰에 들어있는 사진도 보여줄 수 있어요! 나한테도 이런 상황에 맞는 옷이 있다고요! 오늘 입지 않은 것뿐이에요!"

물론 이런 일은 거의 일어나지 않는다. '나쁜' 옷을 입고 나온 당신은 그저 상점 유리창에 비친 당신의 모습을 보고 의기소침해져서는 '나는 뚱뚱해'라는 나쁜 생각을 하게 될 뿐이다. 그래서 하렘 스타일의 배기팬츠를 사거나 다이어트 샌드위치를 사게 되는 것이다.

하지만 최악의 시나리오에 따르면 나쁜 옷은 당신의 인생을 망칠 수도 있다. 강간당한 당신에게 재판정이 불리한 결정을 내릴 수도 있는 것이다. 2008년의 '스키니 진' 재판*을 생각해보라. 게다가 국제 앰네스티의 조사에 따르면 25퍼센트의 사람들은 여성이 옷을 지나치게 '급진적으로' 입은 경우, 여성에게도 강간의 책임이 있다고 생각한다고 한다.

직장에서 편하고 캐주얼한 옷차림으로 일하는 여성들은 똑같이 편하고 캐주얼하게 입은 남성들보다 업무에 덜 진지한 태도로 보인다고 간주된다. 청바지를 입고 운동화를 신은 여자들은 승진하지 못하지만, 똑같이 청바지를 입고 운동화를 신은 남자들은 승진한다. 여자들의 옷차림은 일반적으로 여자들의 능력을 드러낸다고 여겨진다. 그러므로 우리의 옷차림은 때로 우리의 미래를 결정한다.

그러니 여자들이 아침마다 옷을 고르느라 분주한 까닭은 국제적인 스타일 아이콘이 되거나 빅토리아 베컴처럼 되기 위해서가 아니다. 자신이 주인공인 성대한 승진 축하 파티가 열리기를, 그래서 2주일쯤 사방에 미소를 보낼 수 있기를 바라기 때문이다.

그렇다. 우리가 노력하는 이유는 모든 사람들이 그날 우리가 입은 옷을 '이해'하기를 바라기 때문이다. 그래서 우리가 하는 말을 제대로 '알아들을' 수 있도록 말이다. 패션은 관습적인 대화나 마찬가지다. 인터넷에서 다운로드한 신랑 들러리의 뛰어난 연설

---

* 여성이 꽉 달라붙는 스키니 진을 입고 있으면 남성이 그 여성을 눕힌 채 바지를 벗길 수 없다는 이유로 성폭행을 당했다는 주장은 인정하기 힘들다는 법원의 판결이 있었다. (저자 주)

문처럼, 여성들은 자기만의, 개인화된 연설문을 갖고 있어야 한다. 우리가 입은 옷은 우리를 나타낸다. 우리는 비밀의 옷장을 찾아내 '우리만의 옷', '격식 있지만 편안한 옷', '클래식 아이템' 그리고 '재치 있는 재킷'으로 옷장을 채워야 한다. 이러한 능력은 빨래를 잘하는 능력, 하루 종일 집에 처박혀서 아이 보는 능력, 그리고 남자들이 좀 더 즐겁게 산다는 생각을 하지 않는 능력과 더불어 여성들이 당연히 갖추어야 된다고 생각되는 능력이다.

여자들은 흔히 옷을 잘 입을 줄 알아야 한다고 여겨진다. 옷을 못 입는, 옷을 망치기까지 하는 여자들은 업신여김의 대상이 된다. 이런 여자들은 모든 잡지와 모든 타블로이드 신문의 '워스트 드레서의 전당'에 일주일마다 나타난다. 유명한 여성 정치인들은 '어울리지 않는' 신발을 한 번 잘못 신었다가 호된 야유를 받는다. 당신은 비행기에서 내리는 안젤리나 졸리의 옷차림이나 베레모를 쓰고 열정적인 1960년대를 보냈던 수잔 서랜든 따위에는 개인적으로 관심이 전혀 없다고 말해서는 안 된다. 패션은 바로 게임이니까. (나도 드레스라면 환장한다.) 하지만 여성에게 패션이란 네트볼 경기처럼 의무적으로 참가해야 하는 게임이다. 생리 중이라고 거짓말을 하며 변명해도 빠질 수 없는 게임. 절대로 빠질 수가 없다. 내가 해봐서 안다.

여성이 차려입은 옷들은 화려한 여성으로 거듭나기 위한 희망찬 주문과도 같다. 별자리 운세를 찾아볼 때처럼 패션으로 당신의 운명의 향방을 점치고 싶은 것이다. 그러므로 시중에 그토록 많은 패션잡지들이 나와 있다는 사실은 놀랍지도 않다. 패션 산업이 한 해 900조 규모라는 사실도. 첫 출근이나 첫 눈이 오는 날, 아니면 생일날처럼 살면서 중요한 순간들을 맞게 된 여성들이 반쯤 울면서 처음 하는 소리가 대개 "하지만 뭘 입고 가지?"라는 사실도 놀랍지는 않다.

"입을 옷이 없어!"라고 말하는 여자들의 진짜 속내는 '오늘의 나를 제대로 표현해줄 옷이 하나도 없다'는 의미다.

그것은 당신이 입어서 행복한 옷을 찾기가 쉽지 않은 까닭이다. 세 시간 동안 쇼핑을 하다가 결국 타이츠 하나, 접이식 도마 하나, 아이들을 등교시킬 때 입을 카디건 몇 벌만 산 채 시내 한복판에서 '오늘의 나를 제대로 표현해줄 옷이 없다!'고 울먹이게 되는 것이다. 당신이 찾아낸 옷들은 딱 2인치가 짧거나, 너무 밝거나, 소매가 없게 마련이다. 왜 소매를 안 단 거지? 신이 의도한 대로 이 나라의 모든 여성들이 팔을 가리고 다닐 수만 있다면, 신경안정제 처방도 반으로 줄어들 텐데. 어째서 이렇게 밝고 환하고 커다란 옷가게에 나를 위한 옷이 하나도 없을 수가 있어?

물론 당신을 위한, 당신만을 위한 옷은 존재하지 않는다. 시내에 상점들이 들어서기 전에는 여자들은 자기 옷을 직접 지어 입거나, 재단사를 고용했다. 그러므로 옛날 여자들이 입었던 옷은 입은 사람을 정직하게 표현할 수 있었다. 그런 옷은 편하기도 했다. 물론 당대의 패션이 가하는 제약에서 자유롭지는 않았겠지만.

대형 패션산업이 등장하면서, 그 어떤 옷도 단 한 명의 여성만을 위해 팔리지는 않는다. 우리가 탑샵이나 자라, 망고, 넥스트, 피콕스, 뉴룩 등의 매장에서 보는 옷들은 전적으로 디자이너가 머릿속에서 떠올린 가공의 여성을 위해 만들어진 옷들이다. 그리고 우리는 그 옷들이 70퍼센트 정도만 마음에 들어도 구입한다. 대략 늘 그런 식이다. 설령 100퍼센트 마음에 드는 옷, 우리가 진짜로 욕망하는 옷을 찾아냈더라도, 우리는 그 옷이 진짜 내 옷이라고 생각하지 않는다. 대부분의 여성들은 입고 있는 옷에서 한 가지쯤은 마음에 안 드는 부분을 찾아낸다. 여기가 1인치만 더 길었으면. 꼬임장식이 없다면 더 나을 텐데. 조금 더 진한 파랑색이었으면 좋겠어. 우리가 친구에게 하는 첫마디는 대개 이런 것이다. "목깃이 없다면 더 좋았을 뻔했어!"

당신 자신이 목깃을 좋아하지 않는다는 사실을 알고 있다면, 당신은 자신이 진짜로 어떤 사람이 되고자 하는지를 알고 있는 셈이다.

게다가 이런 옷들은 모두 비현실적인 가상의 여성을 위해 만들어졌기 때문에, 가끔은 현실의 여성에게는 조금도 어울리지 않는 경우가 있다. 우리는 말도 안 되는 형태나 색상들 즉, 형광색, 복숭아색, 몸매가 적나라하게 드러나는 바디콘, 스커트를 한껏 부풀려주는 버슬 등이 등장하는 시즌마다 자신들을 소화해줄 수 있는 가상의 여성을 기다리며 옷걸이에 슬프게 걸려만 있는 꼴을 보아오지 않았는가.

때로 여자들은 어떤 유행의 흐름이 다가오고 있는지를 파악하는 데 재주가 있다. 소매가 한쪽밖에 없는 원피스, 점프슈트, 현란한 꽃무늬, 엉덩이 부분에 폭죽이 달린 의상도착자들을 위한 '일상용' 반바지. 이런 옷들을 보며 여자들은 이렇게 짜증을 부린다. "디자이너들은 도대체 왜 여자들이 근사하게 보일 수 있는 옷들을 만들지 않는 거지? 나라면 이런 옷을 '팔고' 싶지도 않을 텐데! 대체 무슨 생각을 하고 이런 옷들을 만들었을까? 이런 옷에 79.99파운드를 쓰느니 차라리 더 좋은 일을 하겠어! 나는 내 편이 되어줄 옷이 필요해!"

《타임스》에서 어쩌다 패션화보를 촬영하게 되기 전까지, 나는 패션이 얼마나 내게 호의적이지 않은지를 모르고 있었다. 화보의 콘셉트는 '평범한 여자'에게 다음 시즌의 유행 아이템들을 입혀보는 거였다. 파스텔, 사파리, 옵아트 프린트, 속옷이 아닌 코르셋, 그리고 현란한 레깅스 따위를.

"당신을 정말 근사하게 만들어줄게요." 에디터가 장담했다. "아주 뛰어난 스타일리스트와 사진가가 올 거예요. 그러니 아무 걱정도 하지 말아요."

회음절개수술을 했을 때를 제외하면, 인생에서 가장 끔찍한 8시간이 이어졌다. 처음에 나는 레드카펫에 선 케이트 윈슬렛처럼 1만 파운드짜리 드레스를 입고 이에 걸맞은 미용사, 메이크업 아티스트, 스타일리스트, 사진가들과 일하게 될 거라고 생각했다. 그들은 물론 충분히 훌륭했다. 게다가 그들이 작업한 사진

속의 나는 제법 근사하게 보였다. 그들은 나를 코르셋과 실크 군용바지, 4인치 힐로 재탄생시켰다. 솔직히 말하면 내가 우연히 잡지를 넘기다가 이 화보를 보게 된다면 '나도 한번 입어볼까! 이 여자한테도 제법 잘 어울리네! 나처럼 엉덩이도 큰데! 솔직히 나보다 좀 더 큰 것 같기도 해! 하하하!'라고 생각할지도 모른다.

하지만 나는 그 옷들을 입고 한 가지 자세밖에 취할 수 없었다. 의상을 갈아입을 때마다 잘 어울리는 자세를 찾아내기까지는 20분, 30분, 한 시간이 걸렸다. 도끼자국camel toe은 어떡하지, 팔 위쪽에 붙은 살이 너무 덜렁거려, 저쪽에도 살이 삐져나왔어. 그들은 이런 말을 하며 옷을 늘리고 잡아당기고 끈으로 고정시켰다. 조명이 바뀔 때마다 헤어스타일도 다시 다듬어야 했다. 어깨가 지나치게 강조되어 보이자 급하게 모자를 써야 하기도 했다. 나는 돼지가 된 기분을 느꼈다. 무리에서 빠져나와 외따로 노는 돼지 한 마리. 나는 그들 앞에서 걷고 자세를 취하며 그들이 보기에 '최상의' 각도를 찾아내 내가 걸친 옷들의 판매에 도움이 되어야 할 사람이었지만, 내 가슴은 예쁘지 않았고, 엉덩이는 너무 컸다. 지나치게 퉁퉁한 팔도 자꾸만 축 늘어졌다.

8시간 뒤, 나는 땀에 젖은 채 울면서 스튜디오를 나왔다. 너무나 비참한 기분이었다. '신비롭고 섹시한 여자처럼 보여야 해. 뭐랄까, 묘한 매력이 있는 여자처럼…'이라는 주문을 외며 미소를 짓는 것도 도움이 되지 않았다. 나는 내가 걸친 옷들 앞에서 아무것도 아니었다. 게다가 그 옷들은 나를 너무나 비참하게 만들었다. 내가 직접 고르지 않은, 내게 어울리지 않는 옷들을 입은 나는 완전한 실패작이었다.

나는 바보가 아니다. 나는 알고 있다. 모델과 일반 여성의 차이점이 있다면, 일반 여성은 자신이 근사하게 보일 수 있는 옷을 산다는 점이다. 물론 패션산업에서는 옷 자체가 더 근사하게 보일 수 있도록 모델을 고용하지만. 모델이 입고 있지 않은 대부분의 옷들은 형편없다. 나는 이런 형편없는 옷들을 견딜 수가 없다. 촬영 때 신었던 힐을 신은 채로는 제대로 서 있을 수조차 없었다.

"미안해요. 모델이라면 이런 신발을 신고서도 몇 시간 동안 서 있을 텐데." 나는 뒷다리를 차올리는 말처럼 어색하고 힘겹게 양발을 번갈아 들어 올리며 우울한 목소리로 말했다.

"아니에요." 스타일리스트가 명랑하게 말했다. "모델도 만날 넘어지는걸요, 뭐. 모델들도 이런 신발을 신고서는 걷지 못해요. 이런 신발을 신고 걸을 수 있는 사람은 아무도 없어요. 하하하!"

나는 힐을 신고서는 걷지 못하는 나 자신을 책망하며 보냈던 세월을 생각했다. '모든 사람들'이 힐을 신고 걸어다니는데 말이다. 하지만 다시 생각해보니 '모든 사람들'의 대다수는 패션화보나 레드카펫에서 본 사람들이었다. 다시 말해서 그들은 그런 힐을 매일 신고 돌아다니는 '신발'로 생각하지 않았던 것이다. 그들은 그저 사진 찍히기 위해 그런 힐을 신었던 거였다. 그들은 그런 힐들이 그저 '촬영용'이라는 것을 알고 있었다. 우리들은 그런 물

건을 사고, 신고, 걷고, 움직이고, 급기야는 힐을 신고 살아가려
고 안간힘을 쓰는 유일한 사람들이다.

　이런 물건들의 대부분은 실제 삶이 아니라 화보를 위한 것이
라는 사실을 나는 이제야 깨달았다. 우리가 아무리 화보를 들여
다보고 연구하더라도, 화보 속 패션은 아침마다 옷을 고를 때는
아무런 도움도 주지 못한다. 계속해서 아랫단을 끌어내리고, 사
타구니에 들러붙는 옷을 떼어내면서 돌아다녀야 하는 옷을 입고
싶은 사람은 아무도 없다. 화보에 등장하는 의상들은 그저 가만
히 서서 카메라에 찍히는 용도일 뿐이다. 우리는 일상에서 진짜
로 입을 수 있는 옷을 입어야 한다. 그리고 일상에서야말로 당신
이 어떤 옷을 입고 행복해야 하는지를 알려주는 귀중한 교훈을
얻을 수 있다.

　그래서 나는 내가 옷에 관해 얻은 교훈들을 여기서 밝히고자
한다. 잡지나 광고는 무시해라. 진짜 중요한 것이 무엇인지를 생
각해라. 첫째, 탑샵 탈의실에서 PVC 비닐로 만들어진 레깅스에
다리를 집어넣느라 낑낑대며 울지 말 것. 둘째, 길에서 본 멋지
게 차려입은 사람을 다짜고짜 찾아가 "그거 어디서 샀어요?"라
고 묻지 말 것. (슬프게도 대답은 대개 다음과 같다. "로테르담에 있
는 끝내주는 빈티지 가게에서 4년 전에 샀어요. 그런데 유감스럽게도
그 가게에 불이 났지 뭐예요. 그러니까 어쨌든 당신은 이 옷을 살 수
없을 거예요." 하지만 나는 여전히 그들이 막스앤스펜서를 가리키며
"저기서요. 10분 전에 샀어요."라고 대답하리라는 희망을 버리지 않

았다.) 셋째, 내 방에 온 여동생 위나가 나를 보자마자 "헐!"이라고 말하면서 나가버리게 만드는 옷은 입지 말 것.

1) 레오파드 무늬는 그럭저럭 괜찮다.

2) 검정색 불투명 스타킹과 부츠라면 어느 옷과도 거의 다 어울린다.

3) 일반적인 생각과는 달리, 벨트는 여성에게 좋은 친구가 되지 못할 때가 많다. 많은 경우, 벨트는 지나가는 사람에게 다음과 같은 질문을 하게 만드는 시각적인 표지가 된다. "어느 쪽이 더 뚱뚱하지? 상반신? 아니면 하반신?"

4) 밝은 빨강색은 그럭저럭 괜찮다.

5) 스카치테이프로는 스타킹 한가운데 난 구멍을 메울 수 없다.

6) 탈의실에서 엄청나게 섹시한 척을 해야만 괜찮게 보이는 옷은 절대로 사지 마라. 하지만 입자마자 절로 춤이 나오는 옷이라면 가격과 상관없이 사야 한다. 물론 감당할 수 없을 정도로 비싸다면 사지 말아야 한다. 패션잡지는 '뭐, 빠듯하다면 사지 마세요.'라는 말은 하는 법이 없으니까. 당신의 친구들도 마찬가지고. 아마도 내가 당신에게 이런 말을 해줄 수 있는 유일한 사람일 것이다. 고마워하지 않아도 된다.

7) '빈티지와 새 옷을 적당히 섞어 입어요.'라는 말로 당신의 스타일을 설명해서는 안 된다. 패션의 아이콘이라는 펀 코튼이 방송 진행을 하면서 이런 말을 할 때마다 얼마나 짜증이 났는지

를 잊었는가? 그런 말에 휘둘려서는 안 된다.

8) 무릎 위로 올라오는 길이에 몸에 꼭 맞는 소매 달린 1950년 대식 원피스가 어울리지 않는 사람은 아마도 없을 것이다. 크리스티나 헨드릭스가 군용바지에 탑 하나만 달랑 입고 있는 모습을 본 적이 있는가? 생각만 해도 끔찍하다. 그녀를 본받도록 하자.

9) 당신을 가장 돋보이게 해줄 바지가 있다면 폴리우레탄이 풍부하게 함유된 신축성 있는 검정색 러닝바지일 것이다. 이 바지를 입으면 허벅지와 엉덩이가 조그맣게 보인다. 물론 당신은 무릎까지 올라오는 부츠에 재킷 없이 이 바지를 입을 용기를 내지는 못하겠지만. 천추의 한이 아닐 수 없다.

10) 은색 반짝이는 그럭저럭 괜찮다.

11) 금색 스팽글도 마찬가지.

12) '드라이클리닝을 하세요'라는 라벨이 붙은 옷을 사는 대신 그냥 그 옷 주머니에 50파운드를 넣고 가게에서 나와라. 길게 보면 당신은 돈과 시간을 절약하는 셈이다. 게다가 회의를 하러 가는 전철 안에서 급하게 겨드랑이에 데오도란트를 바르는 흉한 꼴을 보이지 않을 수도 있다.

13) 막스앤스펜서에서 산 페르 우나 브랜드의 모든 옷들은 당신을 정신 나간 사람처럼 보이지 않게 해준다. 어째서 그런지는 모르겠지만, 아무튼 그렇다.

이것이 바로 내가 패션에 대해 얻은 교훈이다.

아이를 낳아야만 하는 이유

나쁜 출산

　출산이 얼마나 끔찍한 경험인지를 알고도 나는 전혀 놀라지 않았다. 전혀. 어머니의 출산을 항상 지켜봐왔기 때문이었다. 어머니는 일곱 아이를 낳았고, 그럴 때마다 죽을 것처럼 하얗게 질려서는 절뚝거리며 집으로 돌아왔다. 항상 좋지 않은 일이 일어났던 거였다. 태아가 거꾸로 들어있거나, 갑자기 제왕절개를 해야 했고, 압박신경증으로 고생하거나, 탯줄이 꼬이기도 했다. 다섯째인 코린을 낳을 때는 태반이 따라 나오지 않자 미숙한 조산사가 고집쟁이 사냥개를 잡아당기듯 탯줄을 쥐고 잡아당겨 어머니가 피를 너무 많이 흘리는 바람에 2리터 넘게 수혈해야 했다. 마침내 집으로 돌아온 어머니는 전장에서 돌아온 전쟁공포증 걸린 군인처럼 보였다.

열한 살인 나는 갓난아기들을 인형이나 아기원숭이 돌보듯 했다. 우리는 엄마가 갑자기 쓰러질까봐 너무나 무서웠다. 엄마는 슈퍼마켓에서 계단을 올라가던 도중 기절한 적이 있었다. 아기가 엄마에게 꼭 필요한 것이고, 엄마의 몸을 빠져나와서는 안 되는 것처럼 보였다. 아기가 빠져나온 엄마는 금방이라도 부서질 것처럼 보였다.

2년 뒤 여섯째인 셰릴을 낳을 때의 상황은 더 좋지 않았다. 어깨에 압박신경증이 생긴 어머니는 전혀 움직이지 못했다. 어머니는 커튼을 친 거실에 누워 무더운 여름 내내 울고만 있었다. 그러는 동안 우리 집은 곰팡이와 개미들이 들끓는 끔찍한 곤경 속으로 빠져들었다. 우리는 전부 겁에 질려 있었고, 이제 열세 살이 된 나는 싸구려 핫도그와 크래커, 잼으로 식구들을 먹였다. 새로 태어난 아기는 2년 전 먼저 태어난 아기와 함께 바닥의 마분지 상자에 담겨 있었다. 9월이 되어 무더위가 물러나고, 엄마가 다시 느리게나마 걸어 다닐 수 있게 되기까지, 그래서 뜨거운 물과 락스로 개미들을 죽일 수 있게 되기까지, 끔찍한 나날들이 이어졌다.

때문에 스물네 살에 임신했을 때 나는 아기를 돌보는 방법 — 아기들을 마분지 상자에 넣는다. 핫도그를 먹는다 — 도,

아기를 낳는 것이 얼마나 끔찍한 일인지도 알고 있었다. 하지만 솔직히 나는 내가 아기를 낳을 수 있을 거라고 생각하지 않는다. 나는 사람들이 어떻게 아기를 낳는지를 모르겠다. 나는 일부러, 의도적으로 알려고 하지 않는다. 임신 6개월에 접어들어 검진을 받던 날, 나는 침대에 놓인 괴상하게 생긴 물체의 정체가 몹시 궁금했다. 동공 없이 흰자만 남아 무언의 경고를 보내듯 점점 커지는 것처럼 보이는, 거대한 하얀색 플라스틱 물체다.

"저게 뭐죠?" 나는 애써 명랑하게 말한다. "제프 쿤스Jeff Koons의 작품이라도 훔쳐온 건가요?"

"질 입구를 확대시키기 위한 장치예요." 조산사가 얼떨떨해하며 말한다. "10센티미터까지 확대시켜주죠."

"자궁… 경관요?" 내가 묻는다. "자궁경관을 왜 확장시키는 건데요?"

"그래야 아기가 나오죠." 조산사가 대답한다. 내가 정신 나간 여자라고 생각하는 모양이다. "자궁경관이 조금씩 넓어져야 아기가 나올 수 있는 거예요."

"자궁경관이요?" 깜짝 놀란 내가 중얼거린다. "그건 구멍이 아니잖아요! 아기는 거기로 나오지 않아요! 어떻게 그럴 수가 있죠? 꽉 막혀 있는데!"

"글쎄, 그래서… 노력이 좀 필요한 거죠." 조산사가 최대한의 자제력을 발휘하며 대답한다.

그렇다. 나는 아기를 낳을 수가 없다. 내 머리로는 대체 어떻게 아기가 나온다는 건지 알 수가 없다. 나의 자궁경관은 열리지 않을 거다. 그걸 어떻게 열 수 있다는 말인가.

그래서 임신기간 내내, 나는 상냥한 의사들과 척척박사 조산사들이 앞으로 내게 닥칠 일들을 말해줄 때마다, 측은한 마음과 함께 미안함을 느낀다. 그런 일은 일어나지 않을 거야, 나는 생각한다. 그들 — 간호사들, 산부인과 의사들, 남편 — 은 모두 내가 임신 9개월째가 되는 날 마술이라도 부릴 거라고 생각하는 모양이다. 내가 기적을 일으켜 피터팬처럼 방 안을 날아다니며 엉덩이에서 원숭이들을 로켓포처럼 쏘아댈 거라고 생각하는 것 같다. 그들은 맨 앞줄에 가지런히 놓인 의자에 앉아 공연이 시작되기만을 기다리고 있는 참을성 있는 관객들처럼 보인다.

하지만 나는 물론 마술사가 아니다. 내 몸속에는 마술사적인 능력이라고는 병아리 눈물만큼도 존재하지 않는다. 어쨌거나 나는 마술이 현실로 일어날 수 있도록 갖은 준비를 마쳤다. 거실에는 수중분만용 욕조가 놓였고, 욕조 둘레에는 불이 켜지기만을 기다리는 양초들이 놓여있다. 나는 허브와 음악, 양초를 준비했다. 그러니 금방이라도 주문을 외울 수 있을 것 같다. 하지만 예정일을 2주일이나 넘기자 나는 추종자들에게 하늘을 가리키며 "보라! 비가 올 것이다!"라고 맥없이 소리치는 샤먼이 된 기분이다. 작물들이 말라죽고 여자들이 불평을 늘어놓는 동안.

마침내 진통이 시작되지만, 고통스럽기만 할 뿐 아무런 소용이 없다. 불행하게도 아기가 거꾸로 뒤집혀 있다. 아기의 얼굴이

배 쪽을 향하고 있는 것이다. 아기의 머리통이 내 척추를 짓누르고 있다. 마술이 시작되었지만 내가 아마 나쁜 주문을 외운 모양이다. 조산사가 안타까운 내 상황을 설명해준다. 이 상태로 아기를 낳는다는 것은 길고 고통스러운 중노동이다. 24시간이나 진을 뺀 끝에 그들은 병원에 가자는 제안을 한다. 나는 운다. 그들은 고집을 꺾지 않는다.

밝고 환한 병실은 삑삑거리는 소리를 내보내는 세련되고 현대적인 첨단장비들로 가득하고, 마술이라고는 찾아볼 수가 없다. 무능력한 샤먼은 지팡이를 짚고 절룩거리며 어딘가로 사라져 다시는 눈에 띄지 않을 것이다. 그런데 갑자기 진통이 완전히 멎는다.

뚱한 표정의 스웨덴인 조산사가 울면서 침대에 앉아있는 내게 말한다.

"집에서 아기를 낳고 싶어 하는 엄마들이 흔히 겪는 일이에요." 그녀는 이제야 마음이 놓인다는 표정으로 내 다리를 벌리더니 갈고리를 집어넣는다. 심장박동을 체크하기 위해서다. 내 아기의 머리에! 불쌍한 아기! 가엾은 아기! 너무나 미안하구나! 네게 처음으로 닿은 물체가 고작 갈고리라니! 날 여기로 데려오더니 이제는 아기를 다치게 하려고 하네!

조산사는 내가 어떤 사람인지를 잘 알고 있었다. 이 나쁜년은 나를 몸도 제대로 가누지 못하는 무능력자로 보고 있다.

토요일 밤부터 월요일 아침까지, 영국 보건의료제도회는 의무적으로 천천히 각종 다양한 작업들을 통해 한 패배자를 구제하고

자 한다. 그들은 찢어지지 않는 태포를 코바늘로 찢으려고 한다. 진통이 멈춘다. 그들은 억지로 진통을 시작하게 한다. 자궁경관은 요지부동이다. 그들이 페서리로 그 안을 아프게 찔러대자 다시 진통이 시작된다. 몸속이 조각조각 썰리는 기분이다. 마치 아주 천천히 살해당하고 있는 기분이다.

그들이 나를 돕는 까닭은 그들의 일이기 때문이다. 그들은 여자들이라면 응당 이런 일을 겪을 수밖에 없다는 태도로 호들갑도 떨지 않고 기계적으로 업무를 수행한다. 강수량을 재거나 일기예보를 읊는 사람들처럼. 내 몸은 알아서 스스로 태포를 찢고, 진통을 겪어야 한다. 몸이 알아서 스스로. 뮤직박스처럼.

하지만 나는 너무나 무능하다. 태포가 찢어지지 않아 걱정이 된 의사들은 내 몸속에 손을 밀어 넣는다. 그래야 진통이 다시 시작된다. 내가 힘을 줘봤자 아무 소용이 없다. 나는 강제적으로 진통을 겪는다.

내가 이틀 동안이나 이렇게 진을 빼고 있는 동안, 아기는 서서히 죽어가기 시작한다. 모니터에 표시된 아기의 심장박동은 작은 장난감 드럼소리 같다. 진통이 일어나 아기를 쥐어짤수록 아기의 드럼소리는 점점 약해지기만 한다. 아기 엄마들을 위한 행진이 멀리 떨어진 거리에서 지나가고 있는 것만 같다. 내 아기를 데리고.

이제 무슨 일이 일어날지가 명백해진다. 옥시토신을 정맥에 주사하려는 거다. 점적 주사. 점적 주사에 대해 읽은 적이 있다.

출산 관련 서적들을 읽다보면 점적 주사를 무서워하지 않을 수 없다. 진통이 자연스럽게 나타나는 경우, 자궁은 산모가 견딜 수 있는 강도와 정도로 수축한다. 하지만 점적 주사는 멈추는 법을 모른다. 점적 주사는 고장 난 메트로놈처럼 빠르게 질주하는 폭력적인 주사이고, 끝없이 이어지는 진통을 견디다 못해 폭발하게 만드는 원자시계다. 점적 주사는 '빨간 구두 이야기'에 나오는 빨간 구두처럼 자궁이 수축하는 속도를 높인다. 점적 주사를 맞은 당신은 죽을 때까지 춤을 추어야 한다.

시시각각 저마다 다른 종류의 고통이 찾아온다. 불가지론자에서 급격하게 복음주의자가 되는 기분이다. 갑작스럽게 하늘이 온통 신으로 가득 채워지고, 그 신은 내게 성스러운 고통을 내린다. 진통 사이에 휴지기가 찾아올 때마다 물 한 바가지로 불난 집의 불을 끄고 있다는 기분이 든다. 1초 동안 잠시 숨을 돌리면, 곧장 뜨거운 열기가 날아와 입술의 수분이 증발하며 화상이 남는다. 사방 벽이 무너진다. 처음부터 문이나 창문은 없었다. 여기서 나갈 수 있는 유일한 방법은 오징어처럼 변신해 내 몸속의 비밀통로로 빠져나가는 것뿐이다.

하지만 나는 모니터와 연결된 전선에 포박되어 고통 받는 고깃덩어리일 뿐이다. 게다가 어머니는 내게 오징어처럼 변신하는 법을 가르쳐주지 않았다.

처참하게도 3일간 밤낮으로 분만실에 처박힌 채 마술도 부리지 못하고 엉덩이로 하늘을 나는 원숭이도 쏘지 못하자, 의사들은 나를 포박한 전선들을 풀고 자유롭게 해준다. 마침내 내 딸 리지가 마법의 은하수처럼 내 몸에서 빠져나오던 순간, 조너선 데로사 선생님은 한 손으로 내 신장을 밀어 넣으면서, 다른 한 손으로는 도축업자의 갈고리에 걸린 더러운 토끼처럼 리지의 발을 붙잡고 꺼내고 있었다.

지금까지의 이야기는 실제로 일어났던 일의 절반도 되지 않는다. 피트가 울었다던가, 내가 똥을 쌌다던가, 천장까지 닿을 정도로 토했다던가, 단어들이 하나도 생각나지 않아 진통가스와 산소가 필요하다고 말하는 대신 "입을 줘."라고 헐떡거리며 말했다는 등의 이야기들이 더 남아있다. 리지의 얼굴에 남은 흉터를 보면 걱정스럽고, 10년이 지난 지금도 오른쪽 다리가 무감각하고 차갑다. 마취제가 듣지 않아 척추 마디마디가 멍들었고, 그 사이로 체액이 뜨거운 썩은 식초처럼 흘러내렸다. 무엇보다도 리지를 낳으면서 이토록 출산이 고통스럽다는 것이 충격이었다. 나는 내가 놓은 덫에 걸린 짐승이 된 기분이었다. 의사들에게 내가 만든 덫에 내가 걸렸으니 제발 풀어달라고 애걸하는 꼴이었다.

1년이 지날 때까지 나는 월요일 아침 7시 48분마다 분만 당시를 생각한다. 그리고는 몸을 떨며 우리가 둘 다 살았다는 데 무한한 감사를 드린다.

리지는 오전 8시 32분에 태어났다. 의사들은 오전 7시 48분에 내게 마취제를 투약했다. 그제야 모든 고통이 완전히 사라졌다.

월요일 아침이다. 나는 폭이 좁은 병원 침대에 누워있다. 갑자기 주변이 조용하고 차분하게 보인다. 내 손에는 식염수 링거바늘이, 다리에는 모르핀 주삿바늘이 꽂혀있다. 남편은 의자에 앉아있고, 내 딸은 유리덮개를 씌운 아기용 침대에 누워있다. 캐비닛 위에 놓인 꽃들조차도 싱싱하게 보인다. 내 눈은 모르핀을 맞아 튀어나올 듯 커져있다. 나중에 나는 그날의 사진을 보게 되었는데, 사진 속의 내 모습은 근사했다. 멀홀랜드 드라이브 도로에서 피로한 얼굴로 서 있는 록가수 스티비 닉스처럼 보인다. 옆의 아기와는 어울리지 않는 스티비 닉스.

피트는 완전히 탈진했던 모양이다. 그가 어떤 상태였는지 그때는 알아차리지 못했다. 왜냐하면 통증이 사라지자 모든 것들이, 심지어는 오래되어 갈색으로 변한 혈흔조차도, 기다란 형광등조차도 아름답게 보였기 때문이다. 하지만 10분 뒤에 도착한 캐즈와 위나가 찍은 사진에는 너무 울어 붉게 충혈된 눈과 퍼렇게 질린 얼굴의 사내가 무서워하기에도 지쳐 이온음료를 마시는 모습이 나타나 있다.

눈물로 얼룩진 그의 두 눈은 마치 내가 금방이라도 죽어버릴 것 같다는 듯, 그래서 나를 영원히 그리워할 거라는 듯 보인다.

"피트." 내가 그에게로 손을 뻗으며 말한다. 손등에는 주삿바늘이 꽂혀있다. 피트는 내 손을 만지기가 무서운가보다.

"그 사람들이 당신을 너무 아프게 했어." 그는 이렇게 말하고는 울음을 터뜨린다. 그는 목 놓아 우는데, 입가에서 침까지 흐른다. 침 가닥이 입술에 매달려있다. "나는 아무 것도 할 수 없었어. 이제 좀 나아지겠지 하고 생각할 때마다 의사들은 당신을 더 아프게 만들었어. 그들이 당신에게 주삿바늘(나는 마취제를 네 번이나 맞았지만, 세 번이 듣지 않았다)을 꽂을 때마다 이제 통증이 잦아들 거라고 했어. 하지만 뭐가 잘 안 되는지 당신은 마구 소리를 지르면서 울기만 했어. 그러더니 당신을 싣고 어디론가 데리고 가는 거야. 당신은 끔찍하게 소리를 질렀어."

나는 유리덮개를 씌운 아기용 침대를 바라보며 어항을 들여다볼 때처럼 손가락으로 덮개를 톡톡 두드린다. 리지가 반짝 눈을 뜨고는 아기원숭이처럼 주름진 얼굴로 나를 바라본다. 병원용 하얀 시트에 누워있는 리지의 얼굴은 빨갛게 보인다. 리지는 아직도 몸속의 장기처럼 보인다. 리지의 눈에는 흰자위가 없다. 검은자위뿐이다. 커다란 동공만 있는 것 같다. 리지의 원숭이 얼굴에 뚫린 두 개의 커다란 검은 구멍을 통과하면 곧바로 리지의 원숭이 두뇌에 닿을 것만 같다. 리지가 나를 바라본다. 나도 그 애를 바라본다.

피트와 나는 서로를 마주본다. 우리는 둘 다 서로에게 미소를 지어야 한다고 생각한다. 하지만 그럴 수가 없다.

우리는 다시 아기를 내려다본다.

그러나 고통은 사라진다. 우리에게는 '해봐야 안다'는 귀중한 교훈이 있다. 첫 아이를 출산하면서 나는 다음 두 가지를 배웠다.

첫째, 학교에서 단 두 번, 출산 관련 수업에 출석하는 것만으로는 충분하지 않다. 게다가 아이를 낳다가 죽을 수도 있다고 지레 무서워하는 것은 분만에 좋은 영향을 미치지 않는다.

둘째, 이런 정도의 고통을 한번 겪어보면, 남은 평생이 상대적으로 쉬워진다. 물론 이 고통은 엄청나게 끔찍하지만, 영 쓸모없는 경험은 아니다.

제왕절개수술을 하면 배에 스물일곱 바늘의 꿰맨 자국이 남는다거나, 혹은 회음부를 절개할 때 화상을 입는다는 사실을 당신은 알고 있는가? 하지만 그런 일을 겪으면 관점도 변하게 된다. 이상한 방식으로 변한다는 말은 아니다. 온 몸이 찢어지는 고통을 24시간 동안 겪고 나면, 현대적인 삶이 지닌 더 고통스럽고 우울한 측면들이 완화되는 것이다.

머릿속에서 산불이 한 번 지나가는 거라고 생각하자. 출산을 하고나면 우리를 괴롭히던 많은 정신적 문제들이 불에 타 죽은 나무들처럼 사라져버린다. 가게에서 제대로 된 서비스를 받지 못해서, 상한 샌드위치를 먹고 배가 아파서, 다리 모양이 마음에 안 들어서 걱정인가? 48시간 이어지는 지옥을 한번 맛보고, 마침내 광명을 찾고 나면 그런 것들 따위는 생각도 안 날 것이다!

이렇게 볼 때 출산은 그 어떤 항우울제나 치료보다 효과적이다. 당신의 삶은 꽤나 단순명쾌해질 것이고, 갖가지 말도 안되게 뒤죽박죽인 이 세상에서 당신은 진짜로 중요한 것을 알게 될 것이다. 당신의 자궁 안에 고양이만한 무언가가 들어있고, 그 고양이를 당신의 자궁에서 한번 꺼내기만 해도 완전무결한 세계에 자연스레 진입할 수 있는 것이다.

의사들이 커다란 바비큐 집게만 한 겸자 가위를 들고 다가오는 순간, 세상을 보는 관점이 바뀌게 될 것이라는 내 말을 생각해라. 그렇다. 내 관점은 완전히 바뀌었다. 노위치유니언 손해보험 회사가 회사 이름을 아비바Aviva로 바꾸더라도 화가 나지 않을 만큼.

솔직히 말해서 아이를 낳은 여자들에게는 커다란 불알 한 쌍이 생기는 셈이다. 아이를 낳은 뒤 죽지 않고 살아남았다는 데 감격한 당신은 남은 평생을 용감하게 살아갈 수 있다. 다시 태어난 것이나 다름없는 엄마들은 극도로 행복한 말투로 시댁식구들에게 자신의 용감함과 대범함을 떠벌릴 것이고, 머리를 빨갛게 염색할 것이고, 운전을 배우고, 사업을 벌이고, 드릴 사용법을 배우고, 태국 향신료 만들기를 시도하고, 요실금을 농담거리로 삼고 그리고 더 이상 어둠을 무서워하지 않게 될 것이다.

간단히 말하면 엄청나게 강렬한 고통을 경험해본 당신이 소녀에서 여자로 거듭난다는 말이다. 15장에서 같은 효과를 볼 수 있는 경험에 대해 알려주겠지만, 어쨌거나 출산이야말로 당신의 삶을 가장 효과적으로 바꿀 수 있는 방법인 것은 분명하다. 첫 아이를 낳기 전과 지금의 나는 극적으로 달라졌다. 마침내 자궁경

관이 열렸을 때, 나는 그 어떤 마약보다도 강력하게 '감각의 문'
이 열리는 것을 느꼈다. 솔직히 내가 엑스터시를 통해 배운 것이
라고는 약기운이 달아오른 상태에서 '신사숙녀 여러분, 이제 돌
아가실 시간입니다'라는 방송이 확성기에서 나올 때까지 댄스플
로어에서 춤을 출 수 있다는 정도였다.

반면 출산은 내게 위대한 것들을 많이 알려주었다. 첫 아이
를 낳기 전에 나는 다음과 같은 것들을 두려워했다. 어둠, 악마,
UFO 침공, 새로운 빙하기의 출현, 종종 들려오던 할매 귀신의
출현(잠을 자다가 깨어보니 할매 귀신이 가슴팍에 올라앉아 있었다는
이야기들이 있었다), 공포 영화, 통증, 병원, 마취약, 실성, 죽음,
높은 사다리 오르내리기, 거미, 대중 연설, 매우 강한 외국 억양
이나 사투리를 쓰는 사람들과 대화하기, 운전 연습(특히 기어 바
꾸기가 어려웠다), 거미줄, 대머리가 될지도 모른다는 두려움, 폭
죽에 불붙이기, 전혀 준비되지 못한 상태에서 성격 나쁘기로 악
명 높은 록가수 루 리드를 인터뷰해야 할 때 누군가에게 도움 청
하기.

아기를 낳은 후부터는 나는 다음의 것들을 두려워하게 되었
다. 일어나자마자 아기가 다시 내 몸속으로 들어가지는 않았는
지, 그래서 다시 힘들게 낳아야 하는 것이 아닌지 확인하기. 이
게 전부다. 비록 당신도 3일 동안 끔찍한 고통을 겪어보라고, 그
러다 급하게 제왕절개수술을 받으라고 권하지는 않겠지만, 만약

당신이 아기를 낳고 싶다면, 그 경험이 꽤나 요긴하다는 것만은 알려주고 싶다. 아기를 낳은 당신은 영화 〈매드 맥스 썬더돔Mad Max Beyond Thunderdome〉의 티나 터너처럼 걸어 나올 수 있을 테니까. 물론 젖을 물리고서.

아이 키우기

아이를 낳아 키우는 몇 년 동안, 나는 언제나 권투나 전투, 용기와 관련된 모든 비유들을 생각할 수밖에 없었다. 따뜻한 우유, 비눗방울 놀이, 포옹 등 아늑하고 목가적인 육아법으로만 키울 수 있는 아이는 없으니까.

육아와 관련된 어휘들 중에는 유독 전투와 관련된 어휘들이 많다. 전쟁 영화 〈지옥의 묵시록Apocalypse Now〉에서 말론 브란도가 연기했던 커츠 대령이 베트남에서 내뱉을 법한 어휘들이다. 많은 사람들은 말론 브란도가 그 영화에서 헐리우드 역사상 가장 뛰어난 연기를 보여주었다고 생각한다. 나는 개인적으로 그가 영화를 찍기 일주일 전에 3개월짜리 갓난아기를 돌봐준 것이 분명하다고, 그의 빛나는 연기도 그 경험에서 나온 거라고 생각한다.

전쟁과 흡사한 일들이 많이도 벌어진다. 당신은 밤낮으로 똑같은 옷을 입고 지내면서, 줄곧 '크리스마스쯤이면 괜찮아질 거야'라는 희망 섞인 말을 중얼거리게 된다. 오래 지속되는 권태는 끔찍한 공포의 순간들에 의해 중단된다. 당신의 몸에는 거듭해서 해충들이 들끓는다. 실제로 어떤 일이 벌어지고 있는지 알고 있는 사람은 아무도 없는 것만 같다. 그저 당신이 겪은 일들의 실체에 대해 다른 참전 용사들과 이야기를 나눌 뿐이다. 그러다 새벽 4시에 프랑스의 어느 벌판 한가운데 누워 울먹이며 어머니를 소리쳐 부르고 있는 자신을 발견하게 된다. 폭탄을 맞은 당신의 다리가 20미터 떨어진 곳까지 날아간 것을 확인했다기보다 어쩌다 프랑스로 휴가를 와서 유선염에 걸리게 되었기 때문이다.

그러나 끝없이 튀어나오는 레고 조각들을 치우다 자기 연민에 빠져 술을 마시는 대신, 보다 긍정적인 시각으로 엄마가 된다는 것을 생각해봐야 한다.

무엇보다도 아이들과 함께 있으면 정서적, 지적, 물리적, 화학적 즐거움을 느낄 수 있다. 침대에 누워 아이의 몸에 다리를 올려놓고 아이를 '적당히' 조르며 "넌 똥덩어리야."라고 말하는 것보다 더 큰 만족감은 존재하지 않는다.

15,000파운드짜리 샴페인 한 병, 커다란 기구를 타고 이동하는 영양들 관찰하기, 밑창에 다이아몬드가 박힌 상어가죽 구두, 프랑스 파리. 이런 것들은 모두 사방을 어지르고 돌아다니는 작고 지저분한 아이 하나를 낳을 수 없는 사람들에게나 위안이 되어줄 것이다. 이러한 위안은 아이에 대한 사랑에 비하면 아무것도 아니다.

사실 엄마들은 하찮은 일들에서 아찔한 행복을 느낀다. 너무나 하찮은 일들에서. 일곱 살짜리 아이가 계단을 뛰어내려온다. 그리고 당신에게 열렬히 입을 맞춘다. 그리고 다시 계단을 뛰어 올라간다. 이 모든 일들이 30초 안에 벌어진다. 이 일은 먹는 것, 노래하는 것처럼 아이들이 매일 하는 일들에서 가장 중요한 일 중 하나다. '큐피드가 주입식 교육이라도 한 모양이지.'

거리를 두고 보면, 당신은 당신이 낳은 아이가 당신에게 주는 사랑의 양을 보고 놀라지 않을 수 없다. 아이에 대한 사랑이 다소 시들해지는 순간은 있지만, 결코 사라지지는 않는다. 당신의 생각, 당신의 몸과 마음은 아이에 대한 사랑이라는 연료로 움직인다. 이러한 연료를 주입받은 당신은 점심시간에 빗속을 뚫고 아이가 잊고 간 우비를 가져다줄 수 있고, 야근을 해서 아이의 신발과 인형을 사줄 돈을 벌고, 열이 나고 기침하며 아파하는 아이의 곁을 밤새도록 지켜준다. 이는 성욕과 비슷하지만 훨씬, 훨씬 더 강한 감정이다.

이처럼 강한 감정은 경외감과 다르지 않다. 당신은 다음과 같은 질문에 대한 답변만이 궁금하다. 애가 잘 지내고 있나? 행복한가? 안전한가? 그리고 이에 대한 답변이 '그렇다'인 한, 당신에게는 아무것도 문제될 것이 없다. 당신은 《분노의 포도The Grapes of Wrath》를 읽다가 다음과 같은 단락을 마주치고, 이러한 사실 앞에서 오싹해진다. "단지 자기가 배고파서 배를 쥐어짜는 것이 아니라, 아이들까지 뱃속이 텅 비어있는 사내를 어떻게 겁박할 수 있는가? 당신은 그에게 겁을 줄 수 없다. 그는 누구도 겪어보지 못한 공포를 알고 있다."

복도에는 나와 8개월 된 낸시, 그리고 2살 반의 리지가 목욕하는 모습을 찍은 흑백사진이 걸려있다. 나는 리지를 깨무는 척하고 있다. 낸시는 내 얼굴을 잇몸으로 문지르고 있다. 우리는 모두 카메라를 바라보고 있다. 카메라가 약간 흔들리는 바람에 사진도 조금 흐릿하게 나왔는데, 여기서 알 수 있다시피 피트는 웃고 있다. 나의 유전자를 나눠가진 아이들은 서로를 끌어안고 우리를 가장 사랑하는 사람 앞에 있다. 누군가가 내게 '행복'의 의미를 묻는다면 나는 이 사진을 보여줄 거다.

"목욕하는 꼬마들이 엄마 얼굴을 막 깨무는 사진이에요. 아빠가 '엄마 얼굴을 물어! 거기가 제일 민감한 부분이야!'라고 소리치고 있고요." 나는 이렇게 말할 거다.

물론 우리는 부모가 된다는 것이 무조건적이고 정신없는 사랑을 표출하는 것이라는 사실을 안다. 누구도 설명할 수 없는 무조건적인 사랑의 즐거움은 분명 강력하지만, 여자들이 다른 시각에서 부모가 된다는 것이 무엇인지를 생각해볼 필요는 있다. "부모가 되는 것이 나와 무슨 관계지? 좋은 걸까? 나도 엄마가 되어야 하나?" 한 손에 난소를 들고 어디를 들어가 볼까 망설이며 정자 상점가를 어슬렁거린다고 생각해보라.

그렇게 정자를 고르고 10년이 지난 지금, 나는 당신에게 내가 지금까지 무엇을 얻었는지를 알려주고자 한다. 놀랍게도 많은 것들을 얻었다.

깨달음 하나: 한 시간이 얼마나 긴 시간인지 절대적인 깨달음을 얻게 된다. 아이를 낳기 전의 나는 아무것도 하지 않으면서 한 시간씩 보냈다. 아무것도. 사실 한 시간 정도는 하찮았다. 나는 며칠이고 아무것도 하지 않으면서 보내곤 했다. 누가 일주일을 어떻게 보냈느냐고 묻기라도 한다면, 나는 양 볼을 부풀리며 이렇게 말할 거였다. "어휴! 진이 빠져서 그냥 늘어져 있었어! 사악한 자들에게는 휴식이 없는 법이지! 할 일이 얼마나 많은지 알아? 일이 너무 많아서 녹초가 되었을 정도야!" 하지만 실제로 내가 한 일이라고는 기사 하나를 억지로 다 쓰고 독재자 피터가 들이닥치기 전에 건성으로 주방 서랍을 정리하다가 그가 밟고 넘어지라고 바닥에 계란 거품을 잔뜩 흘려놓는 것뿐이었다.

하지만 리지가 태어나고 사흘이 지나자마자, 나는 갑자기 그동안 시간을 펑펑 낭비해왔다는 것을 깨닫게 되었다. 한 시간이라고! 세상에, 한 시간이면 무슨 일들을 할 수 있을까! 지금은 흔들의자에 앉아 잠든 갓난아기를 끌어안고 저편에 있는 리모컨을 잡으려고 안달복달하다가 커다란 벽시계를 바라보며 천천히 움직이는 초침을 바라보는 것밖에는 할 수 없지. 수천 초가 지나도록 난 아무 일도 할 수 없어. 지나간 시간을 되찾을 수 있다면, 그리고 그 시간 동안 누군가가 대신 아기를 돌봐준다면, 나는 정말 분주하게 많은 일들을 할 수 있을 텐데!

오, 세상에. 아기를 낳지 않았다면 지금쯤 프랑스어를 배우고 있을 텐데. 나는 안타까워한다. 한 시간이면 커피랑 팬케이크를 주문하는 말 정도는 배울 수 있잖아. 한 시간이면! 우리 엄마가 그렇게 이기적인 사람이 아니라서 삶을 조금 희생하고 기꺼이 내 아기를 봐주기만 한다면, 나는 선원 매듭을 묶는 법을 배울 수도 있을 거야! 마테호른도 정복하고! 대영박물관에서 하는 고대지도 전시도 볼 수 있을 테지! '아기가 생기면 즐겁게 할 일들'을 생각하는 대신에 침실에 달 커튼을 살 수도 있겠지! 어째서 난 지금까지 시간을 낭비했던 걸까? 대체 왜? 왜? 왜?! 이제 이런 일들은 앞으로 몇 년 동안이나 하지 못할 거야. 프랑스어를 할 수 있으려면 쉰 살은 되어야 하겠지. 난 바보야.

이렇게 쏜살같이 지나가는 시간을 갑작스럽게 깨닫고 나면 다음과 같은 일들도 깨닫게 된다.

깨달음 둘: 갑자기 야망이 샘솟기 시작한다. '흠, 일이란 수전노들 아니면 따분한 사람들이나 하는 거야.' 아이를 낳기 전에는 이렇게 생각했다. 내 영혼을 권력자들을 위해 바칠 수는 없어! 싫어. 나는 최소한의 일만 하면서 마리화나를 피우거나 크리스마스카드를 만들거나 인터넷 게시판에서 하루에 9시간씩 잡담을 하거나 친구들과 길고 긴 아침식사를 하거나 시트콤 〈치어스〉를 보는 등의 환상적인 취미생활들로 여가시간을 보내는 편이 행복해. 흥, 성공이라는 달콤한 유혹에 빠지지 않을 거야!

하지만 리지를 낳고 3주가 지나기도 전에 나의 의견은 180도 바뀌었다. "엄마는 뭘 하시니?"라고 사람들이 물었을 때, 내 아이들이 당황한 얼굴로 "우리 엄마는 시트콤에 나오는 클리프 클러빈의 엄마 이름이 뭔지 알아요."라고 대답하지 않기를 바란다. 나는 리지의 얼굴을 내려다보았다. 나는 리지가 "우리 엄마는 국제 기획회사의 CEO고요, 중동에 평화를 가져다줬어요. 그리고 클리크 클러빈의 엄마 이름이 뭔지도 알지요."라고 말했으면 좋겠다. '오, 리지야. 난 널 실망시킬 거야. 네가 지금부터 3년 동안 긴 낮잠을 잔다면, 내 아가, 내가 그렇게 될 수 있을 텐데. 네가 원하는 대로 될 수 있을 텐데. 나는 야심가가 될 거야.'

아이가 잠들어 있거나 누군가가 아이를 돌봐주는 짧은 시간 동안, 당신은 거의 초인적인 능력을 발휘해야만 한다.

아이가 한 시간 동안 잠들어 있는 동안, 엄마들은 아이가 없는 사람보다 열 배는 더 생산적으로 움직인다. 거의 양자적인 움직임이다. 그야말로 엄청난 생산성이다. 인터넷으로 식품을 주문하고, 보고서를 쓰고, 차를 끓이고, 전화로 우는 친구를 달래고, 고장 난 진공청소기를 고치는 데 멀티태스킹이라는 말은 명함도 못 내민다. 이 모든 일들이 오후 3시, 아이가 잠깐 잠든 동안 이루어진다.

'일을 끝마치고 싶다면, 바쁜 여자에게 물어봐라.'라는 격언은 부모가 된다는 것이 신병 훈련처럼 고되다는 것을 알려준다. 쌍둥이를 기르는 부모는 큰 애가 자꾸만 당신의 말을 끊는 와중에도 건넛방에 있는 작은 애에게 잔소리를 할 수 있는 능력을 구사한다. 아이가 있는 사람을 직원으로 채용해야 하는가? 물론 그들은 뎅기열에 걸린 아이를 간호하기 위해 하루를 쉬어야 할 수도 있다. 하지만 여러분, 나는 그들이야말로 고장 난 복사기를 발로 차서 고치는 방법을 아는 유일한 사람들이라고, 엘리베이터를 타고 24층에서 로비로 내려가는 짧은 시간에 6개월간의 사업계획안을 내놓을 수 있는 유일한 사람들이라고 생각한다.

깨달음 셋: 불가능한 일이 없어진다. 분명 당신은 아이가 두 살쯤 되었을 때에야 아이를 낳기 전의 자신을 돌아볼 수 있을 것이다. 출산 전의 당신은 약하고, 줏대 없고, 멋을 부리고, 제멋대로이고, 능력도 부족하고, 드라마나 보면서 거기 나오는 노래나 따라 부르며 실없이 시간을 낭비하는 사람이었을 거다.

부모가 된 사람들은 아이가 생긴 다음부터는 그 무엇도 두렵지 않다는 것을 언제고 일순 깨닫는다. 내게는 리젠트 공원 동물원에 갔다가 리지가 갑자기 똥을 싸는 바람에 매 우리 너머로 리지의 똥을 던져버려야 했던 날이 그 순간이었다. 베컴처럼 왼발을 사용한 나는 오드리 헵번처럼 침착하고 냉정한 태도를 유지했다. 리지의 똥을 처리하는 나를 본 사람이 있다면 분명 내가 방사성 물질을 콘크리트에 파묻고 있다고 생각했을 것이다.

이에 비하면 북런던에 위치한 내 집을 나와 27분 만에 다우닝가 10번지로 가서 총리를 인터뷰해야 했던 일은 약과다. (게다가 나는 갑자기 택시가 이유 없이 취소되었다는 전화를 받기도 했다.)

물론 나는 인터뷰를 정시에 시작할 수 있었다. 어떻게 그럴 수 있었느냐고? 왜냐하면 내가 엄마이기 때문이다. 나는 적어도 9개의 분야에서 버락 오바마보다 높은 순위를 차지하고 있다.

좋은 출산

2년 반 뒤에 나는 다시 한 번 출산을 겪는다. 나는 몸속 태아의 머리가 너무 커지는 바람에 질 입구를 통과하기 어려울지도 모른다는 말을 듣는다. 그래서 자궁경관이 더 넓어져야 하는 문제가 생겼다고.

하지만 이번에는 상황이 좀 다르다. 무엇보다도 나는 지난 두 달 동안 내가 임신했다는 것에 과민반응을 보이지 않았다. 크리스마스를 즐기자! 아침부터 민스파이를 두 조각씩 먹자! 크림도 얹어서! 감자칩도 먹어야지! 크리스마스는 이런 거야! 나 임신했다, 어쩔래!

그런데도 몸무게는 심하게 늘어나지 않았다. 나는 '걷기'나 '서기', '비명을 지르지 않고도 소파에서 일어나기' 등을 할 수 있다. 나는 실제 분만 장면을 보여주는 수업 ― 이 수업에서는 최면을 거는 듯한 여자 목소리가 끝없이 내 자궁경관이 작은 문이라고 믿게 만들었다 ― 을 포함해 출산과 관련된 모든 수업들을 찾아다닌다. 나는 결국 '그래, 저절로 다 되는 거야'라고 생각하게 되었다. 27년이나 걸리기는 했지만 나는 자궁경관이 진짜로 구멍이라는 것을 믿게 된 거였다.

게다가 이번에는 내가 죽을지도 모른다는 생각을 하지 않았다.

처음 임신했을 때는 내심 진짜로 죽을지도 모른다고 생각했다. 그런 생각 때문에 첫 출산이 그렇게 힘들었던 거였다. 나는 이해하지 않는 것들은 모조리 부정하는 중세시대의 농부처럼 분만과 출산은 내가 이해할 수 없는 것이라고, 그래서 그런 일이 벌어지면 슬프게도 내가 죽어야 할 거라고 생각하고 있었다. 다른 엄마들이 (미심쩍기는 했지만) 아이를 낳고도 살아남았다는 사실에 기뻐하면서도, 나만은 고상하게도 '아이를 낳다 사망함. 2001년. 〈바람과 함께 사라지다〉의 멜라니처럼'이라는 문구가 새겨진 묘비를 교회 뒤뜰에 세우게 될 거라고 생각했다.

이제 그처럼 유치한 두려움은 사라지고 없다. 관, 홀아비들, 꽥꽥 우는 아기들에 대한 9개월간의 슬픈 생각도. 나는 울면서 '그녀는 공정하고 합리적인 사람이었습니다. 언제나 어울리는 장갑을 끼고 다녔죠.'로 시작하는 나를 위한 추도연설을 생각하지 않는다.

이제 나는 출산이 어떻게 이루어지는지를 알고 있다. 나는 아이를 낳는 와중에도 침착한 목소리로 조산사와 이야기를 나눌 수 있다. 이제야 마침내 분만과 출산이 어떤 것인지를 알아낸 기분이다. 이렇게 단순한 걸 전에는 왜 몰랐을까. 어느 날 아침, 잠에서 깬 나는 다시 잠들기 전에 기나긴 진통이 서서히 시작되는 것을 느낄 것이고, 마침내 진통이 끝나면, 딸 하나를 더 갖게 될 거였다. 나는 제때 진통 — 당신을 놀라게는 하지만, 겁을 주지는 않는 1분간의 경험 — 을 느낄 수 있을 것이고, 아무것도 걱정할 것이 없다는 생각만 하면 이번에는 무척 쉬우리라는 것을 알았다. 잘 될 것이다. 이 세상의 다른 고통들과는 달리, 이 고통은 나쁜 일이 아닌 좋은 일을 예고한다.

처음으로 아이를 낳을 때, 악에 받쳐 제발 이 고통을 멈춰달라고 기도하던 내가 모르고 있던 일이 있었다. 그때는 이러한 고통이 실질적인 해결책이며, 고통을 대체하는 다른 모든 것들이 훨씬 더 나쁘다는 것을 몰랐던 것이다. 나는 이제 이 고통이 무엇이고 또 무엇을 위한 것인지를 안다. 나는 침착하고 기쁘게 고통을 받아들인다. 잠든 아이처럼 긴 호흡을 내쉬는 동안 몸이 열리고 있다는 기분이 든다. 이번에는 근육이 잔뜩 긴장했다는 느낌은 없다.

병원에 도착했을 때, 갑자기 심한 진통이 찾아와 나는 가장 가까이 있던 물체를 움켜쥐려고 하며 털썩 주저앉는다. 그 물체는 실물크기의 성모 마리아상이다. 네 명의 간호사들이 달려와 넘어지면 나를 으스러뜨릴지도 모를 마리아상을 떠받친다.

이번 출산에서는 나도 침대에 무기력하게 누워 아기가 룸서비스처럼 배달되기만을 기다리지 않는다. 걷기가 좋다는 말을 들은 나는 베들레헴으로 향하는 순례자처럼 걷고 또 걷는다. 나는 병원 복도를 느리고 뚱뚱한 사람들을 위한 경주로처럼 활용한다. 나는 쉬지 않고 네 시간 동안 걷는다. 오 낸시! 나는 너를 위해 맨발로 세인트폴에서 해머스미스까지 걷고 있단다. 조용히 호흡하면서 말이야. 엔젤 역에서 오벌 역까지, 버킹엄 궁전에서 햄스테드히스까지. 너의 머리가 내 뼈를 돌처럼 짓누르고 있구나. 지금은 너도 나도 멈출 수 없는 고통이야. 전에는 중력의 힘을 느껴본 적이 없었어. 2년 전 침대에 묶여있을 때는 말이야. 중력이야말로 내가 외쳐야 할 주문이었는데. 그때는 잘못된 마법서를 보고 있었지 뭐니.

네 시간 동안 걷고 나자 변화가 느껴진다. 내가 꽤 오래 걸은 모양이다. 나는 분만용 욕조로 들어가 낸시가 어서 나올 수 있도록 힘을 준다. 보랏빛 샤페이 강아지처럼 보이는 낸시의 얼굴이 반들반들하게 젖은 채 나타나자, 나조차도 이번에는 다 되었다는 것을 알 수 있다.

"이번에는 쉽네!" 내 입에서 나온 첫마디였다. 타월을 들고 기다리던 조산사들이 낸시를 물속에서 꺼내기도 전에. "이번에는 쉬웠어요! 왜 전에는 아무도 이렇게 쉽다고 말해주지 않았죠?"

아이를 낳지 말아야 할 이유

물론 아이를 갖는 일은 여러 가지 면에서 매우 힘든 일이다. 아이가 크기까지 적어도 18년은 숨 돌릴 틈이 없고, 그 후로도 40년쯤은 스스로 조바심에 못 이겨 자식에게 돈을 빌려주거나 자식의 근심거리들을 떠맡아야 한다. 당신의 아이가 이미 서른여덟 살이나 되었고, 신경외과의라는 직업까지 갖고 있다 해도 그렇다. 하지만 여자들은 쉽게 출산을 선택한다. 대체 왜일까?

왜냐하면, 당신에게 아이가 있는 한, 적어도 언제 아이를 낳을 계획이냐는 질문을 더 이상 듣지 않아도 되기 때문이다.

여자들은 항상 언제 아이를 낳을 거냐는 질문을 받는다. 조금 조용한 곳에서 전화통화를 하기 위해 찾아 들어간 가게에서 듣게 되는 "무엇을 찾으십니까, 손님?" 같은 질문보다도 더 많이 듣는다. 혹은 "얼굴도 예쁜데, 앞머리를 뒤로 넘기지 그래요?"라는 말보다 더 많이 듣는다.

이유는 모르겠지만 이 세상은 여자들이 언제 아이를 낳을 것인가를 정말로 궁금해한다. 이 세계는 당신이 진작부터 아이 낳을 준비를 했어야 한다고, 언제 아기를 낳을지도 분명히 알고 있어야 한다고 생각하는 것 같다. "오, 메를로 한 잔 주시고요, 관자요리랑 스테이크 주세요. 그리고 제가 서른두 살이 되면 아기도 하나 주시고요."

이런 질문에 다소 무심한 태도를 보이는 여자들에게 사람들은 호들갑을 떤다. "하지만 나이를 생각해야지!" 사람들은 이렇게 소리친다. "적어도 5년 앞을 내다보고 계획을 세워야 해! 서른넷에 아이를 낳고 싶으면 스물아홉에는 약혼이라도 해야지. 서둘러! 남편감을 찾아! 멍청하게 있지 말고! 안 그러면 제니퍼 애니스톤처럼 불쌍한 꼴이 되고 말 거야!"

거기다 사람들은 아이를 낳을 생각이 전혀 없는 여자들에게 더욱 오지랖 넓게 군다.

"세상에, 그렇게 속단하지 마." 사람들은 이 문제가 그냥 먹고 섹스하고 자다가 아이 하나를 낳는 것일 뿐, 아무것도 아닌 문제처럼 말한다. 마치 소풍을 갈지 말지를 결정하거나 컴퓨터 바탕화면을 바꾸는 문제처럼 말이다.

"적당한 사람을 만나기만 하면 마음이 바뀔 거예요." 사람들은 두고 보자는 듯 이렇게 말하고는 한다.

아홉 살 때부터 아이를 낳지 않겠다는 결심을 굳혀온 내 동생 캐즈는 이런 말을 들을 때마다 다음과 같은 말로 응수한다. "마이라 힌들리가 만난 적당한 남자가 바로 이언 브레디였어요."*

하지만 캐즈는 이제 이런 말을 하는 것도 그만두었다.

사람들은 여자라면 누구나 아이를 낳아야 하는 법이라고 생각한다. 여자들은 이런 질문에 실없거나 유치하게 대답하며 아이에게 전혀 관심이 없는 척하지만, 점점 더 압박이 심해지면 여성성은 유아용품점이라는 막다른 골목에서 끝나게 된다. 모두 그렇게 끝이 난다. 모든 여자들이 마놀로 블라닉이나 조지 클루니를 사랑하듯 모든 여자들은 아기를 사랑한다는 것이다. 운동화만 신고 다니거나 레즈비언이거나 구두를 진짜로 싫어하거나 조지 클루니를 싫어하는 여자라도 아기는 좋아하는 법이라고 생각한다.

그러므로 보이는 여자마다 언제 결혼하고 언제 아이를 낳을 거냐고 묻는 사람들은 실제로 그 여자를 도와주는 것이라고 생각한다. 그들은 여자들에게 두 눈을 똑바로 뜨고 어디서 정자가 돌아다니고 있는지를 보라고 재촉한다. 나중에 정자가 필요하게

---

* 이언 브레디는 1940년 사생아로 태어나 입양됐다. 어린 시절부터 동물을 잔인하게 죽이는 등 사이코패스의 전형적인 징후를 나타냈다. 20대 초반에 만난 당시 18세 힌들리는 이러한 브레디의 가학적인 인생관을 무조건 추종해 함께 연쇄살인을 저지른다. 이 연쇄살인범 커플은 영국에서 가장 극악무도한 범죄자들 중 하나로 꼽힌다.

될 수도 있으니까.

나는 열여덟 살에 채널4의 〈네이키드 시티〉라는 심야 음악 프로그램을 1년 동안 진행했다. 누군가가 그 프로그램을 한 문장으로 말해달라고 한다면, 나는 '제정신이 아닌 프로그램처럼 보이려다 진짜 정신줄을 놓은 프로그램'이라고 대답할 거다.

물론 우리는 시청자들 앞에 토사물을 먹거나 할머니를 꼬시는 사람들을 데려오지는 않았다. 하지만 시청률은 저조했고, 이 프로그램은 결국 폐지되었다. 그럼에도 첫 방송이 나갔을 때 대중적인 관심을 조금이나마 받게 된 나는 몇 주 동안 대단한 언론사들과 인터뷰를 하게 되었고, 웃기지도 않는 질문을 받아 멍청하게 입을 떡 벌렸을 때 찍힌 내 사진이 기사마다 실리게 되었다.

다양한 매체들과 인터뷰를 하는 동안, 그들은 내게 저마다 특유의 질문들을 던졌다. 《선》은 내 '젖가슴'에 대해 물었고, 《미러》는 가수 다니 베와의 '불화'에 대해 물었고, 《메일》은 모란 가문이 언제부터 이 땅에 살고 있었는지, 즉 내가 외국에서 온 혈통은 아닌지 물었다. 그리고 마침내 기자들 사이에서 다음과 같은 질문이 흘러나왔다.

"그래서… 아이를 낳을 계획은 있습니까?"

이런 질문을 처음 들어본 나는 3분 동안 미친 듯이 웃어댔다.

이런 인터뷰들은 돼지우리와도 같았던 캠든의 내 집에서 진행되었다. 전기는 끊겨 있었고, 멍청한 개 새프런이 털갈이를 너무

심하게 하는 탓에 나는 소파에 신문지를 깔고 기자를 앉혀야 했다. 기자는 엉덩이에 개털을 잔뜩 묻히고 돌아갔다. 나는 오후 4시에 잠옷 차림으로 줄담배를 피우며 와인 잔에 위스키를 따라 그들에게 대접했다. 그들은 '외설적인' 채널에서 심야 음악 프로그램을 진행하는 사람을 인터뷰한다는 것이 어떤 것인지를 톡톡히 경험했다.

그 프로그램에서 나는 밴드 폴The Fall의 마크 E. 스미스를 인터뷰한 적이 있었다. 그는 곤드레만드레 취해서 인터뷰의 절반을 테이블에 올려놓은 자기 손만 내려다보고 있었다. 나는 열여덟 살이었다. 나는 아직 애였다. 그런데, 아니나 다를까 그가 내게 이렇게 물었다.

"그래서… 아이를 낳을 계획은 있나요?"

"아이라고요?" 나는 웃음을 터뜨렸다. "아이라고요? 이보세요, 우리 집에는 먹을 게 하나도 없어서 부엌의 쥐새끼들이 죽어가는데요. 우리 집에서는 벌레들도 죽어나가요. 아이라니. 하하하!"

하지만 그 후로도 나는 이런 질문을 계속해서 받았다.

물론 나는 기자들이 이런 질문을 하는 이유를 이해했다. 왜냐하면 기자가 된 나 역시 같은 질문을 해야 했으니까.

나도 마찬가지였다. 내가 비요크나 카일리 미노그를 인터뷰했을 때, 혹시 아이를 낳을 계획은 없느냐는 질문이 마지막까지도 내 머릿속에서 맴돌고 있었다. 나는 오아시스나 클라이브 앤더슨에게는 이런 질문을 한 번도 한 적이 없었다. 하지만 여성잡지사에서 일하다보면 — 나는 가끔 여성지에도 기고했다 — 인터뷰 원고를 정리해서 에디터에게 가져갈 때마다 다음과 같은 대화가 이어지는 경우가 흔하다.

에디터: 정말 훌륭한데. 정말로 괜찮아. 멋져. 근사해. 잘 했어. 너무너무너무 좋아. [잠시 말을 멈춘다] 하지만 두 가지가 빠졌어. 일단, 그녀가 뭘 입고 있었지?

나: 몰라요. 탑인가?

에디터: 어디 꺼?

나(혼란스러워하며): 글쎄요, 그녀 꺼?

에디터: 아니, 상표가 뭐냐고. 니콜 파리? 조셉? 아르마니?

나(기억하려고 애를 쓰며): 회색이었는데….

에디터(활기차게): 그녀의 홍보담당자에게 전화해서 물어봐. 할 수 있지? 상표 이름을 첫 문단에 넣어야 돼. 알잖아. '카일리는 맨발로 편안하게 소파에 걸터앉아 있었다. 편한 옷차림이었지만 조셉의 캐시미어 탑과 맥퀸의 바지를 입은 그녀는 우아함을 잃지 않았다. 끌로에 구두가 그녀의 발치에서 뒹굴고 있었다.' 뭐 이렇게 말이야.

나(어리둥절하지만 자신있게): 알았어요.

에디터: 그리고 두 번째는, 그녀는 아이 낳을 계획이 있나?

나: 모르죠!

에디터: 지금 누구 만나는 사람은 있어?

나: 몰라요! 안 물어봤어요. 우리는 새로 발표한 앨범과 그녀가 참석했던 파티, 그리고 마이클 허친스가 죽었을 때 얼마나 울었는지에 대한 얘기만 했어요….

에디터: 빨리 전화해서 물어볼래? 엄마가 되고 싶은지를 물어봐. 그 얘기가 꼭 필요할 것 같아….

항상 여자들에게만 이런 질문을 던진다. 나는 남자들을 인터뷰할 때는 이런 질문을 해본 적이 없다. 악마를 숭배한다는 록가수 마릴린 맨슨에게 귀염둥이 아기를 낳을 계획이 있는지, 엉덩이를 꼬집어서 울리고 싶은지 물어보는 사람이 누가 있단 말인가?

남자들에게 아이를 가질 계획이 있는지 묻지 않는 이유는 당연하다. 아이가 생긴다고 해서 남자들의 정상적인 활동에 방해가 되지는 않기 때문이다. 그렇다. 이 세계는 여전히 이상하게 돌아가고 있다. 아기가 밤마다 꽥꽥 울어대는 통에 잠도 잘 수 없고, 힘들고, 두렵고, 진 빠지는 일을 파트너와 공평하게 부담하지 않겠다는 이유로 아기를 가질 생각을 아예 하지 않는 남자들은 존경받아 마땅하다. 나는 그런 남자들을 좋아한다.

여자들에게 언제 아이를 낳을 거냐는 질문의 밑바닥에는 또 다른, 보다 음험하고 실질적인 질문이 도사리고 있다. 외부의 소음들을 차단하고, 지나치는 사람들에게 조용히 해달라고 부탁한 다음 매우, 매우 주의 깊게 듣는다면 이런 소리를 들을 수 있다.

바로 이런 질문이다. '언제쯤 아기를 낳고 인생을 망칠래?'

당신은 언제쯤 아기를 갖는 것으로, 가장 매력적이고 창의적이며 야망이 치솟는 나이에 (적어도 4년 동안) 당신의 커리어에서 배제될 것인가? 당신은 언제쯤 1분마다 칭얼거리는 갓난아기를 돌보는 데 당신의 모든 위대한 창의력과 에너지를 쏟게 될 것인가? 당신은 언제쯤 영화를 그만두거나, 앨범을 발표하지 않거나, 책을 쓰지 않을 것인가? 당신은 언제쯤 이력서에 공란을 남기게 될 것인가? 언제쯤 당신은 뒤로 처져 잊히고 말 것인가? 우리는 팝콘이나 먹으면서 당신이 그렇게 되는 순간만을 기다리고 있다!

직장여성에게 "언제쯤 아기를 낳을 건가요?"라고 묻는 사람들은 실제로는 "언제 일을 그만둘 건가요?"라고 묻는 것과 같다.

그리고 사람들은 항상 "아기를 낳고 싶은가요?"라고 묻기보다는 "언제 아기를 낳을 건가요?"라고 묻는다.

여자들은 자신의 생체시계를 생각할 때마다 두려워하고는 한다. "2년 안에 꼭 아기를 낳아야 돼!" 이런 말을 하는 사람들은 사실 빌어먹을 생체시계가 실제로 멈추든지 말든지 신경조차 쓰지 않는다. 여성의 생식기능에는 제한이 있고 금방 소멸하는 것으로 여겨지므로 지레 겁을 먹은 여자들은, 세일 때 이번 기회를 놓칠 수 없다며 두 사이즈나 작은 캐시미어 카디건을 반값에 살 때와 마찬가지로 덜컥 아기를 갖게 된다.

어쨌거나 아기를 원하지 않았어도 이번 기회를 놓치는 것보다야 나으니까, 여자들은 그럭저럭 잘 됐다고 생각한다.

새벽 2시에 진을 잔뜩 마시고 취해서 "클로에와 잭을 낳은 것을 후회하지는 않아. 다만, 처음으로 되돌아갈 수 있다면, 아이를 낳지 않았을지도 모른다는 거야."라고 말하는 엄마들이 꽤 많다는 것을 우리는 잘 알고 있다.

하지만 아이를 낳지 않는다는 것은 여성에게는 매우, 매우 힘든 결정이다. 사회 분위기상 여자들이 '낳지 않기로 했어'나 '생각만 해도 기분 나빠'라는 말을 하기는 힘들다. 우리는 이런 여자들을 '이기적'이라고 한다. '아이가 없다'라는 말은 상실이나 결여라는 부정적인 의미를 갖고 있다. 우리는 엄마가 아닌 여자들에 대해 10대 소년들 혹은 남자들처럼 주변을 어슬렁거리는 늑대들만큼이나 위험하다고 생각한다. 우리는 여자들의 이야기가 30대에 끝나버리기를 바란다. 자신의 일을 '제대로 끝마치지도 않고' 아이를 갖는 바람에.

남자들과 여자들 모두 아이가 없는 여자는 불완전한 존재라는 고리타분한 믿음을 추호도 의심하지 않는다. 이러한 믿음을 뒷받침하는 것은 모든 살아있는 것들은 번식을 해야 한다거나, 당신이 지구상에 태어난 이유는 당신의 유전자를 후세에 전달하기 위함이라는 단순한 생물학적 '사실'이 아니다. 이러한 믿음에는 보다 개인적이고 눈에 보이지 않게 비하적인 요소들이 뒷받침되어 있다. 여자들은 아기를 낳아야 드디어 어른이 된다는 식이다. 여자들은 아기를 낳음으로써만, 보다 어린 존재를 생산하는 능력에 의해서만, '연장자'의 자격을 가질 수 있다. 어머니가 된다는 것은 다른 경험으로 대체될 수 없다는 생각, 그리고 아기를 낳아야만 자기를 완성할 수 있다는 생각은 비루하고 조잡하기만 하다. 마치 엄마들은 옥스포드 대학교에서 박사학위를 받은 것처럼, 아이 없는 여자들은 삼류대학의 삼류학위나 받은 것처럼 여겨지는 꼴이다.

비록 나는 출산의 가치를 높이 평가하는 유래없이 이례적인 사회적인 태도 — 엄마가 되는 일은 필수적이며 변화를 이끌어내는 힘으로써 이와 비슷하거나 비교할 만한 일은 없다는 — 에는 대체적으로 찬성하는 편이지만, 궁극적으로 출산은 여성에게 가해지는 정당한 고통이라 할 수 있다.

자녀가 있는 여자들이야말로 사회적으로 지도적인 위치 — 영국에는 '야미마미yummy mummy'*들이 등장했고, 미국에는 사라 페일린의 '마마 그리즐리mama grizzly'**가 있다 — 에 올라설 수 있다는 이러한 생각은 여자들은 나이를 먹으면 더 이상 가치가 없다

---

* 젊고 부유하며 매력적인 어머니들을 이르는 속어.
** 엄마 회색곰. 미국 공화당 대선후보였던 사라 페일린이 (자신을 비롯한) 극렬 보수 성향의 여성 후보자를 지칭하며 사용한 말.

고 여기는 분위기와 관련이 있다고 생각한다. 즉, 본질적으로 여자들의 사회적 지위와 지혜의 절정기는 여전히 임신을 할 수 있고, 가정을 유지하고 있으며, 동시에 직업을 갖고 있을 때라고 여겨지는 것이다. 쉰다섯 살이 될 무렵 당신은 BBC에서 해고당하고, 얼굴에 주름이 너무 많다는 조롱을 받는다. 여자는 영광스럽고도 탁월한 노년을 기대할 수 없다. 여자의 사회적 호시절은 아이를 낳다가 다 지나간다. 이처럼 사회에 내재되어 있는 성차별―그리고 우둔함―을 생각하면 숨이 턱 막힌다.

　모든 여성들이 반드시 아이를 낳아야만 한다는 생각은 어떻게 봐도 비논리적이다. 이 세계의 상태를 조금이라도 고려해본다면 이 세계가 이미 새로 태어나는 아기들로 가득하다는 것을 알 것이다. 지금도 사람들로 넘쳐나는 지구에서 우리가 아기를 더 낳아야 할 까닭은 없다.

　특히 제1세계의 아기들은 전 세계의 석유와 나무, 물을 엄청나게 소비하고, 끝없이 탄소를 배출하며 쓰레기를 만들어낸다. 제1세계의 아기들은 지구를 흰개미처럼 먹어치운다. 우리 서구 여성들이 이를 조금이라도 진지하게 여긴다면, 우리는 당장 거리로 달려나가 이렇게 외쳐야 한다. "세상에! 당신 구멍을 막아요! 정자로부터 당신을 보호해요!"

　우리가 10초만이라도 이 말을 한번 생각해본다면, 여자들은 다시는 "그래서, 언제 애를 낳을 건데?"라는 말을 들을 필요가 없을 거다.

아기는 단순히 이 세계에 문제를 일으키는 것만이 아니다. 아기는 유능한 사람을 이 세계로부터 끄집어내기도 한다. 아기를 낳은 당신은 수년 동안 정의나 혁명에 무감각해진다. 나는 아기를 낳기 전까지 여기저기 빌붙기는 했어도 정치적으로는 똑바른 생각을 하고 있었고, 청원서에 서명했으며, 시계배터리를 포함해 모든 것들을 재활용했다. 나는 퇴비도 만들었고, 형편없는 식재료로도 근사한 저녁을 차렸고, 어딜 가나 대중교통을 이용했다. 금리를 조작한 바클레이 은행에는 가지 않았고, 아동 노동을 착취하는 케냐 커피도 마시지 않았다. 노조에 분담금을 냈고, 자선단체에 기부금도 냈다. 정기적으로 어머니에게 전화도 걸었다. 낮은 생활수준이었지만 나는 자부심을 느꼈다.

하지만 아기가 태어나고 6주 만에 모든 것이 혼란스러워졌다. 나는 아기를 60초만이라도 울지 않게 할 수만 있다면 무슨 일이라도—이 세상에 마지막으로 남아 있는 판다의 얼굴을 행복하게 총으로 쏘아버리는 일 같은—할 수 있을 것 같았다. 천기저귀는 너무나 쉽게 일회용으로 바뀌었다. 우리도 천기저귀를 쓰지 않는데, 과연 누가 이걸 쓰겠는가! 우리는 즉석음식만을 먹고 살았다. 재활용이란 없었다. 주방은 엉망진창이었다. 노조분담금도, 기부금도 내지 못했다. 우리는 일회용품과 즉석음식을 사기 위해 돈이 필요했다. 어머니가 돌아가신다고 해도 나는 그 사실을 모르거나 신경도 못 쓸 거였다.

나는 집 밖에서 무슨 일이 벌어지고 있는지 알 수가 없었다.

나는 거의 1년 동안 신문도 읽지 않았고, 뉴스도 보지 못했다. 집 밖의 세계 — 중국, 하천의 범람, 말라리아, 반란이 일어나는 세계는 사라졌다. 나의 세계지도는 이제 아플리케가 장식된 밝은 색의 부드러운 펠트 천으로 만들어졌다. (텔레토비의 뒤를 잇는 시리즈) 발라모리 마을이 북쪽에, 소방관 샘의 폰티팬디 마을이 서쪽에, 그리고 나머지 세계는 토끼들이 뛰노는 언덕들로 이루어진 텔레토비 랜드.

날마다 나는 남편과 내가 둘 다 이 세계를 더 나은 쪽으로 이끄는 데 아무런 쓸모도 없는 음악비평가라는 사실에 감사했다.

"당신과 내가 유명한 유전학자들이고, 암 퇴치를 위해 헌신하고 있다고 생각해봐." 나는 힘든 하루 끝에 절반만 쓴 저질 원고를 앞에 두고 우울하게 말하고는 했다. "신이시여, 에디터들이 우리를 불쌍하게 생각하도록 해주세요!"

"우리가 이렇게 쉽게 일을 포기하다니, 이제 지쳤나봐. 우린 항상 쉽게 할 수 있는 일만 하고 있잖아." 기운을 내려고 인스턴트 커피를 마시던 내가 말을 이었다. "리지의 출생은 수억 명의 죽음에 책임이 있어. 수억 명의 죽음에."

이제 똑바로 생각할 때다. 대부분의 여자들은 계속해서 아이를 낳을 것이어서, 지구에는 새로운 사람들이 부족하지 않을 것이므로, 이 세상이 당신에게 반드시 아기를 낳으라고 강요할 필요는 없다. 사실은 그 반대다. 물론 당신이 아이를 원한다면 낳지 못할 이유는 없다. 뭐 이렇게 활기차게 외칠 수도 있다. "그래요, 내 아기는 아마 예수님처럼 될 거예요. 아니면 아인슈타인이나! 아니면 아인슈타인 예수님이 될 수도 있겠죠!" 이런 생각을 하지 못할 이유가 없는 거다.

하지만 당신이 꼭 아이를 낳아야만 여자가 될 수 있다고 생각하지는 마라.

뭐 그렇다. 당신은 아이를 낳고 사랑과 힘, 신념, 두려움, 인간관계, 유전학 그리고 아직 미숙한 소화기관에 살구가 들어갔을 때 어떤 일이 벌어지는지에 대해 많은 흥미로운 사실들을 배울 수도 있다.

그러나 어머니가 됨으로써 배울 수 있는 것들은 다른 데서도 배울 수 있다. 여성인 당신이 어머니가 되는 것이 무엇인지 궁금하다면, 당신은 역사상 가장 위대한 100권의 책에서 이를 배울 수 있다. 아니면 토론이 가능할 정도로 외국어를 배우거나, 등산을 하거나, 무모한 사랑을 하거나, 새벽에 홀로 조용히 앉아 있거나, 혁명가들과 위스키를 마시거나, 간단한 마법을 배우거나, 겨울에 강에서 수영하거나, 디기탈리스나 콩, 장미를 키우거나, 엄마에게 전화를 걸거나, 걸으면서 노래를 부르거나, 예의바르게 굴거나. 그리고 언제나, 늘 낯선 사람들을 도와주거나. 아이가 없는 남자에게 실존적으로 중요한 부분을 놓치고 있다고, 그래서 비루하고 불완전한 인생을 산다고 말하는 사람들은 아무도 없다. 다 빈치, 반 고흐, 뉴턴, 패러데이, 플라톤, 아퀴나스, 베토

벤, 헨델, 칸트, 흄, 예수. 그들에게는 모두 아이가 없었다. 그들은 아이 없이도 훌륭한 일들을 해냈다.

명랑하게, 사려 깊게, 침착하게, 자기만의 자유의지와 욕망에 의해 아이를 낳지 않기로 선택한 모든 여성들은 장기적으로 보면 다른 여성에게 엄청난 호의를 베푼 것이다. 우리에게는 이 세계에 사람 하나를 추가하는 데 능력을 발휘하기보다는 남자들만큼 자신의 가치를 증명할 수 있는 여자들이 필요하다. 게다가 우리가 추가하게 될 새로운 사람들의 절반은 여자들일 것이다. 이 여자들도 미래에는 새로운 사람들을 추가해야 할 거고… 또 그 절반인 여자들도….

엄마가 된다는 것은 분명 대단한 일이다. 하지만 아이가 없는 여성이 최대한의 능력을 발휘해 자신을 증명하는 것 역시 대단한 일이다. 사려 깊고, 창의적이고, 생산적이며, 충족적인 여성이라는 존재는 굳이 엄마가 되지 않아도 될 수 있다. 하지만 사람들은 엄마가 되어야만 이러한 여성이 될 수 있다고 생각한다.

물론 내게도 내가 엄마가 된 것은 중요한 사건이었다. 하지만 나는 코코 샤넬이 일생동안 남긴 작품의 전시회를 보고 솔직히 말해 더 깊은 인상을 받았다. 그러므로 다음과 같은 말을 하지 않을 수 없다. 당신에게 놀라운 재능이 있고, 아이를 몹시 원하는 것이 아니라면, 차라리 그냥 인생을 즐기는 편이 낫지 않겠는가? 우리는 단조로운 일에는 포상이 주어지지 않는다는 사실을 모두 알고 있다. 예수는 당신이 닦아준 모든 조그만 엉덩이에 대한 기록을 순교자의 수첩에 남기지는 않을 것이다.

그리고 당신이 공부를 좋아하는 사람이라면, 세상을 지키겠다는 임무를 다하기 위해 많은 책과 영화를 봤다면, 밴드를 재결합하기 위해 노력해봤다면, 혹은 연극을 연출해봤다면 당신은 그걸로 충분히 잘 살았다고 할 수 있다. 배트맨이 아기를 낳고서야 '모든 임무를 완수했다'고 생각했겠는가? 그는 아이 없이도 고담시를 구했다! 물론 배트맨은 여성주의자 롤모델이 아니라고 생각할 수도 있다. 뭐, 당신이 워킹맘의 신화 니콜라 홀릭을 롤모델로 삼고 싶다면, 그렇게 해라.

여성주의는 아이 낳기를 종용하는 사회에 단호하게 맞서야 한다. 21세기에는 우리가 아기를 낳고 그 아기가 어떤 사람이 될 것인가로 우리를 판단할 수 없다. 우리는 우리가 누구인가, 우리가 무엇을 할 것인가를 생각해야 한다.

게다가 캐즈 — 캐즈는 괜히 임신해서 아기 때문에 능력을 발휘하지 못하게 되는 일을 막기로 결심했다 — 는 항상 내 대신 아이들을 돌봐줄 준비가 되어있다. 이번 크리스마스에는 캐즈에게 자궁내 피임기구를 선물할 계획이다.

우리에게는
어떤 롤모델이 필요한가?

　지난 몇 년 동안 다양한 여성 아이콘들이 등장하고 사라지는 것을 지켜보며 나는 여성해방의 미래에 대해 어떤 기대를 갖게 되었다. 화려한 가십잡지들은 페이지들 사이에 어울리지 않게도 여성주의의 다음 장을 예고하는 페이지들을 싣고 있다.

　여성 운동의 공백기이면서, 마침내 진정한 평등을 누리는 여성 정치인과 여성 사업가 그리고 여성 아티스트가 등장하게 된 지금, 셀레브리티 문화는 현재 여성의 인생과 역할, 열망을 점검하고 논의하는 일종의 공론장 역할을 하고 있다. 타블로이드지들, 잡지들, 《데일리 메일》은 많은 유명 여성들의 삶과 직업을 생생한 연속극과 매일매일의 도덕수업처럼 얼버무려 소개한다. 긍정적으로 보면 오늘날의 여성이 처한 삶의 조건을 살펴보고자 하는 거대한 열망을 반영하는 것이지만, 부정적으로 보면 여성들이 주체적으로 이 문제를 분석하거나 직접 자신의 이야기를 쓰지 못하고 이러한 주제를 맥없이 떠넘기고 있는 것이기도 하다. 이것은 저명인사들의 가십을 다루는 비즈니스에 대해 활동적인 여성주의자들이 관심을 갖는 이유이기도 하다. 그들의 매체에서 현재의 여성에 대한 인식이 형성되고 있기 때문이다. 어쨌거나 내가 《OK!》를 구입하는 이유도 바로 이런 관심 때문이다.

그래서 우리에게는 노화와 죽음, 욕망을 섬세히 관찰하는 필립 로스에 견줄만한 여성 소설가는 없고, 연하남들과 데이트를 하고 외과적 도움을 받아 '젊음'을 유지하는 영화배우 데미 무어나 킴 캐트럴, 그리고 마돈나 등의 '쿠거cougar'*들에 관한 이야기는 있다. 우리에게는 젊고 재능 있고 질서를 허무는 제이 맥이너니 같은 작가는 없지만, 터무니 없이 어린 나이에 성공을 거두고 나서 길거리와 파티장에서 수없이 망가지고야 마는 린제이 로한이나 브리트니 스피어스 그리고 에이미 와인하우스가 있다.

우리는 끝없이 이어지는 연예인들의 이야기를 접하며 이들에 대한 우리만의 생각('정말 바보네. 헤어스타일도 별로고.')과 언론이 그들을 다루는 방식('말도 안 되는 가부장제적 틀로 사람을 재단하고 있잖아. 저메인 그리어가 총으로 다 쏴버려야 되는데.')에 대한 입장을

---

* 연하의 남성을 찾아다니는 여성.

정리한다. 우리가 원하는 모범적 여성 아티스트가 등장하기 전까지, 이처럼 쓸모없는 기사들은 분단위로 쌓여갈 것이다.

여전히 여성주의의 다섯 번째 물결에 대한 논의가 제대로 이루어지지 못하고 있는 상황에서, 가장 주목할 만한 인물은 영국에서는 조단이라는 이름으로 널리 알려진 케이티 프라이스일 것이다. 그녀는 여성과 관련된 문제들을 대표적으로 구현하고 있는 인물이다. 자본주의 사회에서 그녀는 자신의 개인적인 삶을 상품화함으로써 누구도 부정할 수 없는 성공적인 사업가가 되었다. 그녀는 강하다. 하지만 공공연히 여성성에 대한 시대에 뒤떨어진 통념을 팔아 거둔 결과이다. 그녀는 독립적이지만, 한편으로는 세간의 이목을 끄는 관계들로 판단되고, 정의된다. 몇 년 전, 그녀는 여러 타블로이드 매체에서 여성주의의 아이콘으로 떠받들어졌다. 나는 그 까닭이 그녀가 여러 문화비평가들을 완전히 헷갈리게 했기 때문이라고 생각한다. 그녀는 자기 가슴을 보여주는 동시에, 자기가 제작한 침구를 보여준다. 무엇을 위해서?

나 역시 기자였으므로 그녀가 훌륭한 여성주의적 롤모델인지 아닌지와는 관계없이 그녀를 인터뷰해야 했다. 2006년, 나는 《엘르》의 커버스토리 기사를 쓰기 위해 사나흘 그녀를 쫓아다녀야 했고, 모든 것을 고려해볼 때 프라이스보다는 왕도마뱀과 같이 있는 편이 훨씬 더 온기를 느낄 수 있을 것 같다는 결론을 내렸다. 나는 특집기사에 실릴 사진을 찍는 현장에서 그녀를 처음 만났다. 그녀는 치아를 드러내지 않고 눈으로만 웃으며 나를 맞았다. 아마 보톡스 때문인 것 같았다. 그녀는 메이크업을 받으며 거울 앞에 앉아있었다.

"말씀드리고 싶은 것이 있어요." 프라이스가 말했다. "마스카라 광고를 찍고 싶어요. 텔레비전에 나오는 마스카라 광고는 전부 다 가짜예요. 가짜 속눈썹을 붙이고 찍거든요. 하지만 내 속눈썹은 진짜예요. 광고를 꼭 찍고 싶어요." 그녀는 '당신은 지금 내 말을 기사에 꼭 써야 해요'라는 표정으로 나를 바라보며 중얼거렸다. "마스카라 광고를 찍고 싶어요." 그녀는 자기 속눈썹이 얼마나 훌륭한지를 보여주려고 손끝으로 속눈썹을 들어올렸다.

5분 뒤 그녀의 매니저 클레어 파웰이 나를 한쪽으로 데려갔다. "우리는 케이티가 꼭 화장품 모델이 될 거라고 생각하고 있어요. 메이크업 제품이나 뭐 그런 거요. 그게 우리 계획이에요."

프라이스는 여전히 속눈썹에 관해서만 할 말이 있는 모양이었다. 스튜디오에서 세 시간을 보내는 동안, 그녀에게 일반적인 대화법은 전혀 먹혀들지 않았다. 책이나 사회적 현안, 영화나 텔레비전을 들먹이며 말을 붙일 때마다 프라이스는 그저 어깨만 으쓱해보였다. 여가시간에는 뭘 하느냐고 묻자 그녀는 거의 1분 동안 침묵에 빠져들었다. 그러자 옆에 있던 사람들이 그녀는 가전제품 위에 스와로브스키 크리스털 조각품들을 '리모컨처럼' 배치하기를 좋아한다고 대신 말해주었다.

그녀가 '쓴' 책, 그녀와 관련이 있는 '현안들' — 그녀의 결혼식 독점보도권을 100만 파운드에 팔았다던가 — 아니면 그녀가 출연했던 텔레비전 쇼가 아니라면 그녀는 그 어떤 일에도 흥미를 보이지 않았다. 그녀의 세계는 온전히 그녀 자신으로만, 그녀가 판매하는 분홍색 제품들로만, 그녀의 반구형 가슴을 찍은 사진들로만, 그녀의 유아론적 서사로만 이루어져 있었다. 그녀의 두 눈이 그토록 텅 비어있다는 사실은 놀랍지도 않았다. 그녀는 자신을 제외하고는 아무 생각도 없었다. 그녀는 자기 꼬리를 먹어 치우는 신화 속의 뱀, 우로보로스를 닮아 있었다.

이 시대를 지독하게 자기중심적으로 살아가며 수입을 올리는 그녀는 남편인 피터 안드레를 자신의 예쁜 구두 옆에 웅크리고 앉은 강아지처럼 다루는, 뱀처럼 차가운 눈을 가진 폭군에 지나지 않는다. 그녀는 따분하다는 듯 모든 일들에 경멸 어린 시선을 보낸다. 마치 온갖 하찮은 일들에 끼어들게 되어 짜증 난 것 같다.

갑자기 그녀는 남편에게 무척 무례하게 굴며, 스튜디오 안의 모든 사람들이 보는 앞에서 사과하기를 요구했다. 그는 단지 "케이티는 웃는 법을 모르나봐, 하하하!"라고 농담조로 말했을 뿐이었다. 나는 자기 자신을 전시하며 성공가도를 달려온 그녀가 너무나 품위 없고 몰지각한 방식으로 자기를 드러내고 있다는 생각에 깜짝 놀라 서 있기만 했다. 마치 올림픽에 출전한 달리기 선수가 부루퉁한 표정으로 출발선을 벗어나며 "땀이 너무 많이 난다."고 불평하는 꼴을 보고 있는 것 같았다. 아니면 배가 아프다며 교미를 그만두는 토끼를 보고 있거나.

그 주에는 그녀의 핑크다이아몬드를 잔뜩 덧붙인 고깃덩어리만한 크기의 결혼반지 때문에 다소 웃긴 일이 일어나기도 했다. 그리고 인터뷰 마지막 날 밤, 어느 시상식 뒤풀이 장소에서 샴페인을 한 잔 마신 프라이스는 다른 여성 유명인사들을 헐뜯기 시작했다. "그 여자는 가짜예요!"라고 험담을 늘어놓던 그녀는 갑자기 명랑하게 빅토리아 베컴이 못생긴 유모를 고용하는 까닭은 데이빗 베컴이 바람이라도 피울까봐 걱정해서라는 말을 했다. "그녀는 남편이 성기를 아무도 볼 수 없게 바지 속에 꽁꽁 감춰두기만을 바라는 거죠! 남편을 믿지 않는 거예요! 유감이지 뭐예요. 내가 고용한 유모들은 전부 근사하게 생긴 여자들이에요." 그녀는 뻐기듯 말하다가 피터 안드레를 순간 노려보았다.

5일 동안 오락가락 그녀를 쫓아다니면서 내가 그녀에 대해 진짜 새롭게 '발견'한 유일한 사실은 그녀가 오랫동안 브라 사이즈를 잘못 알고 있었다는 거였다. "막스앤스펜서에서는 내가 34B를 입어야 한다고 했어요!" 그녀가 말했다. "그런데 내가 직접 재 봤더니 실제로는 34GG였지 뭐예요!"

나도 안다. 워터게이트 사건처럼 대단한 발견은 아니다. 하지만 그녀와의 인터뷰에서 그나마 건질 수 있었던 내용은 이것이 전부였다. 나는 인터뷰에 이 내용을 썼다. 하지만 다음 날 그녀의 매니저가 이메일을 보내왔다. "케이티의 브라 사이즈에 대해서는 쓰시면 안 됩니다. 왜냐하면 우리는 그 내용을 《OK!》에서만 독점적으로 보도하기를 원하거든요!"

한 여자의 브라 사이즈가 독점적인 기삿거리가 된다는 사실에 당황한 나는 그냥 알았다고만 대답했다.

사람들이 그녀를 성공적인 비즈니스 우먼이라고 생각하는 것은 아무래도 좋다. 비록 그녀가 자기 아이들까지 끌어들여 돈을 벌고 있더라도 말이다. 하지만 나는 그런 일은 언제나 절망스러운 제3세계의 가족들에게나 해당되는 일이라고 생각한다. 지구 종말의 날이라도 찾아오면 이렇게 숨가쁘고 혼란스러운 세상에서 우리는 모두 뒤엉켜 싸워야만 할 것이다.

그러나 나는 프라이스가 단순히 많은 돈을 벌었다는 이유만으로 여성주의적 롤모델이라고 주장하는 사람들만큼은 참을 수가 없다.

그들의 논리는 이러하다. 남자들은 여전히 권력과 자본을 독식하고 있다. 하지만 남자들의 약점은 바로, 섹시한 여성이다. 그러니 여성이 부유한 권력자가 되려면 섹스로 남자들을 지배해야 한다는 것이다. 이런 것이 비즈니스다. 엉덩이를 치켜들고 네 발로 기어가는 당신의 모습을 찍은 사진이 '야한' 달력에 실리면, 적어도 당신은 어마어마한 분홍색 대저택의 임대료를 낼 수 있는 것이다.

이런 유형의 행동방식에 잘 어울리는 말이 있다. 코미디 시리즈 〈더 씩 오브 잇The Thick Of It〉에 나오는 공보비서관 제이미의 말을 빌린다. "뭐 그런 재수 없는 년이 다 있어."

성차별로 넘쳐나는 이 세상에서, 이러한 성차별에 빌붙어 큰 가슴을 과시하며 한 몫 챙기려는 여자들은 제2차 세계대전 때 프랑스의 친독정권 비시 정부 같다. 32GG 사이즈인 가슴을 지니고, 자신의 인생을 과장되게 전시하며, 가짜로 오르가즘을 느끼는 척하는 여자는 부패하고 타락한 방식으로 비즈니스를 하고 있는 것이다. 그런 여자를 여성주의적 아이콘으로 치켜세우는 것은 무기판매상에게 노벨 평화상을 수여하는 것이나 다름없다.

"나는 강한 사람이에요." 프라이스는 《OK!》와의 독점 인터뷰에서 다시 한 번 이렇게 말할지도 모른다. 하지만 진짜 강한 사람들은 매주 잡지사를 찾아가 자신의 기분이 어떤지를, 다른 사람들이 자기를 얼마나 푸대접을 하는지를, 전 남편의 엉덩이가 어떻게 생겼는지를 미주알고주알 늘어놓지 않는다.

드라마 〈코리Corrie〉의 등장인물 블랜치는 이렇게 말했다. "옛날에는 나쁜 일이 있으면 그냥 집에 있으면서 술이나 마시다가 신발에 토하고는 했지."

프라이스는 이 말에서 뭔가 배울 점을 찾을 수 있을 것이다. 프라이스가 '강하다'는 생각은 오로지 실제로 강함과는 전혀 상관없는 일 — 〈난 유명인사야, 여기서 내보내줘!I'm A Celebrity Get Me Out Of Here!〉 따위의 리얼리티 프로그램에 출연하는 등 — 을 하면서도 그녀가 줄곧 "난 강해요."라는 말을 반복하기 때문에 생겨난 것이다. 그래서 '자신의 진짜 모습'을 찾았다고 착각하게 된 사람들이, "나는 그냥 평범한 여성 운전자예요."라는 말로 불법주차 딱지를 모면하려고 노력하게 되는 것이다.

그녀의 머릿속에는 자신이 '훌륭한 어머니'이며 '올해의 연예인 어머니 상'을 받을 것이라는 신경언어학적 프로그램이 깔려있는 것 같다.

"나는 아이들을 잘 돌봐줘요." 그녀가 말한다. "나는 내 아이들을 사랑해요."

글쎄다. 코미디언인 크리스 록의 말을 인용하겠다. "당연히 애들을 돌봐야지! 도대체 엄마가 뭐라고 생각하는 거요! 뭘 원해요, 과자라도 줄까요?" 그런데 지난 몇 년 동안, 내게는 다소 위안이 되는 상황이 벌어졌다. 사람들 앞에 내보인 프라이스의 태도가 그녀에게 좋지 않은 국면을 만들어내기 시작했던 것이다. 2007년의 소녀들은 가슴을 드러낸 화보를 찍으면서 일을 시작하고, 자신의 결혼식을 주제로 하는 리얼리티 TV쇼에 출연하고, 자신의 불행한 아이들을 모델로 내세워 옷을 팔고, 비겁하고 불손하고 몰지각하고 짜증스러운, 하지만 가슴은 큰, 성질 더러운 여자처럼 행동하며 스타가 되기를 원했을지 모르지만, 2010년의 소녀들은 분명 이를 다시 생각하고 있을 것이다. 이제 그녀의 대중적 이미지는 북런던의 아이들에게 해를 입히는 여우보다 못하다.

이와 유사하게, 그리고 거의 같은 시기에, 축구선수들의 아내들, 이전까지 역시 유명해지고 싶어 안달하는 10대 소녀들의 우상이었던 그녀들에 대한 호기심도 시들해지기 시작했다. 부인에게 너무나 충실하지 못한 축구선수들이 연달아 등장하자, 유명하고 부유한 남성을 찾아 팔자를 고치고 무위도식하겠다는 생각은 정신적으로도 문제가 있을 뿐 아니라 너무 싸구려 같은 생각이라고 여겨지기 시작한 것이다.

이런 사람들이 이혼하면, 뒷배경을 철저히 캐낸 잡지사들은 저마다 '하지만 여자들은 이런 남자들에게서 대체 무엇을 기대했단 말인가? 처음부터 차이가 나는 상대를 만난 여자들 ─ 가진 것이라고는 미모밖에 없는 ─ 은 상대방이 어두운 나이트클럽에서 가슴을 들이미는, 똑같이 가진 것 없고 자립심도 없는 여자와 자신을 아무렇지도 않게 바꾸리라는 것을 알지 못했는가?'라는 논조의 기사를 싣는다.

하지만 자신을 제외하고는 말할 것도 팔 것도 없는 프라이스가 위축된 반면, 그녀를 대신해 수많은 창의적인 여자들이 나타나고 있다.

이미 여성이 '패배자'가 될 수밖에 없었던 역사에 대해 이야기한 바 있다. 성별의 차이도 있거니와, 여자들이 이룩한 성과는 남성들에 비해 하찮게 여겨졌다. 여자들 스스로도 은밀하게 이러한 점은 여자들이 남자들보다 못하다는 사실을 증명하는 것이 아니냐는 의혹을 마음속에 품고 있었다. 결국, 여자들의 힘과 창조력이 단순히 수천 년 동안 이어져온 성차별에 억눌려 있었던 것이었다면, 우리 여자들은 투표권을 얻어낸 후 일년 내에 프랑스를 정복했어야만 했다.

그러나 심리적인 충격을 받았다가 회복한 사람들(우리들)은 홀륭하고 자신감 넘치고 과시적인 일들을 곧바로 시작하지 않는다. 그 대신 왜 그런 일이 일어나야만 했는지를 알고 싶어서, 혹시 자기 잘못으로 일어났던 일은 아니었는지를 알고 싶어서 그저 자리에 앉아 '대체 왜 그런 거였지?'라고 생각하는 것이다.

우리는 우리를 착취했던 사람들과의 관계를 파악해야 하고, 새로운 전략을 짜야 한다. 경험을 공유하고, '정상적인 것'이 무엇인지, 당신 자신도 정상적이기를 원하는지를 알아볼 필요가 있다. 그리고 무엇보다도, 당신이 실제로 당신 자신을 어떻게 생각하고 있는지를 알아봐야 한다. 남성 승리자들의 역사와 관습, 그리고 논증이 지금까지 당신을 가르쳐왔으므로, 당신이 지키고자 하는 것, 당신이 폐기하고자 하는 것이 무엇인지를, 당신에게 유해한 것이 무엇이고, 당신에게 도움이 되는 것이 무엇인지를 알아내기까지는 오랜 시간이 걸릴 것이다.

간단히 말하자면, 실제 행동을 취하기 전에 조용히 긴 사색의 시간을 보내며 당신 스스로를 상냥하게 다독거릴 수 있는 기간이 필요하다는 말이다.

그러나 실제 행동이 이미 취해지고 있다. 무엇보다도 팝 음악계에서. 팝 음악은 사회적 변화의 전조를 가장 먼저 드러내는 문화적 거울이다. 팝 음악은 제작에만 2년이 걸리는 영화나, 집필에만 3년이 걸리는 소설이나, 10년 동안 홍보해야 효과가 있는 정치 캠페인과는 달리 대단히 빠른 회전율을 보인다. 사람들은 무의식적으로 오늘의 1위곡이 두 달 뒤에는 다른 곡으로 바뀌어 있으리라고 생각한다. 팝 음악은 공개되자마자 다른 아티스트들의 반응을 즉각적으로 이끌어낸다. 마치 엄청난 도약처럼 하룻밤만에 판도가 바뀌는 것이다.

스파이스 걸스를 가장 중요한 여성그룹의 위치에 올려놓았던 노래 〈워너비Wannabe〉가 등장하고 13년이 지난 2009년, 마침내, 처음으로 여성 아티스트들만이 음악 차트를 점령하게 되었다. 레즈비언 라 루*! 플로렌스 앤 더 머신의 빨강머리 플로렌스! 사랑스러운 악녀 릴리 알렌! 위대한 허벅지의 아이콘 비욘세! 그리고 양성애자이며 여러 매체를 자유롭게 요리하는 혁신가이며, 고깃덩어리로 만든 드레스를 입는 레이디 가가! 이들이야말로 가장 많은 이야깃거리를 만들어내고, 가장 많은 주목을 받고, 가장 많은 부름을 받고, 무엇보다도 가장 성공적인 인물들이다. 이들과 함께 케이티 페리, 리한나, 리오나 루이스, 수잔 보일 등의 여성들이 차트를 석권하고 있다는 사실은 남성 아티스트들은 죄다 물에 빠져 죽었다는 의미다.

16년 전에 멜로디 메이커에서 "오, 세상에. 우리 잡지는 여자도 좀 실어야 해!"라는 말을 들었던 때와 비교하면 엄청난 변화다.

---

* 라 루La Roux는 보컬 엘리 잭슨과 키보드와 작곡, 프로듀서를 담당하고 있는 벤 랑메이드로 구성되어 있는 잉글랜드 일렉트로 팝듀오이다. 여기서는 보컬 엘리 잭슨을 의미하는데 엘리 잭슨은 자신이 이성애자이거나 양성애자라고 밝혔으나 레즈비언이라는 루머에 시달리고 있다.

이제 《타임스》의 문화란을 담당하는 에디터들은 남성 아티스트들에 대한 기사는 싣기를 꺼려한다. "누가 보겠어. 누가 이런 사내자식 사진을 보고 싶겠어?"

2010년, 나는 신문마다 앞다투어 차세대 여성주의 아이콘으로 부각시킨 여성과 인터뷰를 했다. 그녀는 레이디 가가였다. 레이디 가가라는 단 한 사람이 발휘한 영향력만으로도 판도는 지각변동을 일으켰다. 그녀와 한물 간 여성주의 아이콘인 프라이스는 하늘과 땅 차이였다.

중산층 출신인 프라이스는 가슴을 드러낸 사진으로 독보적인 자리에 올랐다. 하지만 그녀가 하는 말이라고는 "날 좀 봐줘요, 날 좀! 그리고 케이티 프라이스 상점에서 판매하는 399.99파운드짜리 64기가 분홍색 아이팟도요!"뿐이었다.

반면 레이디 가가는 21세기에서 가장 훌륭한 싱글 세 곡(〈포커페이스Poker Face〉, 〈저스트 댄스Just Dance〉, 〈배드 로맨스Bad Romance〉)을 발표하며 일약 독보적인 스타가 되었다. 그녀에 대해서는 너무나 할 말이 많다. 그녀는 투어를 다닐 때마다 효과적인 공연 연출을 위해 '더 하우스 오브 가가The Haus of Gaga'라 불리는 멀티미디어 아티스트 집단을 고용했다. 레이디 가가는 공연을 할 때마다 동성애자들의 평등, 성차별폐지, 정치적 행동주의, 관용을 외치며 무대를 격렬하게 달군다. 말 그대로 머리에는 가재를 한 마리 얹고.

적어도 10년은 지나야 전체적인 커리어를 조망할 수 있는 법이지만, 팝스타로 등장한 레이디 가가가 첫 2년 동안 선보인 충격과 효과는 마돈나 이후 등장한 그 어떤 여성아티스트들보다도 나를 흥분시켰다. 서양에서 태어난 여성으로서, 나는 마돈나에게 영원히 빚진 기분—마돈나가 《섹스sex》에서 선구자적인 태도를 보여주지 않았다면, 나는 누군가에게 음부를 보여주거나 힙합 아티스트인 바닐라 아이스를 덮칠 용기를 가질 수 없었을 것이다—을 느낄 수밖에 없겠지만, 레이디 가가가 불과 스물네 살에 생고기로 만든 의상을 입고 미군의 동성애혐오범죄를 규탄하는 세계적인 공연을 펼쳤다는 사실에는 놀라지 않을 수 없다. 마돈나는 스물네 살까지도 브룩클린의 던킨 도넛에서 일하고 있었다.

그리고 10대 소녀였던 내게 마돈나는 항상… 좀 두려운 존재였다. 그녀는 쿨했고, 근사했고, 옷을 잘 입었다. 나는 여성의 자신감과 힘에 관한 그녀의 노래가 내게 좋은 영향을 미치고 있다는 생각을 은연중에 하고 있었다. 하지만 만약 나와 그녀가 만나는 일이 있다면, 그녀는 창고세일에서 산 부츠를 신고 기운 셔츠를 입고 지푸라기 모자를 쓴 나를 아래위로 훑어보고는 그대로 쓱 지나쳐 나 대신 워렌 비티와 대화를 나눌 것이라는 기분을 떨칠 수 없었다.

사실 마돈나에게 말을 붙일 수 있다고 해도, 당시의 나는 울버햄튼 512번 버스기사는 변태인 것 같다거나, 내가 외롭다거나,

스퀴즈의 〈쿨 포 캣츠Cool For Cats〉를 얼마나 좋아하는지 모른다는 이야기나 구구절절 늘어놓았을 거였다. 내가 마돈나였더라도 그 자리를 떠나 워렌 비티에게로 갈 거였다.

하지만 내가 2011년의 10대 책벌레 소녀라면, 그리고 레이디 가가를 만난다면, 나는 온 세상의 크리스마스가 전부 내 것이 된 듯한 기분을 느낄 것 같다. 왜냐하면 레이디 가가는 이 세상의 모든 범생이들, 괴짜들, 아웃사이더들, 지적 허세꾼들, 그리고 외로운 아이들의 편에 선 국제적인 여성 팝스타니까. 레이디 가가의 공연—커다랗게 울리는 베이스, 집단적인 춤, 꽝꽝 울리는 소리, 보드카가 흘러넘치는—에 가보면 그 도시에서 가장 괴짜인 아이들이 전부 몰려와 있다. 아이들은 〈텔레폰Telephone〉 뮤직비디오를 따라 머리에 코카콜라 캔을 달거나, 얼굴에 슬로건을 갈겨 적거나, 드랙퀸처럼 차려입거나, 아니면 모리세이처럼 보이는 안경을 쓰고 카디건을 입고 있다. 그들은 팔에 릴케의 시구를 문신으로 새긴 여자가 살바도르 달리의 그림 〈성 안토니우스의 유혹〉의 거미 다리가 달린 코끼리를 연상시키는 14피트 높이의 주문제작 피아노를 연주하며 알프레드 히치콕의 영화에서 영감을 받아 작곡한 저주받은 사랑에 대한 노래를 부르는 모습에 열광한다.

그녀는 노골적으로 섹슈얼리티를 드러낸다. (당신이 지난주에 팬티만 걸친 레이디 가가를 본 적이 없다면, 당신은 MTV를 보지 않는 사람이 분명하다.) 그러나 그녀가 보여주는 섹슈얼리티는 다른 여성 팝스타들이 과감하고 직설적으로 드러내는 동물적인 섹슈얼리티와는 다르다. 그녀의 섹슈얼리티는 여성의 소외와 장애, 성적 노이로제를 점검하기 위함이다. 그녀의 데뷔 앨범이 나올 무렵, 그녀는 앨범 커버에 그녀의 이도저도 아닌 소프트 포르노적 사진을 넣고자 했던 소속사와 한바탕 싸움을 벌여야 했다.

"가수가 온 몸에 기름을 바르고 모래 위를 뒹굴며 자기 자신을 쓰다듬는 사진을 보고 싶은 젊은 여성들은 아무도 없을 거예요." 그녀가 말했다. "그들이 다른 사진을 사용하도록 난 일주일 동안 울면서 싸워야 했지요."

2009년, MTV 시상식에서 공연하던 그녀는 샹들리에가 머리 위로 떨어지는 퍼포먼스를 펼쳤다. 레이디 가가는 노래를 부르면서 피를 흘리고 죽어가는 모습을 연기했다. 2008년 시상식에서는 케이티 페리가 케이크에서 뛰쳐나오는 퍼포먼스를 보여주었었다.

레이디 가가를 인터뷰 했을 때, 나와 그녀는 환상적인 시간을 보냈다. 인터뷰가 끝나갈 때쯤 그녀가 베를린의 섹스 클럽에서 벌어지는 '파티'에 나를 초대한 것이다.

"〈아이즈 와이드 셧Eyes Wide Shut〉 봤어요? 그런 거예요." 알렉산더 맥퀸이 만든 세상에 단 하나뿐인 검정 호박단 망토를 걸치고 복도를 빠져나오며 그녀가 말했다. "무슨 일이 벌어지더라도 내 책임은 아니에요. 하지만, 반드시 콘돔을 사용하세요."

우리는 온통 검정색인 사륜구동차를 타고 베를린을 횡단했다. 그녀의 보안요원들은 우리를 쫓아오려는 파파라치들의 차를 가로막는 방식으로 그들의 추적을 차단했다. 우리는 마침내 어느 막다른 길에 있던, 더 이상 사용되지 않는 공업단지에 도착했다. 댄스 플로어가 있는 곳까지 가려면 미궁처럼 얽힌 복도와 세포처럼 구획된 작은 방들을 연달아 지나쳐야 했다. 방 안에는 침대와 욕조, 갈고리와 체인들이 놓여 있었다.

"섹스를 위한 거죠." 수행원들 중 독일인이었던 사람이 유익하면서도 다소 불필요한 정보를 알려주었다.

너무나 색다르고 참신한 공간에 와 있었으면서도 레이디 가가의 영국인 언론 담당자인 아드리안과 나는 흥분을 이기지 못하고 다음과 같이 우리의 국적을 드러내고 말았다. "세상에, 여기서는 담배도 피울 수 있어!" 실내에서 흡연이 가능하다는 사실이 그곳에서 벌어지는 외설적인 일들보다도 더한 흥분감을 불러일으켰다.

레이디 가가의 수행원들은 많지 않았다. 그녀와 나를 제외하면 아드리안, 메이크업 아티스트, 보안요원, 그리고 한 두 사람 정도 있을 뿐이었다. 우리는 드랙퀸들, 선원복을 입은 레즈비언들, 몸에 달라붙는 티셔츠를 입은 소년들, 검정색 가죽옷을 입은 소녀들로 가득한 클럽의 작은 댄스플로어에 올라갔다. 음악이 쿵쿵거리며 울려왔다. 바 위에는 거대한 마구harness가 걸려 있었다. "섹스를 위한 거죠." 아까의 독일인이 예의 불필요한 정보를 다시 한 번 알려주었다.

레이디 가가가 우리를 앞장섰다. 록그룹 킨조차도 지금쯤이면 VIP룸으로 슬쩍 들어가 누군가가 술을 가져다주기만을 기다리고 있을 거였다. 하지만 영화 〈다크 크리스탈The Dark Crystal〉에 나오는 잔인한 종족 '스켁시스'처럼 보이는 그녀는 망토를 펄럭이며 직접 바로 다가가더니 익숙한 태도로 우리에게 물었다. "다들 뭐 마실래요?"

"난 이렇게 어둡고 더러운 바가 좋아요." 그녀가 말했다. "이런 면에서는 참 구식이죠."

우리는 깨끗하게 닦인 긴 의자 ― "섹스를 위한 거죠!" 의자 앞에서 독일인이 똑같은 말을 반복했다 ― 가 있는 쪽으로 가서 자리를 잡았다. 레이디 가가는 맥퀸 망토를 벗어 한쪽 구석에 던져 놓았다. 깜짝 놀란 그녀의 메이크업 아티스트가 1만 파운드짜리 호박단 망토를 살그머니 내 발밑에서 들어 올려 조심스레 따로 챙겼다. 가가는 이제 브라와 그물 스타킹, 팬티만 걸치고 있었다. 눈가에는 반짝이가 붙어 있었다.

"바에 있던 여자애가 나한테 뭐라고 했는지 알아요?" 그녀는 스카치 위스키를 홀짝이다가 누군가의 담배를 한 모금 뺏어 피우더니 이렇게 말했다. "이렇게 말했어요. '당신은 여성주의자죠. 사람들은 여성주의가 남자들을 혐오하는 거라고 생각해요. 하지만 그렇지는 않죠.' 재미있지 않아요?"

앞서 인터뷰를 할 때, 나는 그녀가 스스로를 여성주의라고 생각하고 있는지를 물었다. 여성주의와 관련된 대화가 잘 풀릴 때 종종 그러하듯, 우리의 대화는 여성들의 연대의식과 여성해방에 대한 강력한 선언("나는 여성주의자예요. 왜냐하면 여성의 권리에 대해, 그리고 우리의 본 모습 그대로를 보호해야 한다고 믿기 때문이죠.")에서 그녀가 매혹당한 사람에 대한 이야기로 이어졌다. ("〈텔레폰〉 뮤직비디오를 찍을 때 나는 헤더라는 이름의 여자애에게 키스했어요. 남자처럼 살아가는 소녀죠. 나는 여자들을 좋아하는 남성적인 여성들 앞에서 항상… 더 여성스러워지는 기분이 들어요. 우리가 키스했을 때, 난 나비들이 어지럽게 날아다니는 기분을 느꼈죠.")

우리는 스스로를 여성주의자라고 말하지 않을 뿐만 아니라 이러한 언급 자체를 회피하는 여자들이 이상한 여자들이라는 결론을 내렸다. 왜냐하면 여성주의는 '남자들을 혐오하는 것'이 아니기 때문이다.

"그런데 조금 전에 바에서 똑같은 말을 들은 거예요! 정말 멋진 여자애죠!" 그녀가 활짝 웃었다. 그녀는 장 폴 고티에가 데리고 다닐 법한, 큐피드처럼 붉은 입술을 지닌 양성적인 외모의 소녀를 가리켰다. "너무 멋있어요." 그녀는 한숨을 내쉬었다.

새벽 2시까지 우리는 보드카를 진탕 마셨다. 레이디 가가는 내 무릎에 얼굴을 묻었다. 나는 나의 영웅들 중 누군가가 술에 취해 내 무릎에 얼굴을 파묻는 일이 생기면, 그 순간이야말로 내가 그들에 대해 궁금하게 여겨왔던 사소한 질문들을 할 때라고 생각했다.

"당신이 옷을 '많이' 입고 다니는 건 아니지만," 나는 그녀의 브라와 팬티를 가리키며 말했다. "그러니까… 남자들을 열받게 하려고 그러는 건 아니죠?"

"아니에요!" 술에 취한 가가는 크게 웃음을 터뜨리며 말했다. "이성애자 남자들이 집에서 포르노를 보면서 자위를 하는 거랑은 달라요. 난 그런 남자들을 생각하지 않아요. 난… 우리를 생각하죠."

그러면서 그녀는 나이트클럽을 잔뜩 메운 드랙퀸들과 사내아이 같은 레즈비언들을 가리켰다.

그녀가 그곳에 갔던 이유는 누군가가 자신을 덮치기를 바라서가 아니었다. 가가를 침투할 수 있는 사람은 없다. 팝 음악의 역사에서, 특히 여성 팝스타들의 역사에서는 흔치 않은 일이다. 그녀는 섹스를 바라는 남자들을 위해, 혹은 자신도 그런 남자들을 원한다는 인상을 주기 위해 노래하지 않는다. 오히려 그녀는 그런 사고방식을 뒤흔들고자 한다. 불붙은 담배로 만든 선글라스, 활활 타오르는 침대, 날고기로 만든 드레스, 백금으로 만든 다리 부목, 욕조에서 물고문을 당하는 레이디 가가. 컴퓨터그래픽으로 크게 확장시켜 만화 캐릭터처럼 보이는 그녀의 두 눈. 그녀가 이미지를 다루는 방식은 우리가 익숙하게 보아왔던 것들을 교란시키고, 당황스럽게 보이도록 만든다.

그녀의 노래가 지닌 목적은 다가올지 모를 사랑을 갈망하는 것이 아니라 자신의 감정을 탐사하는 과정을 표현하고, 이를 듣는 사람에게 전달하는 데 있다. 수백만에 달하는 그녀의 팬들은 자신들을 "리틀 몬스터Little Monsters'라고 하고, 그녀를 '마마 몬스터Mama Monster'라고 부른다. 그녀는 그들이 대안적으로 꿈꾸는 세상에서 그들을 이끄는 지도자의 역할을 맡고 있다. 한 사람의 여성으로서 그녀가 이끌어낸 참신함은, 연극적인 면모나 재능, 성공이 아니라 팝 음악 팬들에게 새로운 공간을 열어 보여주었다는 데 있다. 이에 더불어 동성애자들과 괴짜들의 편에 서서 정치적인 구호를 외치는 레이디 가가는 단연 독보적인 스타라 할 수 있다. 여성들이 여성들을 이해하고 함부로 판단하지 않는 장소를 갖는 것은 투표권을 갖는 것만큼이나 중요하다. 우리는 법적인 권리만이 아니라 우리에게 우호적인 분위기도 필요로 한다. 마침내 우리가 우리를 위한 대포를, 그 후에는 우리를 위한 도시와 제국을 찾아내기 위해서는.

궁극적으로는, 억압에 맞서 저항하고 해방을 약속하며 브라에 장착된 불꽃을 터뜨리는, 《포브스Forbes》에서 세계에서 일곱 번째로 영향력이 있는 유명인사로 선정한 양성애자 팝스타와 함께 자라난 소녀들을 아무도 억누를 수 없을 것이라고, 나는 생각한다.

레이디 가가와 인터뷰를 하고 3주일이 지났을 때, 누군가가 나이트클럽에 있던 그녀를 찍은 흐릿한 사진 한 장이 전 세계의 잡지에 등장했다. 그 사진에는 그녀의 뒤로는 거꾸로 빗어 부풀린 헤어스타일을 한 내 모습도 나타나 있다.

헤드라인은 '가가의 건강이 좋지 않다!'였다. 기사에는 '클럽에 있던 사람들'이 그날 밤 그녀의 행동을 보고 '걱정했다'고 적혀 있었다. 장담하건데 그 사람들은 가가를 걱정하지 않았다. 그들은 그날 밤 나이트클럽의 긴 의자에 올라가 그녀와 함께 춤을 추는 시간을 만끽했다.

여기서 우리는 오늘날의 강박적인 언론이 유명한 여성 롤모델에 대해 보이지 않는 함정을 파놓고 있다는 것을 알 수 있다. 전 세계의 타블로이드 신문과 잡지에 가가의 소식이 1면에 등장한다는 것이 매우 감격스러운 일이기는 하지만, 이러한 출판물에 등장하는 현대적 여성성의 상태에 대한 대부분의 이야기에는 함정이 도사리고 있다.

더 정확히 말하자면, 저열한 편집방향을 고수하는 신문사나 잡지사들이 완전히 맥락이 다른 사진과 사건을 엮어 멍청하고 비열한 이야기들을 내놓으면, 전 세계의 쓰레기 같은 매체들이 벌떼처럼 달려들어 이러한 이야기들을 받아 적는다는 거다. 유명한 여성들을 놓고 왈가왈부하는 기사의 밑바닥에 깔려있는 자세는, 급진적 여성주의자 케이트 밀렛이나 적어도 《바보들을 위한 심리학Psychology For Dummies》을 읽은 사람이라면 누구라도 두 손으로 머리를 감싸쥐고 한숨을 내뱉게 만들 정도다. "세상에, 인류여. 어째서 우리는 이토록 멍청한가?"

하지만 우리는 여기서도 '긍정적인' 해석을 이끌어낼 수 있다. 새벽 2시에 일어나 석 달 전에 따서 랩을 씌워 대충 입구를 막아

둔 레드와인을 벌컥벌컥 마시고 미니어쳐 말리부 럼주를 어디 뒀는지 찾는 편집증적이고 의심이 많은 나 같은 사람은 가끔 이러한 유형의 저널리즘이 생각보다 멍청하지 않고, 보다 음험한 목적에 기반하고 있는 것은 아닌지 궁금해 한다.

우리의 독보적인 여성들을 이런 방식으로 보도하는 언론은 너무나 위험하고, 우리의 노력을 물거품으로 만든다. 물론 언론은 항상 타인의 불행을 바라보며 즐거워하는 태도로 유명인사들을 대한다. "하하, 당신이 조금이라도 약한 구석을 보이기만 하면 우리는 곧바로 그걸 완전히 파헤쳐줄 거야." 여자 연예인들은 그들의 외모에 초점이 맞춰진 이러한 언론의 속내에 의해 고통을 받는다.

남자 연예인들이 '약해지는 징후'는 그들이 바람을 피우거나, 고용인을 함부로 대하거나, 정신줄을 놓고 운전을 할 때 드러난다. 반면 여자 연예인들이 '약해지는 징후'는 단 한 장의 추한 사진으로 드러날 수 있다. 언제나 이 세상 사람이 아닌 것처럼 아름다운 모습을 보여야 하는 그들 직업의 특성상, 레드카펫에서 단한 번만 '형편없는' 의상을 입고 나오더라도 조롱거리로 전락한다. 그들이 바빠서, 다른 걱정거리가 있어서, 행복하지 않아서, 아니면 그런 사진 따위는 아무런 관심도 두지 않아서, '형편없는' 의상을 입고 나왔다는 것은 그들에게 문제되지 않는다.

그렇다. 파파라치들은 화장기 없는 얼굴로 청바지에 점퍼 차림으로 가게에 들어서는 여자 연예인들의 사진을 찍고, 단지 그들이 집에서 나오기 전에 신경 써서 드라이를 하지 않았다는 이유로 그녀의 세계가 붕괴될 위기에 처한 것처럼 만들어버린다.

물론 현실적으로 집에서 나오기 전에 항상 신경 써서 드라이를 하는 여자들은 제정신이 아니다. 한 학부모가 찰랑거리는 단발머리를 하고 교문 앞에 나타나면, 드라이를 하는데 20분이나 시간을 낭비한다는 것을 믿을 수 없는 다른 엄마들은 그녀를 못마땅한 눈길로 바라본다. 프랑스 칸느 해변가에서 배우 키퍼 서덜랜드와 공개적인 약혼 발표를 할 것도 아니면서 그렇게 머리를 다듬다니. 하지만 너무나 평범한 차림으로 수퍼마켓에 가는 케이트 윈슬렛의 사진이 잡지에 실리면, 여성의 외모를 바라보는 타블로이드적 시각에 너무나 길들여진 우리는, 심지어는 가장 과격한 여성주의자들까지도, '세상에, 케이트 윈슬렛의 헤어스타일 좀 봐! 〈타이타닉〉에서 1517명의 영혼들과 함께 물에 빠질 때보다도 엉망이잖아! 빗질이라도 좀 하지!'라고 소리치게 된다. 물론 자기가 한 말에 깜짝 놀란 여성주의자들은 하늘을 향해 이렇게 외치겠지만. "신이시여, 대체 제가 왜 이렇게 된 겁니까?"

하지만 이렇게 헐뜯는 것은 약과일 뿐이다. 전보다 약간 살쪘을 뿐인 여자 연예인을 찍은 단 한 장의 사진 ─ 1초에 24번 셔터가 눌리는 카메라로 찍은 ─ 을 두고 온갖 비방과 추측들이 난무한다. 물론 나는 신체의 변화에 대한 사람들의 관심을 이해한다. 남자들은 성기 사이즈를 재고 여자들은 허벅지 둘레를 재는 법이니까. 우리 모두 그런다. 우리는 우리의 몸과 다른 사람의 몸에 관심을 갖는다. 하지만 이처럼 하찮은 것에 의미를 부여하는 것은 분명 우스꽝스럽다. 그러니 언론의 호들갑이 우스울 수밖에. 화가 윌리엄 블레이크는 한 알의 모래에 세계가 담겨있다고 말했다. 우리는 티셔츠 밖으로 삐져나온 에바 롱고리아의 팔뚝살이 찍힌 한 장의 사진을 보고 여자의 일생 전체를 보고 있다고 생각한다.

사타구니 부근이 주름진 바지를 입은 캐서린 제타 존스의 사진은 '캐서린 이터Eater 존스'라는 헤드라인과 함께 등장하고, 기사에는 짐짓 걱정스럽다는 어조로 그녀가 항상 몸무게를 줄이기 위해 '투쟁했다'는 내용이 실린다. 다리를 가늘어 보이게 하는 투박한 신발을 신은 톱모델 알렉사 청의 사진이 등장하면, 그녀가 신경쇠약이 원인인 거식증에 걸렸다는 기사가 등장한다. 그들은 이런 사진에 찍힌 옷들―쓸데없이 주름이 생기는 꽉 끼는 바지나 쓸데없이 헐렁한 옷―을 탓하는 법이 없다. 마치 언제나 여자들의 몸이 잘못이라고 생각하는 것처럼 보인다.

서구 사회에서 잡지를 보는 여성치고 누군가의 잘못 찍힌 사진 단 한 장으로 해당 인물의 정신적, 정서적 건강 상태를 판단하는 일을 피해갈 수 있는 여성은 없다. 나는 중국이 경제적 초강국으로 부상하고 있다는 기사보다 오프라 윈프리의 엉덩이에 대한 기사를 더 많이 읽었다. 절대로 과장이 아니다. 아마도 중국이 경제적 초강대국으로 떠오르고 있는 까닭은 중국 여성들은 오프라 윈프리의 엉덩이 기사나 읽으며 시간을 낭비하지 않기 때문일지도 모른다. 내가 오프라 윈프리가 아닌 중국에 대해 더 잘 알았더라면, 나는 이 문제와 관련해 직접적인 인과관계를 따져볼 의사가 있다.

가장 치명적이고 우스꽝스러운 것은 그들이 아무나 골라잡아 소모적이고 터무니없는 밀착조사를 한다는 점이다. 마치 그들은 모자에 사람들의 이름을 적은 쪽지를 한가득 넣은 다음 아무 거나 한 장 뽑아 누구를 밀착조사 할 것인지를 결정하는 모양이다. 나는 한 잡지에서 '미샤 바튼이 걱정스러울 정도로 뼈만 남았다'고 짐짓 걱정하는 체하는 기사를 읽었고, 바로 옆에 있던 잡지에서 같은 사진을 놓고 '미샤 바튼, 되살아난 곡선에 만족하다'라는 기사를 읽었다.

아! '되살아난 곡선에 만족하다!' 연예인을 다루는 오늘날의 잡지에서 이보다 더 사악한 표현이 있을까? '되살아난 곡선에 만족하다'라는 말은, 여자들이라면 누구나 알고 있듯, 누군가가 '살찐 것 같다'는 말을 완곡하게 표현한 것이다. 해당 연예인이 불만을 제기하지 않도록, 게다가 본인들은 살찐 여성을 싫어하지 않는다는 듯 말이다. 사악한 역설이 아닐 수 없다. 세뇌에 능한 북한의 독재자들이 인민들을 마음대로 쥐고 틀면서도 실제로는 전혀 그렇지 않다고 주장하는 것이나 다름없다.

그리고 여자 연예인들은 인터뷰 내내 먹는 이야기만 한다. "난 토스트를 사랑해요!" 그러면서 언론과의 관계를 마치 섭식장애에 걸린 10대 소녀와 엄격한 간호사의 관계처럼 유지한다. 끝없이 자신의 상태가 나쁘지 않다는 것을 '증명해야' 하는 그들은, 셰퍼드 파이를 소맷자락에 숨겼다가 아무도 안 볼 때 화단에 슬쩍 버린다고 하지 않는다. 대개 한 판을 다 먹는다고 말한다. 그리고 수영복을 입고 해변을 달리는 여자 연예인들의 사진을 본 사람들은 '휴가를 즐긴다'거나, '운동을 좀 한다'거나, '가족들과 즐거운 시간을 보낸다'고 생각한다. 그들이 일생 동안 '몸을 관리하기 위해 분투한다'고 생각하는 것이 아니라. "연예인들도 인간적이네."라고 생각한다.

'제니퍼 로페즈도 셀룰라이트가 있어! 역시 신은 존재해!'라는 제목의 기사에서는 허벅지가 부각되어 보이도록 의도된 사진에 환호성을 지른다. "연예인도 사람이었어!" 기사에서는 너무 꽉 끼는 바지를 입는 바람에 허릿살이 밀려올라온, 〈이스트엔더스〉 드라마에 출연하는 연예인 사진을 보고 박수를 친다. 기자들은 자기가 얼마나 위험한 말을 하고 있는지를 모른다. 여성 독자들은 파파라치들의 망원렌즈에 잡힌 연예인들의 '부끄러울 만큼' 두툼한 허벅지나 팔의 튼살, 아니면 살짝 나온 아랫배를 보고 아무런 위안도 받지 못한다. 왜냐하면 이런 사진을 싣는 잡지가 독자들 ─ 대개는 어리고 남의 영향을 받기 쉬운, 아직 이 세계에 대한 희망을 버리지 않은 ─ 에게 전달하고자 하는 메시지는 다음과 같다. 만약 당신도 열심히 일하고 가끔씩만 쉬며 자신의 분야에서 최고의 위치에 도달하고자 노력하고 마침내 사진 속 연예인들처럼 여전히 남성지배적인 사회에서 유명인이 될 창의적이고 야심찬 여성이라면, 당신에게도 파파라치가 따라붙을 것이고 당신 역시도 유명 가수 셰릴 콜처럼 더러운 기분을 느끼게 될 것이라는 점이다. 절망적인 일이 아닐 수 없다.

내가 그들의 '인간적인 모습'이 찍힌 사진을 싫어하는 이유는 다음과 같다.

첫째, 나는 내가 좋아하는 연예인들이 인간이기를 원하지 않는다. 그들은 우리가 꿈꾸는 모습을 대신 보여준다. 나는 그들이 평범한 사람들처럼 수도요금이나 블랙헤드에 대해 걱정하는 꼴을 보고 싶지 않다. 나는 데이빗 보위가 진짜로 우주에서 온 사람이라고 믿고 싶다.

둘째, 21세기에는 어느 분야에서나, 성공한 여성들은 '인간화될' 필요가 없다. 여기에는 절대적으로 단 하나의 예외도 없다. 마가렛 대처조차도. 가부장제는 10만 년 동안이나 길고 천천히 지속되어왔다. 이 세계에는 아직도, 생리 중인 여성은 음식에 손을 댈 수 없다거나 남자아이를 낳지 못한 여성은 배척되는 사회가 남아있다. 미국이나 유럽과 같은 선진국가에서도 여성들은 슬프게도 여전히 모든 분야―과학, 정치, 예술, 사업, 우주여행―에서 과소평가되고 있다. 어떤 여성이라도 이 세계에서 성공하는데 적합한 페르소나를 구축할 수 있다면, 그래서 남자들이 손톱만큼이라도 인정할 만한 성과를 이룩한다면, 나는 그녀가 스스로를 보호할 수 있기를 절대적으로 바란다. 그녀가 일에 집중하게 해주자. 그녀가 거리를 둘 수 있게 해주자. 그녀가 원한다면 수수께끼처럼 남을 수 있도록 내버려두자. 이 세계가 마가렛 대처의 얼굴을 한 아마존 여전사들의 비밀집단에 의해 돌아가고 있다면, 그래서 이 세계가 핵무기와 성적 착취의 조합으로 조작되고 있다면, 그때는 우리도 앞장서서 그들을 '인간화'해야 할 것이다.

다양한 분야에서 성과를 이룩하는 여성 롤모델들이 매달 늘어나고 있지만, 우리는 스스로 이런 질문을 던져보아야 한다. 우리가 그들에 대해 읽거나 말하는 내용들이 '실제 있었던 이야기'이거나 '진지한 논의'인가? 아니면 그저 전 세계의 언론들이 양산하고 있는 쓰레기 같은 기사들인가?

낙태

다낭포난소증후군에 걸린 것 같다. 그래서 나는 초음파검사를 받아보려고 한다. 지금까지 나는 세 번 지역보건의를 찾아가 여드름, 탈진, 몸무게 증가, 불규칙한 생리주기 등의 증상들을 상담했다. 그들은 내게 휘팅턴 병원의 초음파검사실을 찾아가보라고 조언했다.

그렇다. 이런 증상들은 분명 임신의 징후다. 하지만 6주 전의 임신테스트는 음성이었다. 그래서 지역보건의가 휘팅턴 병원에 가보라고 한 것이다. 나는 아침에 파인애플 깡통 두 개를 해치우고, 광고에 나온 슬픈 표정의 다람쥐를 보고 운다. 분명 나는 임신했다. 하지만 임신테스트기는 아니라고 했다. 게다가 여전히 나는 젖을 분비한다. 그리고 나는 임신을 원하지 않는다. 그러므로 나는 임신하지 않았다.

나는 침대에 누워있다. 벽에 걸린 모니터는 곧 나의 뱃속을 보여줄 것이다. 나는 다낭포난소를 보고 싶지 않지만, 아마 산소방울처럼 생긴 동그라미들을 보게 될 거라고 생각한다. 아니면 좀 더 내장에 가까운 것들을. 클러스터나 포엽들을.

간호사가 손을 씻으며 준비하고, 초음파 스크린은 검고 어두운 우주에 붙박여 간헐적으로 불빛을 반짝이는 스타워즈에 나오는 밀레니엄 팰콘의 외형을 떠올리게 한다. 고요하다.

그들이 초음파 검사기를 내 배에 갖다대자, 고요한 우주 같기만 하던 모니터에 무언가가 나타난다. 태양계가 생동한다. 선들과 소용돌이들, 신장과 창자. 달과 소행성들이 회전한다. 그런데 갑자기, 그 한가운데서, 깊이 숨겨져 있던 곳에서, 맥박이 잡힌다. 신호다. 무언가가 움직이고 있다.

심장박동이다.

"임신하셨네요!" 간호사가 명랑하게 말한다. 간호사들은 항상 명랑하게 임신했다는 말을 한다. 진찰받는 사람의 얼굴이 창백하더라도, 아니면 "제길!"이라는 한 마디만 내뱉더라도, 그리고 몸을 떨기 시작하더라도 그들은 이렇게 말한다.

그녀는 화면을 주의 깊게 들여다본다.

"11주 정도 되셨네요." 그녀는 초음파 검사기를 다시 한 번 내 배에 대고 누르며 말한다.

그녀의 말이 맞다. 화면 속에는 태아라고밖에는 말할 수 없는 무언가가 나타나 있다. 척추의 굴곡은 허연 초승달처럼 보인다. 두개골은 우주인의 헬멧처럼 보인다. 깜박이지 않는 검은 두 눈은 새우 같다.

"세상에." 나는 아기에게 말한다. "이 못된 녀석."

나는 분명 게이 아들을 임신한 거다. 내가 항상 게이 아들을 원하기는 했다. 하지만 이 애는 너무나 갑작스럽게 출현했다. '짜잔!' 너무나 연극적이다. 너무나 갑작스럽다. 갑자기 텔레비전이 저절로 켜지더니 내 아들이 덜컥 등장한 것 같다. 무슨 파킨슨병에라도 갑자기 걸린 기분이다.

이 애는 운이 좋다! 분명 운이 좋은 아이다. 사이프러스에 갔을 때, 아이들이 잠들어있는 동안 딱 한 번 콘돔 없이 했을 뿐인데. 이 아이는 평생 동안 운 좋게 살아갈 것이다. 카지노를 파산시키고, 식품점 계산대에 줄을 섰다가 백만장자와 친구가 되고. 그는 흐르는 강물에서 첫 번째로 금맥을 찾아내고, 정착하기로 마음먹은 날 당장 진정한 사랑을 찾아낼 거다.

"난 너를 낳을 수 없단다." 나는 슬프게 말한다. "내가 널 낳으면 이 세계가 멸망할 거야."

단 한 순간도 이 아이를 낳아야만 한다고 생각하지 않았기 때문이었다. 망설임도 없고 끔찍한 결정을 내리는 것도 아니다. 나는 차분하고 확실하게 지금은 또 한 명의 아이를 낳기를 원하지 않는다는 걸 알고 있기 때문이다. 그것은 분명하게도 지금은 인도에 가고 싶지 않다거나, 금발로 염색할 생각이 없다거나, 총을 쏠 생각이 없다는 것과 똑같은 일이다.

다시 이런 일을 반복하고 싶지 않다. 나를 위해 울어주고 내게 화를 내게 될 한 사람을 위해 또 다시 3년 동안 매달려 있어야 하다니. 또 누가 알겠는가. 이 아이가 아프기라도 하면, 그래서 내 뱃속에 머리를 처박아야만 나을 수 있다고 한다면, 그래서 다시 내 뱃속으로 들어가고 싶어 한다면? 두 딸들이면 충분하다. 나는 그 애들 앞에서 뒷걸음질 치며 걷고는 한다. 마치 감시카메라처럼 그 애들의 모든 행동을 지켜보며 바람을 막아주듯, 딸들에게 절을 하듯 구부정한 자세로.

나는 아이들의 죽음을 두려워했다. 자동차 사고가 나면 어쩌지! 개들이 물면! 바다에 빠지면! 세균에 감염되면! 그러나 나는 이것이 별 문제가 아니라는 것을 깨달았다. 나는 영안실에 안치된 그 애들의 갈빗대 사이로 손을 넣어 심장을 꺼낼 것이고, 그것을 삼킬 것이고, 그래서 그 애들을 다시 낳을 거였으니까. 그래서 아이들은 다시 태어나게 될 테니까. 나는 내 딸들을 위해서라면 무엇이든 할 것이다.

하지만 지금 내 뱃속에 있는 아이에게는 단 하나만 할 것이다. 가능한 빨리, 더 늦어지기 전에.

나는 간호사에게 감사인사를 한 뒤, 배에 묻은 젤리를 닦아내고, 밖으로 나와 전화를 건다.

2007년, 《가디언》의 칼럼니스트인 조 윌리엄스는 어째서 여자들은 항상 낙태와 관련된 논의에 강제적으로 참여해야 한다고 느끼는가를 주제로, 일독할 가치가 있는 명쾌한 칼럼을 썼다. '물론 낙태는 끔찍한 경험이다. 어떤 여자들도 이를 가볍게 생각하지 않는다.'

그녀는 사회가 얼마나 자유민주적인가와는 관계없이, 낙태는 절대적으로 옳지 않은 행위라는 생각이 뿌리박혀있기 때문이라고 설명한다. 하지만 법적·의학적 견해가 뒷받침되는 경우, 낙태는 용인되기도 한다. 절망적으로 뒷골목의 '베라 드레이크'*를 찾아가는 여성들은 물론 여기서 제외된다.

다른 수술과는 달리 낙태는 절대로 긍정적으로 여겨지지 않는다. 여자들은 낙태를 해서 다행이었다거나 안도했다는 말을 공공연하게 하지 않는다. "사후피임약이 잘 들기를 바라!"라는 격려를 하는 사람도 없다. 사람들은 다른 민감한 주제들, 예를 들어 암이나 신, 죽음과 관련된 농담은 하면서도 낙태와 관련된 농담은 하지 않는다.

낙태가 정당한가 부당한가를 결정하는 데는 어떤 스펙트럼이 작용한다. 낙태에는 '좋은 낙태'와 '나쁜 낙태'가 있다. 〈브래스 아이Brass Eye〉 시리즈에서 크리스 모리스가 '좋은 에이즈'와 '나쁜

---

* 영화 〈베라 드레이크do a Vera Drake〉의 주인공으로 여성들을 위해 낙태시술을 하는 의사이다.

에이즈'를 구분했던 것처럼. 수혈을 받다가 에이즈에 감염된 혈우병 환자는 '좋은 에이즈'에 걸린 것이므로 동정의 대상이 될 수 있다. 하지만 방탕하게 살다가 에이즈에 감염된 동성애자는 '나쁜 에이즈'에 걸린 것이므로 아무도 그를 불쌍하게 생각하지 않는다는 것이다.

강간당한 10대 소녀나 임신 때문에 본인이 죽을 위험에 처한 임산부가 낙태를 하는 경우, 이는 '좋은 낙태'다. 이들 역시 낙태에 관해 공개적으로 말하기를 꺼릴 것이고, 친구들이 기뻐할 거라고 생각하지도 않겠지만, 적어도 이들이 죄를 지었다며 낙인을 찍는 사람은 없을 것이다.

이 반대편에 '나쁜 유형의 낙태'가 존재한다. 반복적인 낙태, 너무 늦은 낙태, 질외사정 후 임신으로 인한 낙태. 그리고 가장 최악인 어머니들의 낙태. 모성에 대한 우리의 시각은 여전히 너무나 이상적이다. 생명을 낳는 존재인 어머니들이 자식을 양육할 도리를 저버리고 생명을 지워버리기까지 한다면, 이는 사람이 할 짓이 아니라고 여겨지는 거다.

어머니란 일평생 아이를 사랑하고 보호해야만 하는 사람으로 여겨진다. 설령 그 아이가 태아라고 할지라도. 우리는 아직까지도 마음 속 깊은 곳에서는 어머니란 스스로 고갈될 때까지 주고, 주고, 또 주는 사람으로 생각한다. 임신한 그 순간부터 여자들은 위대한 어머니, 완벽한 어머니라는 표현을 마음에 새긴다. 아이가 얼마나 인생에 방해가 될지, 혹은 인생을 황폐하게 만들지는 생각하지 않고. 왜냐하면 자신의 사랑은 그 무엇에도 견줄 수 없을 정도로 위대하니까.

자신의 생명이 위험에 빠질 수도 있는데도 아이를 포기하지 않기로 결심한 여성들 — "의사가 아이 때문에 죽을 수도 있다고 했어요. 하지만 난 내 아들 윌리엄을 포기하지 않았죠!" — 은 잡지마다 존경받아 마땅한 여성들, 위대한 어머니들로 등장한다. 그들은 사랑과 유대감을 일으키는 임신 호르몬의 화신이며, 이 세계를 풍요롭게 유지시킨다.

여자들은 본질적으로, 끝없이 자기를 희생하며 사랑하는 사람이어야 한다.

나는 이에 동의하지 않는다. 내 입장은 기독교주의와는 관계없이 신학적이고 근본적인 이유에 기초한다. 낙태에 관한 큰 딜레마 중 하나는 임신 후 언제부터 태아에게도 '생명'이 있다고 말할 수 있는지에 관한 문제다. 따라서 태아의 '생명'이 시작되기 전에 행해진 낙태는 '정당한' 유형의 낙태일 수 있다. 그러나 과학과 철학 모두 '생명'의 시작을 언제로 규정할 것인가를 두고 힘겨운 씨름을 여전히 계속하고 있는 지금, 완전히 다른 각도에서 이 문제를 다룰 수 있지 않을까?

임신한 여성이 생명에 대한 지배권을 갖고 있다면, 그녀가 '비생명not-life'에 대한 지배권을 갖지 않을 이유는 뭔가? 이는 다른 문화권에서는 이해되는 개념이다. 힌두의 여신 칼리Kali는 온 세계의 어머니인 동시에 파괴자이다. 칼리는 삶이자 죽음을 뜻한다. 수메르의 여신 이난나Inanna는 다산과 풍요의 여신이지만, 지하세계를 관장하는 에레시키갈Ereshkigal이기도 하다. 이처럼 근본적인 단계에서 여자들이 생물학적으로 생명을 낳고 보호하고 길러야 한다면, 어째서 처음부터 생명을 품지 않아서는 안 되는가?

내가 아이들과 함께 가스오븐에 머리를 처박는 여자들이나 임신 말기에 낙태를 하는 여자들을 변호하는 것은 아니다. 누구도 그러지 않을 것이다. 내가 화가 나는 까닭은, 낙태를 하는 여자들이 여성이기를, 어머니기를 포기한 여자들로 간주되기 때문이다. 그녀가 어떤 상황에 처해있더라도, 어떤 대가를 치르더라도 절대적인 모성애를 발휘해 태아에게 생명을 주어야 한다는 생각 말이다.

낙태가 사회적 · 정서적 · 실용적으로 꼭 필요하다는 나의 입장은 두 아이를 낳은 뒤에 더욱 강화되었다. 아홉 달의 임신기간을 거쳐 아이를 낳고, 먹이고, 돌보고, 새벽 3시까지 깨어 있다가 새벽 6시에 일어나기도 하고, 아이에 대한 사랑으로 황홀해하고, 또 원해서 아이를 낳는 것이 얼마나 중요한지를 진심으로 이해하며 눈물을 흘린 뒤에. 어머니가 된다는 것은 가능한 한 많은 힘과 의지를 발휘해 행복하게 수행해야 하는 게임이라 할 수 있다.

무엇보다도 가장 중요한 것은 물론 제대로 정신이 박힌 어머니가 아이를 원하고, 낳고, 길러야 한다는 점이다. 내가 셋째 아이를 낳지 않기로 결정한 것은 내 인생에서 가장 힘든 결정이었다. 물론 인간 존재를 하나 더 낳아 그를 돌보는 데 내 평생을 다

바칠 준비를 할 것인가보다 주방의 조리대를 어떻게 바꿀까를 결정하는 데 더 많은 시간이 걸렸다. 하지만 내 결정은 경솔하지 않았다. 왜냐하면 내가 다시 아이를 낳으면, 그래서 그 아이에게 내 인생을 바치게 되면, 나의 능력과 내가 누구인가에 대한 생각, 그리고 내가 원하는 나의 모습, 내가 원하는 것, 내가 필요로 하는 것이 깡그리 무너지고 말 것이라는 것을 알고 있었기 때문이다. 내가 만약 옛 시대나 다른 나라에서 태어났더라면 이런 선택을 내릴 수 없었을지도 모른다는 생각은 정서적으로나 신체적으로나 야만적으로 보인다.

저메인 그리어는 《완전한 여성》에서 '아이를 원하지 않는데도 엄마가 된다는 것은 노예나 애완동물처럼 사는 것이나 마찬가지다'라고 말한 적이 있다.

물론 내가 셋째 아이를 낳기로 마음먹었다면, 나는 그 애에게 무한한 감사를 느꼈을 것이다. 아이가 태어났다면, 내게 새로운 힘과 헌신, 그리고 사랑의 원천을 발견할 수 있도록 해주었을 것이다. 그 애의 탄생은 내게 일어났던 일들 중 가장 훌륭한 것일지도 모른다. 그러나 나는 개인적으로, 도박사가 아니다. 나는 도박에는 1파운드도 쓰지 않는 사람이고, 임신이라는 도박에 뛰어들지도 않을 것이다. 위험이 너무, 너무 크다. 나는 협박 아래 내가 얼마나 사랑할 수 있는지를 놓고 내기를 하라고 강요하는 사회에 동의할 수 없다.

나는 생명의 존엄성을 이유로 낙태에 반대하는 사람들을 이해하지 못한다. 인간 종인 우리는 우리가 생명의 존엄성을 믿지 않는다는 것을 몸소 증명해왔다. 전쟁, 기아, 전염병, 고통 그리고 일평생 떠나가지 않는 가난 등에 우리는 그저 어깨를 으쓱하고 말 뿐이다. 우리가 뭐라고 변명하든, 우리는 인간의 생명을 신성하게 여기고자 하는 아무런 노력도 하지 않는다.

그런데도 어째서 여자들 — 자신과 가족의 미래에 대해 합리적인 결정을 내리고자 하는 — 이 임신을 했다는 이유만으로 반드시 아이를 낳아야만 하는가?

내가 진정으로 신성하다고 생각하는 믿음 — 게다가 지구에도 전적으로 이로운 믿음 — 은 세상에는 제정신이 아닌, 망가진 사람들이 제법 있다는 믿음이다. 당신이 어떤 이유를 들먹이더라도, 12주 이내에 임신중절을 하는 것은 이 세상에 원하지 않는 아기를 태어나게 하는 것보다 비교할 수 없을 정도로 도덕적이다.

아무도 원하지 않는 상태로 태어나 불행하게 자란 아이들은 커서 인류에게 막대한 해를 끼치는 흉악한 어른으로 자라난다. 위험한 존재가 된 그들은 사방을 어슬렁거리며 돌아다니고, 길에서 폭력을 저지르고, 가까운 사람들에게도 위해를 가한다. 정신분석학에서는 심리장애를 부모 탓으로 설명하기도 한다. 그러므로 우리는 문제를 일으키는 사람들을 처음부터 낳지 않기로 결정한 여자들에게 외려 경의를 표해야 한다.

그러나 우리는 그러지 않는다. 지난 2년 동안 하원의회에서는 여성의 낙태를 금지하는 법률을 제정하려는 시도가 세 번 있었다. 《타임스》는 '사상 최대로 많은' 의사들이 낙태수술률 증가에 경악하며 더 이상 수술을 하지 않는다고 보도했다.

어째서 낙태를 금지해야 하는가에 대한 논의는 기본적으로 이데올로기적, 종교적, 정치사회적으로 이루어지고 있다. 수많은 여성들 ― 2009년 영국에서는 189,100명의 여성들 ― 이 중절수술을 받고 있는데도, 이를 개인적 실존의 문제로 파악하는 사람은 드물다. 매년 전 세계적으로 4,200백만 건의 중절수술이 시행된다고 추정된다. (이 중 2,000만 건은 의사에 의해 안전하고 적절한 방식으로, 2,200만 건은 위험한 방식으로 시행된다.) 전 세계의 여성들은 역사적으로 그들이 행해왔던 것을 행하고 있다. 잠재적으로 삶의 변화를 이끌어낼 수도, 삶에 위협이 될 수도 있는 일을 행하고, 그 후에는 입을 꾹 다물고 있다. 가까이 있는 사람들 ― 피를 흘리지 않고, 방금 낙태를 마치지 않은 사람들 ― 이 화를 낼지도 모르니까.

항상 자기 몸 안에서 벌어지는 일에 대해 말하기를 꺼리는 여성들은 친구나 남자친구, 남편, 산부인과 접수계원에게도 부끄럽고 자신감 없는 태도로 낙태를 하겠다고 말하기를 꺼린다. 이는 이상한 상황을 야기하는데, 많은 사람들이 주변에 낙태 경험이 있는 소중한 사람들이 있는데도, 보수적이고 나이든 사람들이나 특히 남자들은 이런 이야기를 해본 경험이 거의 없다.

결과적으로, 우리 사회는 낙태반대론자들이 낙태를 '나는 모르는 사람들이 나는 모르는 어딘가에서 행하는 일'로 논의하는 분위기를 갖게 되었다. 전혀 현실적이지 않다. 그들은 이런 일이 바로 자신의 집에서 일어나고 있는지도 모르고 있다.

나는 《타임스》에 낙태에 대한 입장을 밝힌 적이 있다. 나는 독자들의 반응을 보고 깜짝 놀랐다. 무려 400여 개의 덧글과 100여 통의 이메일을 받았던 것이다. 그 결과 나는 낙태반대론자들은 임신이나 낙태에 관한 경험을 전혀 언급하지 않은 반면, 낙태찬성론자들은 자신의 경험을 털어놓고 있다는 것을 알게 되었다.

나는 그간 여러 차례 낙태에 대한 글을 써왔음에도 불구하고, 자신의 낙태 경험에 대해서는 한 번도 언급하지 않았던 잘 알려진 여성주의자 칼럼니스트에게서 온 인상적인 편지를 읽고 깜짝 놀랐다.

"나는 항상 나의 경험에 대해 밝힌다면 어떤 일이 벌어질지를 두려워했습니다. 나는 누구도 나를 용서하지 않을 거라고 생각했어요. 나는 나의 경험이, 어떻게든, 나의 논증을 무효화시킬지도 모른다고 생각했습니다."

스스로 내 몸의 안위를 회복한 여성으로서, 나는 그 누구와도 낙태에 대한 나의 입장에 대한 논의를 펼칠 수 있으리라고 생각한다. 너무나 간절히 원했던 나의 첫 아이는 결혼식을 3일 앞두고 유산되었다. 친절한 간호사는 결혼식을 위해 칠했던 손톱의 매니큐어를 지워주었다. 이어질 자궁경관 확장 및 내막소파술을 할 때 손톱으로 체온을 파악하기 위해서였다. 나는 수술실에 들어갈 때도 울고, 나올 때도 울고 있었다. 이 경우에는 나의 몸이 아이를 낳지 않기로, 여기서 끝내기로 결정한 거였다. 나는 한 사람의 결정이 다른 사람의 결정보다 유효하다고 생각하지 않는다. 내 몸은 나를 알고 있었다. 내 몸은 나와 동등하게 옳은 결정을 내렸던 거였다.

나는 가능한 한 빠른 낙태를 원했다. 그래서 처음에는 둘째 아이를 출산할 때 나를 담당했던 의사를 찾아갔다. 5분간 어색한 상담이 이어지는 동안, 그가 내게 자신이 일하는 병원의 이름을 상기시켜 주었다. 세인트 존스 우드에 있는 세인트 존 앤 세인트 엘리자베스 병원. 천주교 병원이다. 지금까지 나는 교황에게 낙태를 허락해달라고 말하고 있었던 거였다.

집으로 돌아온 나는 세상에서 가장 재미없는 검색어를 구글창에 입력한다. 에섹스에 위치한 골더스 그린 병원에서 중절수술을 한다는 결과가 화면에 나타난다. 낙태에는 두 가지 방식이 있다. 기절했다가 시술이 끝난 후에 깨어나는 방식. 하지만 이 경우 병원에 하룻밤 입원해야 한다. 아니면 의식이 있는 상태로 수술을 받고 당일 집으로 돌아가는 방식. 나는 아직 막내에게 젖을 먹이고 있다. 그러므로 의식이 있는 상태로 수술을 받고 집으로 돌아가는 방식을 택하고자 한다.

세 번째 방식도 있다. '의학적 유산'. 약 두 알을 먹고 유산을 한 다음 집으로 돌아가는 방식이다. 하지만 주위의 경험자들은 이렇게 말한다. "꽤 많은 경우 기형아를 낳을 수 있어요. 며칠 동안 하혈을 할 수도 있고 약이 듣지 않을 수도 있어요. 그런 경우 어쨌거나 중절수술을 받아야 해요. 그러니 차라리 수술을 받는 편이 나아요."

우리가 찾아가는 병원은 에섹스 근처에 있다. 스와핑이 성행하고, 가슴 큰 여자들이 운영하는 깔끔한 사창가가 있을 법한 교외지역이다. 인류의 수치스러운 신체적 욕구를 충족시킬 듯한 이곳의 분위기라면 낙태를 위한 적당한 장소를 찾아온 것 같다. 병원은 빅토리아 시대의 하숙집을 연상시킨다. 이곳을 찾은 '고객들'은 침울한 표정이고, 직원들은 멀찍이서 그들을 바라보며 못마땅해 하며 입술을 비죽거린다.

대기실에는 커플 넷과 혼자 온 여자 두 명이 있다. 두 여자들 중 좀 더 나이가 어린 여자는 아일랜드에서 왔다. 그녀는 오늘 아침 도착했고, 접수계에 속삭이는 말로 판단하건대, 오늘 밤 페리를 타고 다시 돌아갈 예정이다.

나이가 많은 쪽은 40대 후반으로 보인다. 어쩌면 50대 초반일 수도 있다. 그녀는 소리 없이 울고 있다. 그녀는 이 일에 대해 아무에게도 말하지 않았고, 앞으로도 말하지 않을 분위기를 풍긴다.

커플들도 조용하기는 마찬가지다. 여기까지 오기 전에 할 말은 이미 다 했을 테니까. 내 남편은 눈이 붉어져 있기는 하지만 믿음직스러운 태도를 보이고 있다. 그는 두 아이의 출산과 한 번의 유산을 경험한 남자다. 그는 벌써 몇 년 전에 이 일에 대한 자신의 입장을 분명히 한 적이 있다. "우리가 아이를 낳는다는 건, 당신이 아이를 위해 모든 것을 포기해야만 한다는 건, 꽤나 공정하지 않은 것 같아."

초음파 검사를 통해 임신 사실을 알게 된 나는 병원을 나와 그에게 전화를 걸었고, 우리는 낭만과는 거리가 먼 대화를 나누었다. 우리에게는 논쟁거리도 되지 못했다. 그는 이렇게 말했다. "낳고 싶어?" 나는 대답했다. "아니." 그러자 그는 이렇게 말했다. "그래."

우리는 둘 다 서로 어떤 기분일지를 잘 알고 있었다. 맙소사, 우리는 일주일 전 친구 부부와 그들의 갓난아기와 함께 하루를 보낸 뒤 침대에 누워 이런 말을 나누었다. "여자는 다크서클이 턱까지 내려왔더라. 남자는 반쯤은 죽은 사람 같았고. 얼마나 힘들까? 그러니까… 낳지 말자."

간호사가 내 이름을 부르고, 나는 남편의 손을 놓고 대기실을 나선다. 걷고 있는 동안 내내, 심장이 떨려서 발이 허공에 뜬 기분이다. 어지럽다. 나는 내가 엄청난 실수를 저지르고 있으며, 무슨 일이 있더라도 아기를 없애지 말아야 한다고 생각하기도 한다. 하지만 내가 이런 생각을 하는 것은 두렵기 때문이다. 나 자신을 속이면 안 된다. 많이 생각하고 온 거잖아, 나는 생각한다. 충동적으로 결정한 것이 아냐. 그러니 그만두면 안 돼.

그 전까지 낙태를 어떻게 생각해왔는지 모르겠다. 유산으로 인해 자궁경관 확장 및 내막소파술을 받았을 때, 나는 울면서 기절했고, 울면서 깨어났다. 내가 깨어났을 때는 수술이 완료된 후였다.

"아기는 어디 있어요?" 나는 계속 이렇게 물었다. 결국 그들은 나를 병실로 데리고 가서 최대한 상냥한 말투로 그만 좀 닥치라고 말했다. 그날의 수술에 대해 내가 알 수 있었던 것이라고는 사후경과 뿐이었다. 쓰렸다. 그리고 임신호르몬이 점점 사라지고 있다는 것도 알 수 있었다. 에스트로겐이 사라지자 다시 몸이 무겁게 느껴졌다. 마치 욕조 속에서 책을 읽고 있는데 물이 다 말라버린 기분이었다.

이번에 나는 깨어있는 상태로 누워있다. 기분이 좋지 않다. 나는 모든 과정이 '의학적으로' 진행될 거라고 생각한다. 의사들은 냉정하고 신속하게 해야 할 일을 할 것이라고. 하지만 그날 마지막 환자였던 내가 수술대에 누워있는 동안, 의사들은 평생 타인의 실수를 바로잡기 위해 전혀 즐겁지 않은 일을 해온 사람들의 분위기를 풍긴다.

당신들은 사람들을 돕고 싶어서 의사가 되었겠죠. 하루 일과를 마치고 나면 즐거운 마음으로 집에 돌아가고 싶을 거고요. 간호사가 내 손을 잡고 있는 동안, 나는 그들을 바라보며 이렇게 생각한다. 하지만 오늘은 일과가 끝나도 당신의 기분이 좋을 것 같지는 않네요. 당신은 끊임없이 당신을 실망시키는 사람들과 비슷하게 보이거든요.

낙태수술 그 자체는 내가 기대했던 것과는 다르다. 일단 아프고, 의사들은 대충대충 손을 놀리는 것처럼 보인다. 일종의 톱니바퀴를 이용해 수작업으로 자궁경관을 열고, 검경을 삽입한 다음, 마치 스푼으로 속을 파내는 것처럼 본격적인 시술이 진행된다. 다소 폭력적으로 느껴진다. 젓가락으로 계란 노른자를 깨뜨리는 것 같아, 나는 분만 당시 배웠던 호흡법으로 숨을 쉬며 생각한다. 이 역시 나쁜 농담이다.

꽤나 아프다. 다섯 시간 동안 아이를 낳을 때처럼. 진통제는 아무런 쓸모가 없다. 하지만 고통에 대한 불평은 지금 하고 있는 일을 감안하면 온당하지 않다. 당신도 낙태수술을 받는 동안 아프다고 말해서는 안 된다고 생각할지도 모른다. 하지만 이곳 직원들이 일단 그런 분위기를 풍긴다.

"잘 하고 계세요." 간호사가 내 손을 세게 쥐며 말한다. 친절하지만, 이미 외투를 걸치고 있는 그녀는 당장 퇴근할 생각만 하고 있는 것이 분명하다. 그녀는 주말이 오기만을 고대하고 있다. 그녀는 당장이라도 집에 갈 준비가 되어 있다.

의사가 작은 진공흡입기를 내 몸속에 밀어 넣고 자궁벽을 빨아들인다. 상상했던 그대로 자궁 속 내용물이 모조리 빠져나가는 기분이다. 그 경험은 그 후로 몇 개월 동안이나 내가 블랙앤데커 진공청소기를 사는 데 끊임없이 망설이게 만들었다.

그 모든 과정은 7분가량 소요된다. 짧은 시간이다. 하지만 모든 수술도구들이 당신의 몸에서 빠져나가고 어서 침대에서 몸을 일으킬 수 있기를, 다시 괜찮아질 수 있기를 바라는 마음만큼은 너무나 크다. 이 모든 것들이 당장 사라져버렸으면 좋겠다. 당장.

의사가 진공흡입기를 껐다가 다시 켜더니 마지막으로 남아있던 작은 조각을 빨아들인다. 거실 청소를 마치고 진공청소기를 껐다가 마지막으로 쿠션 커버도 한번 청소하자고 생각한 사람처럼.

마침내 작업을 마친 의사가 손을 빼내자 나는 원치 않게도 '아약'하는 소리를 내뱉는다.

"봐요!" 그가 동요 없이 미소 지으며 말한다. "그렇게 나쁘지 않아요. 다 끝났습니다!"

그리고 그는 내 몸속에서 나온 내용물들이 들어있는 접시를 내려다본다. 그는 뭔가 흥미롭다는 듯 멀리 있던 동료를 부른다.

"이걸 좀 봐!" 그가 접시를 가리키며 말한다.

"허어, 보기 힘든 건데!" 다른 의사가 말했다.

둘이 함께 웃으며, 접시를 치우고, 장갑을 벗는다. 그리고 손을 씻기 시작한다. 하루일과가 이제 끝났다.

나는 그들에게 무엇을 보았느냐고 묻고 싶지 않다. 아마도 초기 단계부터 게이라는 표지를 드러내는 무언가를 봤는지도 모르지.

최선의 생각은 이것이다. 태아가 너무나 끔찍하게 기형적이어서 어쨌거나 유산을 해야 했는지도 모른다고. 그리고 최악의 생각은 아마도 무언가가 살기 위해 꿈틀거리고 있었을지도 모른다는 것이다. 내가 종잇장처럼 하얗게 질려 누워있는 동안, 붉고

검은 공간에 깃들어있던 태아가 마지막으로 행운이 찾아오기를
바라면서 상한 고깃덩어리처럼 꿈틀거리고 있었을지도 모른다.
이런 생각이 최악이다. 정말이지 최악이다. 의사들이 입을 좀 닥
쳤으면 좋겠다.

수술을 마친 당신을 그들이 '회복실'로 데려간다. 당신은 타월
가운을 입고 안락의자에 앉는다. 그들이 당신에게 잡지와 차가
운 음료수를 가져다준다. 한쪽 구석에 야자나무 화분이 있다. 정
말 어울리지 않는 열대풍의 인테리어다.

아일랜드에서 온 소녀가 5분 후에 떠난다. 그녀는 버스를 타
고, 고속버스를 타고, 페리를 타야 집으로 돌아갈 수 있다. 그녀
는 아파하며 걷는다. 나는 주제넘게도 어째서 그녀가 다른 나라
까지 와서 자신의 인생을 바로잡아야 했는지를 생각한다. 아일
랜드의 판사들이 전혀 모르는 나라까지 와서 접수계원에게 지폐
를 세어 건네고, 에섹스에서 홀리헤드까지 가는 내내 피를 흘려
야만 하는 창백한 여자의 모습을 한번이라도 본 적이 있는지. 나
는 낙태금지법에 찬성하는 그녀의 아버지가 이 일을 알고 있는지
도, 만약 알았다면 낙태금지법을 저주하며 그녀를 여기로 데려
왔을지도 궁금하다.

대기실에서 조용히 울던 여자는 이곳에서도 조용히 운다. 우
리는 우리가 여기에 없으며, 아무도 보이지 않는다고 암묵적으
로 동의한 것처럼 보인다. 우리는 '회복시간'으로 정해진 40분이
지날 때까지 잡지만 읽고 있다. 마침내 간호사가 말한다. "이제

가셔도 됩니다."

그리고 우리는 차로 집에 돌아간다. 내 손을 아주 꽉 잡고 있는 남편은 위험하게 운전한다. 그리고 내가 말한다. "자궁내 피임기구를 시술받아야겠어." 그러자 그가 말한다. "그래." 그리고 내 손을 더더욱 세게 쥔다. 그날은 이렇게 끝난다.

사안이 사안이니만큼, 그날이 행복하게 끝났다고 말하면 이상할지도 모른다. 하지만 그랬다.

지금까지 내가 보아온 낙태에 대한 입장들은 항상 우울했고, 수술 경험을 행복하게 말하는 사람도 없었다. 매년 낙태한 날이 돌아올 때마다 여자들은 슬픔에 잠긴다. 아이의 출생예정일이었던 날이 돌아오면 갑자기 눈물을 쏟기도 한다.

한 여성이 아이를 낳지 않겠다고 합리적인 결정을 내릴 때, 한편으로 그녀는 이러한 결정을 번복해야 한다고, 아이를 반드시 낳아야만 한다고 생각하기도 한다. 여자들의 몸은 아이를 쉽게, 그리고 조용히 포기하려고 하지 않는 것이다. 그리고 마음은 포기한 아이를 기억한다.

나도 이러한 상태를 예상한다. 하지만 당신이 생각하는 대로는 아니다. 사실은 그 반대다. 나는 예정된 슬픔과 죄책감이 찾아오기를 기다린다. 나는 슬퍼할 준비가 되어 있다. 하지만 슬픔도 죄책감도 없다. 아기 옷을 보고도 나는 울지 않는다. 친구들이 임신 소식을 알려 오더라도 질투를 느끼거나 우울해하지 않는다. 나는 '정당한' 이유 때문에 '부당한' 결정을 내렸다고 생각하지 않는다.

사실은 그 반대다. 밤에 잠들 때마다 나는 내가 내린 결정에 감사한다. 막내가 더 이상 기저귀를 필요로 하지 않게 될 때, 나는 셋째 아이가 여전히 기저귀를 차야 한다는 사실에 고통 받지 않을 수 있다. 친구들이 돌아가며 아기를 낳을 때마다 나는 내가 다시 아기를 낳지 않아도 된다는 사실에, 죽을 만큼 피를 흘리거나 감염되지 않기를 기도하지 않아도 된다는 사실에 너무나 감사한다.

나는 친구들과 술 몇 잔을 마시면서 이런 이야기를 한다. 친구들은 내 말에 동의한다.

"놀이터를 지나갈 때마다 이런 생각을 해. 내가 임신중절을 하지 않았다면 나는 여전히 뚱뚱해지고 절망적인 상태로 놀이터 벤치에 앉아 언제 내 삶을 다시 시작할 수 있을까만 생각하고 있을 거야." 리지가 말한다.

레이첼은 언제나 명쾌하게 말한다. "내가 지금까지 가장 잘한 네 가지 일들 중 하나야. 지금의 남편과 결혼하고, 아들을 낳고, 다락방을 개조하고."

내 몸이나 무의식은 내가 아기를 낳지 않기로 한 결정에 화를 내고 있을지도 모른다. 게다가 내 몸이나 무의식의 의견은 어떤 면에서 내 의식이 합리적으로 내린 결정보다 자연스럽고, 도덕적이고, 우월할지도 모른다. 여자들은 아기를 낳도록 만들어졌으니까. 아기를 포기한 여자들은 뉘우치고 회개해도 영영 용서받지 못할지도 모른다.

하지만 내가 알 수 있었던 것은, 그리고 몇 년이 지난 지금도 알 수 있는 것은, 역사적으로 수없이 많은 여성들이 자신들을 파멸시킬 수도 있었던 실수를 없애버리기 위해 노력해왔다는 것이다. 그리고 나서 그저 말없이, 감사하는 마음으로 실행한 그 모든 일에 대해 침묵을 지켜왔다는 것이다. 내가 알게 된 것은, 그들의 노력이 좋은 결과만을 이끌어낼 수도 있는 행위라는 것이다.

성형수술

한 해씩 꾸준히 나이를 먹어온 나는 이제 서른다섯 살이 되었다. 강한 정신의 소유자이고 정서적으로도 유연한 편이지만, 이렇게 나이를 먹다보니 나도 슬슬 거칠어지기 시작한 피부에 돈을 좀 들여야 하나, 생각하게 된다. '피부 속 콜라겐이 심장으로 흡수되고 있는 거 아냐?' 손가락으로 팔을 쿡쿡 찔러보며 생각한다. 피부 속 구조는 어떻게 되어 있을까, 궁금하기도 하다. 코코아버터를 문지르면 주름이 잠깐 엷어지지만, 곧 다시 나타난다.

피부가 걱정되기 시작한다.

단지 내 몸만 변화를 겪고 있는 것은 아니다. 예전보다 숙취도 심해졌고, 그러면 우울하고 불길한 생각이 든다. 계단에서 조금만 삐끗해도 무릎이 아프다. 가슴은 경호원이라도 고용해 받쳐줘야 할 것 같다. 어딜 갈 때마다 항상 경호원을 동반해야 하다니.

내 체력은 아직 고갈되기에는 멀었고 또 그렇게 많이 피로를 느끼지도 않지만, 전과 달리 갑자기 춤을 추고 싶어지는 기분을 좀처럼 느끼지 못하는 것도 사실이다.

나는 예전과는 달리 그저 가만히 앉아 있기만을 좋아하게 되었다.

나도 언젠가는 죽을 거라는 생각이 처음으로 머리를 스친다. 친구들의 부모님들이 하나둘 병에 걸리기 시작한다. 친구들의 부모님들이 돌아가시기 시작한다. 나는 장례식이나 추도식을 찾아가 친구들을 위로한다. 그러면서 아직 내가 죽으려면 멀었다는 사실에 은밀하게 안도한다. 자살, 뇌졸중, 암 따위는 나보다 나이가 많은 사람들에게 일어나는 일들이다. 아직까지 이런 것들은 내 나이의 사람들을 집어삼키지 못한다.

하지만 또 한편으로 나는 교회나 시에서 운영하는 마치 사우나 시설처럼 이상하게 보이는 화장터, 아니면 무덤가에서 누군가를 잃어 슬픔에 잠긴 나이든 사람들을 바라보며, 훗날 겪어야만 될 일들을 생각한다. 나도 저 사람들처럼 끔찍한 작별의 순간을 언젠가 맞게 되겠지.

언제고 나도 할머니처럼 쪼글쪼글해진 손과 이와는 대조적으로 여전히 반짝이는 반지를 내려다보며 아무것도 한 게 없는데도 기나긴 세월이 흘러갔다는 것을 깨닫게 될 것이다. 내가 진짜로 젊었던 시절은 이미 지나갔다. 앞으로는 정체된 시간들이 한동안 이어질 것이고, 그러고 나면 갑작스레 내가 늙어간다는 것을 깨닫게 될 것이다. 나도 언제고 늙기 시작할 것이다.

한 달 후, 나는 런던의 어느 시상식장에 와 있다.

각종 언론들이 떠받드는 유명인사들과 연예인들이 한자리에 모였다. 그들은 이 저녁 행사가 끝나고 나면 더 유명해지고 더 떠받들어지게 될 것이다.

출입구 근처 보도를 둘러싸고 모인 파파라치들은 발작적으로 플래시를 환히 터뜨리고 있다. 그들이 원하는 인물이 아닌 나는 당황스러워하며 힘들게 출입구로 다가간다. 이때 나는 거들먹거리지 않으면서 가능한 한 빨리, 나는 전혀 유명인사가 아니라는 분위기를 풍기며 출입구로 들어가야 한다. 당신들은 나를 무시해도 좋다. 그러니 무기를 내려놓아라.

하지만 어떻게 걸어야 할지를 잘못 판단해서 조금이라도 자신 있는 걸음걸이를 선보이기라도 하면, 당신을 찍으려고 카메라를 들어 올리다가 당신이 새디 프로스트가 아니라는 것을 알아차린 파파라치들이 실망한 표정으로 카메라를 다시 내리는 굴욕적인 순간을 맛보게 된다. 가끔은 항의하며 소리까지 지르는 사람들도 있다.

"젠장! 괜히 시간만 낭비하게 하고!" 어쩌다 진짜처럼 보이는 가짜 모피코트를 입고 행사장에 갔던 어느 날, 누군가가 내게 이

렇게 소리쳤다. 그때 나는 차라리 말쑥한 더플코트를 입는 편이
낫다는 것을 배웠다. 파파라치들은 더플코트를 입은 사람들은
쳐다보지도 않는다. 더플코트는 안전하다.

시상식장 안은 오늘따라 엄청난 유명인사들이 잔뜩 몰려와 있
다. 그들은 BMW 자동차 엔진처럼 힘차게 보인다. 그들의 엔진
은 값비싼 옷을 걸치고 더욱 강력해진다. 모두 훌륭하게 재단된
옷들이다. 프라다나 아르마니, 디올의 코트. 송치가죽으로 만들
어진 핸드백과 신발. 베티버vetiver나 장미꽃으로 만든 핸드크림.
시상식장 안에서 부유한 냄새가 난다. 누구나 인정하는 영국의
특권층들이 모두 이 자리에 있다. 예상하지 못한 바는 아니다.

하지만 여자들의 생김새는 전혀 예상 밖이다. 남자들은 예상
을 거의 벗어나지 않는다. 유명하건 그렇지 않건, 남자들은 나이
에 맞는 얼굴을 하고 있다. 40대는 40대의 얼굴을, 50대는 50대
의 얼굴을, 60대는 60대의 얼굴을. 그들은 평탄한 인생을 살아온
것처럼 보이고, 휴일이면 볕이 잘 드는 곳에 앉아 진을 마실 것처
럼 보인다.

그러나 여자들은, 세상에, 여자들은 전부 똑같아 보인다.

소수인 20대 여자들과 30대 여자들은 제외다. 그들은 정상적
으로 보인다. 하지만 35, 36, 37세쯤 된 여자들은 죄다 똑같이 생
긴 것 같다. 그들의 입술은 너무나도 탱탱하다. 윗입술도 아랫입
술도 마치 엘비스 프레슬리처럼 도톰하게 부풀어 있다. 주름 하
나 없는 이마가 반짝인다. 턱과 뺨도 뭔가 잘못된 것처럼 보인

다. 두 눈가는 팽팽하게 당겨져 있다. 이 여자들은 전부, 조금 전에 성형외과에서 빠져나온 것처럼 보인다.

동유럽 출신 가정부들이 그들의 드레스와 코트, 얼굴을 한꺼번에 세탁하고 다림질한 것 같다. 밤 11시의 세탁실, 그들의 얼굴은 장미목 코트 행거에 걸린 채 잠들어 있을 것 같다. 섬유 탈취제가 뿌려진 채로.

실내를 둘러보던 나는 《마법사의 조카The Magician's Nephew》에서 앤드루 외삼촌의 마법에 걸려들어 딴 세상으로 가게 된 폴리와 디고리가 찾아낸 연회장 안에 있던 모든 사람들 — 왕관을 쓴 왕과 왕비들 — 이 마법에 걸려 긴 테이블에 둘러앉은 그대로 석상으로 변해 있던 장면을 떠올린다.

폴리와 디고리가 테이블로 다가오자 그들의 얼굴은 조금씩 변한다. 처음에는 '상냥하고 친절하고 즐거운' 표정을 지으려고 했지만, 얼굴 근육이 쉽게 움직이지 않아 초조한 기색을 내비치다가, 마침내 '아름답지만 잔인한' 표정을 짓는다.

내가 보고 있는 여자들은 이런 얼굴을 하고 있다. 아름답지만 잔인하고, 냉정하고, 계산적인 표정을.

명랑하고 쾌활하게 살아가던 20대 아가씨들은 세월에 따라 40대, 50대, 60대의 우아한 숙녀들로 늙어간다. 그러나 이곳에 와 있는 여자들은 그저 겁에 질린 사람처럼 보인다. 특권적이고 안정된 삶을 누리고 있는 그들의 내부에는 수많은 두려움이 깃들어 있고, 게다가 자신의 상태를 유지해야 하므로 고통스럽고 힘든 시간을 감내해야 한다. 여성들의 두려움. 아드레날린이 그들을 성형외과로 떠밀고, 그곳에서 그들은 얼굴에 붕대를 친친 감아야 한다.

나는 그들이 정확히 무엇을 두려워하고 있는지를 모른다. 어쩌면 남편이 떠날까 봐, 자기보다 어린 여자가 남편을 채어갈까 봐, 파파라치들이 나이든 자신의 모습을 찍을까 봐, 아니면 그저 그날 아침 화장실 거울에 비친 자신의 모습을 보고 실망감에 젖을까 봐, 그들은 두려워하는지도 모른다. 그들은 모두 불안한 모습이다. 그들은 수천수만 파운드를 쏟아부었음에도 결국 이처럼 겁먹은 표정만을 갖게 된 것이다.

그날 나는 마침내 성형수술을 받는 것이 분별 있는 행동도 아니고, 그로 인해 행복해지지도 않는다는 것을 확실히 알게 되었다. 나는 그들의 건강하지도, 아름답지도 않은 얼굴을 마주 대함으로써 성형수술이 어떤 결과를 가져오는지를 잘 알 수 있었다.

그들이 성형수술이라는 극단적인 결정을 내린 것은 결국 두려움을 이기지 못했기 때문이리라. 하지만 이상하게도 그들의 남편이나 남자친구, 남자형제들과 아들, 남성인 친구들은 이런 두려움에 완전히 무감각한 것처럼 보인다. 남자들은 오히려 두려워서 성형수술을 받지 않는다. 그들은 이런 여자들 바로 옆에서 함께 살아간다. 하지만 이들은 서로 완전히 다른 세계에 있다. 남자들이라면 벌레를 털어내듯 툭툭 털어버릴 무언가가 여자들을 지독하게 괴롭히고 있다. 앞서 나는 당신이 성희롱을 당했는지 아닌지를 '예의가 발랐나?'라는 질문으로 판별할 수 있다고 말했다. 이와 마찬가지로, 당신은 여성혐오적 사회가 당신에게 성형수술을 강권하는지 아닌지를 다음과 같은 질문을 통해 알아볼 수 있다. '남자들도 성형에 대한 압력을 받나?'

물론 남자들은 이런 압력을 받지 않는다. 그러므로 우리는 공격적인 여성주의자들의 표현을 빌려 성형수술은 '완전히 병신 같은 쓰레기다'라고 결론내릴 수 있다.

진짜 문제는 우리가 죽어가고 있다는 것이다. 우리 모두는 죽어가고 있다. 매일같이 세포가 파괴되고, 섬유질이 빠져나가며, 심장은 서서히 마지막 박동을 준비한다. 삶에 주어지는 진짜 대가는 죽음이다. 하지만 우리는 여기서 일주일, 저기서 한 달 하는 식으로 시간을 물처럼 쓴다. 우리에게 남은 것이라고는 동전 두 개와도 같은 두 눈뿐일 때까지.

나는 개인적으로 인간은 누구나 죽는다는 사실을 좋아한다. 어느 날 아침, 잠에서 깨어 "와우! 이거야! 내가 진짜로 죽었어!"라고 외치는 것보다 멋진 일이 있을까? 죽음을 생각하면 환상적으로 집중도 잘 된다. 죽음을 생각하는 당신은 멋지게 사랑하고, 열심히 일하면서 소파에 널브러져 시시껄렁한 영화나 볼 시간이 없다는 것을 깨닫는다.

죽음은 종말이 아니라 자극제다. 죽음을 생각하는 당신은 더욱 열정적으로 삶을 살아갈 수 있다. 내가 종말이라고 생각하는 것은 톨링턴 로드에 있는 정말 맛있는 피클드 에그(식초에 담근

달걀)를 파는 상점이 문을 닫은 것이다. 하지만 대부분의 사람들은 종말 이후에 사후세계가 있다고 믿는다. 나는 이러한 믿음이야말로 인류가 당장 해결해야 할 철학적인 문제라고 생각한다. 분명 종교가 없는 사람들조차도 죽어서 돌아가신 할머니나 죽은 개를 만날 수 있을 거라고 생각한다. 그들이 하프를 들고 마중을 나올 거라고.

하지만 사후세계에 대한 믿음은 당신의 현재적 실존을 완벽하게 거부한다. 이러한 믿음은 서서히 머릿속을 잠식하는 질병과도 같다. 매일을 살아가는 당신은 오늘 하루쯤 망쳤다고 해서 큰 문제는 아니라고 생각한다. 언젠가 천국에 가고 나면 아무것도 아닐 일이니까. 당신은 천국에 가서야 부모님과 화해하고, 더 나은 사람이 되고, 그제야 마음의 짐을 내려놓고, 프랑스어를 배우기 시작한다. 당신에게는 시간이 있다! 영원한 시간이! 아마 날개도 생기겠지! 항상 맑은 날일 거고! 그러니 무엇하러 '지금'을 신경 쓰겠는가? 당신에게 지금이란 고작 20분쯤 사용하는 대기실에 불과하다. 이곳에서 당신은 날개도 없고, 돼지처럼 네 발로 걷기를 강요당한다.

사람들이 지구상에서 벌어지는 온갖 끔찍한 일들 ― 기아, 전쟁, 질병, 점점 오줌처럼 노래지는 바다, 고장이 난 팩스머신 ― 에 심드렁하거나 무관심한 태도를 보이는 이유는 바로 천국이 있다고 믿기 때문이다. 우리가 지금까지 발명해낸 최악의 쓰레기, 천국이.

우리가 지속적으로 죽어가고 있다는 사실을 절대적으로 받아들이게 될 때, 우리는 이성과 감성, 동정심을 최대한 발휘해 살아가기 시작할 것이다. 그저 오늘을 대충 때우기보다는, 다가오는 죽음은 멈출 수 없으며 언젠가는 절대적인 무에 도달하리라는 사실을 아는 것이 살아가는 데 더욱 효과적이다. 나는 진심으로 우리가 죽음의 공포에서 벗어나야 한다고 믿는다. 이 공포는 내게 예수의 재림과도 같다. 세상 모든 사람들이 자기도 언젠가 죽을 거라는 사실을 받아들일 때 우리는 그제야 진짜 인생을 살아가게 될 수 있을 것이다.

＊

그렇다. 우리는 모두 죽는다. 우리는 언젠가 산산이 흩어져 무로 돌아갈 것이다. 우리는 샴페인 병에 든 각설탕처럼 용해되고 있다. 하지만 여자들은 이런 일이 일어나지 않는 척한다. 허리띠 위로 두툼하게 솟아오른 뱃살을 지닌 50대 남자들은 노숙자가 덮고 자는 이불처럼 늘어진 얼굴로 돌아다닌다. 그들의 얼굴에는 깊은 주름이 파였고, 코털도 삐져나와 있다. 그들은 앉거나 일어설 때마다 "어이쿠!"라는 소리를 낸다. 그렇게 남자들의 노화는 눈에 띈다. 그러나 여자들은 37, 38세가 되면 노화를 멈추게 하고 그로부터 30년이나 40년을 똑같은 얼굴로 살아가는 것처럼 보인다.

어떤 마법이라도 부렸는지 그들의 머리는 여전히 밤색으로 빛나고, 얼굴에는 주름 하나 없고, 입술은 탱탱하며, 가슴은 정확히 세 번째 갈빗대 위에 위치한다. 이 말을 다시 해서 미안하지만, ─ 나 같은 공격적인 여성주의자는 어쩔 수 없다 ─ 모이라 스튜어트는 57세의 나이에 진행 중이던 프로그램에서 하차했고, 안나 포드 역시 55세가 되었을 때 해고되었다. 하지만 조너선 딤블비는 마치 마법사처럼 73세까지 제자리를 지킬 수 있었다. 마리엘라 프로스트럽은 이렇게 말한 적이 있다. "BBC는 잃어버린 성배처럼 나이든 아나운서들을 찾고 있어요. 그냥 그들이 해고한 사람들의 명단을 한번만 훑어보면 될 텐데."

왜 항상 여자들인가? 어째서 우리 여자들은 그저 허리띠를 느슨하게 풀고, 하이힐을 벗고, 남자들처럼 즐겁게 늙어갈 수 없는 것일까?

노화 거부에 대한 나의 '무의식 음모 이론'에 따르면, 앞서 말했듯이 여자들이 '한물 갔다'고 여겨지기 시작하는 때는 30대 중반부터이다. 이 시기에 여성은 뚜렷한 노화의 징후를 보이기 시작하는데, 그래서 적금을 해약하고, 보톡스와 필러에 돈을 쏟아부으며 다시 서른 살처럼 보일 수 있도록 애를 쓴다.

또한 나는 30대 중반이라는 나이가 여자들이 대개 자신감을 갖기 시작하는 나이 ─ 대단한 우연이 아닐 수 없다 ─ 라는 점도 지적하고 싶다.

마침내 끔찍한 20대 ─ 우리, 솔직해지자 ─ 를 보내고 난 뒤

(당신은 스티브와 섹스했다. 스티브, 수달의 얼굴을 지닌! 당신은 지루한 직장에 다녔다! 당신은 사물함 뒤에 숨어 종이를 씹어 먹었다! 치마바지가 유행하던 여름이었다!), 당신은 30대에는 좋은 일들이 일어나기만을 고대한다.

지금 당신은 직장에서도 잘나가고 있다. 당신에게는 예쁜 원피스가 적어도 네 벌은 있다. 당신은 파리에서 열정적인 섹스를 나눈 적이 있으며, 보일러를 고치는 법도 알고 위스키 맥 칵테일을 만들면서 T. S. 엘리엇의 〈황무지〉 한 구절을 읊을 수도 있다.

그런데도 당신의 얼굴과 몸이 마침내 노화의 징후(주름, 물렁살, 새치)를 보이기 시작해서, 주변의 온갖 병신들이 비웃을지도 모른다는 이유만으로, 이 모든 징후들을 완전히… 없애버려야 한다고 생각하는 것은 얼마나 이상한가. 이런 생각을 하는 당신은 당신보다 조금 더 똑똑하고 조금 더 나이가 많은 사람들에게 완전히 속아 넘어갈 수 있는 불완전하고 멍청한 사람에 지나지 않는다.

나는 내가 그렇게 되기를 바라지 않는다. 나는 처지고 주름진 얼굴과 변색된 치아를 드러내며 저 타락한 병신들을 향해 "꺼져!"라고 말하고 싶다. 나는 제임스 캐그니의 목소리처럼 축축 늘어지는 얼굴을 원한다. 그리고 그의 목소리 같은 얼굴로 이런 노래를 부를 거다. '나는 다루기 힘든 아기들, 거짓말쟁이 상사들, 가파른 등산로, 파라파 더 래퍼의 복잡한 춤동작 그리고 당신의 인생에서는 만져보지도 못할 큰돈을 보아왔네. 멋지지? 그러니 내 의자에서 비켜. 그리고 치즈샌드위치나 가져와."

자연은 주름진 얼굴과 새치를 통해 당신이 이제는 다른 사람들에게 휘둘리지 않을 수 있음을 드러내준다. 말벌의 등짝에 나타나는 노랗고 검은 무늬처럼, 흑거미의 등짝에 새겨지는 흔적처럼, 주름은 멍청이들에게 대적할 수 있는 당신의 무기다. 주름이란 '나는 현명하지만 너그럽지 않다. 그러니 내게서 떨어져라'라는 경고문과도 같다. 내가 '늙었을 때', ― 나는 59세면 늙었다고 생각한다 ― 나는 백발을 휘날리며 시내를 성큼성큼 돌아다닐 것이고, 세포가 죽어가는 기분이 어떤지에 대해 크게 소리칠 것이며, 이 사실을 잊을 수 있게 도와줄 위스키 더블샷을 주문할 것이다.

나는 머리를 염색하고, 처진 가슴을 당기고, 얼굴의 윤곽을 바꾸고, 순진한 양치기 소녀처럼 결혼박람회장에서 멍청하게 어슬렁거리는 데 5만 파운드를 쓸 생각이 없다. 이렇게 만들어진 얼굴은 무언가를 암시한다. 얼굴에 주사를 맞거나 칼을 댄 여자들의 모습은 이렇게 말하는 것처럼 보인다. "내 친구들은 진짜 친구들이 아니에요. 내가 만나온 남자들은 경박하고 믿을 수 없는 사람들이었죠. 내 인생은 아무것도 아니에요. 난 59세인데도 머리는 텅 비었죠. 나는 태어나던 그날처럼 무기력해요. 게다가 노후자금을 전부 엉덩이에 써버렸죠. 어떻게 보더라도 난 인생의 실패자예요."

어쨌거나 그래서 예뻐지기라도 했나? 웃기지도 않는 성형수술에 3만 파운드를 쓴 여자들은 이제 풍동wind tunnel에서 관성력을 시험하는 우주인들처럼 보인다. 고소를 당할지도 모르므로 일일이 이름을 거론할 수는 없지만, 우리는 어떤 연예인들이 이런 얼굴을 갖게 되었는지를 잘 알고 있다. 어떤 연예인들은 아주 미묘한 변화만을 가져다주는 비싼 성형수술을 받기도 한다. 그래서 그들은… 뭐… 젊고, 생기 있고, 반짝이는 모습으로 나타난다. 놀라운 일이다. 수천, 수만, 수억 달러의 가치를 지닌 놀라움이다. 이렇게 살짝 고치는 건 괜찮다고? 하지만 그렇다고 해서 그들이 27세로 보이지는 않는다. 그저 노오오오오올~라운 52세처럼 보일 뿐이다.

어떻게 보면 성형수술에 도덕적인 잣대를 들이미는 것은 그다지 중대한 사안으로 여겨지지 않는 것 같기도 하다. 무기 거래 행위의 도덕성에 관한 논의조차도 — 그것이 잔혹한 인명살상을 야기할 수 있는데도 — 수년 전에 그만둔 것 같은데 말이다. 게다가 성형수술은 고작 땅딸막한 여자들이 리즈 위더스푼 같은 코를 만들려고 하는 행위 아닌가. 확신컨대 우리 대부분은 소말리아의 고아가 폭탄으로 다리를 잃는 것과 관련된 도덕성 논란보다 성형수술의 도덕성에 대한 논란이 훨씬 하찮은 것이라고 생각할 것이다.

하지만 성형수술이란 중요한 문제다. 우리는 언제나 '좋은' 수술과 '나쁜' 수술에 대해 말한다. 우리는 다가오는 시간이 갑자기 멈추기라도 한 듯, 노화의 흔적이 없는 얼굴들을 종종 보곤 한다. 30대 여성의 가슴을 지닌 50대 여성도 종종 눈에 띈다. 하지만 이런 얼굴이나 몸이 자연스럽게 보이더라도, 두 눈을 똑바로 뜨고 사는 우리는 이것이 진짜가 아니라는 것을 안다. 이런 얼굴이나 몸은 우리가 죽어가고 있다는 사실을 거부한다. 끝없는 불안함을 동반하는 거부다. 오직 이런 여자들만이 우리가 죽어가고 있다는 사실을 거부하며, 이런 여자들의 얼굴은 전혀 자연스럽지 않다.

한숨이 나온다. 보라. 나는 인공적인 것, 환상적인 것, 현실도피적인 것을 누구보다도 사랑한다. 나는 분장과 화장과 변신과 가발과 눈속임으로 머리끝부터 발끝까지 치장한 사람들을 좋아한다. 원해서 그렇게 한 사람들 말이다. 내가 하고 싶은 말은, 여자들은 스스로 즐기기 위해 자신을 꾸며야 하고, 그런 모습을 보여야 한다는 것이다. 그러니 가부장제는 내 얼굴과 가슴에 관심을 끊어라. 이상적인 세계에서라면 그 누구도 여자들의 겉모습을 두고 왈가왈부하지 않을 것이다. 여자들이 어떻게 보이더라도 말이다. 집게로 얼굴을 잡아당겨 억지로 팽팽하게 만든 얼굴을 한 여자들에 대해서조차도. 여자의 얼굴은 여자의 성채다.

다시 한 번 말하지만, 여자들은 즐겁고, 재미있고, 창의적인, 인간 존재로서 무언가 놀라운 것을 말하는 존재로 보여야 한다. 키가 180센티미터나 되는 드랙퀸들은 — 엄청나게 높은 신발을 신고, 립스틱을 두껍게 칠하고, 새벽 4시에 버밍엄 시내를 비틀거리며 돌아다니는— 고통스러울 것이고, 엄청난 돈을 투자하며 외모를 가꾼다. 이는 현실에 대한 완벽한 부정이다. (그들에게는 여전히 남성의 성기가 달려있으니까.) 하지만 그들은 노화에 대한 두려움 때문에 외모를 가꾸지 않는다. 그 반대로, 그들은 대단한 용기를 지닌 사람들이다.

하지만 노화의 공포에 시달리며, 자기가 늙어간다는 사실을 감추기 위해 값비싸고 고통스러운 속임수를 사용하는 여성들은 당당한 인간으로 존재하는 우리에 대한 놀라운 이야기를 전해주지 못한다.

오, 그것은 마치 여자는 처음부터 그렇게 할 수밖에 없도록 태어난 것처럼 보이게 한다. 여자들을 패배자로 보이도록 만든다. 여자들을 겁쟁이로 보이도록 만든다.

여자들은 절대로 그렇게 태어나지 않았다.

이제는 내가 나설 차례야!

런던, 2010년 10월.

이제 어떻게 하면 여자가 될 수 있는지를 알게 되었나? 뭐, 자기비하적인 어조로 이렇게 답할 수도 있겠다. "아니, 아니. 아직 하나도 모르겠어! 난 열세 살 때와 똑같이 착하기는 하지만, 게으른 멍청이일 뿐이야. 난 원피스를 입고 노트북으로 장난치는 원숭이에 지나지 않는지도 몰라. 난 아직도 프라이팬을 태워먹고, 계단에서 넘어지고, 이상한 말이나 하고, 어린애처럼 행동해. 난 광대야! 난 바보야! 완전 멍청이라고!"

그렇다. 나는 아직도 어떻게 하면 여자가 될 수 있는지를 완전히 알지 못한다. 아직까지 10대 자녀들을 다뤄본 적도 없고, 사별한 가족도 없으며, 폐경을 겪지도 않았고, 직업을 잃은 적도 없다. 아직도 다림질을 못하고, 수학은 젬병이고, 운전도 잘 못한다. 고백하자면 나는 위급한 순간마다 '우회전'과 '좌회전'을 헷갈리고, 유턴을 할 때는 어찌할 바를 몰라 낑낑거리면서 욕설을 퍼붓고는 한다. 내가 앞으로 배워야 할 것들은 아직도 수백만 개나 남아 있다. 어쩌면 수십억 개일 수도, 수백억 개일 수도 있다. 앞으로 이토록 많은 것들을 배워야 한다고 생각하면, 난 아직 태어나지 않은 존재와도 같다. 아직도 난자에 지나지 않는 모양이다.

하지만 나는 습관처럼 반사적으로 자기 단점들을 들먹이는 여자들을 좋아하지 않는다. 물론 가볍고 재치 있게 표현하는 경우는 제외하고. "살이 빠졌냐고? 아냐. 그냥 지금 이 방이 평소보다 좀 더 커진 거야." 또는 "내 아이들이 점잖다고? 난 작은 전극 시스템으로 아이들을 연결해서 애들이 잘못된 행동을 할 때마다 주머니 안에 있는 '나쁜 아이' 버튼을 누르거든." 정도는 훌륭하다.

그렇다. 나는 신경증에 걸리지 않았는데도 뭐랄까, 버릇처럼 자기가 실패하고 있다고 생각하는 여자들을 좋아하지 않는다. 그들은 자신에게 만족하는 여자들을 천박하고 발전이 없으며 여성주의와는 거리가 먼 사람들이라고 생각한다.

자신에게 만족하지 않는 여자들은 최선을 다해 자신이 가장 잘할 수 있는 것들을 하려 하지만 그 대신 그 밖의 끝없는 문제들 (비만, 털, 패션 감각 없음, 여드름, 냄새, 피로, 섹시하지 않음, 비뚤어진 골반 등)을 해결하려고 한다. 당신은 이런 일에 상당한 시간과 돈을 쓰고 난 — 정말로 상당한 시간과 돈이 소모된다. 당신은 레이저 제모 비용이 얼마나 하는지 아는가? — 20년쯤이 지난 어느 날, 그제야 두 발 뻗고 쉬며 "뭐, 그렇게 많은 일을 했는데도 아직도 하루가 9분이나 남았어! 이 정도면 훌륭하지!"라고 말할지도 모른다.

하지만 다음 날이면 당신은 이처럼 끝없이 이어지는 한심한 일들을 또 다시 하고 있을 것이다.

어쨌거나 누군가가 내게 "당신은 이제 여자가 되는 법을 알고 있나요?"라고 묻는다면, 나는 "뭐, 그런 셈이지요. 솔직히 말하면 그래요."라고 대답할 거다.

이 책에서 말한 모든 이야기들은 결국 한마디로 요약될 수 있다. '그런 문제들에 대해서는 더 이상 신경 쓰지 말아야 한다.' 여자가 되기 위해 우리가 굳이 이런 '문제들'을 겪을 필요는 없다. 사실 이건 문제라고 할 것도 없다. 그렇다. 나 역시 여성주의자라는 확실한 자각이 찾아왔을 때, 그저 어깨를 크게 으쓱하고 말았을 뿐이었다.

내가 열세 살 생일에 세웠던 장래 계획들은 거의 대부분 완전히 쓸모없는 것들이었다는 사실이 드러났다. 나는 내가 어른이 되면 날씬하고, 상냥하고, 침착한 사람이 되어 있을 거라고 생각했다. 그러니까⋯ 저절로 그렇게 될 줄 알았던 거다. 신용카드를 지닌 능력 있는 공주님! 나는 나를 어떻게 발전시켜야 할지, 내가 무엇에 관심을 가지고 있는지, 살면서 배워야 할 위대한 교훈은 무엇인지, 그리고 무엇보다도 내가 잘하는 분야를 어떻게 찾아서 밥벌이를 해야 할지에 대해서는 아무런 고민도 하지 않았다. 막연히 어른이 되면 모든 걸 알 수 있게 되리라 생각했고, 때가 되면 내가 무엇을 하게 될지도 저절로 알 수 있을 거라 생각했다. 그래서 그때 나는 아무런 걱정도 하지 않았다. 무엇을 해야 할지 전혀 걱정하지 않았던 것이다.

나는 내가 어떻게 '있어야' 할지에 대해서만 전전긍긍했다. 나는 훌륭한 일들을 찾아서 '하는' 것이 아니라, 그저 근사하게 '있기'에 노력을 집중해야 한다고 생각했다. 나는 주로《코스모폴리탄》의 상담 코너에서 나의 '연애 유형'을 찾아내고, 옷장을 정리하고, 오늘은 어떤 힐을 신고 어떤 립스틱을 바를까를 고민하고, 나만의 향수를 찾고, 언제 아기를 가질지를 계획하고, 어떻게 하면 걸레라는 명성을 쌓지 않고도 여러 남자들을 섹시하게 유혹할 수 있을까를 궁리하며 시간을 보냈다. 그러면서 전체적인 자아관을 확립하지 못한 채 '제대로 된 여성인 척하기'에만 몰두했다. 빠르게 말하고, 넘어지고, 싸우고, 냄새를 풍기고, 화를 내고, 혁명이라는 말만 들어도 흥분하고, 코미디 버라이어티쇼인〈더 머펫 쇼〉에 초대 손님으로 출연하기를 바라면서 말이다. 그때 내 머릿속에는 쇼에 출연한 나와 곤조Gonzo가 사랑에 빠진다는 시나리오가 들어 있었다. 물론〈더 머펫 쇼〉는 7년 전에 사라졌지만.

내가 날씬해지고, 아름다워지고, 멋지게 옷을 입고, 침착하고 우아하게 행동하면, 모든 일들이 착착 맞아 떨어질 거라고 생각했다. 그러니까 나는 '무엇을 할 것인가'보다는 '어떻게 되어야 하는가'만을 생각하고 있었던 것이다. 나는 내가 '만족스러운' 존재가 된다면 이 세상은 나를 사랑해줄 것이고, 내게 그만큼의 보상도 가져다줄 거라고 생각했다.

물론 남자들이 밖으로 나가 무언가를 '하는' 반면에 여성들은 그대로 '있다'는 생각은 적대적으로 성별의 특성과 결부시킨 것이라는 논쟁이 있어왔다. 남자들은 밖으로 나가 무언가를 한다. 전쟁을 하고, 신대륙을 발견하고, 우주를 정복하고, 전 세계를 돌며 유즈 유어 일루전 I , II Use Your Illusion I and II* 투어도 하고. 그러는 동안 여자들은 남자들이 더 위대해질 수 있도록 영감을 주고, 밀크 스타우트를 마시면서 남자들이 무슨 일을 이루었는지에 대한 후일담을 나눌 것이다.

하지만 나는 여자들이 그대로 '있는' 이유가 본질적으로 그렇게 태어났기 때문이라는 추정이 믿을 만한 것인지 잘 모르겠다. 앞서 나는 '여성성'에 대한 수많은 추정들이 아주 오랫동안 사실상 '패배자'와 동의어로 전해져 내려왔다고 밝힌 바 있다. 만약 수천 년 동안 어떤 일을 할 수 있도록 허용되지 않았다면, 당신은 단지 자신을 비판하고, 분석하고, 반성만 하면서 시간을 보낼 수

* 1991년에 건스 앤 로지스가 발표한 더블 앨범의 타이틀.

밖에 없을 것이다. 섹시한 척하기, 내면으로 파고들기와 같은 것 외에는 할 수 있는 일이 전혀 없기 때문이다.

만약 자신들의 운명을 스스로 결정할 수 있었다면, 제인 오스틴의 소설 속 인물들이 자신이 속한 사회적 관계에 대해 몇 페이지에 걸쳐 이야기를 나누고 있었을까? 만약 외모가 여전히 중요한 판단 기준이 아니라면, 여자들이 자신의 겉모습 때문에, 자신에게 반할 사람 때문에 반쯤 죽을 정도로 조바심을 내고 있을까? 만약 여자들이 남자들 대신 이 세계의 부를 대부분 차지하고 있다면, 허벅지 때문에 이처럼 전전긍긍하고 있을까?

열세 살이었을 때 나는 여성이라는 존재의 모든 것들을 두렵게만 생각했고, 내가 공주님이 되면 두렵지 않을 거라는 결론을 내렸다. 나는 여자가 되려면 무언가를 해야 한다고는 생각하지 않았다. 다만, 인간을 넘어서는 어떤 초자연적인 힘이나 마법에 의해 공주님으로 변신해야 한다고만 생각했다. 나는 공주님이 되어 사랑을 할 것이고, 훌륭한 공주님이 될 것이고, 이 세계는 그런 나를 받아들이리라 생각했다. 책이나 디즈니 영화에서처럼. 내가 어렸을 때, 세상에서 가장 유명한 여자는 다이애나 비였다. 주변에서 다른 롤모델들을 찾을 수도 있었겠지만, 당시 모든 여자아이들은 마음 속 깊은 곳에서 다이애나 비처럼 될 수 있기를 간절히 바라고 있었다.

지난 10년 동안 포스트 여성주의자들은 '대안적인' 공주님들을 등장시켰다. 〈슈렉〉의 용기 있는 공주님, 바지를 입고 쿵푸를 하

며 왕자를 구하는 새로운 디즈니 만화영화의 공주님들. 다이애
나 비의 삶과 죽음을 지켜본 우리는 공주님들은 더 이상 우아하
게 성 안을 거닐기만 하는 존재가 아니라는 사실을 알게 되었다.
진짜 공주님들은 외로워서 섭식장애를 겪는다. 짜잔! 공주님들
은 도청당하고, 추적당하고, 왕실 가족들과 싸움을 벌이고, 결국
누군가가 자신을 살해할지도 모른다는 망상에 시달리는 존재들
이다.

　다이애나 비가 사망한 이후로, 대부분의 여자들이 공주가 되
고 싶다는 마음을 접었다는 사실은 흥미롭다. 공주님이 된 대가
는 너무나 컸다. 찰스 왕세자가 결혼 적령기에 도달했을 때, 전
세계의 여자들이 그를 탐냈다. 그는 제임스 본드와 백마 탄 왕자
를 섞어놓은 사람으로 여겨졌던 것이다. 그리고 다이애나가 그
와 결혼했을 때, 전 세계의 여자들은 다이애나가 갖게 될 웨딩드
레스와 반지, 다이아몬드를 바라보며 한숨을 쉬었다. 하지만 윌
리엄 왕자가 케이트 미들턴과의 결혼을 발표하자 여자들은 다이
애나 비 때와는 다른 식의 유대감을 형성했다. "불쌍한 것. 세상
에, 자기가 뭘 하는지 알고나 있나? 여기저기서 헐뜯기고 파파라
치들한테 허벅지 사진이나 찍히고 정신병에 걸리지는 않았는지
의심을 받을 텐데. 내가 걔보단 낫지, 정말."

　하지만 여전히 여자들의 꿈은 무언가를 '하기'보다는 어떤 상
태로 '있기'에 머물러 있다. 예를 들면 오늘날의 여자들은 축구선
수의 부인이 되기를 원한다. 축구선수와 결혼한 당신은 공주님

처럼 부유해지고, 화려하고 특권적인 인생을 누릴 수 있다. 하지만 당신은 능력 있는 남편이 바람을 피울 것이고, 이를 용인해야 한다는 사실도 받아들여야 한다. 뭐, 공주님은 아니니까 연회장에서 꼭 훌륭하고 점잖게 격식을 차릴 필요는 없겠지만. 어쨌거나 축구선수의 부인은 21세기판 공주라고 할 만하다.

잘나가는 나이트클럽에 돌체앤가바나를 입고 가는 축구선수의 부인이든, 바다 밑에서 물고기 꼬리를 흔드는 에어리얼이든, '공주님들'이라는 비유는 좋은 의미가 아니다. 여성이 스스로 자신의 미래를 상상할 수 없도록 하기 때문이다.

공주님의 어떤 면이 그리 나쁘냐고? 글쎄, 개인적인 경험에 비추어보면, 나는 어느 날 내가 비밀리에 공주가 될 것이라는 생각을 완전히 버리고 나서야 마침내 어른이 된 뒤에 느끼는 커다란 자유와 안도를 얻었다. 당신이 완벽하게 평범한 여성이고, 바라는 바를 얻기 위해서는 스스로 노력하고, 행동하며, 예의바르게 굴어야 한다는 사실을 알고 나면, 믿을 수 없을 정도로 해방감이 밀려올 것이다. 당신이 너무나 평범하다는 것을 실망하지 않고 받아들이고 나면 말이다.

내가 공주가 아닐 수밖에 없는 이유는 다음과 같다. 뼈저린 경험을 통해 알게 된 것들이다.

첫째, 나는 노래를 못 부른다. 인정하기는 싫지만 나는 노래를 못 부른다. 하지만 모든 공주님들은 노래를 잘한다. 사람들은 여자들이란 원래 노래를 잘 부르는 법이라고 생각한다. 공주님들이 콧노래를 부르기 시작하면 나무 위를 날던 새들이 얌전해진다. 하지만 내가 노래를 하면 커다란 트럭이 요란하게 달려가다가 경찰들이 쳐둔 바리케이드를 들이받는 소리가 난다. 끼익, 끼이익, 으악! "세상에, 살아남은 사람이 아무도 없을 거야."

둘째, 내게서는 달콤한 맛이 나지 않는다. 케이크나 꿀처럼. 차마 다 얘기할 수는 없지만, 내가 읽었던 엄청나게 많은 추잡한 책들은 항상 남자가 여자의 아랫부분에서 달콤한 아이스크림 맛을 느낀다고 했다. 누군가가 처음으로 내게서 '사랑스러운 파이 맛'이 난다고 말했을 때, 나는 두 시간 동안 신경질을 내며 울어 댔다. (물론 그는 긍정적으로 한 말이었지만) 내 아랫부분이 푸석푸석하고 축축하고 우람하다는 뜻으로 한 말 같았기 때문이다. 아랫부분이란 자고로… 달콤하고 부드러운 천국… 티라미수… 촉촉한 푸딩 같아야 한다. 파이처럼 시골 사람들이나 먹는 푸석푸석한 음식이 아니란 말이다. 하지만 실제로 우리의 아랫부분은 땀으로 축축한 데다가 살집도 있다. 털도 있고 묘한 맛도 난다. 그러므로 우리의 아랫부분에서는 공주님들처럼 달콤한 딸기 케이크 맛이 나지 않는다.

셋째, 나는 강하고 힘세고 헌신적이고 검까지 휘두르는 남자와 결혼해서 내 인생을 바꾸고 싶지 않다. 아라손의 아들 아라곤이 꼭 그런 남자라고 할 수 있지만, 그런 남자는 현실에는 존재하지 않는다. 게다가 나는 가부장적이고 짐승처럼 행동하는 남자는 싫다. 나를 '자기 여자'라고 생각하며 막 다루는 남자는 질색이다. 미국의 정치평론가 P. J. 오루크의 "진보적으로 보이는 남자가 자신을 침대로 밀치고 강간하는 것을 꿈꾸지 않았던 여자는 없다."라는 말을 들었을 때, 나는 이렇게 소리치고 싶었다. "너나 잘하세요! 당신이 여자들의 꿈에 대해 뭘 알고 있나요? 당신이야말로 마지막으로 보정속옷을 입고 술집에 가서 엉큼한 눈길로 엉덩이를 훔쳐본 게 언제였죠?"

오늘날 여자들이 꿈꾸는 남자라는 개념은 쓸모도 없을 뿐더러 시대에 뒤떨어진 것이다. 40대 이상인 사람들만이 이런 이야기를 한다. 이제 대부분의 젊은 사람들은 우리에게 시비를 걸지 않고, (우리에게 소송을 걸지 마라, 시간도 오래 걸리고 돈도 많이 든다.) 우리를 웃겨줄 수 있는, 그리고 트위터를 하다가 노트북이 다운되었을 때 어도비 에어를 재설치해줄 수 있는 남자들이야말로 '알파맨Alpha man'이라고 생각한다.

나의 여성 친구들을 대신해 말하겠다. 우리에게는 괴짜이면서도 범생이고, 예의바르면서도 남을 웃기는 법을 아는 짝이 필요하다. 감자가 구워지는 동안 멍청한 친구들을 함께 헐뜯을 수 있는 남자 말이다. 이들이 거실에서 네 발로 기어 다니며 이렇게 졸라대기까지 하면 금상첨화다. "당장 너랑 섹스를 하지 않으면 말 그대로 나는 돌아버릴 거야." 이에 비하면 백마 탄 왕자는 진짜 별 볼 일 없는 사내다.

넷째, 공주님은 친구가 없다. 공주님은 친구를 사귀지 않는다.

다시 말하면, 공주님에게는 비빌 언덕이 없는 것이다. 공주님은 자매들과 하루 종일 자연사박물관을 돌아다니며 어떤 광물이나 보석을 가장 좋아하는지 따위는 이야기하지 않는다. (나는 유성과 함께 떨어진 페리도트를 가장 좋아한다. 위나는 장석feldspar을 좋아한다. "감각적이야.") 공주님은 쌀쌀한 가을날 오후, 왕자님들과 술집에 앉아 가장 좋아하는 비틀즈 노래를 한 곡씩 부르지도 않는다. 공주님의 가족은 다른 가족들과 휴가를 떠나지 않고, 아이들이 위층 창문에서 몰래 훔쳐보는 동안 술에 취해서 옷을 홀딱 벗고 잔디밭을 빙글빙글 돌지도 않는다. 공주님은 지루한 사무실에서 '내가 버트 레이놀즈다' 게임*을 하며 기분전환을 하지도 않는다.

나는 열여섯 살에 생각을 고쳐먹었다. 나는 더 이상 공주님이 되고 싶지 않았다. 공주님은 지루하니까. 대신 나는 예술가들과 어울리고 싶었다. 그들이야말로 같이 놀아야 할 남자들이었다. 나는 뮤즈가 되고 싶었다. 정말로 진지하게. 어떤 밴드가 나를 위한 노래를 작곡한다면, 어떤 작가가 나를 모델로 한 인물을 주인공으로 삼는다면, 어떤 화가가 나를 모델로 그림을 그리고 또

---

* 버트 레이놀즈 게임이란 술래로 지목된 사람이 생각한 유명인사를 다른 사람들이 여러 질문들을 던져 누구인지를 맞추는 게임이다. 누군가가 "답은 버트 레이놀즈야?"라고 말하면 게임이 끝난다. 정답은 항상 버트 레이놀즈다. 놀랍게도 이 단순한 게임은 몇 시간 동안이나 계속할 수 있다.

그린다면, 그래서 그 그림들이 전 세계의 갤러리에 걸린다면, 정말로 끝내줄 것 같았다. 아니면 나를 위한 핸드백을 만들 수도 있겠지. 제인 버킨에게서 영감을 받은 핸드백도 있지 않은가. 물론나는 내 이름이 새겨진 비닐봉지만 만들어지더라도 만족할 수 있었지만.

내가 이런 방식으로 세상을 살아가겠다는 야심을 품었던 최초의 소녀는 아니었던 것 같다. 《플리즈 킬 미Please Kill Me》라는 책에는 패티 스미스의 인터뷰가 실려 있다. 모든 면에서 여성주의자들의 여신과도 같은 그녀는 뉴저지에서 자라던 시절, "위대한 예술가의 정부가 되는 것이 세상에서 가장 쿨하게 여겨졌다."고 회상했다. "내가 집에서 나온 첫 번째 이유는 뉴욕으로 가서 전설적인 사진작가인 로버트 메이플소프의 연인이 되기 위해서였죠."

하지만 메이플소프가 분명한 게이라는 사실을 알게 된 패티 스미스는 홀로 〈호시스Horses〉*를 작업하는 것 외에는 선택의 여지가 없었고, 이후 세계에서 가장 영향력 있는 여장부가 되었다. 그녀의 창작력은 엄청났다.

패티 스미스에게서 영감을 받은 나는 공연 후 뒤풀이 파티마

---

* 이 앨범의 재킷 사진은 깡마른 10대 소년 같은 패티 스미스의 모습을 담고 있으며, 사진을 예쁘게 바꾸려는 음반 제작사의 요구를 그녀는 "이 사진을 찍은 작가는 예술가이기 때문에 자신의 작품에 손대는 것을 극도로 싫어할 것."이라며 거부했다. 이 사진의 작가가 바로 로버트 메이플소프이다.

다 따라가 술에 취한 채로 내가 얼마나 쿨한지를 노래로 만들어 세상에 알릴 사람을 꼬시려고 무진 애를 썼다. 그러나 이 계획은 잘 되지 않았다. 여전히 나를 위한 노래는 쓰이지 않고 있었다. 언제나 술에 취해 있던 나는 좀 더 직설적인 방법을 쓰기로 했다. 밴드를 하는 친구들이 술에 취했을 때, 나는 나를 노래로 만들어 불멸의 존재로 만들어달라고 그들을 살살 구슬렸다.

"엄청난 히트 곡을 쓸 필요는 없어." 담배를 거꾸로 물고 있던 나는 비교적 합리적인 말로 시작했다. "난 그렇게 요구가 많지는 않아. 그냥 앨범의 첫 번째 곡이면 돼. 아니면 마지막을 장식하는 곡이거나. 너희가 나를 알게 된 뒤로 삶이 예전과는 완전히 달라졌다는 활기찬 코러스로 장식된 마지막 송가는 어때? 알겠어? 얼마나 오래 걸릴 것 같아? 5분? 나를 위한 곡을 써줘. 나를 위한 곡을 써달라고. 나를 보고 영감을 떠올려 봐, 이 병신아!"

순전히 이기심 때문에 했던 말은 아니었다. "네가 나 같은 사람에 대한 노래를 쓴다면 모든 여자들에게도 좋은 일이야." 내가 이처럼 고상하게 말을 이어가는 동안 그들은 콜택시를 불렀다. "지금까지 여자들에 관한 노래는 에릭 클랩튼이 알았던 따분한 스타일의 여자들이거나 '내면의 슬픔'을 간직한 일부 광팬들에 관한 노래들뿐이었어. 〈레일라Layla〉에 아까 벗어던진 신발을 찾으려고 공원 울타리를 낑낑거리며 공원 울타리를 타넘는 패티 보이드를 바라보는 에릭 클랩튼의 심정이 담긴 코러스가 울려 퍼진다고 생각해보라구. 그러면 여자들은 더욱 행복해질 거야. 완전히 새로운 시각이지 않아? 전자기타를 발명한 것만큼이나 혁명적이지! 그러니까 나를 노래로 만들라고! 나에 대한 노래를 써! 이 멍청아!"

그렇게 시간이 흘러갔다. 내 친구들은 고집스럽게도 나를 소재로 소설이나 뮤지컬을 쓰지 않았다. 나는 내가 뮤즈에 어울리는 사람이 아니라는 것을 점차 깨닫게 되었다. 나 같은 여자아이들은 다른 이에게 영감을 주지 못한다.

'나는 뮤즈에 어울리는 사람이 아닌가봐.' 나는 슬퍼하며 생각했다. 내 18번째 생일날이었다. 나는 이 세계에 아무런 영감을 주지 못하는 사람인 것이다. "난 공주도 아니고 뮤즈도 아냐. 나는 왕관을 쓰고 지뢰희생자들을 위한 자선단체 파티에 가거나 《리볼버Revolver》 다음 호에 기사로 실리지도 않을 거야. 그냥 '이대로인' 내 모습으로는 충분하지 않아. 대신 뭔가 다른 걸 해야겠어!"

그리고 21세기가 되었다. 이제는 여자도 그냥 그대로 있는 것이 아니라, 충분히 무언가를 할 수 있는 시대다. 세계를 변화시키고자 했던 옛날 서양 여성들은 감옥에 갇히거나, 사회에서 배척당하거나, 강간당하거나, 살해될 위험에 노출되어 있었다. 하지만 오늘날의 서양 여성들은 라디오4를 들으며 차 한 잔을 마시는 동안, 낯간지러운 편지를 몇 장을 쓰는 것만으로도 약간의 변화를 이끌어낼 수 있다.

우리는 이제 우리가 원하는 미래를 만들기 위해 목숨까지 걸지 않아도 된다. 아직까지는 "보라색과 흰색 그리고 초록색을 드높이자!Up the purple, white and green!"*라고 외쳐야 하는지도 모르겠지만, 어쨌거나 우리는 이제 원하는 색의 옷을 입을 수 있다. 보라색, 흰색, 초록색은 그다지 스타일리시하지 않으니까.

우리는 진실된 태도로 '우리는 진짜로 누구인가?'라는 질문을 하는 것만으로도 기나긴 싸움의 절반은 지나간 셈이다. 당신의 기분을 더럽게 만드는 잡지나 신문은 사지 마라! 스트립클럽에 가는 동료들 때문에 짜증이 난다면, 그들이 부끄러워하도록 만들어라! 원하지 않는데도 비싼 돈을 들여 결혼식을 해야 한다고? 시어머니를 무시하고 그냥 결혼등록사무소로 가라! 600파운드짜리 핸드백을 사는 것이 미쳤다고 생각하는가? 그렇다면 용감하게 "카드 한도를 높여야겠어."라고 말하는 대신, 조용히 "사실은 이걸 살 여유가 없어."라고 말하라.

(모든 측면에서) 우리가 살 수 없는 것들은 너무나 많다. 하지만 우리는 한숨을 쉬면서도 '정상적으로' 보이기 위해 살 수 없는 것들을 사려고 한다. 그렇다. 우리 모두는 이처럼 자신의 진짜 상황을 대놓고 말하는 것을 힘들어할 수도 있다. 그러면 그냥 우리가 부끄러운 이야기를 해야 할 때마다 서두로 삼는, 다음과 같은

---

* 영국 여성들의 참정권운동을 주도한 여성사회정치동맹WSPU의 상징색으로 보라색은 존엄, 흰색은 순수, 초록색은 희망을 상징한다.

말로 시작하면 된다. "날 이상하게 보지 마, 사실은…"

이는 여자들을 위한, 여자들에 관한 문제만이 아니다. (멈출 수 없는 사회적·경제적 변화로 인해 느리게라도) 진정으로 여성 해방이 이루어진다면, 남자들에게도 좋은 일이다. 내가 가부장적인 사람이었다면, 솔직히 급기야는 여자들이 동등하고 공정한 기회를 가졌다는 사실에 두려움을 느낄 것이다. 지난 10만 년 동안 지속되어온 가부장제는 이제 사라져야 한다. 가부장제는 남자들만이 이 세계를 지배하도록 허락했다. 10만 년 동안이나 쉼 없이.

우리는 여기서도 일종의 선택적 근무시간을 도입할 수 있다. 여자들이 이 세계에 있는 시간의 절반을 지배하는 거다. 그러면 가부장제도 한발 물러날 수 있겠지. 몇 년 동안 말만 무성했던 휴가를 가버릴 수도 있다. 이렇게 우리는 우리들의 영역을 확보할 수 있다. 가부장제는 주말동안 서바이벌 게임이나 하러 가라고 하자.

공격적인 여성주의자들의 목표는 남자들을 제압하는 것이 아니다. 우리는 전 세계를 지배할 마음이 없다. 그저 우리 몫을 챙기려는 것뿐이다. 남자들은 바뀌지 않아도 된다. 남자들은 그냥 좋아하는 것들을 계속하면 된다. 그들은 하던 일을 그만두지 않아도 좋다. 그들이 좋아하는 것들—아이패드, 악틱 몽키즈 밴드, 미국과 러시아 간의 새로운 핵무기 협상—은 쿨하다. 그들은 재미있으며, 내게도 그런 친구들이 많이 있다. 당신은 그들과 섹스해도 좋다. 게다가 2차 세계대전 당시의 군복을 걸친 그들은 멋있게 보이고, 좁은 공간에서 후진으로 주차할 때도 멋있게 보인다. 나는 남자들이 사라지기를 바라지 않는다. 그들이 살던 대로 살기를 바란다.

그 대신, 나는 시장의 급진적인 자율성을 원한다. 나는 선택하고 싶다. 나는 다양성을 원한다. 나는 더 많은 것을 원한다. 나는 여성들이 더 많은 세계를 가질 수 있기를, 그 편이 더 공정하기 때문이 아니라 더 좋기 때문에, 여성들이 더 많은 세계를 가질 수 있기를 바란다. 우리는 다시 세계의 질서를 바로잡고, 이 세계의 새로운 모습을 보여주어야 한다. 필요하다면 우리는 불알도 달 것이다. 그리고 이렇게 말할 것이다. "그래, 나는 그동안 이 세계를 쭉 지켜보고 있었어. 하지만 이제는 내가 나설 차례야. 우리는 함께 살아가야 하니까. 알다시피, 우리는 모두 공평한 사람들이잖아."

돌이켜 생각해보니 내가 다소 부적절한 제목을 택한 듯싶다. 굴욕적인 방황의 시간을 보내던 나는 여자가 되고 싶다고 생각했다. 나는 저메인 그리어, 엘리자베스 테일러, E. 네스빗, 코트니 러브, 질리 쿠퍼와 레이디 가가를 한데 섞어놓은 듯한 여성이 되고 싶었다. 열세 살의 나는 울버햄튼의 내 방 침대에서 (처음부터 나를 혼란스럽게 하고, 패배자처럼 만들었던) 여자가 되는 데 필요한 정교한 기술들을 습득하려고 낑낑거렸다. 나는 공주님, 여신,

그리고 뮤즈가 되고 싶었던 것이다.

하지만 세월이 흘렀고, 나는 내가 진짜로 되고 싶은 것을 깨달았다. 다름 아닌 한 사람의 인간. 유능하고, 정직하며, 예의바르게 살아가는 인간. 평범한 한 인간. 나는 이런 사람이 되고 싶다. 하지만 물론, 헤어스타일은 언제나 근사해야 한다.

 내가 처음으로 담당 에이전트 조지아 개릿을 만났을 때, 그녀
는 내게 무엇을 쓰고 싶은지 물었다. 나는 이렇게 대답했다. "여
성주의에 관한 책을 쓰고 싶어요! 재미있으면서도 논쟁적인, 여
성주의에 관한 책을요!《여성, 거세당하다》같은 책이지만 내 커
다란 팬티도 농담거리로 삼을 수 있는 책이요!"

 말을 하면서 사실 나는 듣고 있던 그녀만큼이나 깜짝 놀랐다.
내가 '먹고, 기도하고, 아싸라비아!' 풍으로 나의 목표를 설파하
고 있었던 것이다. 그건 《올리버 트위스트》를 게이 버전으로 쓰
겠다고 하는 거나 마찬가지였다! 하지만 내 에이전트는 즉각 열
정적인 반응을 보였다. "좋아요! 당장 쓰세요!" 결국 나는 다섯
달 안에 급하게 《올해의 가장 명랑한 페미니즘 이야기How to be a
Woman》를 써내야만 했고, 책을 쓴다는 이유로 합법적으로 담배를
다시 피울 수 있게 되었다. 세상에, 정말이지 많이도 피웠다. 작
업이 끝나갈 때쯤 나는 내 폐가 있어야 할 자리에 검은 모래가 가
득 채워진 양말 한 켤레가 들어있는 듯한 기분을 느꼈다. 하지만

조지아는 계속해서 작업을 격려해주고, 용기를 북돋아주었다. 비록 니코틴으로 찌든 마음이지만, 나는 내 온 마음을 다해 그녀에게 감사한다.

뛰어난 에디터 제이크 링우드를 포함해 에버리 출판사의 모든 사람들은 내게 항상 아낌없는 찬사를 보내주었다. 심지어 내가 책의 앞표지에 벌거벗은 채 식탁 위에 축 늘어진 내 배 사진 아래에 '진짜 여자들의 배는 이렇게 생겼다'라는 문구를 붉은색 대문자로 갈겨쓰면 어떻겠냐는 의견을 내놓았을 때마저도. 감사합니다, 여러분! 특히 계약금을 주셔서 말이죠. 그걸로 난 가스레인지랑 핸드백을 새로 샀어요! 야호! 여성주의 만세!

《타임스》의 니콜라 질, 루이즈 프랑스, 엠마 터커, 피비 그린우드, 알렉스 오코넬에게 감사한다. 그들은 전화를 받을 때마다 내가 "이번 주 칼럼을 못 쓸 것 같은데, 괜찮을까? 내가 어쩌다 여성주의에 관한 책을 한 권 쓰고 있거든. 그러니까 날 좀 내버려둬. 나한테 원고 독촉하지 마. 제~~발 나한테 뭐라고 하지 마!"라고 이기적으로 말을 해도 여름 내내 뜨겁고 섹시한 인내심을 보여주었다.

나의 가족들은 늘 그렇듯 기꺼이 내가 그들의 인생을 웃긴 소재로 쓸 수 있도록 허락했다. 그들은 스트레스를 받은 내 얼굴이 엉망이라며 나를 술집으로 데리고 가서는 지갑을 집에 두고 나온 척하기도 했다. 저메인 그리어를 지지한 훌륭한 여성주의자들인 나의 자매들 — 위나, 셰릴, 코린 그리고 캐즈 — 은 내가 이 책을 쓰는 데 많은 영감을 주었다. 특히 칼 융이 가장 좋아하던 장난이 마른행주로 다른 사람들을 때려서 결국 그 사람들이 자기를 때리게 만드는 것이었다는 이야기가 큰 도움이 되었다. 이유는 알 수 없지만, 어쨌든 많은 도움이 되었다. 그리고 나의 남동생들 — 지미, 에디, 조 — 은, 바닥에서 레슬링을 하며 "어서 항복하시지!"라고 말할 때를 제외하면, 언제나 우리 자매들 편에 서주었다.

알렉시스 피트리디스에게도 무한한 감사를 전한다. 내가 여름 내내 그에게 울면서 전화를 걸어 "나는 불가능한 책을 쓰고 있어요! 알렉시스, 당신이 대신 써주면 안 될까요?"라는 소리를 늘어놓을 때마다 묵묵히 들어주었다. 사실 그는 내가 (저렇게 또박또박 말하는 대신에) 아무 말이나 지껄이면서 연신 딸꾹질을 해대는 소리를 참고 견뎌야 했을 것이다.

트위터에서 만난 여성들에게도 감사한다. 특히 그레이스 덴트에게는 깜짝 놀랄 정도로 많은 도움을 받았다. 그녀는 똑똑하고 재미있는 여자들이 세상에 아주 많이 존재한다는 것과 내가 이런 여자들과 어울리려면 더 열심히 노력해야 한다는 사실을 늘 상기시켜주었다. 또한 트위터에서 만난 명예로운 남성들에게도 감사한다. 그들은 세상에서 가장 훌륭한 사이버 동료들일 것이다. 특히 블록버스터급 트윗을 많이 남긴 조너선 로스와 사이먼 펙에게 감사한다. 그리고 나이젤라는 항상 나를 감탄하게 하는 트윗을 남겼다.

내 사랑하는 딸들 리지와 낸시, 너희들을 너무 사랑한다. 솔직히 말하면 이 책을 쓰는 여름 동안 나는 너희들에게 나쁜 엄마였지. 하지만 에디 삼촌이 너희들이랑 마리오 카트를 하며 잘 놀아줬잖니. 그리고 너희들이 넘어질 때마다 "제기랄, 가부장제!"라고 외치는 법을 가르쳐줬으니, 이만하면 너희들은 훌륭한 부모를 둔 거야.

마지막으로 나는 이 책을 남편 피트 퍼파이드에게 바치고 싶다. 그는 내가 지금까지 만나본 사람 가운데 가장 훌륭한 여성주의자다. 사실상 그는 내게 진정한 여성주의를 가르쳐준 사람이다. 여성주의란 '누구나 타인을 예의바르게 대하는 것'이라는 사실을. '여보, 많이 사랑해. 그리고 뒷문 손잡이 부순 사람이 나였어. 너무 취해서 에이미 와인하우스의 흉내를 내다가 그 위에 넘어졌지 뭐야. 이제 순순히 인정할게.'

한국에서 여자, 혹은 여성으로 살아가기란 녹록지 않다. 물론 남자, 혹은 남성들의 삶도 쉽지는 않을 것이다. 그러나 때만 되면 '-녀'를 비롯해 입에 담지 못할 말들이 유독 여성에게만 퍼부어지는 광경을 볼 수 있고, '여자기 때문에', '여자라서'라는 표현은 여전히 일상적으로 아무런 반성 없이 사용되고 있다. 더 놀라운 것은 이런 분위기에 동조하는 사람들이 상당수 존재한다는 것이다.

이 책을 접하기 전까지 나는 영국을 비롯한 서양의 여러 국가들에서는 이런 분위기가 덜할 것이라고 막연하게 생각했다. (물론 아주 없으리라고 생각하지는 않았다.) 허나 잘못된 추측이었다. 2000년대 초반까지 영국의 공중파 텔레비전에서는 심야시간이 아니면 여성 생리대 광고를 내보낼 수 없었다고 한다. 생리는 말 그대로 생리현상일 뿐이고, 생리대는 오늘날의 여성들에게 필수품이 아닌가. 생리기간 중인 여성들을 부족 밖으로 내몰아 배척하는 사회도 아니고 21세기의 영국에서 생리대가 일종의 금기시되던 품목이었다니, 새삼 놀라웠다. (그로부터 10년이 지난 지금은 사정이 달라졌으리라 생각한다. 그래야 하고.) 어쨌거나 영국은 마가렛 대처라는 여성 수상을 배출한 나라이고, 여왕의 나라이다. 단지 이 두 가지 사실만으로도 많은 사람들은 다른 정치적 판단 없이 일단 영국이 여권신장을 이룩한 나라라고 생각한다. 물론 표면상으로는 그럴지도 모른다.

케이틀린 모란은 〈성희롱을 당했어!〉 에피소드에서 성희롱이 가장 무서운 점은 성희롱이 일어나는 순간에는 성희롱인지 아닌지 당사자가 모른다는 것이라고 말한다. 성희롱과 성차별, 성추행을 비롯한 각종 성적 폭력들은 21세기에 들어와 더욱 은밀해졌고, 더욱 교묘해졌다는 것이다. 적어도 겉으로 아무런 문제도 없는 듯 보이는 상태는 사실 더 추잡하고 구제불능인 진실을 숨기게 마련이다.

케이틀린 모란은 이런 문제들을 다양한 사례들을 통해 이야기한다. 이 책이 진짜인 이유는 (여성은 물론이고 남성도 포함된) 우리에게 저자가 삶을 통해 겪어온 생생한 경험들을 이야기하고 있기 때문이다. 저자는 스스로 공격적인 여성주의자라고 말하면서도, 알맹이가 빠진 명령이나 지시사항들만을 나열하지 않는다. 그러면서도 여자들이 가부장제에 얼마나 오랫동안, 그리고 얼마나 대단한 정도와 강도로 종속되어왔는지에 대한 이야기도 놓치지 않는다. 그것도 제모와 속옷, 포르노와 하이힐 그리고 스트립 클럽이라는, 누구나 관심을 보여왔지만 누구도 섣불리 먼저 말을 꺼내지 않았던 소재들을 통해.

요새 아일랜드에서는 낙태를 합법화하자는 시위가 한창이다. 이 책에서도 케이틀린 모란은 본인의 경험을 통해 낙태를 이야기한다. 그녀가 낙태를 위해 찾아간 병원에서 그녀는 한 어린 아일랜드 여성을 본다. 아일랜드에서는 불법인 낙태를 하기 위해 영국까지 건너와 누추한 병원에서 수술을 받아야 했던 어린 여성의 고통과 불안을, 그녀는 여성들 전체에 대한 이야기로 확장한다. 물론 생명은 소중하고, 그녀도 이를 결코 부인하지 않는다. 다만 이 문제를 완전히 새로운 시각에서 바라보아야 한다는 것이다. 이를테면 전지구적인 시각에서. 법 개정을 촉구하는 시위에 관한 아일랜드발 뉴스를 지켜보며 나는 케이틀린 모란이 목격했던 소녀가 시위대에 참가하고 있지는 않을지 궁금했고, 그 소녀도 이 책을 읽었을지 궁금했다. 그녀가 이 책을 읽었더라면 그녀는 보다 당당히 시위대의 선두에 나서지 않았을까.

지금까지 너무 무거운 이야기만 했나? 혹시 역자 후기부터 읽는 독자들을 위해 이 책이 비록 주제는 무거울지언정 놀랍도록 재미있는 방식으로 쓰였다는 점을 밝히고자 한다. 8남매의 맏이로 태어난 그녀에게는 자신에게 주어진 어떠한 상황도 천연덕스러운 유머로 승화시키는 재능이 있다. 그녀는 직설적인 화법으로, 재치 있게, 그러나 날카로움을 놓치지 않으면서 오늘날의 여성들이 재미있고 품위 있게 살아갈 수 있는 방법을 제시한다. 그녀의 말대로 오늘날의 여성들은 더는 말발굽 아래 몸을 던지지 않아도 된다. 한국에서나 영국에서나 여성들은 헌법에 명시된 기본권을 침해받지 않을 수 있다. 그러나 삶에서 끝없이 부딪히는, 사소하지만 그래서 더 짜증스러운 상황들을 지혜롭게 대처해나가기란 또 다른 문제다. 직장상사가 자기 무릎에 앉아보라고 성희롱을 한다면, 이 책을 읽은 우리는 케이틀린 모란처럼 진짜로 그의 무릎을 짓누르듯 앉아 골탕을 먹일 용기까지는 없을지도 모르지만, 적어도 그 상황을 나름대로 대담하고 옳은 방식으로 대처할 수 있을 것이다.

그러니 우리도 케이틀린 모란처럼 한번쯤, 필요하다면 몇 번이고 의자에 올라가 보면 어떨까. 그리고 외치는 거다. "나는 공격적인 여성주의자다!" 케이틀린 모란은 남자들에게도 의자 위에서 이 말을 해보기를 권유한다. 분명 이 책은 여성들을 위해 쓰인 책이지만, 남성들도 반드시 읽어야 할 책이다. 조금 더 공평하고 평화로운 세상을 위해서.

_ 고유라

ㄱ

건스 앤 로지스 Guns N' Roses 1980년대 말에서 1990년대 초, 세계적인 인기를 끈 미국의 하드록그룹.

고고스Go-Gos 미국 5인조 여성 록그룹. 현대 팝뮤직 역사의 한 장을 구축했다.

구드룬 욘스도티르 Gudrun Jonsdottir 아이슬란드의 페미니스트. 사회운동가.

그레이스 존스 Grace Jones 자메이카 출신의 가수, 모델, 배우. 강인한 이미지와 터프한 성격, 압도적인 카리스마를 보여주는 무대 매너로 유명하다.

그레이엄 콕슨 Graham Coxon 밴드 블러Blur의 기타리스트.

ㄴ

낵The Knack 미국의 유명 록그룹. 밴드의 리더 더그 피거의 열여섯 살 여자친구 쉐로나에 대한 이야기인 〈마이 쉐로나My Sharona〉로 전 세계 음악 애호가들의 사랑을 받았다.

낸시 프라이데이 Nancy Friday 미국의 여성주의자.

노디 홀더 Noddy Holder 글램록 밴드 '슬레이드Slade'의 보컬리스트. 귓전을 때리는 금속성의 샤우트 보컬로 유명하다.

니콜라 홀릭 Nicola Horlick 영국의 금융전문가. 전설적인 자산 운용가로 성공하면서 다섯 아이의 엄마 노릇까지 완벽하게 해내 영국 워킹맘의 신화라고 불린다.

닐 암스트롱 Neil Armstrong 미국의 우주비행사. 1969년 인류 최초로 달에 착륙했다.

뉴 오더New Order 영국의 뉴 웨이브, 일렉트로닉 댄스뮤직 밴드.

뉴 키즈 온 더 블럭New Kids on the Block 미국 5인조 댄스그룹. 1990년대 전 세계적으로 선풍적인 인기를 끌었다.

ㄷ

다니 베Dani Behr 영국의 가수, MC, 배우.

다이애나 비Diana Spencer 영국 전 왕세자비. 1996년 이혼 후 1997년 불의의 교통사고로 사망. 뛰어난 미모와 패션 감각으로 한때 최고의 패션 아이콘으로 유명했다.

던 프렌치Dawn French 영국 배우이자 작가, 코미디언.

데보라 카Deborah Kerr 영국 배우. 영화 〈왕과 나The King and I〉에서 샴 왕으로 분한 율 브리너와 사랑에 빠지는 영국인 가정교사 역을 맡아 우아한 자태와 연기를 보여주었다.

데비 해리Debbie Harry 미국의 여성 가수, 배우. 1980년대 전성기를 누린 '블론디Blondie'의 리드 보컬. 아름다운 금발의 미녀로 많은 사랑을 받았던 그녀는 팝아트의 왕 앤디 워홀, 사진작가 로버트 메이플소프 등의 모델이 되기도 했다.

데이비드 노튼David Naughton 미국 배우, 가수. 영화 〈런던의 늑대 인간An American Werewolf in London〉의 남자 주인공.

데이비드 니븐David Niven 영국의 군인 출신 배우. 〈80일간의 세계 일주Around the World in 80 Days〉, 〈007 카지노 로얄007 Casino Royale〉 등 수많은 작품에서 뛰어난 연기력을 과시했다. 말년에 《달은 풍선이다》 등 회고록 출간으로 비평가들의 찬사를 받았다.

데이비스 에섹스David Essex 런던 출신의 배우이자 싱어송라이터로 1970년대를 사로잡은 당대의 우상이었다.

데이비드 퀀틱David Quantick 프리랜서 작가, 언론인, 음악과 코미디 전문 비평가.

데이빗 보위David Bowie 영국 싱어송라이터 겸 배우. 1970년대 글램록의 선구자로 세계적인 록스타이다.

도로시 파커Dorothy Parker 미국의 시인, 평론가, 작가. 1920년대 잡지 《베니티 페어》를 통해 문단에 등장했다. 뛰어난 재치로 가득 찬 시와 소설로 이름을 떨쳤으나 항상 고독과 슬픔, 절망감이 그녀를 지배했다.

디타 본 티즈Dita Von Teese 미국 벌레스크 댄서. 모델, 의상 디자이너, 배우로도 활약했다.

ㄹ

라 루La Roux 잉글랜드의 일렉트로 팝 듀오. 보컬 엘리 잭슨의 매력적인 보컬. 특히 레이디 가가와 비교되는 독특한 스타일이 화제를 모았다.

래드클리프 홀Radclyffe Hall 본명 마거리트 래드클리프 홀. 영국의 시인이자 소설가. 1928년 동성애를 다룬 장편소설《고독의 우물The Well of Loneliness》을 발표해 파문을 일으켰다. 평생 남장을 한 것으로 유명한 레즈비언 작가다.

런어웨이즈Runaways 1970년대 록 음악계를 풍미했던 여성 로큰롤 밴드.

레드 제플린Led Zeppelin 영국의 록그룹. 1970년대 블루스를 기반으로 한 하드록과 헤비메탈의 대중화에 앞장섰다.

레스 도슨Les Dawson 영국의 유명 코미디언이자 작가.

레이디 가가Lady Gaga 미국 싱어송 라이터이자 행위예술가. 파격적이고 독특한 패션 스타일과 뛰어난 음악성으로 세계적인 인기를 얻고 있다. 사회적 문제를 정면으로 거론하는 등 SNS에서도 강력한 네트워크를 가지고 있으며 가장 영향력 있는 음악인 중 한 명이다.

레이디 안토니아 프레이저Lady Antonia Fraser 영국의 역사가이자 소설가.

로레인 캔디Lorraine Candy《엘르》수석 편집장.

로렌 바콜Lauren Bacall 단아한 지성미로 세기의 미녀로 불린 미국의 영화배우. 1944년 〈소유와 무소유To Have and Have Not〉에서 상대역으로 출연한 험프리 보가트와의 파트너십으로 이후 막강한 흥행력과 다양한 장르에서 성공을 거둔다. 험프리 보가트와의 결혼으로 일과 사랑을 모두 거머쥐었다.

로버트 벤츨리Robert Benchley 미국의 유머 작가, 칼럼니스트, 영화배우.

로버트 E. 셔우드Robert E. Sherwood 미국 극작가.

로버트 존슨Robert Johnson 블루스의 왕이라 추앙받는 미국의 전설적 아티스트. 뛰어난 예술적 재능 때문에 악마에게 영혼을 팔아 신비한 음악적 재능을 얻었다는 기이한 전설이 따라 다닌다.

론 제레미 Ron Jeremy 미국의 포르노 배우.

롤로 페라리 Lolo Ferrari 세계에서 가장 큰 가슴으로 유명한 여성.

롤프 해리스 Rolf Harris 호주 출신의 유명 연예인.

루디 줄리아니 Rudy Giuliani 미국의 정치인. 1993년에 뉴욕 시장에 당선되었다.

루 리드 Lou Reed 미국의 록음악 가수. 그룹 '벨벳 언더그라운드Velvet Underground' 의 리더, 후에 탈퇴함. 대부분 앨범들이 대중들에게 외면 당했으나 평단과 음악인들 로부터는 압도적인 찬사를 받았다.

루이즈 위너 Louise Wener 영국의 가수이자 작가. 1990년대 브릿팝 밴드 '슬리퍼 Sleeper'의 보컬.

리오나 루이스 Leona Lewis 영국의 가수. 공식 데뷔 싱글 〈Bleeding Love〉는 영국에 서 7주 연속 싱글 차트 1위를 하였고, 미국을 포함함 30개국이 넘는 나라에서 차트 1위를 기록했다.

리자 고다드 Liza Goddard 영국 배우. BBC 드라마 〈베르주라크Bergerac〉 출연.

리즈 위더스푼 Reese Witherspoon 미국 영화배우. 아역배우로 연기를 시작해 〈금발이 너무해Legally Blonde〉로 세계적 스타의 명성을 얻었다.

리처드 매덜리 Richard Madeley 영국의 인기 TV쇼 진행자이자 칼럼니스트. 역시 TV 진행자이자 칼럼니스트 주디 피니간과 함께 〈리처드&주디 쇼〉라는 프로그램을 진행 하며 많은 인기를 얻었다.

리치 호틴 Richie Hawtin 영국 출신의 전설적인 DJ. 일명 '플라스틱맨'으로 불렸다.

린제이 로한 Lindsay Lohan 미국의 영화배우이자 가수. 헐리우드의 악동으로 불린다. 알코올 중독과 음주운전, 마약류 소지 등으로 물의를 일으켜 결국 교도소에 수감되 기까지 했다.

릴리 알렌 Lily Allen 영국의 싱어송라이터. 뛰어난 음악 실력과 가십 메이커로 '사랑스 러운 악녀'라는 별명을 가지고 있다.

ㅁ

마가렛 대처 Margaret Thatcher '철의 여인'이라는 별명으로 유명한 영국의 전 총리.

마놀로 블라닉 Manolo Blahnik 영국 슈즈 디자이너. 자신의 이름을 내건 브랜드로 슈즈 브랜드의 새로운 장을 열었다. 지미추, 크리스찬 루부탱과 함께 세계 3대 구두 디자이너로 꼽히며 슈즈홀릭들의 사랑을 받고 있다.

마돈나Madonna '팝의 여왕'으로 불리는 미국의 싱어송라이터이자 엔터테이너. 1992년 128페이지짜리 포토북《Sex》를 발간해 여성의 성 정체성의 직설적 표현이라는 평가를 받으며 언론과 대중의 주목을 받았다.

마릴린 맨슨 Marilyn Manson 미국의 록가수. 자극적인 곡명과 광기어린 가사, 공연 중의 기괴한 퍼포먼스로 유명하다.

마이라 힌들리 Myra Hindley 영국 연쇄살인범. 이언 브레디와 함께 살인자 커플로 불렸다.

마이클 허친스 Michael Hutchence 오스트레일리아의 가수. 록그룹 '인엑시스INXS'의 보컬리스트. 1997년 37세의 나이로 자살했다. 카일리 미노그와 연인 관계였다.

마크 제이콥스 Marc Jacobs 뉴욕 출신의 패션 디자이너. 프랑스 브랜드 루이비통과 미국 브랜드 마크 제이콥스를 이끄는 세계 패션계에서 가장 영향력 높은 패션 디자이너 중 한 명이다.

마크 E. 스미스 Mark E. Smith 영국 포스트 펑크 밴드 '폴Fall' 멤버.

마티 펠드먼 Marty Feldman 잉글랜드의 배우로 독특한 눈이 특징이다.

매닉 스트릿 프리처스 Manic Street Preachers 영국의 얼터너티브 록그룹. 글램록을 연상시키는 진한 메이크업으로 유명했다.

메리 울스턴크래프트 Mary Wollstonecraft 여성의 인권을 주장한 최초의 여성주의자.

메릴 스트립 Meryl Streep 미국 영화배우, 영화제작자. 지적이고 다재다능하며 절대적 감각을 지닌 연기파 여배우로 아카데미 연기상 후보에 가장 많이 오른 배우이다.

모리세이Morrissey 영국 가수. 브리티시 록의 아이콘이자 전설의 영국 밴드 '스미스 Smiths'의 멤버.

모이라 스튜어트 Moira Stuart 방송진행자, 앵커. 1970년대에 BBC에서 방송을 시작해 수많은 TV와 라디오 프로그램을 진행했다. 2007년, 방송에서 하차할 당시 BBC가 그녀의 나이(당시 57세) 때문에 차별한 것이 아니냐는 의혹을 사서 이슈가 되었다.

미샤 바튼 Mischa Barton 영국 출신의 헐리우드 배우.

미스 더티 마티니 Miss Dirty Martini 미국의 벌레스크 댄서. 모델, 댄스 교사.

ㅂ

바닐라 아이스 Vanilla Ice 미국의 힙합 가수, 영화배우.

바버라 윈저 Barbara Windsor 영국의 배우. BBC 드라마 〈이스트엔더스EastEnders〉에 출연.

바버라 캐슬 Barbara Castle 영국의 노동당 정치인.

베니힐Benny Hill 코미디언. 1970년대 영국의 섹스 코미디쇼인 〈베니힐쇼Benny Hill Show〉를 진행했다.

베시 스미스 Bessie Smith 미국의 흑인 여성 블루스 가수. 초기 블루스 싱어로 블루스의 여왕이라고도 불린다.

벤 엘튼 Ben Elton 영국의 코미디언이자 작가. 영국 TV 코미디 시리즈 〈미스터 빈Mr. Bean〉의 작가로 유명하다.

버트 레이놀즈 Burt Reynolds 미국 영화배우. 1970년대 헐리우드를 대표한 섹시스타.

보비 피셔 Bobby Fischer 미국의 세계 체스 챔피언. 15세의 나이로 체스 역사의 최연소 그랜드마스터에 올랐다.

보이 조지 Boy George 영국의 싱어송라이터. 1980년대를 대표하는 팝스타로 '여장 남자'의 특이한 컨셉으로 짙은 화장과 화려하고 요란한 패션 스타일로 유명했다.

봅 겔도프 Bob Geldof 영국의 유명 록가수. 이디오피아 난민을 돕기 위한 프로젝트 그룹 '밴드 애이드Band Aid'를 결성했다. 아프리카 빈곤 문제 해결을 촉구하는 콘서트를 기획한 노력으로 노벨 평화상을 수상했다.

부디카Boudicca 영국 땅의 대부분을 차지하는 섬. 그레이트브리튼 섬을 정복한 로마 제국의 점령군에게 대항했던 이케니족의 여왕. 점령군인 로마 제국에 대항해 반란을 일으켰다. 역사적으로 제대로 다루어지지 않다가 엘리자베스 1세 때 부디카에 대해 다시금 역사적 조명이 이루어졌고 이후 영국을 대표하는 문화적 상징인물로 남았다.

블러Blur 영국의 록그룹. 1990년대 중반의 브릿팝계에서 가장 큰 인기를 끌었다.

비요크Björk 아이슬란드 출신 가수, 배우. 1999년 영화 〈어둠 속의 댄서Dancer in the Dark〉에 출연해 칸 영화제 여우주연상을 받아 유명해졌다.

빅토리아 베컴 Victoria Beckham 그룹 '스파이스 걸스Spice Girls'의 멤버이자 축구 슈퍼스타 데이비드 베컴의 아내. 자신의 브랜드를 가진 디자이너로 활동하고 있기도 한 패션 리더로 하이힐이 트레이드 마크이다.

빅토리아 우드 Victoria Wood 영국의 코미디언, 배우, 가수. 일상생활에 기초한 유머로 인기가 많다.

빌리 홀리데이 Billie Holiday 미국 재즈가수. 재즈 역사에 한 획을 그은 뛰어난 보컬리스트. '블루스의 여왕'이라 칭해진다.

빌 머레이 Bill Murray 미국의 영화배우, 영화감독. 코미디 배우로도 유명하다. 영화 〈사랑도 통역이 되나요Lost in Translation〉에서 그는 일본에 갔다가 젊은 여성(스칼렛 요한슨)과 우정을 나누게 되는 한물간 미국 배우 역할로 아카데미 남우주연상 후보에 올랐다.

빌헬름 슈테겔 Wilhelm Stekel 오스트리아의 심리학자, 정신분석학자.

ㅅ

사라 콕스 Sara Cox 영국 BBC 라디오의 인기 진행자.

사라 퍼거슨 Sarah Ferguson 전 요크 공작부인. 1996년 앤드류 왕자와 이혼하며 작위를 잃었다.

사이먼 앤 가펑클 Simon and Garfunkel 미국의 포크 음악 듀오. 작은 키의 사이먼과 큰 키의 가펑클이 언뜻 부조화스러웠지만 보컬은 최고의 조화를 이루었다. 포크 록으로 세계적 인기를 얻었다.

살바도르 달리 Salvador Dali 20세기를 대표하는 초현실주의 화가.

새디 프로스트 Sadie Frost 영화배우 겸 패션 디자이너. 영화배우 주드 로의 전부인으로 더 잘 알려져 있다.

세바도Sabado 베이시스트 루 발로가 결성해 1990년대 초에 활동한 로파이와 오프비트를 이용하는 인디 록그룹.

셰릴 콜 Cheryl Cole 영국의 유명 가수. '걸스 어라우드Girls Aloud'의 멤버. 엄청난 미모로 대중들의 관심과 사랑을 한몸에 받고 있다.

소냐 오로라 마단 Sonya Aurora Madan 그룹 '에코벨리Echobelly'의 보컬.

수잔 무어 Suzanne Moore 영국의 저널리스트. 동성애자 노동권을 위해 노력했다.

수잔 보일 Susan Boyle 스코틀랜드의 가수. 영국의 오디션 프로그램에서 레미제라블 수록곡 〈I Dreamed a Dream〉을 불러 유명해졌다.

수잔 서랜든 Susan Sarandon 미국 여배우. 성숙함과 지적인 관능성의 아이콘이다. 남편인 배우 겸 감독 팀 로빈스와 진보적 정치관을 거침없이 표현하는 헐리우드 유명 배우 부부 중 한 사람.

수지 갓슨 Suzi Godson 《타임스》의 섹스 칼럼니스트.

쉐인 워드 Shayne Ward 영국 팝가수.

스미스The Smiths 영국 맨체스터 출신 록그룹. 많은 논쟁을 불러 일으킨 가사와 기타를 중심으로 만들어 내는 복잡하고 긴장감을 지닌 음악이 특징이다. 1980년대 영국 인디 음악계에서 가장 중요한 밴드로 일컬어진다.

스칼렛 요한슨 Scarlett Johansson 미국 여배우. 글래머스한 매력과 연기력으로 사랑받는 헐리웃 스타.

스퀴즈Squeeze 영국의 5인조 그룹.

스튜어트 맥코니 Stuart Maconie 영국 라디오 DJ, TV 진행자, 작가, 대중문화 평론가.

스티비 닉스 Stevie Nicks 미국의 싱어송라이터. 밴드 '플리트우드 맥Fleetwood Mac'의 리드 싱어. 솔로 앨범 〈벨라 도나Bella Donna〉로 인기가 급상승, '영원한 팝의 요정'이라고 불렸다.

스파이스 걸스 Spice Girls 1994년 영국에서 결성된 여성 5인조 팝그룹. 1990년대 중후반 걸파워 신드롬을 일으키며 전 세계적인 인기를 얻었다.

스파이크 밀리건 Spike Milligan 희극배우, 극작가, 군인, 시인. 제2차 세계대전 참전의 경험을 바탕으로 《아돌프 히틀러Adolf Hitler: My Part in His Downfall》 등 전쟁과 관련한 7권의 전쟁 회고록이 있다.

스피리추얼라이즈드Spiritualized 영국 출신 록그룹.

슬릿츠Slits 영국의 여성 펑크 록그룹.

시드 채리스 Cyd Charisse 미국의 뮤지컬 영화배우, 댄서. 아름다운 각선미와 환상적인 춤실력으로 유명하다. 대표작으로 〈사랑은 비를 타고Singing in the Rain〉가 있다.

시몬 드 보부아르 Simone de Beauvoir 20세기 중반 프랑스 실존주의 소설가, 사상가. 1970년대부터는 여성해방운동에 적극 참여했다. 본문에 인용된 구절은 보부아르가 1949년에 내놓은 《제2의 성Le Deuxième Sexe》 제2부 '체험'의 첫 부분에 나오는 글로 사실상 《제2의 성》 전체를 요약하는 말이다.

식스펜스 넌 더 리처 Sixpence None the Richer 미국 출신의 5인조 혼성 밴드. 대표곡

〈Kiss Me〉는 부드럽고 감미로운 멜로디로 많은 사랑을 받았다.

신시아 페인 Cynthia Payne 주택에서의 섹스파티와 관련해 몇 번의 체포와 무죄 판결이 되풀이되며 이슈가 되었다. 이후 성문제 관련 법 개정을 위한 정당을 설립해 화제를 불러일으켰으며 그녀의 이야기를 소재로 한 영화나 드라마가 제작되기도 했다.

실비아 플라스 Sylvia Plath 미국의 시인이자 소설가. 시와 함께 자전적 성격의 소설인 《벨 자The Bell Jar》로 명성을 얻었으나 1963년 충격적 방법으로 자살해 생을 마감한다. 내면의 혼란을 적나라하고 날카롭게 담아낸 작품 세계는 여성 심리를 연구하는 페미니스트들에게 훌륭한 참고 자료가 되었다.

ㅇ

아기네스 딘 Agyness Deyn 영국을 대표하는 모델. 신발 브랜드 '닥터 마틴'의 메인 모델이며 중성적 매력으로 세계적으로 사랑받고 있다.

아바ABBA 스웨덴 출신의 팝 그룹. 1970년대 수많은 히트곡으로 전 세계 팝 팬들을 매료시켰다.

안나 포드 Anna Ford 영국의 저널리스트 겸 TV 진행자. 2006년에 '새로운 흥미거리와 에너지'를 찾기 위해 방송을 그만둘 것을 발표했는데, 이로 인해 나이 차별 문제가 불거지기도 했다.

안드레아 드워킨 Andrea Dworkin 미국의 급진적인 페미니스트 작가. '포르노는 이론이고 강간은 실천'이라는 주장을 펼쳤다.

알렉사 청 Alexa Chung 영국 출신의 모델, MC. 평소 뛰어난 패션 감각으로 손꼽히는 패셔니스타이다.

알렉산더 맥퀸 Alexander McQueen 영국 출신의 유명 패션 디자이너.

알렉산더 울콧 Alexander Woolcott 미국 평론가, 수필가, 극작가. 하포 마스, 도로시 파커 등과 함께 알곤킨 라운드 테이블 회원이었다.

알프레드 히치콕 Alfred Hitchcock 영국 출생의 미국 영화감독. 서스펜스와 스릴러 연출의 대가로 심리적 불안감을 연출하는 부분에 뛰어났다.

애니 레녹스 Annie Lennox 영국 싱어송라이터, 사회운동가. '유리스믹스Eurythmics'의 리드 보컬로 유명하다. 중성적이고 지적인 매력으로 어필했으며 2009년 노벨평화상 평화여성상을 수상했다.

애담 앤트 Adam Ant 영국 출신으로 원맨 밴드인 '애담앤더앤트Adam and the Ant'를 결성했다. 독특한 연주스타일의 펑크를 연주하는 개성 강한 뮤지션.

앤드류 윈저 Prince Windsor 영국의 왕자. 엘리자베스 여왕의 차남이다. 작위는 요크 공작.

앤드류 콜린스 Andrew Collins 영국의 각본가, 작가.

앨런 베넷 Alan Bennett 영국의 대표 극작가이자 시나리오 작가, 소설가. 날카로운 유머, 뚜렷한 휴머니티가 특징인 작품 세계로 유명하다. 대표작으로 《조지 왕의 광기 The Madness of King George》《히스토리 보이즈The History Boys》가 있다. 커다랗고 네모난 스타일의 학자풍 안경을 쓰고 있다.

앨리스 콜트레인 Alice Coltrane 재즈피아니스트, 오르가니스트. 재즈 역사상 거의 없는 하피스트 중 한 사람이기도 하다.

에디 이자드 Eddie Izzard 예멘 태생의 아일랜드 배우, 스탠드업 코미디언. 의상도착자로 알려져 있다.

에릭 몰리 Eric Moley 영국의 사업가. 세계 미인 선발대회인 '미스 월드 대회'를 처음 주최했다.

에멀린 팽크허스트와 크리스타벨 팽크허스트 Emmeline and Christabel Pankhurst 영국의 급진적 여성 참정권론자로 이 둘은 모녀지간이다. 에멀린은 여성사회정치동맹 WSPU에 가담해 적극적으로 운동과 시위를 이끌었다. 이 팽크허스트가의 모녀는 폭력 시위부터 단식, 투옥에 이르기까지 여성참정권 획득을 위한 모든 노력을 아끼지 않았다.

에밀리 로이드 Emily Lloyd 미국배우. 신시아 페인의 전기영화 〈당신이 여기 있다면 Wish You were Here〉의 여주인공 역을 맡아 1987년 전미비평가협회 여우주연상을 수상했다.

에밀리 브론테 Emily Bronte 영국 여류소설가, 시인. 《폭풍의 언덕Wuthering Heights》을 유일한 소설로 남겼다. 필명은 엘리스 벨Ellis Bell.

에밀리 와일딩 데이비슨 Emily Wilding Davison 영국의 여성참정권 운동가.

에바 가드너 Ava Gardner 미국의 여배우. 육감적인 몸매와 아름다운 외모로 1950년대 미국의 대표적 섹스 심벌로 꼽혔다.

에바 롱고리아 Eva Longoria 미국 영화배우. 미국 드라마 〈위기의 주부들Desperate Housewives〉로 스타덤에 올랐다.

에이미 와인하우스 Amy Winehouse 영국 가수. 2008년 그래미 시상식에서 올해의 노래 등 5개 부문을 수상하며 전성기를 맞았으나 2011년 27세의 젊은 나이에 약물과다 복용으로 사망했다.

오노레 드 발자크 Honoré de Balzac 프랑스 소설가. 사실주의의 선구자다.

오아시스Oasis 영국 출신의 4인조 락 그룹. 1990년대 브릿팝을 대표하는 그룹.

우탱클랜Wu-Tang Clan 미국의 힙합 그룹.

워렌 비티 Warren Beaty 미국의 영화배우, 영화감독. 진보적 성향으로 알려져 있다.

위노나 라이더 Winona Ryder 미국의 배우. 창백한 피부와 새카만 눈동자, 가냘픈 몸매를 지녀 헐리우드의 요정으로 불렸다.

윌리엄 블레이크 William Blake 영국의 화가. 우아한 선의 사용과 선명한 색채, 기상천외한 형상과 엉뚱한 상상력으로 매혹적인 작품을 만들어냈다.

윌 스미스 Will Smith 미국의 배우이자 힙합가수. 1997년 SF액션코미디 영화 〈맨인블랙Man in Black〉에 출연.

윌프레드 오웬 Wilfred Owen 영국의 대표적인 전쟁시인. 27세의 나이에 요절했다. 그가 쓴 시에 죽은 영혼들이(영국군과 독일군) 서로 만나는 내용이 나온다.

유투U2 아일랜드 더블린 출신의 록그룹. 종교, 문명, 인종차별, 환경문제 등 사회인식과 따뜻한 인간애를 담은 노래로 음악팬들의 사랑을 받아온 전설적인 그룹이다.

이니 카모제 Ini Kamoze 미국 가수. 자메이카 출신의 레게 아티스트이다.

이모데스티 블레즈 Immodesty Blaize 영국 출신의 벌레스크 댄서. 벌레스크 쇼의 여왕으로 불렸다.

이언 브레디 Ian Brady 마이라 힌들리와 파트너를 이뤄 전 영국을 경악케한 연쇄살인범.

ㅈ

잔다르크Jeanne d'Arc 15세기 전반 영국의 백년전쟁 후기에 조국인 프랑스를 위기에서 구한 영웅적인 소녀. '프랑스를 구하라'는 신의 계시를 듣고 샤를 황태자(뒷날 샤를 7세)를 도와 전쟁을 승리로 이끌었으나 후에 질시와 선망 속에 마녀로 낙인 찍혀 화형당했다.

장 폴 고티에 Jean Paul Gaultier 프랑스의 세계적 디자이너. 패션 디자인을 통해 여성과 남성이라는 것에 대해 새로운 정의를 시도하거나, 양성간의 코드를 의도적으로 혼합시켰다는 평가를 받는다.

재니스 조플린 Janis Joplin 미국의 백인 여성 블루스 가수. 거침없는 음악 스타일과 여가수라는 관습적 제약에서 벗어난 것으로 유명하다. 헤로인 과용으로 사망했다.

잭 브래프 Zach Braff 미국의 배우. 메디컬 코미디 시트콤 〈스크럽스Scrubs〉에서 주인공 J.D.도리안 역을 맡아 뛰어난 코믹 연기로 인기를 얻었다.

저메인 그리어 Germaine Greer 오스트레일리아 작가, 교수, 저널리스트. 20세기 후반의 가장 중요한 페미니스트 중 한 사람으로 꼽히고 있다. 성의 자유를 통한 여성 해방을 주장해 페미니스트 사이에서도 찬사와 비판을 동시에 받았다. 대표작《여성, 거세당하다》.

제니 에구터 Jenny Agutter 영국 배우. 관능적인 매력으로 많은 인기를 끌었다.

제니퍼 손더스 Jennifer Saunders 영국 배우. 각본가이자 인기 코미디언.

제니퍼 애니스톤 Jennifer Aniston 미국 배우. 2005년 배우 브래드 피트와 이혼했다.

제니퍼 엘 Jennifer Ehle 미국 출신 영화배우. 영국 채널4의 미니시리즈 〈캐모마일 밭 The Camomile Lawn〉에서 '칼립소' 역에 캐스팅 되었다.

제레미 클락슨 Jeremy Clarkson 영국의 방송인. BBC의 간판 자동차 프로그램 〈탑 기어Top Gear〉의 인기 진행자. 자동차 전문 칼럼니스트.

제리 할리웰 Geri Halliwell 영국의 가수, 작가, 배우. 1990년대를 대표하는 아이돌 팝 그룹 스파이스 걸스의 멤버.

제이 맥이너니 Jay McInerny 《월스트리트 저널》 칼럼니스트. 작가.

제인 버킨 Jane Birkin 가수, 영화배우. 프렌치시크의 대명사로 에르메스 버킨백의 뮤즈.

제인 토빌 Jayne Torvill 영국의 피겨 스케이팅 아이스 댄싱 선수.

제임스 캐그니 James Cagney 영화배우. 갱영화에 출연하여 강렬한 개성을 발휘함으로써 불멸의 갱스타라는 명성을 얻었다.

제프리 홀랜드 Jeffrey Holland 영국 배우.

제프 쿤스 Jeff Koons 전위적 경향을 띤 미국의 대표적 현대미술가. '포스트모던 키치'의 왕으로 불린다.

조너선 딤블비 Jonathan Dimbleby 영국 BBC의 중견 방송인. 찰스 왕세자의 전기를 쓴 작가이자 왕세자의 친구이기도 하다.

조니 미첼 Joni Mitchell 캐나다의 싱어송라이터이자 화가.

조 볼 Zoe Ball 영국의 유명 방송인. BBC라디오에서 여성 최초로 황금대 아침시간 프로그램의 진행을 맡아 유명하다.

조 윌리엄스 Zoe Williams 영국 일간지 《가디언》의 칼럼니스트. 페미니스트는 여러 명이 똑같이 하는 수중발레처럼이 아니라 11명이 제각각 뛰는 축구팀처럼 행동해야 한다고 주장했다.

조지 마이클 George Michael 1980년대 중반 선풍적 인기를 끌었던 그룹 '왬wham'의 멤버. 후에 솔로로 전향했다. 선이 분명한 남성적 매력을 물씬 풍기는 외모가 인기를 더하는 데 한몫했다.

조지아 오키프 Georgia O'Keeffe 20세기 미국 미술계에서 가장 독보적 존재로 세계적인 각광을 받았다.

조지 오웰 George Orwell 영국 소설가. 자국인 영국 밖에서 벌어지는 제국주의와 식민주의의 타락과 폐해를 비판했다. 대표작으로 《동물농장Animal Farm》《1984년Nineteen Eighty-Four》이 있다.

존 러스킨 John Ruskin 영국의 비평가, 사회사상가. 엄격하고 경건한 어머니와 시와 미술을 좋아하던 아버지의 영향을 받았다. 도덕적 엄격성을 지니고 예술적 교양을 창도해 나가는 기수 역할을 했다.

졸라 버드 Zola Budd 남아프리카공화국 여자육상중거리 선수. 1980년대 맨발의 여성 육상 스타로 유명했다.

주디 갈랜드 Judy Garland 미국 영화배우, 뮤지컬 배우, 가수. 1939년 작 영화 〈오즈의 마법사The Wizard of Oz〉에서 도로시 역으로 불멸의 스타가 되었다.

주디스 챌머스 Judith Chalmers 영국의 TV 진행자. 여행프로그램 〈Wish You were Here?〉의 진행으로 가장 많이 알려졌는데, 이 프로그램에서 종종 비키니를 입고 등장했다.

줄리 버칠 Julie Burchill 영국의 저널리스트. 독설을 날리기로 유명하다.

진 켈리 Gene Kelly 미국의 영화배우이자 무용수, 가수, 영화감독 등 다방면으로 활동. 뮤지컬 영화에 큰 공을 남기며 최고의 명성을 구가했다. 대표작으로 시드 채리스가 함께 출연한 〈사랑은 비를 타고〉가 있다.

질리 쿠퍼 Jilly Cooper 영국의 대중 연애소설 작가. 첫 장편 연애소설 《라이더스Rid-ers》는 세계적인 베스트셀러로, 낮에는 승마를 즐기고 밤에는 섹시한 옷으로 갈아입는 여성들이 등장하는 이야기이다.

집시 로즈 리 Gypsy Rose Lee 미국의 유명 벌레스크 댄서. 배우, 작가로도 활동했다.

ㅊ

체비 체이스 Chevy Chase 미국의 코미디언. 영화배우.

ㅋ

카밀 파글리아 Camille Paglia 미국의 교수, 사회비평가이자 페미니스트 작가. 팝가수 마돈나는 젊은 여성들에게 자신의 삶을 스스로 통제하면서도 충분히 여성적이고 성적으로 매력적일 수 있다는 걸 가르쳐주는 것에 비해 레이디 가가는 그저 마돈나를 베끼는 것이라며 비판했다.

카일리 미노그 Kylie Minogue 호주의 싱어송라이터이자 배우. '호주의 마돈나'라고 불리는 최고의 섹시 팝스타로 예쁘고 섹시한 용모로 배우로도 뛰어난 활약을 펼쳤다.

칼 구스타브 융 Carl Gustav Jung 스위스의 정신의학자, 분석심리학의 개척자이다.

캐롤 데커 Carol Decker 영국의 뮤지션. 밴드 '티퍼우T'Pau'의 메인 보컬.

캐롤 킹 Carole King 미국의 여성 가수. 작곡가. 100여 곡이 넘는 히트곡을 작곡했다.

캐린 프랭클린 Caryn Franklin 영국의 패션 전문가. 1980년대 영국 잡지 《ID매거진》의 공동편집자이기도 했고 작가, 프로듀서 등 다양한 활동을 하고 있다. 1986년에서 1998년까지 BBC의 TV프로그램 〈클로스 쇼Clothes Show〉를 공동진행했다.

캐서린 제타 존스 Catherine Zeta Jones 영국 출신의 영화배우. 육감적이고 이국적인 외모로 많은 인기를 얻었다.

커트니 콕스 Courteney Cox 미국 배우. 시트콤 〈프렌즈〉로 인기를 얻었고, 40대 이혼녀들이 펼치는 솔직담백한 사랑과 우정에 관한 드라마 〈쿠거 타운Cougar Town〉에 출연 중이다.

커트 코베인 Kurt Cobain 1990년대 미국 얼터너티브 문화의 상징적인 존재였던 밴드

'너바나Nirvana'의 리더.

케이트 모스 Kate Moss 영국 출신의 미국 패션 모델. 1990년대 새로운 패션의 흐름이던 그런지 룩과 조화된 반항적이고 중성적인 새롭고 특별한 매력으로 자신만의 강한 개성을 가지고 있다.

케이트 밀렛 Kate Millet 미국에서 흑인 인권운동의 흐름과 함께 급진적 여성주의를 표방한 인물. 페미니즘의 고전이라고 할 수 있는《성 정치학Sexual Politics》을 저술했다.

케이트 부시 Kate Bush 영국의 싱어송라이터. 1978년 소설《폭풍의 언덕Wuthering Heights》에서 영감을 받아 만든 곡 〈폭풍의 언덕〉으로 데뷔했다.

케이트 윈슬렛 Kate Winslet 영국의 영화배우.

케이티 프라이스 Katie Price 영국의 글래머 모델, 소설가, 사업가. 큰 가슴으로 유명하다. 영국에서는 조단Jordan이라는 이름으로 알려져 있다.

케이티 페리 Katy Perry 미국의 가수.

코트니 러브 Courtney Love 커트 코베인의 미망인으로 더 잘 알려져 있으나, 여성 락스타로서의 입지를 무시할 수는 없다. 밴드 '홀hole'을 결성해 1990년대를 휩쓴 라이엇걸의 대표주자.

크리스 디포드 Chris Difford 그룹 '스퀴즈Squeeze'의 보컬.

크리스 록 Chris Rock 미국 영화배우, 시나리오 작가, 코미디언. 사회, 정책, 인종차별 등을 주제로 하는 풍자 전문 토크쇼로 유명하다.

크리스 모리스 Chris Morris 영국 영화배우.

크리스토퍼 딘 Christopher Dean 제인 토빌과 함께 영국의 유명 아이스댄싱 듀오로 유명하다.

크리스티나 헨드릭스 Christina Hendricks 미국 영화배우. 헐리우드 최고의 글래머 스타로 꼽힌다.

크리시 하인드 Chrissie Hynde 영국 록그룹 '프리텐더스Pretenders'의 리더이자 보컬. 여성 로커 계보의 대모격으로 여장부로 수식된다. 숱한 우여곡절을 이겨내며 밴드를 이끌어 로큰롤 명예의 전당에 밴드를 헌정시켰다.

클라이브 앤더슨 Clive Anderson 영국의 방송 진행자, 코미디언, 작가.

클로드 모네 Claude Monet 프랑스의 인상파 화가.

클레오파트라Cleopatra 이집트의 프톨레마이오스왕조 최후의 여왕. 미의 대명사로 뛰어난 용모와 자태를 가졌다고 한다. 로마의 두 영웅 카이사르와 안토니우스를 자유자재로 조종해 격동기의 왕국을 능란하게 유지해 나간 여왕이나 단지 고혹적인 매력만이 강조되어 오늘날까지 요부, 간부의 이미지로 다루어진다.

키스 리처드 Keith Richards 그룹 '롤링 스톤스Rolling Stones'의 기타리스트. 롤링 스톤스의 리드 싱어 믹 재거와 함께 '글리머 트윈스Glimmer Twins'로도 활동했다.

키퍼 서덜랜드 Kiefer Sutherland 영국의 영화배우.

킴 캐트럴 Kim Cattrall 영국 영화배우. 〈섹스 앤더 시티Sex and the City〉에서 '사만다 존스'로 분해 많은 사랑을 받았다. 연하남들과의 열애로 유명하다.

ㅌ

테리 워건 Terry Wogan 영국의 유명 방송인. BBC라디오의 〈테리 워건 쇼〉 진행.

템페스트 스톰 Tempest Storm 미국의 벌레스크 댄서. 1950년대와 1960년대 가장 잘 알려진 스타.

토니 벤 Tony Benn 영국의 좌파 정치인. 2001년 은퇴한 영국 거물급 원로 정치가.

톰 요크 Thom York 영국의 록 뮤지션. 록그룹 '라디오헤드Radiohead'의 보컬.

톰 존스 Tom Jones 영국의 가수 겸 배우. 힘 있고 울림이 큰 특유의 바리톤 보컬로 많은 사랑을 받았다.

트레버 이브 Trevor Eve 영국의 영화배우.

티나 터너 Tina Turner 록음악의 디바로 불리는 싱어송라이터이자 배우. 사자머리와 여장부 이미지가 트레이드 마크.

티퍼우T'Pau 영국의 록그룹. 1987년 발표한 〈China in Your Hand〉는 영국 차트를 휩쓸며 인기를 끌었다.

ㅍ

파멜라 앤더슨 Pamela Anderson 미국 영화배우. 세계적인 섹시스타.

패티 스미스 Patti Smith 미국의 싱어송라이터. 메시지가 분명한 노래 가사, 분노하듯

토해내는 창법이 특징으로 '펑크의 대모'라고 불리는 혁신적 가수이자 시인.

퍼프 대디 Puff Daddy 미국의 유명 래퍼, 작곡가, 배우, 디자이너.

펀 코튼 Fearne Cotton 영국의 인기 TV, 라디오 진행자. 뛰어난 패션 감각으로 영국 10~20대의 사랑을 받는 스타이다.

펫 샵 보이즈 Pet Shop Boys 영국의 2인조 일렉트로닉 팝 밴드. 다채롭고 통통 튀는 다이나믹한 음악이 특징이다.

폴리 토인비 Polly Toynbee 영국 일간지 《가디언》의 칼럼니스트이자 BBC에서 사회분야 저널리스트로 활동하는 여성 언론인. 저서로 《거세된 희망Hard Work》이 있다.

폴 사이먼 Paul Simon 미국의 팝가수, 작곡가. 아트 가펑클과 함께 '사이먼 앤 가펑클 Simon and Garfunkel'이라는 이름의 듀오로 세계적인 인기를 얻었다.

프랭크 보우 Frank Bough 영국의 방송인. 1983년에서 1989년까지 BBC1에서 아침시간에 방송된 〈브랙퍼스트 타임Breakfast Time〉 쇼에서 진행을 맡아 영국 시청자들의 아침을 책임졌다.

프레디 머큐리 Freddie Mercury 영국의 싱어송라이터. 그룹 '퀸Queen'의 리드 보컬.

프리다 칼로 Frida Kahlo 20세기 멕시코 미술계를 대표하는 초현실주의 화가. 멕시코 민중벽화의 세계적 거장인 디에고 리베라와 결혼했다. 양성애자이며 공산주의자로 격정적인 삶을 살았으며 훗날 페미니즘 미술의 대가로 평가받았다.

퍼블릭 에너미 Public Enemy 미국의 힙합그룹.

펀 코튼 Fearne Cotton 영국의 TV, 라디오 진행자. 뛰어난 패션 감각으로 영국 10~20대의 사랑을 받는 스타이다.

폴The Fall 잉글랜드의 포스트 펑크 밴드.

푸시캣 돌스 Pussycat Dolls 미국의 댄스 앙상블 걸그룹.

프로디지The Prodigy 영국 에식스에서 결성된 일렉트로닉 음악그룹.

플로렌스 앤 더 머신 Florence and the Machine 영국의 인디팝그룹. 독특한 사운드와 파워풀한 보컬이 특징이다. 특히 보컬 플로렌스 웰츠는 강렬한 붉은 머리와 빈티지한 스타일로 패션계에서도 주목받는다.

플리트우드 맥 Fleetwood Mac 영국과 미국의 혼성 로큰롤그룹.

피제이 앤 덩컨PJ & Duncan 별칭 Ant&Dec. 영국 코미디 프로그램 MC 출신 듀오.

피제이 하비PJ Harvey 영국 출신 록 싱어송라이터. 보컬리스트와 기타 연주자로 가장 잘 알려져 있다.

피터 안드레 Peter Andre 영국의 미남 아이돌 스타 가수. 케이티 프라이스와의 결혼으로 화제가 되었다.

필드 마이스 Field Mice 영국의 혼성 팝 밴드.

필립 라킨 Philip Larkin 20세기 후반을 대표하는 영미 시인. 많은 영국인들이 가장 사랑하는 시인으로 꼽는다.

필립 로스 Philip Roth 미국의 소설가. 단편집 《안녕 콜럼버스Goodbye, Columbus》로 전미국 도서상을 수상하며 유명해졌다.

ㅎ

하포 마스 Harpo Marx 미국의 배우. 코미디언.

해피 먼데이즈 Happy Mondays 영국의 댄스 록그룹.

허기 베어 Huggy Bear 1991년에 결성된 브라이튼을 기반으로 한 라이엇 걸 밴드.

허프티Andrea Huftika Reah 영국의 방송인.

험프리 보가트 Humphrey Bogart 미국의 배우. 영화 역사상 가장 위대한 배우 중 한 명으로 꼽는다.

헹기스트Hengist 450년 경 영국을 침공했던 주트Jutes족의 우두머리.

힐러리 스웽크 Hilary Swank 미국 배우. 두 번이나 아카데미 여우주연상을 수상한 연기파 여배우.